D1143675

LES TREIZE VENTS

III

L'INTRUS

Les dames du Méditerranée-Express

1. La jeune mariée
2. La fière Américaine
3. La princesse mandchoue

Fiora

1. Fiora et le Magnifique
2. Fiora et le Téméraire
3. Fiora et le pape
4. Fiora et le roi de France

Les loups de Lauzargues

1. Jean de la nuit
2. Hortense au point du jour
3. Félicia au soleil couchant

Les Treize Vents

1. Le voyageur
2. Le réfugié
3. L'intrus
4. L'exilé

JULIETTE BENZONI

LES TREIZE VENTS

III

L'INTRUS

JULLIARD

© Éditions Julliard, 1993.

ISBN 2-266-06558-0

Première partie

UN HÉRITAGE RÉCALCITRANT

CHAPITRE PREMIER

LA DOUANE DE LONDRES

Depuis Gravesend un pilote anglais était à la
barre de l'*Élisabeth* et Guillaume Tremaine rongeait son frein, luttant contre l'envie d'expédier
par-dessus bord cet insulaire qui osait parler en
maître sur un navire battant pavillon français. Sur
son navire à lui, Tremaine, qui depuis près d'un
demi-siècle vouait à l'Angleterre, ses tenants et
aboutissants, une rancune de qualité exceptionnelle.

Debout derrière l'homme, il surveillait ses mains
fermement accrochées aux poignées vernies du
gouvernail, des mains fortes aux doigts carrés mais
d'une scrupuleuse propreté. Apparemment, le
timonier temporaire prenait soin de ses outils de
travail.

Guillaume l'entendit déclarer d'une voix paisible :

— Un beau bateau que vous avez là, sir ! Il
répond à la barre avec une grande finesse. C'est un
plaisir de le gouverner même par ce temps.

Aucun souci de flatterie là-dedans ! Une simple

constatation de spécialiste. Tremaine cependant y fut sensible.

— Heureux qu'il vous plaise! marmotta-t-il. Et encore plus que vous ayez des yeux de lynx. On n'y voit goutte!

Un épais brouillard enveloppait en effet le brick, avalant ses huniers et ses mâts dans leur quasi-totalité. Des rives de la Tamise on ne voyait plus grand-chose sinon, parfois et au ras de l'eau, quelques pieux noircis dans de grandes herbes affaissées, la vague silhouette d'une barque, un fantôme d'appontement. De loin en loin une corne de brume répondait à celle du bateau à travers l'air chargé d'humidité.

Cependant l'activité du fleuve se poursuivait ainsi qu'en témoignaient par instants l'écho d'une voix ou le bruit de rames frappant le flot. Toute forme fondait dans une nébulosité diffuse et jaune qui gommait les couleurs mais n'empêchait pas le navire de poursuivre sa route au ralenti bien qu'avec une étonnante sûreté.

— Nous avons l'habitude, expliqua le pilote. Les nappes de brouillard ne sont pas rares sur le fleuve, et leur durée est variable. La marée commencera à descendre quand nous arriverons au port. Elle emportera sans doute celle-ci. C'est la raison pour laquelle les vaisseaux ont besoin de nous autres. Surtout les étrangers...

Tremaine ne répondit pas. Les paroles de l'Anglais éveillaient en lui les lointains échos de son Canada natal. Il revoyait l'immense estuaire du Saint-Laurent dont les multiples dangers constituaient la meilleure défense de Québec. Son orgueil aussi. Dire qu'il avait suffi de la cupidité de deux hommes pour en livrer les passes à l'envahisseur britannique! Dût-il vivre cent ans que lui, Tremaine, garderait vivant le souvenir de son indignation quand, un matin de juin 1759, les voiles de l'amiral Durrell étaient apparues subitement sous l'île d'Orléans, apportant la preuve que le grand estuaire avait perdu ses secrets.

Auprès du fleuve roi, la Tamise n'était guère plus qu'une rivière dont le capitaine Lécuyer commandant l'*Élisabeth* ou Guillaume lui-même auraient pu venir à bout même par temps bouché. On n'y trouvait ni récifs cachés, ni courants meurtriers, ni glaces dérivantes et encore moins de baleines. Des bancs de sable peut-être? Néanmoins Guillaume ne parvenait pas à se tirer de l'esprit que cette histoire de pilote n'était qu'un moyen commode imaginé par la perfide Albion pour placer ses espions sur les innocents bateaux étrangers...

Eût-il été honnête envers lui-même qu'il eût admis être disposé à tout trouver détestable chez l'ennemi de toujours, qu'un chiffon de papier — le traité d'Amiens signé depuis quelques mois! — s'efforçait de rendre fréquentable. Cependant, il n'eût sans doute jamais consenti à approcher ses falaises sans la lettre qui, dans sa poche, pesait le poids des souvenirs d'antan aggravés d'une douleur encore fraîche. Une douleur assez forte pour effacer son serment de ne jamais aborder l'Angleterre, de ne jamais rien avoir de commun avec elle, et le jeter sur son maître-navire à peine revenu de la mer des Caraïbes afin de gagner Londres au plus vite avec, au cœur, la peur d'arriver trop tard...

La lettre était de sir Christopher Doyle, l'époux de Marie-Douce, devenu lord Astwell par droit d'héritage. Elle disait : «Lady Marie, ma chère femme, vit ses derniers instants. Elle désire vous revoir avant de quitter ce monde et je vous demande instamment d'accepter. Puisque l'accord signé par nos gouvernements le permet, consentez à venir jusqu'à elle! Ma parole et ma caution vous sont acquises. Vous pouvez en faire état afin de faciliter votre chemin vers notre demeure d'Astwell Park dans le Cambridgeshire. Hâtez-vous, je vous en prie! Le temps lui est compté...»

De quoi mourait Marie? L'Anglais ne le disait pas mais à la déchirure éprouvée, Guillaume mesura la profondeur de son amour resté intact depuis leur séparation — il y aurait bientôt dix ans! — après quelques jours de folle passion vécus dans un Paris au bord de la Terreur.

Depuis, Guillaume s'était fait une raison. Retrouvant un peu du fatalisme appris aux Indes dans son adolescence, il finit par se persuader que Marie, partie pour un très long voyage, lui reviendrait un jour pour renouer le fil de leur destin commun. Il pensait qu'il suffisait d'attendre et, sous ce baume, le chagrin s'endormait. L'idée que Marie pût tomber malade au point d'en mourir ne l'effleurait même pas : elle était pétrie de ses rêves d'enfant, de sa passion d'homme et de ses espérances. Elle était sa légende à lui et les légendes sont immortelles...

Guillaume partit aussitôt. Que la Manche fût détestable dans cette seconde quinzaine d'octobre 1802 lui importait peu. Il se fût embarqué sur une coquille de noix s'il l'avait fallu, et tout seul. Il aimait trop la mer pour la craindre. En outre quand le vent souffle fort on va plus vite. Et c'était ça l'important, parce qu'une conviction d'amoureux s'ancrait dans son esprit : s'il arrivait assez tôt au chevet de Marie, il la sauverait. Elle le savait et c'était pour ça qu'elle l'appelait! Aussi, après un coup de chien essuyé au large du Havre, la lente remontée d'une Tamise emmitouflée de brume l'exaspérait-elle. Les voiles mouillées faisaient de pénibles efforts pour ramasser un peu de vent. Allait-il donc falloir larguer les canots, mettre les hommes aux rames?...

Tremaine n'était pas au bout de ses peines. Quand on atteignit Deptford où se construisaient alors les plus beaux vaisseaux de la marine royale, une barque sortit de la brume et accosta : un nouveau fonctionnaire en vareuse bleue et boutons de cuivre prétendait monter à bord. Celui-là appartenait à la Douane et annonça qu'il devait visiter le navire :

— Vos collègues de Gravesend l'ont déjà examiné sur toutes les coutures, grinça l'armateur. Ils n'ont rien trouvé à redire.

— On peut toujours avoir oublié quelque chose, déclara le personnage avec un flegme tout britannique. Un moment d'inattention est possible, même chez les plus vigilants...

— Mes cales sont vides. Je me rends à l'appel d'une amie mourante. Vous n'imaginez pas que j'ai pris le temps d'embarquer une cargaison?

— On peut toujours voir! Ce navire sent le rhum!

— Il est revenu des Antilles il y a dix jours. Alors, tâchez de vous dépêcher! Je suis pressé...

— On ne vous demande pas de vous arrêter. De toute façon je vous accompagne jusqu'à Custom's House. C'est le règlement! Tous les navires qui arrivent doivent y jeter l'ancre!

— Seigneur! ragea Tremaine. Quel pays! J'étais

bien inspiré quand j'avais juré de ne jamais y mettre les pieds.

— Veuillez me remettre votre passeport ! Il sera confié à l'Alien Office[1] et vous sera rendu quand vous quitterez l'Angleterre...

Le poing de Tremaine se crispa sur sa canne tandis que sa figure tannée virait au rouge brique :

— Je ne reste pas à Londres. Comment, en ce cas, vais-je me déplacer à l'intérieur de votre foutu pays ? Le premier argousin venu pourra me mettre la main au collet ?

Toujours aussi impavide, l'Anglais aux grandes dents et aux yeux de granit considéra cet étranger visiblement furieux qui semblait sur le point d'éclater :

— Rassurez-vous, sir ! On vous en donnera un temporaire... si toutefois vous présentez les conditions requises...

— Quelles conditions ?

— Ce n'est pas à moi de vous en informer. Avec votre permission je vais effectuer ma visite !

— Amusez-vous bien ! grinça Tremaine. Vous allez trouver beaucoup de vide. Quant à mes bagages, vos collègues de Gravesend les ont plombés. Vous n'en tirerez pas grande distraction...

A cet instant, le pilote détourna son attention :

— Regardez, sir ! Comme je vous l'avais annoncé, le brouillard perd de son épaisseur...

C'était vrai et c'était une bénédiction car on naviguait depuis un moment au son ininterrompu des cornes de brume. Le trafic devenait dense sur le fleuve où, heureusement, les silhouettes se dégageaient. Bientôt apparurent d'énormes chantiers de

---

1. Le bureau des étrangers.

construction de chaque côté des rives : les docks et entrepôts dont le roi George III dotait le port de Londres[1]. C'en serait prochainement fini des joyeux empilements de fûts, de paniers, de caisses et de tout ce que déversait le ventre des navires revenus des sept mers. L'Angleterre, qui s'ouvrait à l'ère industrielle et se voulait le premier marché du monde, pourrait bientôt cacher et abriter ses richesses.

Soudain, dans les dernières écharpes, un halo de lumières apparut à bâbord. Tout de suite, le pilote donna l'explication :

— Le reflet de notre pont de Westminster illuminé, dit-il avec fierté. Et comme d'autres lumières vont s'allumer dans la ville vous pourrez bientôt tout distinguer...

C'était peut-être beaucoup dire. Si le brouillard disparaissait, on le devait surtout à la pluie fine qui tombait à présent, noyant la grande cité dans une grisaille universelle.

— Il ne fait pas encore nuit, bougonna Tremaine. Pourquoi le pont est-il éclairé. Il y a fête ?

— Non. Il n'est pas rare qu'il reste allumé toute la journée quand il y a du brouillard.

Guillaume ne répondit pas. Avec une curiosité malveillante, il observait le repaire principal de l'ennemi. Ce grand port fluvial ne possédait pas vraiment de quais : rien que des appontements sur pilotis faits de madriers noirs comme des dents cariées qui prolongeaient une infinité de rues perpendiculaires à la rivière. Sur la droite s'élevait une forteresse médiévale plutôt sinistre percée d'une porte ogivale et d'une autre, à ras de l'eau,

---

1. Les premiers furent inaugurés le 30 janvier 1805.

fermée d'une grille sous un arc Tudor. L'arrivant n'avait pas besoin qu'on lui dise qu'il s'agissait de la Tour de Londres dont il avait déjà vu plusieurs reproductions. Elle était encore plus lugubre qu'il ne l'imaginait en dépit des cygnes neigeux qui voguaient dans ses environs, insoucieux du flot noirâtre où se déversaient les égouts. Les beaux palmipèdes apportaient une note irréelle par leur blancheur qu'aucune souillure ne semblait atteindre.

Le pilote pria le capitaine de jeter l'ancre puis désigna un vaste bâtiment voisin de la Tour :

— Custom's House — l'hôtel de la Douane —, sir ! dit-il à Tremaine. Nous sommes arrivés et vous devez vous préparer à descendre à terre : un bateau va vous conduire à l'Alien Office où l'on vous posera quelques questions...

— Encore ! Je peux fort bien débarquer avec mon propre canot.

— Ce ne serait pas légal ! intervint le douanier qui émergeait des entrailles de l'*Élisabeth*. Vous devez descendre seul, sans passeport et sans bagages. Je vous accompagne d'ailleurs... Pendant ce temps, votre navire apprendra où il a l'autorisation de mouiller.

Du haut de sa carcasse maigre et musclée, Guillaume Tremaine toisa l'insulaire qu'il brûlait d'envie de jeter par-dessus bord. Ses yeux fauves lançaient des éclairs :

— Si je n'avais une impérieuse raison de venir dans cette île misérable, je vous jure que je virerais de bord sans hésiter pour redescendre avec la marée...

L'homme aux grandes dents les exhiba en une grimace qui se voulait joviale :

— Nous ne vous le permettrions pas, articula-
t-il gravement. On ne se promène pas sur la Tamise
sans un motif valable. De toute façon, vous devez
répondre à nos questions ! Si vous voulez bien me
suivre... Ah ! j'oubliais ! Il vous faut payer un
shilling pour le transport !

C'en était trop ! Mettant son grand nez à hauteur
de celui de l'autre, Tremaine aboya :

— Et combien faudra-t-il que je donne au geôlier
qui va m'enfermer dans une basse-fosse de cette
sacrée vieille tour ?

Afin de mieux manifester sa compréhension de
l'humour français, le douanier découvrit d'épaisses
gencives rouges de mangeur de bœuf.

— Nous ne sommes pas si méchants. Nous
partons seulement du principe que tout service doit
être rétribué. Ainsi, n'oubliez pas votre pilote ! Ce
sera...

— Ce que je voudrai ! Je n'ai pas besoin de vos
conseils pour récompenser un bon marin...

La pièce d'or qu'il offrit à son guide fit ouvrir de
grands yeux au douanier mais il jugea plus prudent
de ne se livrer à aucun commentaire. Cependant, ce
fut avec une déférence nouvelle qu'il conduisit le
voyageur jusqu'à la barque venue à l'échelle de
coupée...

Un long moment plus tard — il lui fallut en effet
attendre son tour —, Tremaine, une fois franchies
les grilles entourant le vaste bâtiment de Custom's
House, se retrouva en face d'un fonctionnaire assis
derrière une table tachée d'encre et qui, avant de
tremper dans l'encrier la plume traditionnellement
perchée sur son oreille, lâcha sa première question :

— Quelle nationalité, gentleman ?

— Je suis français. Rien contre ?

— Du tout... duuuu tout! psalmodia le fonctionnaire.

— Vous parlez ma langue? s'étonna Tremaine.

— Plus deux ou trois autres dialectes mais ici c'est moi qui interroge. Alors si vous voulez bien me confier vos nom, prénoms, qualités, profession et lieu de domicile pour commencer.

Guillaume s'exécuta non sans faire observer que s'il avait été en possession de son passeport, les choses s'en seraient trouvées facilitées, l'homme de l'Alien Office riposta qu'il détenait ledit passeport mais que les informations gagnaient à être répétées. Il se mit à écrire avec autant de solennité que s'il rédigeait une convention d'armistice puis demanda :

— Date et lieu de naissance?

— 3 septembre 1750 à Québec.

Une lueur sadique s'alluma dans l'œil du bureaucrate :

— A Québec? Alors vous n'êtes pas français mais un indigène du Canada : donc sujet britannique...

Il eut à peine le temps d'achever sa phrase. Tremaine, devenu tout rouge, venait de se pencher sur le bureau et, empoignant le policier par son habit, l'arracha de son siège pour amener son visage à quelques centimètres du sien :

— Écrivez ça et je vous casse en deux, espèce de malotru ignare! Apprenez votre histoire! Quand je suis né c'était en Nouvelle-France et pas dans une de vos colonies.

— Ne vous fâchez pas! gargouilla l'autre. C'était... c'était... pour plaisanter...

— On ne plaisante avec Guillaume Tremaine que s'il le veut bien! Quant à votre humour je ne demande qu'à vous dire où vous pouvez le mettre !

— S'il... vous plaît, lâchez-moi !

L'un des voyageurs qui faisaient la queue derrière Guillaume s'interposa.

— Lâchez-le, monsieur, sinon ni vous ni moi ne sortirons jamais de ce bureau. Vous n'en avez pas fini avec ses questions...

Guillaume obtempéra. Puis, tandis que sa victime reprenait souffle et remettait de l'ordre dans ses vêtements, il considéra son nouvel interlocuteur. C'était un homme d'une cinquantaine d'années, bâti en force quoique de taille moyenne. Son visage, qui offrait les belles couleurs d'une santé florissante et d'une certaine habitude de la vie au grand air, était rond, aimable et, sous le chapeau qui coiffait des cheveux d'un blond grisonnant, les yeux bleu gentiane pétillaient d'une joie surprenante en accord parfait avec le large sourire. Guillaume avait l'impression que, pour une raison difficile à saisir, cet inconnu était incroyablement content de le voir. De son côté, Tremaine ressentit une bouffée de plaisir : l'homme parlait avec un fort accent canadien. Il lui rendit son sourire :

— Vous êtes de là-bas vous aussi ?

— Ça s'entend, hein ? Vous, par contre, vous l'avez perdu le parler de chez nous.

— J'ai quitté Québec après le siège et beaucoup voyagé avant de me fixer en Normandie.

— En Normandie ? L'est pourtant bien cousin du nôtre, l'accent de là-bas ?

— Oui mais, entre-temps, j'ai longtemps séjourné aux Indes...

Le fonctionnaire, qui reprenait à la fois ses

esprits et une teinte normale, toussa pour s'éclaircir la voix et déclara d'un ton mécontent :

— Tout ça est fort intéressant, mais il y a du monde derrière vous, gentlemen, alors finissons-en ! Si vous voulez bien, «monsieur», me confier le motif de votre présence en terre britannique, je vous en serais fort obligé. Business, n'est-il pas ? proposa-t-il d'un ton engageant.

— Non. Visite privée !

— A qui ?

— A des amis, bien sûr. Même un Français peut en avoir ici et d'ailleurs je ne vois pas en quoi cela vous regarde !

— Ça me regarde directement ! Si vous ne pouvez pas me fournir le nom et l'adresse de ces amis, vous ne pénétrerez pas dans Londres. C'est la loi !

— Il faut vous résigner ! souffla le Canadien qui avait l'air de beaucoup s'amuser.

Comprenant enfin la raison de l'espèce d'attestation que lord Astwell avait jointe à sa lettre, Tremaine produisit l'une et l'autre. L'époux de Marie-Douce devait être connu car l'homme, après avoir levé les sourcils avec un étonnement révérencieux, hâta la fin des formalités. Jugé définitivement *dignus intrare*, nanti d'une sorte de passeport provisoire qu'il devrait rendre avant son départ en échange du sien, il fut invité à s'entretenir avec un autre employé qui étala d'abord sous ses yeux un plan de Londres en indiquant quelques hôtels. Puis, s'étant enquis de sa destination finale, il la lui montra sur une carte de la région de Cambridge en mentionnant les divers moyens de s'y rendre et les routes qu'il convenait d'employer. Cette sollicitude inattendue constituait une formalité obligatoire et laissait à un troisième employé tout le temps nécessaire pour relever le signalement du voyageur. Après quoi celui-ci fut prié de gagner l'immense salle où ses bagages lui seraient remis. Après fouille bien entendu. C'était au tour du Canadien de se faire passer au crible.

Mais si Guillaume pensait en avoir fini avec l'attente et les tracasseries administratives, il se trompait. Avant d'atteindre la salle en question, on l'introduisit dans une pièce nettement plus petite et réservée aux voyageurs qui devaient y patienter — étrangers et Anglais confondus — jusqu'à ce qu'on les appelle un par un pour aller reconnaître leur bien. Or, cette espèce d'antichambre était bondée : plusieurs dizaines de personnes appartenant à des navires arrivés avant l'*Élisabeth* s'y morfondaient. Encore n'y avait-il là que des hommes, les femmes se trouvant isolées ailleurs.

Il régnait là-dedans une touffeur humide où s'épanouissait une sorte de pot-pourri d'odeurs humaines allant de la sueur à l'urine en passant par la crasse, la laine mouillée, le tabac refroidi sur quoi flottait, comme une enseigne, une senteur de whisky. Des quinquets fumeux éclairaient vague- ment cette assemblée hétéroclite d'où montait par instants un bruit de conversation mais subissait plutôt son sort avec une placidité toute britanni- que, les étrangers se montrant bien entendu les plus agités.

Tremaine prit place sur un banc auprès d'un homme à la mine austère qui avait l'air d'un clergyman. Il lui demanda s'il attendait depuis longtemps.

— Trois heures et quarante-quatre minutes, déclara celui-ci après consultation d'un gros oignon en argent bruni, mais il n'y a pas de quoi s'inquiéter : la dernière fois que je suis venu de Hollande, je suis resté ici cinq heures et douze minutes. Il faut seulement s'armer de patience.

— Vous semblez trouver ça normal ? Moi je suis pressé. Très pressé même !

— Les hommes le sont toujours trop et c'est tellement inutile ! Priez ! Vous trouverez le temps moins long.

Tremaine haussa les épaules et s'écarta. Une relation plus suivie avec le pieux personnage ne le tentait guère, bien qu'il se demandât comment il allait pouvoir employer cette éternité. Aussi fut-ce avec plaisir qu'il vit venir à lui le Canadien. Celui-là au moins était sympathique ! Il lui fit place à son côté en observant qu'il avait eu bien de la chance que son interrogatoire ne dure pas plus longtemps.

— Oh, moi, je suis un habitué, fit l'arrivant avec bonne humeur. C'est mon douzième voyage. Tous les ans, à l'automne, je viens à Londres avec un bateau chargé d'huile de baleine, de fourrures mais le plus souvent de bois de charpente. La Marine, qui a besoin de construire des vaisseaux, en réclame beaucoup. Or, depuis 1770, nous pouvons apporter librement nos bois en Angleterre. Alors je passe l'hiver ici pour recharger avec des produits anglais, hollandais, ... français quand c'est possible et je repars au printemps afin d'arriver à Québec à la fonte des glaces.

Il sortit une pipe de sa poche, la bourra en silence, l'alluma, tira une bouffée et, enfin, se tournant vers son voisin, il plissa les yeux en déclarant :

— C'est toujours un beau spectacle chez nous quand paraissent les premiers navires venus de l'autre côté de l'Atlantique...

Il prit un temps puis ajouta en regardant Guillaume bien en face :

— Je ne sais pas si tu te souviens, Guillaume, mais on ne le manquait jamais toi et moi. Dès que les guetteurs signalaient les premiers huniers on dégringolait sur le port...

Le tutoiement inattendu accrocha l'attention flottante de Tremaine. Muet de stupeur, il scruta son compagnon, essayant de dégager un visage enfantin de cette figure pleine et colorée, s'attachant surtout aux yeux bleus et rieurs :

— François ? articula-t-il enfin totalement abasourdi. François Niel ?... Est-ce que c'est vraiment toi ?

— Qui d'autre pourrait te rappeler ça ? J'ai changé plus que toi, apparemment. Tu as toujours ta tignasse rouge, ta figure en lame de couteau et ton caractère abrupt... mais tu es beaucoup plus élégant qu'autrefois.

— François ! soupira Guillaume envahi par une joie d'une qualité oubliée depuis longtemps. Je me suis bien souvent demandé ce que tu étais devenu depuis... Ça fait combien de temps ?

— C'était en 59 et nous sommes en 1802. Le calcul est facile : quarante-trois ans !

— Eh bien ! On peut dire que c'est un vrai miracle !

Une même impulsion les jeta dans les bras l'un de l'autre sous l'œil surpris et vaguement scandalisé du pasteur qui, du coup, se tassa un peu plus contre son voisin sans que les deux autres s'en soucient. En retrouvant l'ami de son enfance, le joyeux compagnon de tant de belles virées dans les rues de la Basse-Ville, dans le port et la fabuleuse campagne au cœur de laquelle la rivière Saint-Charles rejoint le maître-fleuve, le royal Saint-Laurent, Tremaine avait la sensation de serrer sur son cœur tout le cher, le vieux pays qu'il croyait à jamais perdu. C'était prodigieusement exaltant mais aussi d'une infinie douceur au point qu'il sentit les yeux lui piquer comme s'il allait se mettre à pleurer. Sa consolation fut de constater que François, lui, pleurait sans retenue :

— Tu ne peux pas savoir ce que j'ai été heureux, tout à l'heure, en te reconnaissant, murmura celui-ci, étouffant le reste de son émotion dans un vaste mouchoir à carreaux.

— Oh, je juge très bien par moi-même ! fit Guillaume en riant.

Ils avaient le même âge, à quelques mois près, et leur amitié s'était nouée jadis le jour où tous deux avaient effectué une entrée simultanée au collège des Jésuites de la Haute-Ville avec un enthousiasme équivalent : ni l'un ni l'autre ne se sentaient de dispositions pour les études. Singulièrement pour le latin, que Guillaume détestait, lui préférant les mathématiques et surtout les sciences naturelles ; mais le docteur Tremaine souhaitait voir son fils lui succéder un jour et, si l'on voulait exercer la médecine, le latin était incontournable. François Niel ne l'aimait pas davantage et réservait toute sa ferveur aux mathématiques, pour lesquelles il éprouvait une sorte de penchant. Mais ce que les deux gamins préféraient à tout, c'était se mêler à la vie du port, courir ses ruelles et ses boutiques où il y avait toujours quelque chose à glaner, assister au chargement et surtout au déchargement des navires ventrus, bourrés de marchandises et de passagers, auréolés par leur traversée du grand océan et par les senteurs de la mère patrie, la vieille terre de France dont on disait tant de merveilles. Ils aimaient aussi se hisser sur un arbre pour contempler, avec les yeux de l'amour, l'immense estuaire, les îles et le majestueux paysage doucement vallonné qui l'encadrait. Tous deux rêvaient de naviguer, s'intéressant aussi bien aux vaisseaux de haut bord qu'aux brigantins de commerce, aux simples barques de pêche ou même aux canots indiens que l'on voyait paraître au printemps chargés de fourrures malodorantes... Fascinés au point de faire l'école buissonnière plus souvent qu'à leur tour, ils savaient en assumer les conséquences lorsqu'ils regagnaient enfin le collège, offrant leurs derrières au martinet du censeur avec une philosophie quasi bouddhique : le jeu, selon eux, en valait largement la chandelle...

Sachant lire et écrire, François se fût contenté d'entrer tout simplement en apprentissage chez son père, mais il était fils unique et Simon Niel tenait à ce que son héritier fît les études qui lui permettraient de s'élever dans la hiérarchie sociale et d'atteindre au titre de négociant voire à des responsabilités municipales. Les Anglais, en assiégeant Québec, vinrent bouleverser ces beaux projets : lorsque leur bombardement eut détruit la maison et l'entrepôt de Niel avec la majeure partie de la Basse-Ville, celui-ci décida de rejoindre son frère qui tenait, au-delà de Montréal, un vaste magasin de fourrures et de marchandises de traite : il pensait ainsi sauver, en même temps que sa famille, une fortune déjà coquette. De toute façon François n'avait plus grand-chose à espérer du collège des Jésuites, plus qu'à moitié détruit lui aussi.

La séparation fut pénible aux deux garçons : le docteur Tremaine devait ses soins à ses malades et aux blessés ; il ne pouvait donc être question pour lui d'abandonner la ville assiégée où sa maison de la rue Saint-Louis était toujours intacte, ainsi d'ailleurs que sa demeure campagnarde des Treize Vents, à Sillery. Cependant, ils l'acceptèrent courageusement en pensant que, la guerre finie, ils se retrouveraient. Aucun d'eux n'imaginait que plusieurs dizaines d'années s'écouleraient avant que le hasard les remît face à face...

Le plus étonnant était peut-être cette joie enfantine qu'ils éprouvaient de la rencontre, alors qu'ils étaient tous deux des hommes mûrs. Comme si chacun avait enfoui la belle amitié de jadis dans un coin secret de son cœur, bien protégée des effluves vénéneux de l'existence et de son fracas souvent meurtrier par l'épaisse couche de mousse, de branchettes et de feuillages dont se servent les petits animaux de la forêt pour préserver leurs nourritures d'hiver. Ce qui les unissait autrefois n'avait rien perdu de sa fraîcheur.

Pourtant la première remarque de Guillaume aurait pu tout faire basculer :

— Puisque je te retrouve à Londres, cela veut-il dire que tu es anglais à présent?

La note d'amertume n'échappa pas à François Niel mais sa réponse, pour être ferme, n'en fut pas moins sereine :

— Nous autres, gens de Québec, nous ne serons jamais anglais! Depuis que la Nouvelle-France a cessé d'exister, nous avons lutté sans désemparer pour conserver au moins notre identité, notre langue, notre religion, et je crois que nous continuerons jusqu'à ce que nous réussissions à faire de notre pays un État indépendant...

— Vous n'y parviendrez jamais! Ce que l'Angleterre tient, elle ne le lâche plus... Et pour l'obtenir, elle emploie tous les moyens.

— Tu n'as jamais oublié ton frère, n'est-ce pas ? La blessure est toujours vive après tant d'années ?

— Oublier le traître de l'anse au Foulon, celui que les Anglais ont fait sir Richard Tremayne, jamais[1] ! Qu'il soit mort ne change rien à la chose. Je le maudirai jusque dans l'Éternité, lui et ceux qu'il a choisi de servir.

— On ne peut pas dire qu'il ait laissé chez nous un bon souvenir, concéda François. Par contre, celui de ton père est resté vivace. On se rappelle encore sa générosité, ses bienfaits. On l'a mis au rang des héros des derniers combats : comme le Dieppois Vauquelin par exemple qui, au printemps de 1760, quand reparurent les vaisseaux britanniques et qu'il fut certain qu'aucun secours ne viendrait plus de France, livra à la flotte entière et avec son seul navire le combat le plus désespéré et le plus rageur que l'on vit jamais dans les eaux américaines. Il y a aussi ton ancien ami Bougainville...

— Il est toujours mon ami.

— On dirait que tu vas avoir plein de choses à me raconter ! Eh bien Bougainville a lutté pied à pied le long de la rivière Richelieu pour empêcher la jonction des forces de Haldimand et de Murray. Et puis il y a eu surtout le chevalier de Lévis qui affronta trente mille hommes avec seulement deux mille soldats. Plus noble et plus vaillant que lui, ça n'existe pas ! Je l'ai vu, le jour où il a dû se rendre à Amherst, après avoir brûlé ses drapeaux. Il est venu avec sa poignée de rescapés devant l'Anglais

---

1. Voir le tome I : *Le Voyageur.*

qui prétendait leur refuser les honneurs de la guerre. Il a tiré son épée du fourreau, l'a brisée sur son genou et en a jeté les morceaux à la figure d'Amherst. C'était si grand, si beau que les soldats anglais eux-mêmes l'ont acclamé. Si tu avais entendu ce «Hurrah»! Il faut dire d'ailleurs qu'ils n'ont pas été si mauvais bougres, les Britishs!...

— Pourquoi? Parce qu'ils ne vous ont pas exterminés jusqu'au dernier ou déportés comme les Acadiens en 55?

— Ce n'est peut-être pas l'envie qui leur manquait, seulement ils ne pouvaient plus s'offrir ce luxe-là. Le gouverneur Vaudreuil avait négocié des garanties pour nous. Notre chance — pardon pour le mot! — a été que les gouverneurs anglais ne fussent pas des abrutis complets. James Murray d'abord mais surtout Carleton, devenu depuis lord Dorchester, ont compris que nous asservir ne serait pas une bonne solution. Et nous avons fini par obtenir, en 74, l'Acte de Québec que nous appelons à présent la Charte...

— Et ça vous a donné quoi?

— Notre territoire a été élargi du Labrador aux Grands Lacs. En outre, la religion catholique nous est conservée avec l'obédience papale. Nous gardons aussi le droit français pour tout ce qui concerne le civil et le foncier avec l'ancien système seigneurial. Seul, le droit criminel est anglais et, bien sûr, les membres du Conseil qui nous administrent sont nommés par Londres...

— Et vous vous en contentez?

— Non, mais en attendant, nous pouvons vivre, travailler. Guillaume, Guillaume, je vois bien que je te déçois mais dis-moi qui est le plus à blâmer dans notre histoire : l'Angleterre qui n'a eu de cesse d'obtenir ce qu'elle convoitait ou la France qui nous a laissés tomber, qui n'a rien fait pour nous aider et garder ces «quelques arpents de neige» comme disait je ne sais plus quel imbécile?

— Voltaire! Une espèce de génie...

— Vraiment? De toute façon je ne le connais pas. Sais-tu qu'après nous les Indiens restés fidèles à la France ont lutté jusqu'en juillet 1766 pour chasser l'envahisseur? Une terrible guerre indienne qui a coûté des flots de sang jusqu'à ce qu'enfin Pontiac, l'empereur indien, le chef suprême, accepte de signer la paix à Oswego avec sir William Johnson. Que sais-tu de cette épopée tragique, mon ami Guillaume?

— Rien, je l'avoue. J'étais à l'autre bout du monde. Qu'est devenu Pontiac?

— Assassiné trois ans plus tard par un Illinois à la solde des marchands américains. Ceux-là, oui, ont été et sont restés nos ennemis! Au point de venir un jour assiéger Québec. Et cependant ce sont ces gens-là que le roi de France a aidés à conquérir leur indépendance. Il y a de quoi rire, non? Ce Franklin, adulé à Paris, n'avait-il pas proposé un plan pour s'emparer de la Nouvelle-France? Et le fameux George Washington, n'a-t-il pas combattu les troupes françaises dans les vallées intérieures tandis que la flotte anglaise investissait Québec?

— Ça, je le sais! Je me souviens des meurtres, des pillages et des incendies dont leurs rangers se sont rendus coupables et je n'ai jamais compris qu'on aide ces gens-là. Si tu veux mon sentiment, j'espère toujours que la France essaiera un jour de reprendre son bien...

— Le malheur est qu'elle n'en avait pas envie. Si elle l'avait voulu, lors du traité de Paris qui a mis fin en 1763 à la guerre de Sept Ans, elle aurait pu nous récupérer contre la Guadeloupe et la Martinique! Nous étions moins intéressants, voilà tout! Alors chasse cette illusion! D'ailleurs...

— D'ailleurs?

— Nous n'accepterions plus! Je te l'ai dit tout à l'heure, nous avons à présent le goût de l'indépendance chevillé au corps. Et ne viens pas me répéter que l'on ne reprend rien à l'Angleterre! N'avons-nous pas évoqué, il y a un instant, les nouveaux États-Unis?... A présent, ne crois-tu pas que nous avons parlé politique en grande suffisance? J'aimerais bien entendre ton histoire.

— Elle est longue et plutôt compliquée, fit Tremaine avec un sourire et un haussement d'épaules...

— Commence toujours! De toute façon, nous avons le temps, dit Niel avec un coup d'œil à la porte dont trois personnes seulement avaient franchi le seuil. Si tu n'as pas fini, on continuera à table. Ce soir tu es mon invité car je suppose que tu ne connais pas Londres.

— Pas du tout mais je n'ai pas l'intention de m'y arrêter. Sorti d'ici, je compte prendre une voiture pour me rendre aux environs de Cambridge où je suis attendu.

— Il m'avait bien semblé entendre, tout à l'heure, que tu avais des amis en ce pays. Tu n'es pas logique avec toi-même...

— Écoute mon histoire et tu jugeras...

Le récit prit une bonne heure bien que Tremaine s'efforçât d'être aussi bref que possible, mais il découvrit rapidement que François, jadis le plus bavard de tout le collège, était fidèle à lui-même. Il y eut tant d'exclamations, d'interruptions, d'incidentes et d'anecdotes se rapportant à la famille Niel que, bien souvent, le narrateur éprouva des difficultés à renouer le fil de son discours. Il fallut, pour réduire Niel au silence, l'épopée tragique de la mort d'Agnès, l'épouse de Guillaume, sur l'échafaud révolutionnaire[1]. Le Canadien parut en ressentir une sorte d'effroi. Il se signa et permit à Guillaume d'achever son histoire sans plus l'interrompre. Et même après, il laissa s'écouler un temps avant de soupirer :

— Qui pourrait imaginer une existence comme la tienne? Moi qui me croyais un grand coureur d'aventures parce que j'ai fait quelques voyages et lutté avec mon père pour remettre notre maison à flot, je ne suis qu'un enfant de chœur auprès de toi...

— Tout ça est déjà loin. Huit années permettent de panser quelques plaies. Mes enfants grandissent dans une maison et au milieu de gens que j'aime; mes affaires sont prospères et j'espérais accéder dans un proche avenir à la sérénité de l'âge, mais la lettre que je t'ai montrée fait s'écrouler les défenses que j'avais cru accumuler autour de moi. En fait, elles étaient bien fragiles! J'ai toujours espéré qu'un jour je pourais aller chercher Marie pour la ramener aux Treize Vents. Et je vais la voir mourir. Tu comprends, à présent, pourquoi je suis si pressé? Chaque minute compte et voilà des heures que je me morfonds ici!

— Et tu n'en es pas encore sorti. Sans compter que jusqu'à Cambridge il y a sûrement plus de quarante miles...

1. Voir le tome II : *Le Réfugié.*

— Compte en distance française s'il te plaît. Je ne connais rien au système anglais...

— Seize ou dix-sept lieues, je pense. Et puis ta lettre dit qu'Astwell House, où tu es attendu, se trouve au-delà de la ville universitaire, sur la route d'Ely. C'est encore plus loin et les heures de diligence...

— J'ai l'intention de louer une voiture...

— C'est bien ce que je pensais, coupa François : tu as besoin de moi pour te mettre sur le bon chemin. Je sais où trouver un mail coach qui ne t'arrachera pas la peau du dos. Cette ville est bourrée de voleurs...

— Si tu crois me surprendre! Je suis payé pour le savoir depuis longtemps...

Au seuil de la porte, l'appariteur venait de reparaître et claironnait le nom de «Tremaîîîne». C'était au tour de Guillaume d'aller récupérer ses bagages.

— Attends-moi à la sortie! conseilla François Niel. Nous irons manger un morceau et nous verrons ce que nous pouvons faire ce soir.

— Entendu!... Ça ne devrait pas être bien long!

Dangereux optimisme! Introduit dans le dépôt où régnait un pêle-mêle invraisemblable de malles, de valises, de cabas, de cartons à chapeaux et même de paniers, Guillaume caressa un instant l'idée de s'enfuir en courant et en abandonnant ses affaires. Comment les retrouver dans ce fatras et les désigner au douanier qui le priait instamment de les lui montrer? On avait beau lui dire qu'elles étaient groupés sous le nom des bateaux transporteurs, il eut un moment d'égarement mais il se souvint tout à coup de l'intérêt porté par ces fonctionnaires à la production opportune d'un ou même de plusieurs shillings. Ceux-ci fleurirent instantanément mais avec discrétion au creux de sa main :

— Si vous pouviez m'assister, fit-il entre ses dents, je vous en serais très obligé...

Ce fut miraculeux : non seulement l'homme se montra d'une efficacité remarquable mais encore l'inspection obligatoire des bagages se passa au mieux et Guillaume n'eut pas le désagrément de voir ses vêtements et autres objets personnels retournés, bouleversés, étalés et mis à mal par des mains d'autant plus maladroites qu'elles ne savaient pas ce qu'elles cherchaient. Un quart d'heure plus tard, il était dehors où François, au courant depuis longtemps des us et coutumes de la maison, ne tarda guère à le rejoindre. Il faisait nuit noire à présent et, en dépit de l'éclairage assez abondant autour de Custom's House, l'atmosphère chargée de bruine était sinistre. Bien qu'il y eût de l'animation, l'endroit suait la tristesse. Guillaume bénit à cet instant la présence confortable, rassurante de François. L'amitié d'autrefois, revenue au moment où allait disparaître l'amour de toute sa vie, le réchauffait :

— Qu'est-ce qu'on fait maintenant ? demanda-t-il.

— On va commencer par prendre une voiture pour aller chez moi.

— Chez toi ? Ici ?

— Je te l'ai dit tout à l'heure : je passe l'hiver en Angleterre et je n'aime pas la vie d'hôtel. Alors je loue, à l'année, un petit appartement chez la veuve d'un libraire, dans Paternoster Row. Je l'occupe quand je viens et je le mets, éventuellement, à la disposition d'un client ou d'un ami lorsque je n'y suis pas. Mrs Baxter est une excellente ménagère, une cuisinière honnête et une personne d'une grande dignité. Je trouve chez elle le calme et un confort qui me conviennent tout à fait...

— A merveille mais je te rappelle que je n'ai pas l'intention de m'arrêter...

— Tu prendras bien le temps d'avaler quelque chose ? En outre, il y a dans le voisinage un loueur de voitures que je pratique depuis longtemps. Tu auras ce que tu veux...

En conclusion de son discours, François héla l'un des attelages qui stationnaient non loin de là. C'était un curieux véhicule : le cocher était juché dans une niche placée derrière et au-dessus de la carrosserie. Les rênes passaient devant l'espèce de nacelle couverte peinte en noir brillant où prenaient place les passagers. On chargea les sacs des deux hommes qui s'installèrent et rabattirent sur leurs jambes les volets destinés à les protéger de la pluie...

— Je suppose que c'est ce que l'on appelle un cab ? hasarda Guillaume.

Niel se contenta d'approuver de la tête, donna l'adresse au cocher et la voiture partit à vive allure en direction de la cathédrale Saint Paul autour de laquelle se concentraient les libraires et les marchands d'estampes qui connaissaient alors une vogue extrême : les gravures anglaises se vendaient dans le monde entier.

Paternoster Row devait son nom aux bréviaires et autres livres ou objets de piété que l'on y trouvait. C'était une rue au charme ancien, composée de bâtisses à un ou deux étages abritées sous de grands pignons pointus et qui ressemblaient assez aux vieilles maisons normandes avec leurs colombages bruns tranchant sur les crépis blancs, jaunes ou roses. Presque partout, une boutique se montrait sous un encorbellement étayé par des piliers. Dans la journée, une grande animation régnait autour de ces magasins où des centaines d'images étaient pendues sous les auvents en compagnie de grandes boîtes où s'entassaient des livres d'occasion, les moins précieux évidemment. Au bout de la rue, l'hôtel de la corporation des libraires, Stationer's Hall, étendait son autorité et sa protection sur cette artère touchée par l'esprit mais, vers le milieu de Paternoster Row, Chapter Coffee House, l'un des cafés les plus fréquentés par les écrivains, libraires, éditeurs et amateurs, évoquait les nourritures terrestres et dispensait chaleur et convivialité par tous ses minuscules carreaux sertis de plomb.

Ce petit monde semblait ancré là de toute éternité. Pourtant, le quartier Saint Paul avait été englouti dans le grand incendie de septembre 1666 mais la Couronne, les chanoines de la cathédrale et les gens de Londres s'étaient hâtés de le reconstruire sur le modèle ancien afin de renouer au plus vite avec la séduction d'un autrefois paisible et chaleureux. Et même à cette heure tardive où les boutiques étaient en train de fermer et par ce temps grincheux, il était possible, en dépit d'un jugement aussi prévenu que celui de Tremaine, de ressentir l'attrait de ce quartier à la fois sage, puisque l'on y respirait une atmosphère ecclésiastique, et coloré.

Pourtant Guillaume comprenait mal le choix d'un Canadien coureur des mers et des bois, peu disposé jadis aux jeux intellectuels, et qui semblait plus à sa place dans le confort bruyant d'une taverne fleurant la bière, l'alcool et le bœuf rôti que dans une rue parfumée à l'encre d'imprimerie. A moins que cette Mrs Baxter dont François parlait avec une espèce de dévotion n'en fût la raison nécessaire et suffisante...

François, il le savait à présent, était veuf comme lui-même et père de trois filles : deux d'entre elles étaient mariées et la troisième religieuse. Autant dire que, dans sa maison reconstruite de la rue Sous-le-Fort, il ne devait pas y avoir grand monde et qu'au fond les séjours londoniens représentaient sans doute la part privilégiée d'une existence quelque peu austère.

Pourtant, lorsque la porte enjolivée d'un marteau de cuivre brillant s'ouvrit sur un petit hall en longueur d'où partait un escalier raide et qu'apparut la logeuse en question, Guillaume se sentit déçu. Il avait imaginé Dieu sait quelle créature pulpeuse, rayonnante de vitalité et douée d'un charme capable d'accrocher les rêves d'un quinquagénaire en manque de douceur féminine. Or il ne voyait rien de semblable.

Grande et solide, bâtie comme le sont souvent, en Écosse, les filles des Hautes Terres, la veuve du libraire encadrait de bandeaux grisonnants une physionomie haute en couleur mais d'une gravité frisant la sévérité et des yeux bruns perçants et scrutateurs. Une puissante odeur de viande rôtie et de pain grillé entourait comme une auréole son grand bonnet blanc tuyauté. En apercevant son hôte doublé d'un compagnon, elle fronça les sourcils :

— Pourquoi votre commissionnaire n'a-t-il pas dit que vous ne seriez pas seul ? fit-elle sévèrement.

— Il n'en savait rien et moi non plus ! C'est à la douane que j'ai rencontré M. Tremaine que voici : un ami d'enfance perdu de vue depuis quarante ans...

— Et vous vous êtes reconnus? Un vrai morceau de chance!... C'est donc un Canadien comme vous et, bien entendu, devenu anglais.

— Non, madame, je suis français, précisa Guillaume qui commençait à trouver sympathique une femme prononçant le mot «anglais» d'un ton si réprobateur.

— Ah! J'aime mieux ça! Eh bien, monsieur, entrez et soyez le bienvenu puisque vous êtes un ami! Jaimie! brama-t-elle sans transition, Jaimie! Arrive ici!...

Instantanément, un garçon hirsute à la mine délurée dégringola l'escalier en poussant des cris de joie et vint saluer François, donnant tous les signes d'un véritable enthousiasme. La venue du Canadien signifiait sans doute pour lui l'ouverture d'une période particulièrement faste quant à ses finances. Lorsque Mrs Baxter lui enjoignit d'aller préparer une chambre pour le second visiteur, il envoya à celui-ci l'autre moitié d'un rayonnant sourire, mais Niel le retint au moment où il s'apprêtait à grimper les marches. Mr Tremaine, s'il partagerait volontiers le souper qui sentait si bon, ne resterait pas ce soir. Par contre Jaimie ferait œuvre utile en galopant chez Jerry Field, le loueur de voitures, pour lui demander de tenir prête une berline de voyage attelée de vigoureux chevaux.

— Vous allez loin, mylord? demanda le jeune valet visiblement impressionné par la mine du nouveau venu.

— Au-delà de Cambridge, renseigna François. Tu diras à Jerry que Mr Tremaine voudrait y être au lever du jour, relais compris...

— Alors y'a pas d'temps à perdre...

— En effet, approuva Mrs Baxter. Passons à

table, messieurs! J'aurai vite fait d'ajouter un couvert... ajouta-t-elle en débarrassant les deux voyageurs de leurs chapeaux et manteaux qu'elle rangea dans un petit vestiaire avant de les précéder dans la salle où le repas allait être servi.

Lorsqu'il y pénétra, Guillaume comprit enfin pourquoi son ami était si content de regagner Paternoster Row.

Dallée de carreaux rouges bien astiqués dont un archipel de tapis vivement colorés rompait agréablement la glaçure, lambrissée de vieux chêne où alternaient gravures de marine ou de chasse et pichets à whisky en étain, réchauffée par une cheminée où brûlait un bon feu de charbon dont l'odeur un peu âcre était compensée par les poignées d'herbes sèches qu'on y jetait aussi, cette pièce était d'autant plus accueillante que, près du feu, une table ronde nappée de blanc supportait un assortiment de lourde faïence bleue et blanche et de verres miroitants disposés autour d'un petit bouquet de bruyères et de feuillage automnal. Des chandelles alignées sur le manteau de la cheminée, entre des assiettes d'étain gravé, enveloppaient d'une agréable lumière dorée le couvert auquel une jeune servante se hâtait d'apporter les modifications rendues nécessaires par l'arrivée d'un hôte inattendu. De bons fauteuils de cuir clouté attendaient les convives, semblables à ceux qui, avec une autre table encombrée d'un tricot commencé, de quelques livres et d'albums en cuir patiné, composaient la partie féminine de ce «parlour» typiquement britannique, sinon anglais, où une famille entière devait pouvoir se sentir à l'aise. Les grands rideaux de drap rouge tirés devant les fenêtres à guillotine retranchaient complètement cet endroit de la froidure et de l'humidité extérieures.

A peine, d'ailleurs, les arrivants se furent-ils installés que Margaret Baxter leur servit une généreuse rasade d'un vieux whisky pur malt, s'en versa une équivalente et, levant son pot, déclara d'une voix vibrante :

— Bienvenue à notre voyageur des confins du grand Océan ! Bienvenue aussi à celui qui vient en ami ! Cette maison et moi-même vous accueillons avec joie et l'espoir de vous y revoir souvent !

Tandis qu'elle prononçait cette formule d'accueil, le visage de l'Écossaise, perdant alors toute austérité, rayonna d'un chaud sourire qui alluma des étincelles dans ses yeux. Les deux hommes se levèrent pour répondre au toast comme l'exigeaient la tradition puis se rassirent pour attaquer le *cock-a-leekie* — bouillon de poule écossais aux poireaux et aux pruneaux — que la servante apportait dans une vaste soupière décorée de fleurs bleues.

Dire que Tremaine apprécia la cuisine de son hôtesse serait beaucoup dire : il y avait une marge sérieuse entre Mrs Baxter et Clémence Bellec dont le talent régnait sur la cuisine des Treize Vents, mais il avait faim, les mets étaient présentés sans recherche inutile et accompagnés d'un vin qui n'avait pu voir le jour que dans un coin quelconque du Bordelais. Surtout, il fut sensible à la tarte au sirop d'érable venue en droite ligne de Québec et dont la saveur d'enfance retrouvée lui mit une larme au coin de l'œil. Dans les instants de détresse morale qu'il traversait, cette hospitalité généreuse et tellement inattendue dans un pays détesté lui mettait un peu de baume au cœur et ce fut sans révolte intérieure et même avec un certain enthousiasme qu'il s'entendit promettre de revenir à Paternoster Row pour y passer quelques jours avant de reprendre la mer, son douloureux pèlerinage achevé... Au fond, en liant amitié avec la veuve du libraire, il ne trahissait pas vraiment son vieux serment de haine sans merci à l'Angleterre : Margaret était écossaise et cela changeait tout...

Une heure plus tard, un peu ivre — mais les deux autres l'étaient presque autant que lui ! —, il se laissait choir dans les coussins moelleux d'une chaise de poste peinte en rouge et noir, tirée par quatre chevaux crachant le feu par les naseaux et sur laquelle régnait une sorte de gnome emperruqué sous un haut-de-forme à cocarde.

— Vous en faites pas, gentleman, déclara cet intéressant personnage et tâchez de dormir un brin ! Vous serez chez vos amis à temps pour le breakfast ou je ne m'appelle plus Sam Weldon.

— Faites ça, affirma Tremaine, et vous aurez triples guides !

Le «hurrah» du cocher se perdit dans le fracas de huit paires de sabots et de quatre roues ferrées démarrant avec un bel ensemble. Si brutalement même que le voyageur faillit se retrouver assis sur le tapis. Il ne pesta que pour la forme, se cala de son mieux dans un coin, les pieds posés sur la banquette avant, croisa les bras et ferma les yeux. La voiture n'avait pas encore quitté Londres qu'il dormait à poings fermés...

Une poigne vigoureuse tira Guillaume de son sommeil. Entrouvrant des paupières pesantes, il vit que la voiture était arrêtée, la portière ouverte et le cocher occupé à le secouer :

— Eh bien? fit-il.

— Astwell Park, mylord! Vous êtes arrivé ou peu s'en faut!

Du manche de son fouet, il désignait un parc dont les murs d'enceinte cheminaient sur les renflements de douces collines à la manière de la Grande Muraille de Chine. Le vaste espace qu'ils enfermaient se distinguait du paysage environnant par l'absence de haies et de cultures mais aussi par la présence de grands conifères harmonieusement mêlés aux chênes et aux hêtres. Au centre, on apercevait une longue maison grise, un bâtiment de style élisabéthain dont une succession de pignons, de lucarnes et de cheminées brisait la ligne des toits. L'aurore qui teintait de mauve les vieilles pierres faisait miroiter les innombrables carreaux de hautes

41

fenêtres à meneaux montant le long des façades comme des échelles.

Grâce aux cygnes qui évoluaient sur l'eau sombre des douves ceinturant les trois quarts du château et aux hérons qui le survolaient, l'ensemble donnait une grande impression de noblesse mais de son charme suintait une certaine tristesse...

Le regard aigu de Tremaine suivit un instant la course d'un jeune daim traversant une pelouse pour rejoindre l'abri d'une proche futaie puis revint se poser sur Sam Weldon :

— Repartons! dit-il. Nous en avons bien pour quelques minutes si vous n'allez pas trop vite. Cela me donnera le temps de remettre de l'ordre dans ma toilette...

Il prit à ses pieds un nécessaire posé à même le sol de la voiture, l'ouvrit et entreprit d'effacer le désordre et la poussière de la route. Il ne tenait pas à se présenter devant l'époux de Marie-Douce sous une apparence négligée et moins encore devant celle qui l'avait appelé.

A mesure que la voiture roulait vers la demeure, son cœur se serrait davantage. Était-elle encore vivante, sa douce Marie? Tous ces retards accumulés n'avaient-il pas usé ses dernières forces en lassant la patience — trop courte le plus souvent! — de l'impitoyable gardienne de l'au-delà? Allait-il seulement la revoir? Cette maison silencieuse ressemblait au tombeau d'une légende...

Lorsque s'ouvrit la lourde porte en chêne sculpté où aboutissait une volée de marches, il se sentit un peu moins terrifié. Le robuste maître d'hôtel au visage brique apparu dans l'encadrement arborait une si bonne santé qu'elle avait quelque chose de rassurant. Derrière lui s'étendait un grand hall

dallé, très noble et très beau avec ses lambris
Renaissance surmontés de trophées de chasse et de
grands tableaux noircis par le temps sous un
plafond à caissons enluminés. Puis il aperçut le
flamboiement d'une large cheminée où un arbre
tronçonné crépitait sous un arc Tudor en pierre
blanche.

— Je me nomme Guillaume Tremaine et je viens
de France. Je sais que l'heure est matinale mais...
puis-je voir lady Astwell?

Le serviteur n'eut pas le temps de répondre. Un
homme s'était levé d'un des énormes fauteuils qui
faisaient face au feu et s'avançait vers le visiteur en
s'appuyant lourdement sur une canne :

— Laissez, Sedgwick! C'est à moi d'accueillir ce
gentleman. Veuillez entrer, monsieur! Je vous
attendais, voyez-vous! C'est pourquoi vous me
trouvez ici. Je suis le guetteur, en quelque sorte...

— Vous m'attendiez?

— Depuis des jours et des jours... Depuis que je
vous ai écrit.

— Étiez-vous donc certain que je viendrais?

— Elle en était certaine... Mais entrez, je vous en
prie! Hâtons-nous! Marie retient sa vie de tout ce
qui lui reste de forces, mais j'ai toujours peur
qu'elle ne soit vaincue. Le combat est tellement
inégal!

Puis, changeant soudain de ton :

— Est-ce que vous boitez, vous aussi?

— Un peu, oui... Un accident de cheval il y a une
dizaine d'années...

— Moi, c'est plus récent et je ne m'en remets pas.
Ce qui est d'ailleurs sans la moindre importance.
Au contraire...

Il avait dit cela d'un ton allègre et Guillaume le

regarda mieux. Indéniablement, sir Christopher avait fort grand air mais bien mauvaise mine. Dans un visage au teint plombé, les traits demeuraient nobles et bien tracés, les yeux aux larges cernes imprimés par une mystérieuse maladie conservaient une teinte bleutée pleine de douceur et s'il se tenait un peu voûté, il n'en restait pas moins un homme de haute taille. Il était beau sans doute — naguère encore peut-être! — et, mordu par une subite jalousie, Guillaume se demanda jusqu'à quel point Marie avait pu l'aimer. Pour essayer d'en savoir plus, il répéta ses derniers mots :

— Au contraire? Pourquoi donc?

L'Anglais eut un sourire qui lui rendit fugitivement sa jeunesse :

— Pensez-vous que je garde le goût de vivre alors que je vais perdre le seul être que j'aime au monde? J'aurais aimé mourir de la maladie de Marie et en même temps qu'elle, mais Dieu a jugé bon de faire preuve d'imagination en ce qui me concerne. J'espère seulement que ce ne sera pas trop long et que je la rejoindrai rapidement.

Une bouffée de colère qu'il eut peine à maîtriser empourpra Tremaine. Ainsi, non content de lui avoir pris celle qu'il aimait, cet homme tirait déjà une traite sur l'éternité. Une chance encore qu'il eût consenti à réaliser le vœu de Marie et à l'appeler, lui Guillaume! Il fallait qu'il fût bien sûr de sa victoire finale...

Tout à coup, il se sentit las, découragé... presque vieux! Il haïssait cette maison qui lui enlevait son dernier rêve et en venait à penser que Marie, peut-être, ne l'avait pas appelé et qu'Astwell avait tout arrangé pour faire de lui le témoin de cet amour qui les unissait, lui et sa femme...

Tandis que tous deux gravissaient l'escalier conduisant à la galerie en chêne du premier étage, il éprouva une joie mauvaise, mesquine, en constatant que son rival — puisqu'il fallait bien l'appeler ainsi ! — éprouvait de la peine à monter et qu'un lourd soulier orthopédique emprisonnait son pied droit. Si Guillaume n'avait su à quel point il lui aurait fait plaisir, il eût aimé le tuer, ce voleur d'Anglais !

La honte cependant l'envahit quand, ouvrant devant lui la porte d'une chambre blanche et bleue, son compagnon lança du seuil :

— Il est là, Marie !... Il vient d'arriver... Vous allez être heureuse...

Le son qui sortit du grand lit à colonnes fut aussi faible qu'un cri d'oiseau et pourtant renfermait tant de joie que Guillaume sentit son cœur fondre. Oubliant où il se trouvait, oubliant le mari, il se jeta à genoux près de la couche où reposait Marie-Douce mais là, il dut faire appel à tout son sang-froid pour ne pas éclater en sanglots : Marie n'était plus qu'une ombre déjà désincarnée.

Son corps soulevait à peine les draps et la courtepointe de satin. Translucide, émacié, le teint jadis rayonnant faisait jouer d'étranges opalescences autour des traits devenus si ténus qu'un masque de cire semblait posé sur le visage. Seule la soie argentée des cheveux semblait encore vivante car, lorsque les paupières s'ouvrirent avec peine, Guillaume, navré, vit que la belle couleur changeante des prunelles d'un bleu-vert profond et doux se décolorait pour ne plus laisser qu'un azur pâli. Une main diaphane tâtonna en aveugle pour atteindre l'arrivant. Qui la prit aussi délicatement que si elle risquait de se briser...

— Marie! Je suis là!... près de toi! Pourquoi ne m'as-tu pas appelé plus tôt?...

— Je ne... devais pas!... Je t'ai demandé... quand... j'ai compris... que c'était bientôt fini...

La mourante parlait sans bouger la tête et d'une voix si faible que Guillaume devait se pencher pour la recueillir :

— Ce n'est pas fini, murmura-t-il. Tu vas vivre... Il le faut! Oh, Marie, je n'ai jamais cessé de t'aimer...

Elle esquissa un sourire mais referma les yeux :

— Chut!... Je n'ai... plus beaucoup de temps!... Je voulais te dire... ton fils... il faut que... tu l'emmènes! Il... n'a plus que toi...

La voix grave de sir Christopher qui s'était assis au pied du lit vint à son aide.

— Ce n'est que trop vrai, monsieur Tremaine. Arthur a toujours vécu ici et auprès de sa mère mais, je vous l'ai fait entendre, les jours me sont comptés à moi aussi et il n'est pas mon héritier.

— Ce qui veut dire?

— Que mon neveu sera prochainement le maître d'Astwell Park où l'enfant n'aura plus sa place... mais écoutez plutôt Marie : elle veut parler encore.

Au creux de sa main, Guillaume sentit, en effet, la légère pression des doigts fragiles :

— Promets-moi, mon Guillaume!... Il va avoir... beaucoup de chagrin... et il aura besoin... de quelqu'un de fort... et surtout... qu'on l'aime!... Oh... mon Dieu!... Il faut qu'il revienne!...

Le souffle lui manqua soudain. Marie haletait à présent cependant que sa main tentait de s'accrocher à celle de Guillaume qui, bouleversé, glissa un bras sous l'oreiller pour la prendre contre lui.

— Marie, Marie!... Je promets tout ce que tu

veux mais ne t'en va pas!... Reste encore!... Moi aussi j'ai besoin de toi! J'espérais toujours ton retour!... Ou que tu m'appellerais!... Tu ne sauras jamais à quel point je t'ai aimée...

Un instant, il crut à un miracle : sur le visage si proche du sien, un sourire, un vrai sourire, celui d'autrefois, chaud et rayonnant, venait de se poser comme un brillant papillon sur une fleur pâle. Puis la tête blonde se pencha vers la sienne, s'y appuya. Il l'entendit chuchoter :

— Mon amour... on... se... retrouvera...

Un tout petit hoquet ressemblant presque à un soupir, et la tête se fit plus lourde. Guillaume comprit que Marie-Douce venait de s'endormir pour toujours quand l'une des deux personnes que son entrée avait écartées du chevet de la mourante et auxquelles il n'avait guère prêté attention se pencha sur eux. C'était un homme vêtu de noir dont il devina qu'il était médecin :

— C'est fini, monsieur! Lady Marie nous a quittés...

A regret, Guillaume abandonna le corps autour duquel, d'instinct, il avait resserré ses bras et, se relevant, jeta autour de lui un regard noyé, presque égaré, qui cependant s'arrêta sur une figure connue émergeant soudain, rougie par les larmes, d'un tablier de mousseline réduit à l'état de mouchoir :

— Kitty! murmura-t-il. C'est bien vous?

— Oui, monsieur Guillaume, c'est bien moi!... Quelle tristesse de vous retrouver dans un moment si douloureux!... Je suis toujours restée à son côté...

— Vous avez eu plus de chance que moi!... Cependant, je suis heureux de vous revoir.

Il alla vers elle et lui prit les mains en un geste d'amitié spontanée. La fidèle camériste appartenait tout entière à ces rares et merveilleux jours de bonheur vécus avec Marie aux Hauvenières, la petite maison des bords de l'Olonde où deux fois l'an Marie était venue le rejoindre après avoir affronté une traversée de la Manche souvent difficile. Elle débarquait à Cherbourg où l'attendait Joseph Ingoult, leur ami sûr, qui la conduisait ensuite jusqu'à la gentilhommière nichée dans la verdure sur les arrières de Port-Bail. A l'exception d'une semaine à Paris, pendant la Révolution, c'est là qu'ils s'étaient aimés avec une passion sans cesse renouvelée, là qu'elle avait donné le jour à un fils nommé Arthur, là enfin qu'elle l'avait attendu vainement lorsqu'il gisait, les jambes brisées, au creux d'un marais habité par les fièvres. C'est là, enfin, que, à bout de ressources et le croyant mort, elle avait accepté de suivre sir Christopher qui avait eu le génie de venir la chercher au bon moment[1]. Oui, Kitty faisait partie de ses plus chers souvenirs et il était doux de la revoir...

L'heure et l'endroit, cependant, étant mal choisis pour les souvenirs, il n'était guère possible de s'attarder à leur évocation. Après avoir procédé au constat de décès, le médecin pria Kitty de donner les soins nécessaires à la dépouille mortelle avec l'aide des autres femmes de la maison. Sir Christopher invita Tremaine à le suivre dans la pièce où il aimait à se tenir le plus souvent, une sorte de musée de la chasse donnant directement sur le parc et qui lui servait de fumoir, de cabinet de travail et de bibliothèque.

— Je pense, dit-il, que vous pouvez renvoyer

---

1. Voir le tome II : *Le Réfugié*.

votre voiture. Sedgwick a reçu l'ordre de vous faire préparer une chambre et d'y monter votre bagage.

— Vous avez pris une peine bien inutile : je n'ai pas l'intention de m'arrêter...

— Il le faudra bien, pourtant! Dois-je vous rappeler votre promesse?

— Je n'oublie jamais une promesse et j'ai bien l'intention d'emmener mon fils dès maintenant.

Un mince sourire étira les lèvres blanches du baronnet :

— Allons, monsieur Tremaine! Soyez franc! Il vous déplaît de recevoir l'hospitalité de ce château pour des raisons bien faciles à comprendre. Je crains cependant que vous n'ayez pas le choix. Outre qu'il serait cruel d'emmener Arthur avant que sa mère n'ait été portée en terre, cette demeure est isolée : il n'y a pas la moindre auberge convenable à moins d'une lieue...

— C'est sans grande importance puisque j'ai une voiture à ma disposition. Ici, je craindrais de me sentir gêné... mais je vous remercie d'un accueil aussi courtois. Naturellement, avant de me retirer, je souhaiterais rencontrer mon fils. Je ne vous cache pas que je suis assez surpris de ne pas l'avoir vu au chevet de sa mère. Pas plus d'ailleurs que le reste de la famille...

— Nous ignorons tous où se trouve Édouard. Sans doute à Londres dont il ne s'éloigne pas plus que de ses compagnons de beuverie. Quant à Lorna, depuis deux jours, elle fouille les environs en compagnie de Jeremiah Brent, le précepteur d'Arthur. Autant vous l'apprendre tout de suite : le garçon a disparu...

Tremaine, qui s'était approché du feu pour réchauffer ses doigts glacés, eut un haut-le-corps :

— Disparu?... Est-ce la raison pour laquelle Marie demandait qu'il revienne?

— Oui. Il a pris un cheval et s'est enfui en pleine nuit. Sans laisser la moindre explication. Quand on le connaît, c'est assez facile à comprendre...

— Vous trouvez? Je suppose qu'il aime sa mère? Or, la sachant mourante il est tout de même parti?

— Eh oui!... voyez-vous, je crois le connaître assez bien. C'est un enfant difficile, ombrageux, très secret et d'une intraitable fierté...

— Je ne vois là rien de déplaisant. J'ai connu jadis un gamin qui était un peu comme ça...

— Si vous pensez à vous-même, cela vous aidera. D'autant qu'il vous ressemble physiquement. Ce qui ne veut pas dire qu'il soit prêt à vous accepter. Lorsqu'il a su que je vous avais appelé et que Marie souhaitait vous le confier, nous avons essuyé... une espèce d'ouragan, une révolte ouverte. C'est difficile, vous savez, de faire entendre raison à un garçon de douze ans.

— Je sais. Mon fils Adam, qui a le même âge à quelques mois près, était trop jeune à la mort de ma femme pour en souffrir. Dans le cas d'Arthur, il me paraît normal qu'il se révolte contre ce qui doit lui sembler une intolérable injustice, un crime contre nature. Perdre sa mère est horrible pour un enfant. Surtout lorsqu'elle est jeune... et belle. J'ai connu cela!

— Je suis heureux de trouver en vous tant de compréhension. Malheureusement il ne s'agit pas de ça. La consomption[1] qui vient d'emporter Marie la mine depuis si longtemps qu'Arthur s'est habi-

_____
1. C'était le nom que l'on donnait alors à la tuberculose pulmonaire.

tué, peu à peu, à l'idée terrible de la voir partir. Il
sait, d'autre part, qu'en ce qui me concerne les
médecins m'accordent peu de temps...

— Combien? fit Tremaine sans trop s'encombrer de délicatesse.

— Deux... trois mois...

— Si je vous ai bien compris, je suis donc
l'unique motif de sa colère et de sa fuite? Mais
pourquoi? Il vous croyait son père et d'apprendre
qu'il n'en était rien...

— Il s'appelle Tremaine, remarqua sir Christopher avec douceur. Il n'ignore donc pas que je ne
lui suis rien. Souvent Marie — surtout lorsqu'elle
s'est sue perdue! — a essayé de lui parler de vous
mais toujours il a coupé court. Pardonnez-moi mais
je crois qu'il vous déteste sans même vous connaître
et cela pour des causes diverses dont la première est
que vous n'avez pas épousé sa mère et formé avec
elle et autour de lui la famille dont il rêvait peut-
être.

— Et les autres? Il doit bien en avoir au moins
une?

— Vous êtes français... Je le crois attaché au seul
pays qu'il ait vraiment connu. La veille de son
départ, il m'a supplié de le faire embarquer sur un
vaisseau de Sa Majesté lorsque Marie ne serait plus.

Une vague de colère noya momentanément le
chagrin de Guillaume. Un Anglais! Le fils que
Marie lui léguait, né de son sang à lui, se voulait
uniquement anglais! En vérité, il ne manquait plus
que ça!

— Et vous lui avez refusé? C'était pourtant la
seule solution!

— Pas aux yeux de Marie. Gardant au cœur le
souvenir de son Canada natal, elle n'a jamais aimé

l'Angleterre. Pas plus que vous-même, si j'ai bien compris ? L'idée que son fils serve dans la Marine britannique lui était insupportable : elle y voyait une trahison de plus envers ses ancêtres et, bien sûr, envers vous !

— Elle a toujours eu l'âme délicate mais elle aurait dû savoir que le combat était perdu d'avance. On ne contrarie pas impunément la vocation d'un garçon et, s'il aime la mer...

Le mot le frappa au moment même où il le prononçait parce qu'une fois de plus il le ramenait au gamin des rives du Saint-Laurent qui rêvait sans cesse de partances lointaines assis sur un rouleau de cordages dans le port de Québec. Ainsi, l'enfant portait en lui les mêmes aspirations, la même attirance passionnée... alors qu'Adam ne montrait aucune disposition pour la navigation. Un regret lui mordit le cœur : tout cela était triste à pleurer. Pourtant, il refusa de se laisser attendrir :

— Il va falloir oublier l'Histoire et les désirs de Marie. Il serait criminel de contraindre Arthur dès l'instant où il a choisi son destin. Cherchez-le, retrouvez-le... et puis exaucez son vœu ! Je préfère encore savoir qu'il porte avec honneur un uniforme anglais plutôt que d'augmenter le nombre des mauvais Français...

— Et votre serment ? Même si vous n'avez guère envie de le tenir, vous l'avez tout de même fait. Et à une mourante ! Vous ne craignez pas de troubler à jamais le repos de son âme ?

En dépit de la gravité des paroles, Guillaume retint un sourire. La croyance aux fantômes des gens d'outre-Manche l'avait toujours amusé et vaguement apitoyé. Cependant il se contraignit à répondre avec une entière courtoisie :

— Je suis certain, dit-il, que, là où elle est, Marie sait qu'elle a eu tort de contraindre son fils. Elle l'aimait trop pour le voir malheureux...

Sir Christopher émit une sorte de grognement douloureux et se laissa tomber dans un fauteuil. Son nez et sa bouche se pincèrent dans son visage devenu blême. Guillaume crut qu'il était en train de perdre connaissance et se précipita vers une porte :

— Vous vous sentez mal ? Je vais appeler...

— Non !

Il avait presque crié mais se reprit aussitôt et ce fut plus bas qu'il ajouta :

— Non... n'en faites rien ! Cela... cela va passer et j'ai encore... à vous parler. Là... dans ce meuble... il y a du whisky. Donnez-m'en un peu... s'il vous plaît ! Et prenez-en aussi !...

Tremaine obéit et regarda le malade absorber l'alcool ambré, constatant avec satisfaction qu'au bout de quelques instants un peu de couleur lui revenait. Il but à son tour et apprécia la sensation de chaleur qui l'envahissait. Il faisait froid, humide, dans ce château où l'on n'avait pas l'air de savoir ce que c'était qu'un véritable feu : un petit tas de charbon dans la grille d'une cheminée assez vaste pour un tronc d'arbre n'était guère réconfortant !

— Je vous en prie, dit sir Christopher. Tirez ce fauteuil auprès de moi et venez vous y asseoir. J'ai à vous dire des choses pénibles pour mon orgueil national et je préfère les murmurer.

— Je vous écoute avec beaucoup d'attention.

— Voilà ! Outre le fait que servir dans la Marine anglaise où règne une discipline souvent inhumaine n'est pas le meilleur moyen d'apaiser un chagrin, outre que le caractère ombrageux d'Arthur lui vaudrait sans doute de pénibles expériences, il serait aussi dangereux de l'embarquer que de le laisser à terre et ma chère épouse le savait fort bien. Un bateau, sauf accident, revient toujours au port et Arthur, en débarquant, se retrouverait en terrain miné.

— Pouvez-vous m'expliquer? Je comprends mal.

— C'est pourtant d'une affreuse banalité: Arthur n'a pas d'autre foyer que ce domaine. Lorsque mon neveu en aura pris possession, il n'en aura plus du tout. Par contre, il aura, en Angleterre, un ennemi implacable qui n'aura de cesse de le détruire.

— Qui?... ou quoi?

— Édouard. Jamais ma pauvre Marie n'a pu faire admettre par son fils aîné celui qu'il appelle «le vilain bâtard». Et pas davantage à sa mère...

La surprise remonta les sourcils de Guillaume jusqu'au milieu du front:

— Ne me dites pas qu'elle est toujours vivante? La dernière fois que l'on m'en a parlé, elle était de santé fort chancelante et il y a maintenant plus de dix ans.

— Et pourtant elle me survivra! soupira sir Christopher avec une grimace qui donnait l'exacte mesure de son affection pour sa belle-mère. Cette chère Mme du Chambon — qui doit avoir environ soixante-quinze ans — est impotente: elle ne quitte plus sa maison de Kensington où elle mène toujours son monde d'une main de fer. Je ne sais pas combien elle pèse mais, croyez-moi, c'est de la méchanceté à l'état pur. Naturellement, Édouard est sa seule faiblesse parce qu'il lui ressemble: ni l'un ni l'autre ne tolère l'idée qu'Arthur puisse hériter quoi que ce soit de sa mère...

— Pensez-vous qu'ils iraient jusqu'à...

— Le supprimer ? Sans l'ombre d'une hésitation. D'autant qu'Édouard récupérerait ainsi l'argent que j'ai placé sur la tête de l'enfant pour lui assurer tout de même une vie décente. Vous êtes sa seule chance...

— Vous m'avez parlé d'Édouard et de la vieille Vergor. Et cette Lorna ?

— Un personnage, j'en conviens. Elle éprouve une certaine affection pour son demi-frère qui lui voue une sorte d'adoration. Quant à la grand-mère, si mauvaise qu'elle soit, elle traite avec sa petite-fille de puissance à puissance : je crois même qu'elle en a un peu peur mais, surtout, elle en est extrêmement fière. Songez que Lorna s'apprête à coiffer une couronne de pairesse...

— En ce cas, je ne vois pas où est le problème. Devenue si grande dame, elle pourra protéger son frère ?...

— Je ne crois pas qu'elle l'aime assez pour s'en charger. D'ailleurs, elle n'était pas hostile, loin de là, à ce qu'on vous le confie. La solution lui paraît même parfaite...

— Vous sembliez tous absolument sûrs que je viendrais ? Et si j'étais resté chez moi ?

— Marie ne l'imaginait même pas. Elle vous connaissait bien... Mais je me demande à présent si elle n'entretenait pas trop d'illusions à votre égard.

— Que voulez-vous dire ?

— Tout à l'heure, vous auriez juré n'importe quoi ! fit sir Christopher avec une soudaine rudesse, mais à présent, vous faites tous vos efforts pour éviter de vous encombrer d'Arthur. Que vous ne l'aimiez pas peut se concevoir, puisque vous ne le connaissez pas, mais vous avez aimé sa mère et, après tout, il est votre fils!

— Pas après tout! C'est justement parce que je suis son père que je redoute des relations où nous pourrions nous blesser l'un et l'autre. Comment contraindre un garçon qui voit dans la fuite le seul moyen de m'échapper et qui est entièrement intégré à l'Angleterre? Comment le forcer à vivre à mes côtés... en terre ennemie?

— Peut-être suffirait-il que vous vous rencontriez? Vous êtes le genre d'homme qui pourrait lui plaire...

L'entrée du majordome coupa court au dialogue. Au soulagement provisoire de Guillaume, qui éprouvait le besoin d'un peu de solitude pour tenter de faire face à cette situation tellement inattendue:

— Qu'y a-t-il, Sedgwick?

— Sir Édouard vient d'arriver, mylord.

— Vous l'avez conduit auprès de lady Marie?

— Il n'en a pas exprimé le désir mais plutôt celui de se rendre dans sa chambre afin d'y faire quelque toilette. Nous savons tous combien la poussière des grands chemins est insupportable à sir Édouard... D'autre part, Mrs Howell et Kitty ont fini de donner leurs soins à milady.

Lord Astwell tendit la main pour empoigner sa canne et se hissa péniblement hors de son fauteuil, refusant d'un geste vif l'aide que Guillaume s'apprêtait à lui offrir. Puis il tira sa montre.

— Nous y allons! Venez, monsieur Tremaine... Quant à vous, Sedgwick, veuillez monter chez sir Édouard et lui dire qu'il a dix minutes, pas une de plus, pour venir saluer sa mère. Sinon j'aurai le regret de le chasser de cette maison qui est encore la mienne...

Côte à côte, les deux hommes reprirent le chemin de la chambre mortuaire. Guillaume ne pouvait pas ne pas remarquer le tremblement léger de son compagnon agité par une indignation qu'il avait peine à maîtriser. De toute évidence, l'époux de Marie-Douce détestait son beau-fils et c'était amplement suffisant pour que Guillaume n'éprouvât aucune joie à l'idée de le rencontrer.

Mrs Howell, la *housekeeper* d'Astwell, et Kitty avaient fait merveille : la jeune morte — comment croire, en la voyant, qu'elle venait d'atteindre la cinquantaine? — reposait dans un océan de blancheurs neigeuses. Son corps amenuisé par la souffrance disparaissait sous une marée de dentelles d'où émergeaient seulement ses mains diaphanes et la délicatesse de son visage aux traits reposés. Les cils encore foncés mettaient une ombre légère sur les joues pâles et, sous l'auréole formée par un bonnet de précieux point d'Angleterre traversé de rubans de satin, la masse soigneusement brossée des cheveux argentés brillait avec des reflets roses sous la lumière des candélabres disposés à la place des chevets. Un doux sourire flottait sur ses lèvres et Guillaume, le cœur crucifié, renonça à retenir ses larmes. Par-delà cette gisante idéale, il revoyait la petite fille de la rue Sainte-Anne émergeant d'un tas de neige pour lui offrir le rayonnement de sa frimousse rose où pétillaient des prunelles couleur de mer au soleil. Depuis ce jour, il était prisonnier de ce regard et de l'âme qui l'habitait. Penser qu'il était à jamais éteint lui inspirait la plus douloureuse des révoltes :

«Pourquoi toi et pas moi, Marie?» songeait-il avec l'impression que sa vie s'achevait là, qu'il n'avait plus rien à en attendre puisqu'il n'était plus

possible d'espérer voir celle qu'il aimait tant revenir
vers lui.

Le poids de la douleur l'accabla soudain. Il se
laissa lourdement tomber à genoux et, enfouissant
sa figure dans ses mains, pleura sans honte l'unique
amour de sa vie...

Une main fermement posée sur son épaule le
ramena à la réalité.

Lord Astwell murmurait :

— Relevez-vous, je vous en prie ! Voilà Édouard !

La porte de la chambre venait, en effet, d'émettre
un léger grincement. Vivement remis sur pied,
Guillaume se contraignait à ne pas se retourner vers
l'arrivant. Tirant de sa poche un mouchoir, il fit
toute une affaire de s'y moucher, ce qui lui permit
d'essuyer ses larmes.

Lentement Édouard Tremayne s'approcha du lit.
Guillaume l'eut bientôt dans son champ de vision
et put contempler de profil cet inconnu qui, cependant, était son neveu mais dont il n'eût jamais
imaginé, le rencontrant au hasard d'une rue, qu'il
pût exister entre eux le moindre lien de famille. Le
fils de Richard, le traître de Québec[1], ne ressemblait
en rien à son père.

L'aîné des fils du docteur Tremaine avait été brun
acajou comme celui-ci, lourdement charpenté à son
image, mais, contrairement à lui, il enrobait de
graisse des muscles à peu près inexistants. Quant
aux traits de son visage, ils étaient d'une banalité à
laquelle seul un caractère désagréable parvenait à
donner quelque relief. Or, son fils aurait pu servir
de modèle pour une statue grecque. Il en possédait
le nez droit prolongeant un front dont il était

---

1. Voir le tome I : *Le Voyageur.*

difficile d'apprécier la hauteur sous les boucles brillantes, du même blond argenté que celles de Marie-Douce, la bouche très ourlée et légèrement boudeuse, l'œil grand et bien fendu mais d'une curieuse couleur vert pâle tirant sur le jaune. D'assez haute taille, il était bâti en homme habitué aux exercices physiques et, à voir la façon dont il était vêtu, Guillaume pensa qu'il contemplait à cet instant un parfait spécimen de ces dandys que les tailleurs français s'efforçaient de prendre pour modèle.

Coupé très certainement par un maître de Sackville Street, son habit de fin drap gris foncé, dont le col de velours noir brillant touchait presque ses oreilles, offrait l'image suprême du bon ton, même s'il évoquait assez mal la notion de deuil. Le pantalon, collant à l'extrême, était d'un gris plus clair ainsi que le gilet de soie, coupé droit sur le ventre. La cravate, de mousseline immaculée, était nouée avec art et retombait en jabot du col haut et empesé de la chemise qui maintenait la tête droite. Des breloques tintaient à la chaîne d'or barrant le gilet dont le jeune homme — Tremaine devait l'apprendre par la suite — faisait venir la soie du Siam. Enfin, un monocle pendait à un ruban noir passé autour du cou. Une œuvre d'art en quelque sorte mais qui inspira aussitôt à Guillaume de la répulsion. Ce garçon trop beau semblait dépourvu d'âme. Pas la moindre émotion sur le marbre de ce visage tandis qu'il considérait la dépouille mortelle de sa mère en tripotant machinalement du bout des doigts le petit rond de verre cerclé d'or.

Soudain, Édouard se cassa en deux, saluant profondément, puis vira lentement sur ses talons et son regard accrocha celui, sévère, de cet inconnu qui le fixait. Il eut un haut-le-corps, redressant sa tête arrogante avec une expression de dédain, et enfin se dirigea vers la porte. Aussitôt, sir Christopher fit signe à Guillaume de le suivre et emboîta le pas du jeune homme. Il le rejoignit tandis qu'il traversait la galerie sur laquelle ouvraient les chambres et il l'interpella rudement :

— Édouard !

Le jeune homme s'arrêta mais mit une évidente mauvaise volonté à se retourner :

— Eh bien ? fit-il seulement.

La voix du vieux gentilhomme tonna soudain :

— Tant que vous serez chez moi, vous vous comporterez correctement et non comme ces ruffians et ces cochers que vous fréquentez et auxquels vous vous efforcez de ressembler. Qui vous a appelé d'ailleurs ? Je ne crois pas vous avoir fait prévenir.

L'autre perdit d'un seul coup de sa superbe et prit un air gêné :

— Veuillez m'excuser, mylord ! De toute façon j'avais décidé de venir mais j'ai rencontré ce Jeremiah Brent, le précepteur du... de...

— De votre frère ! Et alors ?

— Il furetait sur le port avec deux de vos gens. Il paraît que... ce charmant enfant s'est sauvé ?... Bref, il m'a dit que l'état de Mère s'aggravait... Alors, me voilà !

— Vous n'imaginez pas que je vais vous en remercier ? Il y a longtemps que vous devriez être là ! D'autre part, vous vous conduisez comme si ce château était une auberge. Votre premier devoir était d'en saluer les maîtres : votre mère... et moi. Sans oublier ceux que j'y reçois si, d'aventure, vous les rencontrez !

Instantanément, Édouard retrouva son aplomb. Sa belle bouche s'étira en un sourire moqueur :

— J'ai déjà présenté les excuses qui vous sont dues mais je ne vois pas pourquoi je me mettrais à saluer des inconnus simplement parce qu'ils sont ici. Ne m'obligez pas à vous rappeler que je suis noble et ce personnage...

— Est votre oncle, Mr Guillaume Tremaine qui a bien voulu venir de Normandie sur ma demande.

— Ah! L'homme du Cotentin!... Il en a bien l'air, fit le jeune homme en chiquenaudant son jabot. Sur cette insolence, il eut un bref rire de gorge parfaitement déplaisant qui passa comme une râpe sur les nerfs tendus de Tremaine, déjà peu enclin à la patience. Écartant doucement lord Astwell, il se planta devant le dandy qu'il dominait d'une bonne demi-tête :

— Et de quoi ai-je l'air, s'il vous plaît?

Sous le regard fauve, aussi peu rassurant que possible, qui le fusillait de son double feu, Édouard eut un léger frémissement mais, pour ne pas perdre la face, il s'obligea à faire bonne contenance :

— Boh!... D'un hobereau provincial! fit-il en agitant son monocle avec affectation tout en examinant le nouveau venu dont la mise, cependant, ne justifiait guère son dédain. Depuis la mort de sa femme, Guillaume s'habillait de noir le plus souvent mais, lorsqu'il voyageait ou se déplaçait à cheval, il adoptait plus volontiers le gris fer ou le vert foncé. C'était le cas ce jour-là et son habit était, dans sa simplicité, d'une irréprochable élégance. Les culottes collantes en casimir noir qui s'enfonçaient dans les bottes à revers dessinaient vigoureusement ses longues jambes maigres et musclées et sa veste soulignant des épaules puissantes susceptibles de faire réfléchir même un sportman entraîné.

— Puisque vous êtes mon neveu — ce dont je ne me réjouis guère —, je serais en droit de vous apprendre la politesse en vous infligeant une correction méritée, mais votre mère vient tout juste de s'éteindre dans cette demeure où l'on m'a accueilli en ami et je la respecterai...

— Vous imaginez-vous que je me laisserais rosser sans vous rendre coup pour coup? J'ai vingt-huit ans... cher oncle et si je m'occupais de vous, vous pourriez vous retrouver en piteux état. Mais puisque nous en sommes aux liens de famille, vous auriez pu ajouter que vous êtes aussi le père de cet aimable bambin qui est la honte de notre famille et que nous devons à une aberration heureusement passagère de notre pauvre mère...

La gifle claqua comme une porte que l'on referme violemment et jeta Édouard à terre mais déjà Guillaume était sur lui et, l'empoignant par les revers de son habit, le remettait sur pied. Ses yeux flambaient à présent d'une fureur meurtrière :

— Osez l'insulter encore et je vous démolis, misérable imbécile! Vous, en tout cas, vous êtes bien le fils de votre père, et si j'étais vous je ne me vanterais pas d'un titre ramassé par un traître dans le sang répandu sur les plaines d'Abraham[1]...

Édouard essayait de reprendre pied sur le sol. En vain! D'une brutale poussée, Guillaume l'envoya rouler jusqu'à la rampe de l'escalier menant au rez-de-chaussée contre laquelle, à demi assommé, il resta inerte un instant. La scène avait été si rapide que sir Christopher n'avait même pas eu le temps

_____

1. Voir le tome I : *Le Voyageur.*

d'essayer de s'interposer. Peut-être d'ailleurs y trouva-t-il un certain plaisir car une lueur brillait dans ses yeux lorsque Guillaume revint à lui pour s'excuser.

Cependant deux autres témoins venaient d'apparaître sur la galerie et ce fut devant eux qu'Édouard, à demi groggy, se trouva étendu : une jeune femme et un gamin aux cheveux roux en désordre dont la vue figea Tremaine, lui faisant même oublier de se justifier auprès de son hôte. Quant à la nouvelle venue, elle était d'une beauté à couper le souffle.

Quand elle s'immobilisa en haut des marches, une main sur la rampe, la lumière d'un flambeau posé sur un coffre et que l'on avait oublié d'éteindre fit rayonner, sous le grand chapeau de velours noir cavalièrement retroussé, une somptueuse chevelure cuivrée et d'immenses yeux d'or pailletés de vert qui scintillaient comme des émeraudes... Ceux-ci se posèrent avec un rien d'amusement sur la forme effondrée du baronnet :

— Eh bien, Édouard, que faites-vous donc là ? dit-elle avec une feinte sévérité. Quelle tenue négligée ! C'est bien la première fois que je vous vois vous traîner par terre ! Cherchez-vous quelque chose ?

Néanmoins, elle lui tendit une main secourable qu'il prit machinalement. L'enfant regardait lui aussi l'homme à terre, mais avec une expression bien différente : c'était une joie sauvage, une exultation profonde qui irradiait son étroit visage. De toute évidence, il vivait là un des moments intenses de sa courte existence : voir à ses pieds, mordant la poussière, l'homme qu'il haïssait de tout son cœur...

Celui-ci se relevait avec un air égaré qui se changea soudain en fureur :

— Vous allez me payer ça, monsieur le rustre!...
Nous allons nous battre et... C'est à vous que je
parle, Tremaine! Regardez-moi au moins!

Mais Guillaume ne l'entendait pas. Il regardait
cette femme et cet enfant tour à tour : bouleversé par
l'éclat de l'une, sa ressemblance avec celle qui venait
de mourir, et par cette figure juvénile où il retrouvait bien des traits du gamin blessé de Québec.
Devinant ce qu'il éprouvait, lord Astwell s'interposa enfin et repoussa Édouard :

— En voilà assez, maintenant! Ce qui vous est
arrivé, vous l'avez bien cherché. Regagnez votre
appartement où l'on vous servira. Nous parlerons
ce soir...

Maté, Édouard se retira vers les profondeurs de la
galerie sans que personne lui prête la moindre
attention. Sir Christopher, tendant une main affectueuse, alla vers la jeune femme :

— Chère Lorna!... Vous l'avez donc retrouvé?
Où était-il?

— Beaucoup plus près que nous ne l'imagi-
nions! L'idée m'est venue tout à coup de chercher
à Cambridge, chez ce vieux maître de Christ's
College que vous avez eu ici l'été dernier pour
étudier vos livres orientaux et qu'Arthur suivait
partout...

Lord Astwell fronça les sourcils :

— Le professeur Garrett? Arthur était chez lui et
il ne m'a pas prévenu?

Le garçon alors prit la parole. Relevant sa tête
qu'il tenait baissée avec un air plus têtu que contrit,
il déclara :

— Je lui ai dit que, s'il vous avertissait, je
m'échapperais encore et, cette fois, j'irais me noyer!
Il sait très bien que j'en suis capable!

— C'était le mettre dans une situation délicate. Qu'espériez-vous de lui ?

— Des conseils... et puis un peu d'argent. Enfin qu'il m'aide à m'embarquer : son fils commande un des navires de la West India Company et il va bientôt repartir. Je l'ai supplié de me laisser attendre chez lui. Je dois avouer qu'il n'avait pas encore consenti et m'avait demandé à réfléchir trois ou quatre jours...

Sir Christopher claudiqua jusqu'à lui et posa sur son épaule une main ferme :

— Et votre mère, Arthur ? Comment avez-vous osé l'abandonner alors qu'il lui restait si peu de temps à vivre ? Sa douleur...

— Elle se souciait bien peu de moi, ces derniers temps ! lança le jeune garçon avec violence. Ce qu'elle attendait c'était l'homme à qui elle voulait me léguer comme si j'étais une commode ou un portrait de famille ! Elle ne pensait qu'à lui ! Alors je lui en ai voulu et je pensais qu'en apprenant mon départ elle comprendrait enfin que je ne voulais pas me laisser exiler chez ces damnés Français !

— Peut-être a-t-elle compris ? Seulement, elle est morte sans vous avoir embrassé une dernière fois. Je pense que cette idée sera pour vous une punition suffisante, Arthur.

Les yeux de l'enfant s'emplirent de larmes. Il chercha un mouchoir, n'en trouva pas et, d'un geste rageur, passa son bras sur ses paupières pour les essuyer, rééditant, sans le savoir, un geste jadis familier à son père. Celui-ci retint un sourire mais tira de sa poche un carré de batiste blanche et le lui tendit en silence. Un peu comme si c'était un rameau d'olivier...

Cependant les prunelles bleu-vert du jeune garçon — si semblables à celles de Marie! — ne s'adoucirent pas. Et pas davantage sa voix lorsqu'il demanda après avoir refusé l'offre :

— C'est vous qui êtes mon père?

Sans répondre, Guillaume le mena vers un grand miroir ovale placé en face de l'escalier et s'y plaça auprès de lui.

— Qu'en pensez-vous? dit-il enfin.

L'enfant contempla un instant la double image :

— Je vous ressemble, c'est vrai! Mais je ne crois pas que ça me fasse plaisir...

D'un mouvement vif, il tourna les talons, s'élança dans la galerie en courant et disparut dans les profondeurs de la maison. Plus atteint qu'il ne voulait se l'avouer, Guillaume rejoignit le châtelain. Il s'inclina devant lui :

— Il me reste à vous remercier de votre accueil, lord Astwell, et à vous prier de bien vouloir faire avancer ma voiture...

— Vous nous quittez? fit celui-ci, visiblement peiné. Est-ce à dire que vous renoncez?

— Je ne renonce à rien, sinon à votre hospitalité qui pourrait vous être une gêne, surtout après ce qui s'est passé entre... sir Édouard et moi... Il vaut mieux que vous puissiez régler cette affaire de famille entre vous. Je vous prie de m'indiquer une bonne auberge à Cambridge, j'y attendrai votre décision. Et surtout celle d'Arthur. Vous me la ferez connaître après les funérailles... auxquelles je... j'aimerais beaucoup assister si vous voulez bien m'en communiquer le jour et l'heure...

— Je ne peux vous donner tort. A votre place, c'est sans doute ce que je ferais. Il y a un bon hôtel, University Arm's, dans Regent Street. Dites que vous êtes de mes amis : vous y serez bien. Du moins je le crois.

Les deux hommes se serrèrent la main avec une chaleur inattendue. Ce fut peut-être ce qui incita Guillaume à demander :

— Me permettez-vous d'aller... lui dire un dernier adieu? Seul !

— C'est bien naturel. Vous connaissez le chemin...

— Merci.

Après s'être brièvement incliné devant Lorna, Guillaume se dirigea vers la chambre mortuaire où seule, à cet instant, veillait Kitty pleurant de tout son cœur la tête enfouie dans les dentelles de la courtepointe. Son chagrin était si profond qu'elle n'entendit pas entrer Guillaume et celui-ci, touché, s'efforça de ne pas révéler sa présence.

Un long moment, il emplit ses yeux du pâle et doux visage qu'il ne reverrait plus en ce monde, qui ne s'illuminerait plus à son approche, qui ne viendrait plus jamais se nicher contre son épaule. Tout s'arrêtait là et Guillaume ressentit une grande lassitude comme si la terre venait de perdre à la fois sa couleur et son parfum... Il regrettait même d'avoir promis de patienter encore un peu dans ce pays qu'il détestait plus encore que par le passé. Tout ce dont il avait envie, à présent, c'était de retrouver son bateau, la mer qui ne l'avait jamais déçu et, au-delà, l'antique presqu'île normande où l'attendaient sa maison, sereine et belle sur son promontoire battu des vents, et surtout le sourire d'Élisabeth, sa fille de quinze ans...

Sans que Kitty, absorbée dans son chagrin, en eût conscience, il posa une dernière fois ses lèvres sur les doigts menus et déjà froids refermés autour d'un petit bouquet de bruyère et de roses, retenant le sanglot qui montait à sa gorge, puis, sur la pointe des pieds, il sortit comme on s'enfuit. Lorsqu'il referma la porte, il vit que Lorna était devant lui et, à nouveau, sa beauté le frappa autant que sa ressemblance avec sa mère.

Revoyant en pensée le visage osseux d'Arthur, il songea que Marie s'était curieusement partagée entre ces deux enfants-là. L'un éclairait de ses yeux à elle une figure résolument Tremaine, l'autre possédait ses traits dans leur exquise perfection mais transposés, changés par les deux lacs scintillants des prunelles, si vastes qu'ils posaient une sorte de masque brillant sur la peau à la fois chaude et lumineuse.

En voyant que sa présence le surprenait, elle eut un petit sourire vite effacé :

— Nous n'avons pas encore échangé une seule parole, dit-elle et j'ai pensé que c'était dommage... Puis-je vous accompagner jusqu'à votre voiture? On vient de l'avancer.

— J'en serais heureux. C'est une attention délicate et je vous en remercie...

Côte à côte, ils descendirent le vieil escalier de chêne dont les marches grinçaient un peu sous leurs pas puis ils traversèrent le hall sans avoir prononcé une parole. Pourtant, Guillaume ressentait comme une caresse le frôlement soyeux de l'ample robe de satin noir ainsi que le parfum léger, indéfinissable mais délicieux, qui en émanait. Ils avaient atteint la grande porte lorsque Lorna murmura :

— Ainsi vous êtes mon oncle? C'est presque impossible à croire, fit-elle, employant le français pour la première fois, avec d'ailleurs une parfaite aisance.

— Pourquoi?

— S'il vivait encore, mon père aurait largement dépassé la soixantaine. Il semble que vous en soyez fort éloigné.

— Moins que vous ne le pensez. Lui et moi avions une assez grande différence d'âge mais cela ne change rien à nos liens familiaux. Vous êtes bien ma nièce. Ou plutôt ma demi-nièce car nous n'avons pas eu la même mère.

— Je crois que j'aime mieux cela. Ne me demandez pas pourquoi; je ne saurais vous le dire... Mais à présent dites-moi : vous allez vraiment emmener Arthur?

— Uniquement s'il le veut bien. Je refuse qu'on le contraigne.

— C'est pourtant la seule perspective valable pour lui. A condition, bien sûr, que vous vous sentiez capable de lui donner un peu de ce qu'il vient de perdre. Il vous paraît peut-être difficile de l'imaginer étant donné sa conduite, mais il adorait Mère. Que trouvera-t-il auprès de vous? Avez-vous une famille à lui offrir? Peut-être que votre femme...

— Elle est morte sur l'échafaud, pendant la Terreur, mais j'ai deux enfants : une fille de quinze ans, un fils du même âge qu'Arthur et je pense qu'ils l'accueilleraient volontiers... Cependant, permettez-moi une question!

— Je vous en prie.

— Pour vous soucier ainsi de ce garçon, il faut que vous l'aimiez et l'on m'a dit que vous alliez contracter prochainement un grand mariage. N'y a-t-il vraiment pas de place pour lui dans les châteaux qui vous attendent? Au moins jusqu'à ce qu'il puisse réaliser son rêve?

D'une main posée sur son bras, elle l'arrêta et lui fit face, si proche soudain qu'elle était presque contre lui. Il vit alors que ses lèvres tremblaient :

— C'est justement parce que je l'aime que je préfère le savoir assez loin pour être en sécurité. Et puis, ajouta-t-elle d'un ton plus léger, mon futur époux n'a aucune envie de s'encombrer de ma famille. Dans une certaine limite, je peux le comprendre...

— Il vous épouse et ose formuler des exigences? Il devrait délirer de bonheur car j'imagine qu'il n'est pas votre premier prétendant?

Elle eut un rire léger qui rendit à Guillaume celui de Marie-Douce :

— Est-ce une manière galante de me faire entendre qu'il est grand temps pour moi d'acquérir un époux? Il est vrai que j'ai déjà vingt-sept ans. Il est vrai aussi que ce cher Thomas patiente depuis un certain nombre d'années et que, pour rester maître de la place, il a déjà éliminé quelques concurrents. Cela dit, rassurez-vous : il délire convenablement...

— Et vous? Est-ce que vous l'aimez?

— Ce n'est pas une question à poser, mon cher oncle, et, en vérité, vous êtes incorrigibles, vous les Français : à vous entendre on croirait que l'amour est la grande affaire d'une existence...

— Si à votre âge vous ne le pensez pas, je vous plains. Votre mère était une toute petite fille lorsque je l'ai rencontrée et je n'étais pas beaucoup plus vieux qu'elle. Pourtant, après tant d'années, mon amour pour elle est demeuré intact...

Un voile de gravité s'étendit sur le lumineux visage de l'étrange fille :

— De même que le sien pour vous et c'est au nom

de cet amour que je vous conjure d'emmener Arthur...

Ayant dit, elle le poussa doucement dehors et referma sur lui la porte du château. La voiture de Guillaume l'attendait entre deux valets de pied dont l'un lui ouvrit la portière. Sur le siège, Sam Weldon, sans doute impressionné par le décor, observait une immobilité de statue. Ce fut seulement lorsque son passager eut prit place qu'il demanda :

— Où... Votre Seigneurie désire-t-elle aller?

L'un des valets s'enquit auprès de Guillaume puis transmit la destination. Le cocher fit claquer son fouet et la voiture chargée des bagages partit au grand trot... Debout derrière l'une des hautes verrières du vestibule, Lorna Tremayne la regarda se fondre dans le crachin qui noyait le parc. Son sourire comme l'expression de son visage étaient indéchiffrables...

Deux jours plus tard, les funérailles de Marie étaient célébrées dans la chapelle surmontée d'une tour carrée construite au milieu d'un bosquet, et selon le rituel de la religion catholique qu'elle n'avait jamais abandonnée depuis son enfance. La cérémonie, fort simple, représentait à la fois un coup d'audace et une victoire personnelle de sir Christopher. En effet, si, depuis le début du règne de George III, l'Église anglicane fermait les yeux sur la présence de quelques prêtres «papistes» autour de ses églises, si les catholiques pouvaient prier comme bon leur semblait et recevoir leurs sacrements dans le privé, ils étaient encore l'objet de mesures discriminatoires : ainsi il leur était défendu

71

d'ouvrir des écoles. Quant à leurs mariages et leurs enterrements, ils n'étaient célébrés en public que selon le rite anglican.

Marie reçut la bénédiction du chanoine français émigré que Guillaume avait aperçu dans sa chambre et qui veillait d'ailleurs, depuis plusieurs années, à ses besoins spirituels. Il vivait dans une ancienne dépendance du château où lord Astwell l'avait installé.

Comme dans la plupart des grandes demeures anglaises, la sépulture des seigneurs du domaine se trouvait aux confins du parc et du village qui en dépendait. C'est là que, finalement, le corps de la défunte fut déposé, dans une niche encore vacante.

Tant que dura la pénible cérémonie, Guillaume partagea son attention entre sir Christopher, Lorna et le jeune Arthur. Plus pâle encore que de coutume et les yeux marqués de cernes presque noirs, le veuf semblait pourtant toucher à un étrange bonheur : avant de quitter le caveau il eut, en touchant le cercueil, un geste qui signifiait : «Je reviens bientôt. Tu ne seras pas seule longtemps.» Et Guillaume se sentit envahi d'une amère jalousie qui devenait plus âpre encore lorsqu'il regardait Lorna.

En grand deuil, la jeune femme ne cachait pas son chagrin et pleurait sans fausse honte. Pourtant, elle était l'image même de la jeunesse et de la vitalité. Se dire qu'il ne la reverrait sans doute jamais accroissait les regrets de Tremaine, lui donnant un peu l'impression de perdre Marie pour la seconde fois. Quant au jeune garçon, sur l'épaule de qui elle posait souvent la main, il se tenait très droit dans ses habits noirs, ne voyant rien ni personne, mais l'angoisse et la révolte habitaient son regard et sa bouche serrée : il savait que, dans peu d'instants, il quitterait tout ce qui composait sa vie jusqu'à ce jour pour s'en aller avec un inconnu vers une terre dont il ne voulait pas. Et Guillaume, le cœur serré, pensait que l'avenir manquait singulièrement de lumière : arriverait-il jamais à faire un fils de ce gamin hostile?

Lorsque la cérémonie fut achevée, l'enfant se tourna vers sa sœur :

— Est-ce maintenant que je dois partir? demanda-t-il sèchement.

— Dans un moment seulement! Vous devez laisser Mr Brent achever vos bagages à tous deux puisqu'il vous accompagne. Ce qui doit tout de même vous consoler un peu?

En effet, ayant appris combien le jeune précepteur d'Arthur — il devait avoir vingt-cinq ou vingt-six ans — était attaché à son élève, Guillaume lui avait spontanément proposé de continuer à s'occuper de lui si la perspective de vivre en France ne lui était pas trop désagréable et, à sa surprise, Jeremiah Brent s'était montré enchanté. Même très reconnaissant :

— L'idée de quitter Arthur m'était pénible, je ne vous le cache pas, monsieur Tremaine. Sous des dehors difficiles, c'est un garçon attachant et d'une vive intelligence. Quant à la France, elle ne m'effraie pas : l'une de mes grands-mères était normande.

Cet arrangement, approuvé par lord Astwell qui recommandait avec chaleur les qualités professorales de Brent, avait détendu un peu l'atmosphère entre Arthur et son père. Aussi fut-ce avec l'ombre d'un sourire qu'il répondit à Lorna :

— C'est vrai : j'en suis bien content. Avec lui j'aurai un peu moins l'impression d'être perdu...

— Je ne vois pas pourquoi vous auriez cette impression. Essayez de vous souvenir de ce que Mère s'efforçait de vous apprendre sur lui !

— Elle l'aimait et les gens qui aiment sont parfois trop indulgents. Moi, il ne me plaît guère... bien qu'il ait si magistralement boxé Édouard, ce dont je lui serai toujours reconnaissant...

— C'est un commencement ! Mais je crois savoir pourquoi il ne vous attire pas. Cela tient à ce que vous trouvez qu'il vous ressemble un peu trop. Vous avez l'impression de vous voir lorsque vous serez un homme, et vous n'aimez pas cela...

— Vous avez peut-être raison...

— Alors laissez-moi vous rassurer : il existe suffisamment de différences pour vous ôter toute crainte. Je crois M. Tremaine unique en son genre, ajouta-t-elle avec un demi-sourire en passant une main affectueuse sur la tête du jeune garçon qui, spontanément, se serra contre elle avec, dans les yeux, les larmes qui lui venaient enfin :

— Oh, Lorna, pourquoi m'obligez-vous à partir ? Je vous aime tant ! Et si je ne dois plus jamais vous revoir...

— Où prenez-vous cette idée ?

D'un mouvement de tête plein de rancune, Arthur désigna son père qui cheminait en direction du château aux côtés de sir Christopher :

— Il ne me ramènera jamais ici. Il déteste l'Angleterre. Je l'ai compris tout de suite...

— C'est possible mais, outre que devenu adulte vous aurez le loisir d'aller où vous voulez, il se peut que je vienne vous voir un jour puisque le traité d'Amiens nous réconcilie avec la France...

— Vous viendriez là-bas, dans ce pays perdu ?

— Pas plus perdu que nos pointes de Cornouailles. J'ajoute que vous y possédez une maison dont notre mère m'a confié le soin jusqu'à votre majorité.

L'enfant ouvrit de grands yeux :

— Moi, une maison ? En France ?

— Eh oui : celle où vous êtes né. Votre grand-mère Vergor l'a jadis reçue en héritage d'un oncle vieux garçon. Elle s'en souciait peu et voulait la vendre mais elle plaisait à Mère qui l'a achetée. Je ne vous garantis pas qu'elle soit encore en bon état après cette horrible Révolution, mais c'est justement ce dont j'aimerais m'assurer...

— Alors partez avec nous, tout de suite !

— Vous oubliez que je me marie bientôt mais je vous promets de venir, ajouta-t-elle en voyant se rembrunir le visage de son jeune frère. De toute façon, maison ou pas, je veux m'assurer que l'on vous traite bien et, dans ce but, surgir à l'improviste me paraît plus judicieux... A présent, allez rejoindre Mr Brent pour l'aider dans ses derniers préparatifs... Et ne dites rien de tout cela, ce sera... notre secret !

Tandis qu'Arthur prenait en courant le chemin du château, Lorna rabattit sur son visage le grand voile noir qu'elle avait rejeté en quittant le tombeau et choisit de rentrer par un sentier coupant à travers bois. Pensant qu'elle désirait être un peu seule avec son chagrin, ceux qui la suivaient se gardèrent de s'imposer. Même Édouard, qui durant toute la cérémonie s'était tenu à distance prudente de Tremaine, renonça à la rejoindre comme il en avait l'intention : il savait que, même si elle faisait toujours preuve envers lui d'une certaine indulgence, Lorna pouvait se montrer fort désagréable quand on l'importunait. De toute façon ce qu'il avait à lui dire n'était pas si urgent : dans un moment, tous deux seraient débarrassés du vilain bâtard et il fallait espérer que ce serait sans retour. Ce qui éviterait à sir Édouard Tremayne des manœuvres toujours déplaisantes. D'ailleurs, l'oncle passait pour riche. Du moins c'était ce que Mère avait dit un jour... Le morveux ne serait pas à plaindre s'il savait s'y prendre et il ne resterait plus à sa famille anglaise qu'à l'oublier tout simplement...

Pour l'heure présente, lui-même se sentait d'humeur bénigne. Il n'avait jamais beaucoup aimé sa mère. Par contre, il envisageait avec un certain plaisir l'entretien que lui et sa sœur auraient dès le lendemain avec le notaire. Même si les héritiers de Marie n'avaient aucun droit sur Astwell Park — ce qui était assez regrettable bien sûr ! —, elle laissait tout de même un peu de biens : sir Christopher s'était toujours montré très généreux avec sa femme qu'il adorait. Sans doute ne s'agissait-il pas d'une grande fortune mais ce qu'Édouard toucherait lui permettrait au moins de payer certains créanciers — les plus pressants ! — et de passer quelques bonnes soirées autour des tables de jeu. Il y avait aussi cet attelage dont il rêvait et qui resterait peut-être encore hors d'atteinte. A moins de réussir à convaincre «Granny» Vergor de dénouer les cordons de sa bourse. Elle serait si contente quand elle apprendrait que la dernière trace de l'inconduite de sa fille ne souillait plus le vertueux sol anglais ! Cela, bien sûr, en attendant que Lorna devienne duchesse ! La fortune du futur beau-frère permettait les plus grandes espérances. Surtout pour un homme aussi habile à manier la flatterie que les cartes. Le cher Thomas était aussi bête que riche et ce n'était pas peu dire !

Justement, Lorna pensait à son fiancé tandis que les feuilles mortes roulaient comme de menues vagues sous les plis épais de sa robe de velours. Elle était assez satisfaite qu'une chute de cheval survenue dernièrement lors d'une chasse au renard avec le prince de Galles eût empêché Thomas d'assister aux funérailles. Il avait la fâcheuse manie de poser des questions souvent saugrenues parfois gênantes, et la présence de ce parent français aux allures de corsaire lui en aurait sans doute inspiré une insoutenable quantité. Personne n'avait jugé bon, en effet, de lui apprendre qu'Arthur n'était pas le fils du même Tremayne que son beau-frère et sa future épouse, l'idée ne l'ayant jamais effleuré de s'enquérir de la date du décès de sir Richard. S'il avait fallu lui dire la vérité, il se fût peut-être montré, sinon désagréable, du moins fort désinvolte envers Guillaume, et Lorna s'avouait qu'elle ne l'aurait pas supporté. Peut-être parce que la comparaison n'aurait certainement pas été à l'avantage de Thomas.

En approchant du château, elle vit les domestiques occupés à charger les bagages d'Arthur et de son précepteur. Le départ était imminent et, soudain, elle fut tentée d'accéder à la prière d'Arthur : l'accompagner en France. Elle se découvrait l'envie d'en savoir davantage sur cet oncle tombé du ciel ou remonté des enfers, de connaître sa demeure et le pays où il vivait. Cependant, elle possédait assez d'empire sur elle-même, assez de sagesse aussi pour deviner que c'eût été une faute. Personne ne l'aurait comprise et, peut-être, son mariage aurait même été remis en question. Thomas l'aimait autant qu'il lui était possible d'aimer une femme, mais il était tellement imbu de lui-même, tellement dépourvu d'imagination qu'il avait beaucoup de mal à comprendre ses semblables. Or, ayant épuisé toutes les folies qu'autorisait une jeunesse dorée, ayant pesé à leur juste valeur les amours, toujours imparfaites, qu'on ne cessait de lui offrir, Lorna avait très envie à présent de devenir duchesse de Lenster. Mieux valait s'en tenir à ce qu'elle avait promis : une fois mariée, elle n'aurait aucune peine à convaincre Thomas de la laisser vivre et voyager à sa guise.

Lorsque vint le moment de la séparation, elle entoura l'enfant de ses bras, posa un baiser sur son front et chuchota à son oreille :

— N'oubliez pas ce que je vous ai dit... et tâchez d'être sage !

— Je n'oublierai pas... mais je ne promets rien !

Assis auprès de Guillaume, dans la voiture, l'enfant ne tourna à aucun moment la tête pour observer une dernière fois le château et le parc où il laissait tout ce qui avait été sa vie. Très droit, refusant même à son dos le confort des coussins, il regardait devant lui. Sans rien voir, bien entendu. Le silence régna pendant un long moment jusqu'à ce que Guillaume, apitoyé par ce profil buté derrière lequel il devinait tant de détresse, dise avec douceur :

— Vous devriez vous installer plus confortablement, Arthur. Nous ne serons à Londres que ce soir...

— D'autant qu'il n'a guère dormi la nuit dernière, approuva Mr Brent.

Qui ajouta aussitôt pour ne pas gêner son élève en détournant de lui la conversation :

— Est-ce que vous comptez y rester quelques jours, monsieur Tremaine ?

— Non. Grâce à la lettre que m'a donnée lord Astwell pour un haut fonctionnaire des Douanes, la reprise de mon passeport et les formalités d'embarquement devraient être facilitées. Nous coucherons à bord ce soir afin d'être prêts pour la marée. A moins que vous ne souhaitiez vous-même faire quelques emplettes ou saluer des amis?...

— Merci beaucoup mais j'ai tout ce qu'il me faut et personne à voir. A Londres tout au moins. Le peu de famille qui me reste se trouve à Exeter, dans le Devon...

— Autrement dit, en venant habiter chez moi, vous en serez plus proche qu'à Astwell Park, dit Tremaine en souriant. Vous pourrez vous y rendre quand vous le voudrez : j'aurai toujours un bateau à vous offrir.

Le visage blond et joufflu du jeune précepteur, qui ressemblait assez à celui d'un angelot, rosit de plaisir :

— Veuillez me pardonner si je vous parais curieux mais... possédez-vous des navires?

— Plusieurs. Je suis armateur. C'est sur l'un d'entre eux que nous allons embarquer tout à l'heure...

Observant son fils du coin de l'œil, il vit que celui-ci perdait son attitude figée et que son intérêt était éveillé. Il ajouta :

— Celui-là revenait tout juste des Antilles avec du sucre, du rhum et de l'indigo lorsque nous avons fait voile sur l'Angleterre... D'autres vont pêcher la morue sous Terre-Neuve...

Il continua de parler, de cette voix grave qui était l'un de ses charmes, égrenant des noms de lieux lointains, conscient de la magie de ces évocations sur ce garçon dont on lui avait dit qu'il rêvait d'océans autant qu'il en avait rêvé lui-même.

Lorsqu'il se tut, Arthur, bien adossé à présent,

ferma les yeux et s'endormit, redevenant instantanément le petit garçon qu'il n'aurait jamais dû cesser d'être. Guillaume le contempla quelques instants puis, tirant de sa poche un étui à cigares, il en offrit un à Jeremiah Brent :

— Espérons, murmura-t-il, que je lui ai donné de quoi ne pas trop regretter la Marine anglaise?

Arrivés à Londres, ils ne s'arrêtèrent que peu d'instants à Paternoster Row, le temps de saluer Mrs Baxter et d'inviter François Niel à passer aux Treize Vents les fêtes de Noël :

— Les miens seront heureux de te connaître, assura Tremaine. Et puis je compte finir cette année avec un éclat particulier puisque la famille vient de s'agrandir.

— Il faudrait que la Manche soit vraiment impraticable pour que tu ne me voies pas arriver, promit le Canadien! Ce sera une vraie joie!

Ainsi qu'il l'espérait, Guillaume n'eut aucune peine à récupérer ses papiers et à obtenir un bateau afin de rentrer à son bord. Tout juste si l'Alien Office ne déroula pas un tapis rouge pour l'ami d'un grand seigneur que l'on savait intime du chancelier de l'Échiquier!...

Tandis qu'une barque emmenait les voyageurs sur l'eau noire de la Tamise où sinuait par endroits le reflet jaune d'un fanal, Arthur respirait le paysage nocturne à pleins poumons, à pleins regards, humant même avec délices l'odeur mêlée de brouillard et de vase, de charbon et de détritus. Encombré de navires de toutes tailles et de toutes provenances, le fleuve, prolongement direct de ces mers qu'il désirait tant connaître, lui semblait animé d'une vie propre. Certains de ces bateaux paraissaient superbes, d'autres misérables. Aussi s'interrogeait-il avec un peu d'anxiété sur la taille de celui qui l'attendait.

Soudain, la silhouette à la fois compacte et allongée d'un trois-mâts à coque noire barra son horizon. Malgré l'obscurité, il distingua des sabords fermés qui devaient cacher des canons, bien qu'il ne s'agît pas d'un vaisseau de guerre. Et, sous le beaupré, une figure de proue à longs cheveux où brillaient des glaçures d'or.

— Nous y voici ! dit Guillaume.

Mais avant qu'il eût empoigné le porte-voix pour héler l'homme de quart, Arthur ouvrit la bouche. C'était la première fois depuis le départ. Avec une imperceptible nuance de respect, il demanda :

— Ce navire est à vous, monsieur ?

— En effet. Vous plaît-il ?

— Il paraît beau... autant qu'on puisse en juger dans cette obscurité. Comment s'appelle-t-il ?

— *Élisabeth.*

Tremaine eut tout de suite le sentiment que le gamin se refermait à cause, très certainement, de ce nom de femme dont il pouvait supposer qu'il glorifiait une quelconque belle-mère. Tremaine alors ajouta d'un ton indifférent, celui d'un renseignement sans importance.

— C'est le nom de ma fille aînée. Élisabeth a quinze ans et j'espère que vous n'aurez aucune peine à vous reconnaître de la même famille. J'ai aussi un fils de quelques mois plus vieux que vous : il s'appelle Adam...

Arthur pensa que cette fille avait bien de la chance d'être la marraine d'un grand bateau. Trop gâtée sans doute, ce devait être une pimbêche comme presque toutes celles qu'il connaissait. Le garçon serait peut-être plus supportable ?... Décidé tout à coup à en savoir davantage il remarqua avec insolence :

— Vous ne dites rien de leur mère. Elle ressemble à quoi ?

— Elle a été décapitée pendant la Terreur, répliqua Guillaume avec une sévérité qui fit rougir l'enfant. C'était une noble dame...

— Je vous prie de m'excuser. Je ne savais pas...

La barque accostait. Sur le pont du navire des lanternes s'agitaient. Une échelle descendit le long de la coque. Guillaume la saisit pour l'immobiliser :

— Montez Arthur ! dit-il. Une fois là-haut vous serez en France, et, que vous le croyiez ou non, je suis heureux de vous y souhaiter la bienvenue...

L'adolescent le regarda intensément sans un mot, comme s'il hésitait devant ce pas décisif, puis, saisissant les montants de corde, il grimpa avec l'agilité d'un chat. Et il eut la bizarre impression qu'il était en train de s'envoler.

Il en fut content. C'était comme un signe envoyé par le Destin, une réponse à une infinité de questions. Ce qui ne voulait pas dire qu'il acceptait son sort mais, après tout, ce bâtiment pouvait aussi bien l'emmener vers une liberté parfaitement inespérée quelques heures auparavant. En effet, au moment où il s'endormait dans la voiture, il avait entendu ce que ce Tremaine disait à Jeremiah Brent : l'endroit où on le conduisait était plus proche du Devon qu'Astwell Park, et ne pouvait donc être qu'en bord de mer ; il serait peut-être plus facile qu'il ne l'espérait d'échapper à une famille dont il ne voulait pas. Quant à la promesse faite à Lorna, elle ne l'arrêterait pas, car, après tout, il saurait toujours où la retrouver...

Aussi esquissa-t-il une ombre de sourire pour répondre au salut jovial que lui adressa le capitaine Lécuyer lorsqu'il prit pied sur le pont de l'*Élisabeth*...

CHAPITRE III

CEUX DES TREIZE VENTS...

Le cheval arrivait comme une bombe. Tête haute, naseaux fumants, œil dilaté, il était visiblement emballé et sa cavalière ne le maîtrisait plus. De toutes les forces qui lui restaient, elle se cramponnait à l'encolure, à demi morte de peur mais n'osant crier par crainte d'exciter davantage le pur-sang. Heureusement Prosper Daguet, occupé à tailler une bavette avec la jument du docteur Annebrun tout en tirant sur sa pipe, saisit aussitôt le danger :

— Cré bon Dieu ! gronda-t-il et, arrachant la couverture posée sur le siège de la voiture, il se précipita pour la jeter à la tête de l'animal qui, soudain aveuglé, se cabra en hennissant avec fureur. Habilement, Daguet évita les sabots battants, empoigna la bride flottante échappée des mains d'Élisabeth :

— Doux !... Doux, Sahib !... Tout doux, mon fils ! Là... là... là..., psalmodia-t-il.

Au contact de ces mains et au son de cette voix amie, le cheval se calmait progressivement. La sueur blanchissait par plaques sa robe brillante et, à présent, il tremblait de tous ses membres mais il finit par ne plus bouger et le maître des écuries des Treize Vents put s'intéresser à ce qu'il y avait sur son dos. Ce qu'il vit l'effraya : jamais il n'avait vu Élisabeth dans un tel état. Inerte sur le cou du cheval sous la masse emmêlée de ses cheveux défaits, ses vêtements déchirés et sa figure ensanglantée par les branches basses, un genou sortant comme une boule d'ivoire du bas déchiré visible sous la jupe paysanne retroussée, la jeune fille était secouée de frissons et mouillée de larmes. Tandis qu'il l'enlevait de la selle presque aussi aisément que si elle avait encore dix ans, Prosper choisit la colère pour traduire son angoisse :

— Vous voilà fraîche ! Qu'est-ce qui vous a pris de monter Sahib ? Vous savez très bien que M. Guillaume le défend. Lui seul peut le maîtriser en sécurité : il est trop ombrageux pour une gamine de votre âge. Avec ce genre de bestiau, il y faut du muscle...

Élisabeth à présent s'accrochait à son épaule :

— Ne crie pas, Daguet, ne crie pas !... Heureusement encore que je l'avais... il m'a sauvée. Même s'il a pris feu... Oh ! J'ai eu si peur !

— De quoi, grand bon Dieu ! Vous n'avez jamais peur de rien !

Deux garçons d'écurie accouraient pour s'occuper de Sahib maintenant bien sage sous sa couverture. Leur vue changea le cours des préoccupations d'Élisabeth :

— Ne vous souciez pas de moi ni du cheval ! Il faut rassembler du monde, aller tout de suite à la ferme Mercier...

Et, soudain, elle éclata en sanglots :

— Oh, c'est tellement horrible !... Si seulement Papa était là !...

— Il est là ! Il vient tout juste d'arriver et il nous amène du nouveau...

Mais Élisabeth n'entendit que les premiers mots. Avec un cri de joie, elle s'arracha des bras du maître cocher pour se précipiter vers la maison en appelant son père, mais ce ne fut pas lui qu'elle vit en premier : un adolescent vêtu de noir, maigre et roux, surgit sur le perron et la considéra d'un air surpris. De son côté, elle eut un choc : ce garçon en deuil lui faisait souvenir d'un autre enfant qu'elle n'était jamais parvenue à oublier bien qu'il ne lui ressemblât guère : un garçon aux cheveux blonds et bouclés... Cependant, elle n'eut pas le temps de s'appesantir sur cette réminiscence. Tremaine arrivait à son tour. Elle s'élança vers lui pour se jeter à son cou et il n'eut que le temps de la saisir au vol : son pied pris dans la dentelle déchirée de son jupon la fit trébucher et, s'il ne l'avait retenue, elle se serait abattue lourdement sur les marches.

— Élisabeth ! Mais d'où sors-tu dans cet état ? Que t'est-il arrivé ?

— A moi, pas grand-chose, mais ce sont les pauvres Mercier... Oh, Papa, je vous en prie ! Il faut prévenir les gendarmes[1]... envoyer vos gens... Ce que j'ai vu est tellement abominable !

— Viens dans la cuisine ! Clémence va s'occuper de toi et tu nous diras...

— Il n'y a pas de temps à perdre... Elle est peut-être encore vivante...

Tandis qu'on l'emmenait, elle raconta comment,

---

1. En tant que militaires chargés de veiller à l'ordre et à la sécurité en province, ils existaient depuis 1791.

la veille, elle avait parié avec son amie Caroline de Surville qu'elle viendrait déjeuner chez elle en montant le cheval de son père, ce Sahib superbe, difficile et défendu qu'il avait eu tant de peine à soustraire aux incessantes réquisitions de la Convention puis du Directoire. Tout se passait plutôt bien lorsqu'en arrivant à la hauteur de la grande ferme des Mercier, Sahib s'était mis à boitiller. Fort inquiète des suites de son escapade, la jeune cavalière s'était hâtée de mettre pied à terre pour chercher la cause de cette allure insolite. Ce n'était rien d'autre qu'une petite pierre coincée sous un fer et elle était occupée à l'extraire à l'aide du canif qu'elle gardait toujours dans une poche quand une horrible plainte l'arrêta net, l'oreille tendue. Quelques secondes passèrent puis une autre se fit entendre. Elle venait de la ferme et lui glaça le sang. Aussi décida-t-elle d'aller voir. Peut-être Mme Mercier avait-elle besoin de secours?

Depuis les troubles, il n'y avait plus grand monde dans les vastes bâtiments où s'activaient naguère encore une dizaine de personnes : deux servantes et le fils de l'une d'elles, un gamin de treize ou quatorze ans. Plus, bien sûr, les Mercier, un couple âgé dont le fils, après avoir servi volontairement dans la Garde nationale, s'était laissé tenter par les «fumées et gloires d'Italie» et avait délaissé la terre, pour faire carrière du côté de Milan. Les valets avaient été pris par les recruteurs des armées.

Tandis qu'Élisabeth, son cheval en bride, se dirigeait vers la porte, elle entendit une voix de femme supplier :

— Pitié!... Me faites pas de mal! Au nom de la Sainte Vierge!

Une voix d'homme bourrue marmotta quelque

chose qu'elle ne saisit pas mais, comprenant qu'il s'agissait d'une affaire grave, Élisabeth recula pour attacher son cheval dans l'écurie vide et revint à pas de loup jusqu'à une fenêtre ouverte. Ce qu'elle vit la terrifia : Mme Mercier gisait sur le carreau, perdant son sang par une grande plaie ouverte dans sa poitrine, mais le pire se situait près de la cheminée où le corps ligoté du vieux Pierre Mercier, encore tordu par les affres d'une horrible agonie, était couché dans l'âtre où ses jambes achevaient de se consumer. Une odeur affreuse parvenait jusqu'à la jeune fille, et elle dut enfoncer son poing dans sa bouche pour ne pas hurler. Mais ce n'était pas tout : installés à la grande table, deux hommes masqués de suie mangeaient et buvaient tandis qu'un troisième, couché sur Marie, la plus jeune des servantes, la violait à grands coups de reins. L'un des mangeurs grogna :

— L'use pas complètement ! J'vais pas tarder à m'sentir en appétit !

Fascinée par le grand corps rose sur lequel le malandrin s'évertuait, Élisabeth eut un geste nerveux qui fit rouler un caillou. Tout de suite, le plus épais des bandits, une sorte de monstre habillé d'une veste en peau de chèvre, dressa l'oreille et allongea une bourrade à son compagnon de ripaille :

— J'ai entendu un bruit ! Va voir un peu si ça s'rait pas l'autre servante qui r'viendrait. Ou alors son mion...

L'autre se leva en maugréant. Comprenant qu'elle était perdue si on la trouvait là, Élisabeth s'enfuit, retrouva Sahib, sauta en voltige et, piquant des deux, quitta l'écurie comme une tempête en fonçant droit devant elle. Elle entendit des cris, des menaces et même deux coups de feu dont l'un dut effleurer la robe noire du pur-sang car il prit le mors aux dents, galopant à travers futaies et taillis sans que sa cavalière terrorisée réussît à le calmer...

Son récit achevé, la jeune fille n'eut pas besoin d'en dire plus. A grands coups de gueule, Tremaine distribuait ses ordres : qu'on lui selle un cheval ! Qu'on aille rechercher le docteur Annebrun qui, après les avoir amenés du port, Mr Brent, Arthur et lui-même, était allé visiter l'une de ses malades au hameau de la Pernelle ! Enfin que Prosper prenne du monde, des chevaux et s'apprête à le suivre !

— Ce devrait être suffisant pour arrêter des misérables assez stupides pour s'attarder sur le lieu d'un crime après le lever du soleil. Pendant ce temps, Potentin s'occupera de Mr Arthur et de son précepteur. Mais, au fait, où est-il Potentin ?

C'était bien la première fois, en effet, que le fidèle majordome n'accourait pas au perron pour l'accueillir à l'un de ses retours, alors que le reste du personnel, Clémence Bellec, reine de la cuisine, Béline qui s'occupait des enfants et Lisette, l'ancienne camériste d'Agnès, la défunte épouse, s'étaient précipitées dehors au bruit de la voiture. Sur le moment et au milieu du tohu-bohu créé par son arrivée en compagnie de nouveaux hôtes, l'absence de Potentin était passée un peu inaperçue. Et puis, presque simultanément, il y avait eu le retour dramatique d'Élisabeth.

Tandis qu'il entrait dans la maison pour s'équiper en vue de l'expédition, ce fut Mme Bellec qui, la lèvre réprobatrice, le renseigna :

— Il est couché avec une crise de goutte, votre Potentin. Ce que c'est que d'avoir un peu trop fêté, avant-hier, les soixante-dix ans de votre ami Louis Quentin!

— Mon Dieu! gémit Guillaume. Et je n'y étais pas! Il faudra que j'aille m'excuser... et remercier Potentin de s'être sacrifié!

— Oh, si vous le prenez comme ça, félicitez-le pendant que vous y êtes: il était saoul comme une vieille bourrique! Joli spectacle!... Venez un peu par ici, Messieurs, vous devez avoir besoin de vous réconforter... Et vous, Mademoiselle Élisabeth, tenez-vous un peu tranquille, ajouta-t-elle à l'adresse de la jeune fille que Béline poursuivait à travers la cuisine pour bassiner son visage écorché avec de l'eau fraîche.

Guillaume arrêta sa fille au passage: elle aurait à répondre, plus tard, de son équipée et surtout de sa façon bien personnelle d'entendre l'obéissance. Menace peu convaincante à première vue:

— Si je n'avais pas désobéi, vous ne pourriez pas aller au secours de ces pauvres gens, déclara-t-elle sans s'émouvoir. Alors, ne perdez plus de temps. Vous me gronderez plus tard!

Tandis que Mr Brent, encore mal remis d'une traversée éprouvante pour son estomac, reprenait ses esprits avec un bol de cidre chaud dont Clémence venait de le nantir, Arthur, adossé à l'une des grandes armoires de chêne luisantes comme du satin qui faisaient la gloire de la cuisine, observait la scène. Mais il regardait surtout Élisabeth...

Ainsi c'était cette harpie qu'était censée représenter la figure de proue du beau navire? Difficile à croire! Une grande fille maigre à la crinière emmêlée, au visage égratigné, vêtue comme une paysanne d'une robe de laine bleue sale et déchirée dont le jupon pendait! Dire qu'il s'attendait à trouver une élégante poupée toute en rubans, dentelles et longues boucles soyeuses comme il en voyait parfois chez sa mère! Elle ressemblait davantage à une fille de ferme qu'à une lady et l'idée qu'elle pût être sa sœur, à égalité avec l'éblouissante Lorna, était encore plus surprenante, bien qu'elle fût aussi rousse que lui.

Mal élevée avec ça! Elle ne semblait même pas s'apercevoir de sa présence. Ou alors, elle n'avait pas l'intention de s'intéresser à lui. Ce qui, au fond, n'avait aucune importance!... Comme Guillaume allait sortir, Arthur s'approcha de lui :

— Puis-je vous accompagner, monsieur?

Si pressé qu'il fût, Tremaine s'accorda un instant pour considérer ce gamin de douze ans qui prétendait se joindre à lui dans ce qui pouvait être un combat. Il en fut fier mais retint son sourire :

— Tu es peut-être un peu jeune pour traquer les brigands?

— Je ne vois pas pourquoi. Chez nous, en Angleterre, les garçons apprennent à mépriser le danger quel qu'il soit dès qu'ils ne portent plus de jupes...

Si la référence au royaume britannique déplut à Guillaume, il n'en montra rien :

— Ce n'est pas un monopole! J'ai vu ma première bataille à neuf ans. Évidemment, je préférerais te montrer ce pays sous des couleurs plus aimables mais, si tu y tiens... Tu sais monter à cheval, je crois?

— Sûrement mieux qu'elle! lança l'adolescent avec un mouvement de tête dans la direction d'Élisabeth.

Or, elle s'approchait et avait entendu. Aussi se chargea-t-elle de la réplique :

— On en reparlera plus tard, si vous le voulez bien. Un peu de modestie n'a jamais tué personne !

Puis, se tournant vers son père :

— S'il vous plaît, Papa, laissez-le-moi ! Quelque chose me dit que faire sa connaissance va être une expérience intéressante ! A moins que je ne lui fasse peur.

— Une fille me faire peur ? émit le garçon avec un haussement d'épaules qui en disait long. Eh bien faisons connaissance si vous y tenez !

— Élisabeth ! gronda Tremaine, inquiet de la tournure que l'entretien risquait de prendre. Songe à ce que tu m'as promis !

Il aimait profondément sa fille dont il était fier et qui avait toute sa confiance. Au point d'avoir jugé bon, avant de partir pour l'Angleterre, de lui expliquer les graves raisons de ce voyage dans un pays où il avait cependant juré de ne jamais poser le pied. A cette enfant de quinze ans et pour la première fois, il parla de Marie-Douce et de leur histoire. Sans lui causer d'ailleurs la surprise qu'il craignait...

Au fond de sa mémoire d'enfance, Élisabeth gardait le souvenir de la cruelle et longue querelle où s'était brisée l'entente de ses parents et dont l'issue avait été le départ d'Agnès pour Paris où l'attendait une mort tragique sur l'échafaud de la place de la Révolution. Elle ignorait bien des choses, naturellement, et s'était interdit des questions dont elle savait bien qu'elles resteraient sans réponses. Cependant, si elle n'en connaissait pas les circonstances, elle avait deviné que son père aimait une autre femme et que, pour cette raison, Agnès l'avait obligé à quitter la maison dans un moment de fureur dont les conséquences s'étaient révélées désastreuses. Ce que l'enfant n'avait pu se résoudre à lui pardonner.

En vérité, Élisabeth n'avait jamais réellement aimé sa mère alors qu'elle adorait son père qui le lui rendait bien. Auprès de lui, elle trouvait tout ce qu'elle pouvait souhaiter d'amour, d'attention, de chaude protection. De la terrible période où l'on avait pu croire qu'il ne reviendrait jamais, elle gardait un abominable souvenir et en souffrait encore dans ses cauchemars. Rien de comparable avec le chagrin, relevant plus de la raison que du cœur, laissé par la mort d'Agnès. La séparation durait déjà depuis des mois et Guillaume était là pour apaiser, consoler, envelopper de ses bras et de son affection ses deux enfants orphelins. Grâce à lui, même le petit Adam, le favori d'Agnès, n'avait pas trop pâti de la disparition définitive...

Alors quand, durant toute une soirée en tête à tête devant le feu de la bibliothèque, Tremaine entreprit de faire comprendre à sa fille qu'un amour d'enfance pouvait ne jamais s'effacer et susciter de graves conséquences, la surprise fut pour lui. Il découvrit qu'il pouvait tout demander à la tendresse d'Élisabeth parce qu'aucune de ses actions, aucune de ses intentions ne pouvait la blesser ou seulement la choquer : elle l'aimait assez pour tout accepter de lui, même quand il évoqua ce petit garçon né peu de mois après Adam et dont, certainement, Marie, puisqu'elle l'appelait à son heure dernière, voulait lui parler... Elle se sentit même encline à la compassion : la perte d'une mère, peut-être tendrement aimée, allait dépouiller entièrement cet enfant. L'idée que Guillaume pourrait le ramener l'effleura, mais elle avait trop de générosité naturelle pour en éprouver de l'inquiétude. S'il le fallait, elle aiderait Guillaume à agrandir le cercle de famille. Ce qui ne voulait pas dire qu'elle était prête à supporter un caractère impossible!... Il semblait pourtant que ce fût le cas...

Rassurant d'un sourire Guillaume qui s'éloigna, elle reprit :

— Commençons par le début! Vous vous appelez Arthur, je crois?

— Puisque vous le savez, pourquoi le demander?

— Peut-être pour juger de la qualité de votre éducation. J'ignore comment on s'adresse aux demoiselles, chez vous, mais je ne suis pas certaine que ça me plaise...

— C'est sans aucune importance! D'autant que vous n'avez vraiment pas l'air d'une demoiselle...

Sous ses égratignures, le visage d'Élisabeth s'empourpra au point que l'on put craindre une de ses célèbres explosions de colère. Elle ouvrit la bouche, la referma puis, soudain, éclata de rire :

— Pas plus que vous n'avez l'air d'un gentleman! fit-elle dans un anglais tellement irréprochable — le professeur était Pierre Annebrun! — qu'il désarçonna son adversaire. Il lui jeta un coup d'œil incertain comme s'il ne savait plus que dire. Alors elle lui tendit la main :

— Une chose est sûre, vous êtes un vrai Tremaine! Aussi teigneux que moi!... Soyez le bienvenu! Si vous le souhaitez, vous aurez en moi une sœur. Mais seulement si vous le souhaitez...

— Je ne sais pas encore. Tout est tellement bizarre ici!...

— Vous trouvez? Cela vient peut-être de ce que vous avez faim. Moi aussi d'ailleurs parce qu'il est tard, mais je vous assure que d'habitude nous dînons à une heure très convenable et tout à fait civilisée. Aujourd'hui, le rituel est un peu bousculé à cause de tous ces événements, mais je suis certaine que Mme Bellec ne va pas tarder à nous nourrir.

Occupée à réconforter Jeremiah Brent qui, sur son tabouret, reprenait lentement des couleurs, Clémence agita majestueusement sa haute coiffe ailée qui lui donnait l'air d'une fée un peu âgée, dodue et débonnaire :

— Dès que vous aurez retrouvé un aspect convenable, Mademoiselle Élisabeth ! Vous connaissez les exigences de votre père au sujet de la tenue. Alors plus vous vous dépêcherez, moins vous attendrez...

— J'y vais tout de suite, s'empressa Élisabeth. Par la même occasion, je montrerai sa chambre à M. Arthur. Où pensez-vous l'installer ?

— Dans celle aux oiseaux et ce pauvre jeune monsieur aura la chambre bleue, ce qui leur permettra de disposer du cabinet de toilette qui est entre les deux. On a déjà monté leurs bagages et Lisette a allumé du feu...

— Très bien ! Nous y allons... mais, au fait, où est passé Adam ? Tout ce bruit ne l'a pas tiré de sa tanière ?

— Où voulez-vous qu'il soit ? À Escarbosville, bien sûr ! Il ne rentrera que ce soir. Espérons seulement qu'il ne rapportera pas encore une collection de saletés du genre lézards, grenouilles ou couleuvres !... Faites vite ! Je mets le couvert...

Élisabeth hésita un instant à demander que l'on disposât ledit couvert dans la salle à manger et non dans la cuisine comme on le faisait d'ordinaire lorsque Guillaume était absent et même, souvent, quand il était là. On réservait les pièces de réception pour les invités quand il y en avait. Ce qui était fréquent. Or, elle avait envie d'impressionner favorablement le nouveau venu qui semblait enclin à les prendre pour des sauvages, mais elle pensa qu'après tout il faisait partie de la famille et que plus tôt il s'y intégrerait, mieux cela vaudrait ! Elle-même adorait la cuisine et, très probablement, la récente pièce rapportée y mangerait plus d'une fois...

Un quart d'heure plus tard, elle prenait place en compagnie des deux voyageurs à la grande table recouverte d'une joyeuse nappe à carreaux blancs et bleus et d'une lourde vaisselle en faïence de Rouen d'où montaient des senteurs agréables qui réjouissaient visiblement Jeremiah Brent à présent tout à fait remis. Ce fut avec enthousiasme qu'il attaqua le jambon à la crème puis les filets de saint-pierre divinement accommodés à l'échalote par Clémence. Plutôt gourmand et ayant souvent entendu vanter la cuisine française, il n'était pas fâché d'y goûter, sans se soucier le moins du monde du décor ambiant. Ce qui ne semblait pas être le cas d'Arthur...

Constatant qu'on le ramenait dans le domaine de Mme Bellec, il souleva les sourcils avec une ironie qui n'échappa pas à Élisabeth. Avec un rien d'agacement, elle lui demanda s'il lui déplaisait de dîner à la cuisine. Il haussa les épaules :

— Cela ne m'est jamais arrivé. Chez nous, seuls les domestiques y prennent leurs repas.

En faisant cette remarque désagréable, il obéissait à un mouvement de mauvaise humeur destiné à marquer sa différence. Car, au fond, elle était vraiment accueillante cette grande salle claire taillée dans une belle pierre blonde avec son âtre double, ses armoires cirées à miroir, ses étagères supportant tout un assortiment de terrines à gibier, de soupières et de pots en faïence fleurie, sa longue table flanquée de chaises paillées avec à chaque extrémité un petit fauteuil à coussins bleus, et son étincelante batterie de cuisine en cuivre rutilant. D'autres cuivres entouraient une statuette de la Vierge sur le manteau de la cheminée. Tout cela vivant, chaleureux, reposant pour l'œil... L'âme des pièces de réception et leur prolongement naturel... Rien à voir avec les cuisines d'Astwell Park établies en sous-sol comme s'il fallait les cacher et où la lumière elle-même grisaillait autant que les murs. Mais pour rien au monde Arthur ne l'aurait admis. Élisabeth, cependant, fut sensible à ce besoin de dénigrer :

— Chez nous, déclara-t-elle en appuyant sur les mots, il n'y a pas de domestiques. Seulement des gens restés attachés à la maison par les liens de la fidélité. Oh, nous en avions naguère, mais les armées de la République ont pris les hommes. Les chambrières et les filles de cuisine sont reparties chez elles, avec notre accord d'ailleurs : nous ne voulions pas qu'elles eussent à pâtir d'avoir servi chez nous. Vous ne savez pas ce que c'est qu'une révolution, vous? Celle qui s'achève tout juste a dévoré ma mère et plusieurs de nos amis. Alors ne nous reprochez pas un train de vie qui vous paraît peut-être modeste! En outre, il ne nous est jamais venu à l'idée de nous comparer à quelque châtelain que ce soit. Surtout pas aux Anglais! Sauf peut-être sur le terrain de la cuisine, ajouta-t-elle avec un sourire moqueur. Celle de Mme Bellec est peut-être la meilleure de Normandie...

Jeremiah Brent — que l'on n'avait pas encore beaucoup entendu jusque-là! — approuva sans réserves. Il se sentait tout ému en dégustant un plat qui lui rappelait ce qu'il mangeait jadis chez sa grand-mère française. Du coup, Clémence, peu satisfaite d'avoir à nourrir un Anglais, le regarda presque affectueusement. Le petit-fils d'une Normande ne pouvait pas être tout à fait mauvais. Elle réservait davantage son jugement en ce qui concernait ce Tremaine inattendu : il y avait en lui quelque chose de dur, de fermé, qui l'inquiétait un peu. D'autant qu'il n'avait pas encore touché à son assiette :

— Est-ce que Monsieur Arthur manquerait d'appétit ? susurra-t-elle. Le jambon à la crème doit se manger chaud...

Elle fut vite rassurée. Tout en lui jetant un coup d'œil sans tendresse, Arthur saisit fermement couteau et fourchette et attaqua comme on se jette à l'eau. La première bouchée avalée, il ne leva plus la tête de son assiette qu'il nettoya consciencieusement avant de demander à être resservi. Jamais il n'avait eu aussi faim ! En outre, manger lui évitait de parler.

Assise au bout de la table, à la place de son père, Élisabeth le regardait de temps en temps avec au fond des yeux une petite flamme amusée, déjà presque affectueuse. Il ressemblait tellement à Guillaume qu'elle ne pouvait pas lui en vouloir d'exister. Pas plus que de son caractère épineux : son père devait être à peu près comme ça à son âge. Mais quel drôle de garçon !

De son côté, Arthur évitait son regard, gêné à présent d'avoir répondu par de mauvais procédés à un accueil plutôt gentil. Il découvrait avec un certain ennui qu'elle pouvait être une vraie demoiselle et plus encore ! Sous la masse rousse et bouclée des épais cheveux cuivrés rejetés en arrière et retenus par un ruban de velours noir, elle avait un visage aux traits fins et fiers dont les traces de sa bagarre avec les fourrés ne déparaient pas vraiment l'harmonie. Et que ses grands yeux gris, un peu mystérieux, étaient donc beaux !

La robe qu'elle portait maintenant était de la même nuance, agrémentée de minces rubans de velours noir soulignant la taille haute et le décolleté carré d'où sortait une guimpe de mousseline blanche bouillonnée et nouée à la base d'un long cou fragile. Parfaitement coupée, la toilette sortait visiblement de chez un bon faiseur. Comme les mignons escarpins à talons plats munis de rubans qui se croisaient sur des bas blancs bien tirés. En vérité, Arthur était obligé de s'avouer que cette sœur-là lui faisait plutôt honneur. Restait à savoir à quoi ressemblait celui que l'on appelait Adam...

De plus en plus à l'aise, Jeremiah Brent bavardait à présent avec la cuisinière qui lui dépeignait les fastes de la maison avant le grand bouleversement. Elle lui assurait que les choses n'allaient pas tarder à reprendre leur cours interrompu.

— Dès que Potentin ira mieux, il se rendra à la louée aux servantes. Puisque la maison se remplit, on aura besoin de monde. C'était d'ailleurs dans les intentions de Monsieur Guillaume...

Arthur, agacé de ce bavardage qui lui révélait un aspect inconnu d'un précepteur toujours un peu guindé, ne résista cependant pas à l'envie de s'en mêler en demandant qui était ce Potentin.

— Ce tantôt, dit Élisabeth, je vous ferai visiter le domaine mais je commencerai par vous présenter notre Potentin : il en est un peu l'âme...

— Je ne vous le conseille pas, Mademoiselle Élisabeth, intervint Clémence. Vous savez comme il est toujours soucieux de sa tenue et de sa personne ?

Il n'aimera pas qu'on le voie sous son aspect de malade. D'autant que sa goutte le met dans des humeurs épouvantables.

— Eh bien nous attendrons qu'il soit prêt à nous donner audience, conclut la jeune fille avec bonne humeur.

Et, pour l'édification d'Arthur, elle raconta l'histoire de celui qui était pour tous le second personnage des Treize Vents, après Guillaume, dont il avait été le mentor durant de longues années avant de devenir le majordome puis l'intendant du domaine. Le maître n'avait que douze ans lorsque Potentin, naufragé d'un galion portugais — ce qui était déjà étrange pour un natif d'Avranches ! — s'était retrouvé à moitié mort sur une plage indienne de la côte de Coromandel, à deux pas de la demeure de Jean Valette, le père adoptif du jeune Tremaine dont il était devenu l'homme de confiance.

— Le modèle des vieux serviteurs si je vous ai bien comprise ?

— N'employez pas ce mot pour parler de lui. Nous lui vouons tous une véritable affection. Vous pourrez d'ailleurs constater quand vous le verrez qu'il n'est vraiment pas banal...

— Je me demande s'il y a ici une seule personne qui soit banale ! marmotta le jeune garçon sans que la réflexion n'échappe pour autant à l'oreille fine d'Élisabeth.

— Vous êtes sûr que c'est un compliment ? Vous avez l'air de le regretter ?

— Ce serait peut-être reposant...

Élisabeth ne fit aucun commentaire bien qu'elle n'en pensât pas moins : si, à son âge, Arthur souhaitait avant tout le repos, il allait faire un

Tremaine peu ordinaire. Cependant, estimant avoir rompu assez de lances pour un premier contact, elle choisit de l'emmener visiter le domaine, laissant Jeremiah, décidément conquis par Clémence, s'attarder autour des délices d'un bon café dégusté sous le manteau de la cheminée.

La fille de Guillaume aimait sa maison et elle en était fière. Édifiés un an avant sa naissance dans la belle pierre blonde de Valognes appelée «landin», les Treize Vents ressemblaient à ces «malouinières» que bâtissaient dans les deux siècles précédents les corsaires et les armateurs de Saint-Malo. Cela tenait au souvenir gardé par Guillaume de ses premiers pas sur la terre de France, lorsque avec sa mère il débarqua au quai Saint-Louis après le grand drame de Québec : un émerveillement devant l'élégante simplicité de ces demeures abritant cependant de grandes richesses...

Comme les propriétés des bords de la Rance, le haut toit d'ardoises du manoir abritait un bâtiment aux proportions harmonieuses ordonné autour d'un avant-corps coiffé d'un fronton triangulaire qui lui donnait des allures de château, bien que Guillaume s'en défendît. Les écuries construites à distance raisonnable étaient presque aussi belles que les appartements car le maître adorait les chevaux. Enfin, un parc, pas trop bien ordonné mais avec de douces pelouses et de grands arbres dont les cimes s'échevelaient en se couchant comme si le vent y soufflait incessamment, servait d'écrin à l'ensemble...

Même à contrecœur, Arthur admettait qu'elle avait bien du charme, cette grande maison fièrement dressée sur son acropole normande au-dessus de la campagne et des courants marins de Saint-

Vaast-la-Hougue. Ce matin, comme l'*Élisabeth*
approchait de son port et venait de franchir le
dangereux passage du raz de Barfleur, Guillaume,
qui se tenait auprès de lui, avait offert sa longue-
vue :

— Regarde! Sur tribord tu verras un clocher
dominant la colline. C'est celui de la Pernelle : il
sert de repère aux navigateurs pour entrer en baie du
Cotentin et, en particulier, à Barfleur et Saint-
Vaast. Quand nous approcherons tu distingueras
les Treize Vents : une tache claire, un toit bleu non
loin de l'église...

Une tache en effet que l'enfant put voir grandir,
se préciser, dorée dans le soleil jaune de l'automne,
contrepoint délicat, dans la brume légère du matin,
de ces deux vieux forts coniques surmontés de
lanternes, couleur de cuivre et qui semblaient surgir
de la mer irisée, doigts dressés de chaque côté d'un
havre piqué de mâts et de hunes comme pour en
interdire l'accès. L'endroit avait quelque chose de
magique. Entre de gros nuages bosselés, la lumière
d'une pureté extraordinaire ciselait les vieilles maisons de pêcheurs autour d'un antique sanctuaire
poli par les siècles, allumait des éclats sourds sur les
plaques immobiles des marais salants et faisait
revivre les teintes érodées par le sel des bateaux à
l'ancre.

Une sorte de paix était entrée alors dans l'âme du
déraciné comme s'il arrivait dans un endroit rêvé
depuis longtemps, comme s'il arrivait chez lui après
une longue errance. Quelque chose lui disait qu'il
devait être possible d'être heureux sur cette terre
normande... mais, très vite, les buissons épineux de
la défiance recommencèrent à l'assaillir. Ce pays,
cette maison n'étaient pas les siens et ne pouvaient

lui convenir puisqu'il n'y serait jamais qu'un intrus, une pièce rapportée fatalement déplaisante à l'œil. La famille qu'on lui imposait — et à qui on l'imposait ! — n'avait pas besoin de lui. Mais qui donc avait besoin de lui maintenant qu'il était seul au monde ? Au fond, il ignorait ce qu'était un *vrai* foyer. Astwell Park n'était pas davantage sa maison. A peine celle de sa mère... Que sir Christopher fût mort avant elle et Marie aurait été contrainte de céder la place au nouveau maître pour aller vivre ailleurs.

Cependant, en suivant la robe grise d'Élisabeth, Arthur retrouvait ses premières impressions. Sa chambre était charmante, un peu féminine peut-être avec ses meubles laqués gris et ses tentures de Perse ornées d'oiseaux colorés, mais Élisabeth avait dit que plus tard il pourrait l'arranger à son goût. De toute façon elle n'avait aucune peine à être plus agréable que son logis anglais, tout de chêne foncé et de tapisseries usées par le temps, où il mourait de peur quand il était petit parce qu'Édouard lui avait appris, en ricanant, qu'il était hanté par un fantôme à la jambe de bois.

Il aima aussi, sans le montrer, les pièces de réception : la belle salle à manger tendue de jaune lumineux où scintillaient cristaux anciens et précieuse vaisselle venue d'Extrême-Orient, et les deux salons dont la tonalité générale était d'un vert éteint animé de minces filets dorés. Le goût très sûr d'Agnès, la défunte épouse de Guillaume, y avait éparpillé sur de soyeux tapis un archipel de fauteuils, bergères, canapés, consoles et même un clavecin enluminé comme un missel. Enfin ce fut la bibliothèque et, pour la première fois, Arthur réagit spontanément :

— Oh, c'est superbe ici !

— C'est la pièce préférée de Père. Il y travaille. Cela se voit d'ailleurs : contemplez le désordre de cette table ! Quant à ce fauteuil il y tient énormément, sourit la jeune fille en passant une main caressante sur l'espèce de trône en ébène garni de cuir noir dont les bras représentaient des têtes d'éléphants. C'était celui de Jean Valette, son père adoptif, et il l'a rapporté des Indes, mais quand il s'adonne à la lecture, il s'installe plus volontiers dans celui-ci, près du feu.

Un livre en effet, relié en maroquin rouge et marqué d'un signet de soie, était posé sur la cheminée, attendant qu'on revienne à lui. Arthur le prit pour en lire le titre à haute voix. C'était *Le Voyage autour du monde* par M. de Bougainville et il en parut content :

— J'ai toujours eu envie de lire cet ouvrage dont j'ai entendu parler...

— Ici, non seulement vous pourrez le lire mais vous aurez l'occasion d'en rencontrer l'auteur...

— Vraiment ?

— C'est un bon ami de la maison. Père le connaît depuis le Canada où il servait sous M. de Montcalm. A présent, il est presque de la famille. Sa femme est la marraine d'Adam et il est le cousin par alliance de Tante Rose... Et, comme vous allez me demander qui est Tante Rose, je vous dirai qu'elle n'est pas réellement une parente mais la seule amie de notre mère et nous lui vouons tous une profonde affection. Dans le monde elle est la baronne de Varanville. Son château n'est pas loin d'ici et demain, très certainement, nous vous y emmènerons pour vous présenter. Vous verrez : c'est la femme la plus exquise que je connaisse! A présent, allons voir le jardin, les écuries, l'étang et la ferme...

Lorsque Guillaume revint de son expédition, il était déjà tard. Depuis un moment, les enfants étaient dans leurs chambres où ils se préparaient pour le souper. Que l'on prendrait cette fois dans la salle à manger. C'était la règle pour le soir et, depuis que les troubles avaient cessé, le maître des Treize Vents tenait à ce que l'on fît toilette pour la circonstance. Mais lorsque Élisabeth, Arthur et Mr Brent descendirent à l'appel de la cloche, ils purent constater que Tremaine et le docteur Annebrun, qu'il gardait à souper, se trouvaient dans le même équipage qu'au moment de leur départ. Juste un peu plus poussiéreux. Ils étaient en train de se laver les mains à une superbe fontaine de grès rose qui ornait un coin du grand vestibule, non loin de l'escalier.

Visiblement soucieux, tous deux, ils parlaient avec animation mais, en apercevant sa fille, Guillaume eut un sourire et se dirigea vers elle :

— Veux-tu nous permettre de venir à table dans cette tenue peu protocolaire, Élisabeth? Nous mourons de faim.

— De toute façon, vous êtes toujours magnifiques l'un et l'autre, dit la jeune fille en souriant, sachant bien que le médecin n'avait aucune possibilité de se changer, et que son père devait, par courtoisie, rester lui aussi tel qu'il était.

Elle alla ensuite embrasser Annebrun, l'un des tout meilleurs amis de son père. Elle ignorait, bien entendu, qu'il avait été l'amant de sa mère et savait seulement qu'il lui vouait une profonde admiration et qu'il se trouvait aux côtés de Guillaume ce terrible jour où la tête d'Agnès Tremaine était tombée sur l'échafaud de la place de la Révolution, à Paris. Depuis, les deux hommes se voyaient souvent, Tremaine n'ayant guère eu de peine à pardonner une faute dont il était en grande partie responsable et qu'excusait le pur amour de Pierre Annebrun pour une femme qu'il avait longtemps adorée en silence.

C'était un Normand lui aussi mais mâtiné d'Écossais. Fils d'un médecin de Cherbourg, il n'en avait pas moins passé la majeure partie de son enfance dans sa famille maternelle, près de Dunbar et conquis ses grades à la célèbre université d'Édimbourg. Ensuite, après un séjour en Amérique, il était revenu au pays natal et avait repris, à Saint-Vaast-la-Hougue, la clientèle du vieux docteur Tostain. On appréciait, dans les entours du Val-de-Saire, cet homme taciturne si grand et si vigoureux qu'il ressemblait à un ours blond mais dont le cœur généreux ne pouvait résister à aucune misère. Guillaume Tremaine devait à son habileté de chirurgien l'usage de ses jambes dont un autre l'aurait certainement privé. Ce sont de ces choses qui ne s'oublient pas. Aussi Pierre Annebrun veillait-il attentivement sur la santé des gens des Treize Vents où son couvert était mis chaque fois qu'il le souhaitait et, traditionnellement, le dimanche soir. Après quoi lui et Guillaume s'affrontaient aux échecs.

— Eh bien, passons à table! dit celui-ci qui ajouta aussitôt : Où est Adam? Il n'a pas entendu la cloche... ou bien n'est-il pas encore rentré?

Du seuil des salons, une voix grave, un rien solennelle même, se chargea de la réponse :

— Il est dans la buanderie où Béline est en train de le récurer. Il était tellement sale en revenant d'Escarbosville que Lisette lui a interdit l'escalier et Mme Bellec sa cuisine.

Arthur se retourna pour voir qui venait de parler et pensa que ce bonhomme-là semblait sorti tout droit d'un livre de contes fantastiques, fidèle en cela à l'originalité dont chaque habitant de cette maison paraissait tenir à faire preuve. Brun de peau, le menton en galoche, les sourcils en surplomb et le nez cassé, il avait une vraie tête de flibustier encore aggravée par une énorme paire de moustaches noires dont les pointes remontaient presque jusqu'à ses yeux et qui contrastaient furieusement avec ses cheveux d'un blanc de neige portés à l'ancienne mode, ramassés sur la nuque dans une bourse de cuir nouée d'un ruban. A l'ancienne mode aussi l'habit de velours violet soutaché de noir, les culottes noires et les bas blancs disparaissant... dans une vaste paire de pantoufles marron dont l'une, découpée, donnait de l'aise à un volumineux pansement.

La protestation du médecin acheva de renseigner le jeune garçon :

— Qu'est-ce qui vous a pris de vous lever, Potentin ? Vous devez souffrir le martyre ?

C'était sans doute vrai : deux ou trois gouttes de sueur perlaient au front du vieil homme. Cependant un sourire farouche retroussa encore davantage les fameuses moustaches façon Grand Moghol dont le majordome prenait le plus grand soin en souvenir des princes rencontrés dans sa jeunesse (trouvant d'ailleurs qu'elles blanchissaient par trop, il les teignait désormais afin de leur conserver tout leur volume).

— Votre nouvel onguent fait merveille, monsieur le docteur. Et vous n'auriez tout de même pas voulu que je reste dans mes couettes comme une vieille femme le jour où un nouveau Tremaine vient habiter les Treize Vents ? Je tenais à lui ouvrir moi-même les portes de la salle à manger !

Touché malgré lui, Arthur s'avança et, ne sachant trop que faire, tendit une main hésitante :

— Je vous remercie pour cette attention, monsieur Potentin et...

— Pas «monsieur»! Je suis Potentin tout court... et à votre service, Monsieur Arthur!

— Voilà qui est bien! approuva Guillaume, mais comme c'est tout de même à moi que tu dois obéissance, tu vas me faire le plaisir de retourner te coucher! Tu as fait assez d'héroïsme pour ce soir et Lisette nous servira.

Sur un coup d'œil, le docteur et lui s'emparèrent de Potentin et, le portant plus que l'aidant à marcher, ils lui firent remonter les deux étages dont la descente avait dû causer une rude souffrance... On les entendit rire et plaisanter dans les hauteurs. Quelques minutes plus tard, on passait à table.

L'incident avait un peu déridé le maître des Treize Vents. Cependant, il fut vite évident qu'il restait soucieux et que le docteur Annebrun partageait son inquiétude. Bien que tous deux s'efforçassent de le dissimuler en parlant de choses et d'autres. Ce qui finit par agacer Élisabeth :

— Père, demanda-t-elle, ne nous direz-vous pas au moins si vous avez pu sauver cette malheureuse et attraper les bandits ?

— Ils courent toujours, malheureusement, et je ne vois pas bien comment on pourrait les prendre. Sur les ordres du département, la gendarmerie de Valognes a bien installé un petit poste au Vaast pour tenter de lutter contre l'insécurité qui grandit depuis quelque temps, mais l'aide qu'ils représentent est surtout morale : ils ne sont que trois et les malandrins le savent bien. Néanmoins, nous les avons prévenus...

— Mais la servante? Elle était encore vivante?

— Oui, dit le docteur. Elle a subi les violences des deux hommes mais elle s'en remettra. Nous l'avons confiée aux gens du château de Pepinvast. Ils vont mettre quelqu'un pour s'occuper de la ferme avec l'autre servante qu'on a retrouvée dans les bois en compagnie de son gamin à moitié morts de peur.

— Et les pauvres Mercier?

— On les enterrera demain, reprit Guillaume. Bien entendu nous irons tous. De toute façon, je comptais emmener Arthur à Varanville. Nous pousserons jusque-là après la cérémonie. Nous y sommes allés tout à l'heure mais... la baronne était absente. Nous n'avons vu que Félicien Gohel... Pas bien surpris, d'ailleurs! Paraîtrait que ces bandits ont déjà fait des leurs du côté de Boutron et Gonneville. D'après ce que nous a dit la fille, ce seraient des chouans de la bande de Mariage.

— Ça ne tient pas debout! grogna Pierre Annebrun. Cet homme qui se faisait appeler la Grenade quand il servait au régiment d'Aunis a été fusillé en Bretagne en 97. Quant aux chouans, il n'en existe plus guère depuis que Hoche a fait fusiller M. de Frotté, et surtout pas par ici où l'on était plutôt pour le Roi et où les connivences sont nombreuses.

Pendant cinq années, en effet, de 1795 à 1800, la chouannerie qui avait dévasté le sud de la Manche, traquant les pourvoyeurs de la Terreur, partisans jurés de la Révolution que l'on appelait les «patauds», poursuivant les prêtres «jureurs», saccageant les bureaux municipaux et coupant les arbres de la Liberté, n'avait eu que peu de résonance dans le nord de la péninsule où il n'y eut guère de grands excès et où l'on ne connut pas la sinistre guillotine. Les «chasseurs du Roi» ne s'aventurèrent pratiquement jamais au-dessus de Saint-Sauveur-le-Vicomte. Par contre, certaines bandes se réclamant de la foi royaliste se composaient surtout de véritables brigands, tel ce Jean Mariage dont Guillaume venait de prononcer le nom et dont les exploits faisaient encore trembler dans les chaumières.

— Tu es bien certain, reprit Guillaume, que ce bandit a été tué? On a dit qu'il était passé en jugement, condamné, mais personne n'est vraiment certain, par ici, qu'il ait été exécuté. J'ai d'ailleurs trouvé bizarre qu'il demande à être jugé par le tribunal militaire de Saint-Brieuc, mais, quoi qu'il en soit, et même s'il a vraiment été passé par les armes, rien ne dit qu'un frère, ou un cousin, ou simplement un ancien lieutenant n'a pas repris le flambeau.

— J'admets que c'est toujours possible, concéda le médecin.

— Dans ces conditions, il faut prendre les mesures nécessaires, former une troupe pour donner un coup de main aux gendarmes, et sans attendre qu'une autre catastrophe se produise. La seule idée que ces misérables pourraient s'en prendre à Rose me met hors de moi.

— Il y a tout de même du monde à Varanville et, d'autre part, il est possible que la bande ne soit pas très nombreuse. Ces malandrins n'étaient que deux chez les Mercier...

— Mais bien armés. Pour un vieillard, trois femmes et un enfant, c'était plus que suffisant. Le reste était peut-être occupé ailleurs. Il y a tellement de petites fermes isolées, de maisons mal défendues... et encore tellement de bois trop épais où peuvent se cacher indéfiniment ceux qui préfèrent leurs propres lois à celles de l'État. En admettant que celui-ci se décide à en promulguer d'intelligentes !...

— J'ai bon espoir de ce côté-là. Le Premier consul n'est pas seulement un génie militaire : il a aussi la main lourde à ce que l'on dit, et il est bien décidé à rétablir l'ordre.

— Ce n'est pas moi qui m'en plaindrais...

Guillaume se versa un verre de vin mais ne le but pas tout de suite. Adossé à son fauteuil, il en mira le pourpre profond à la lumière du grand chandelier d'argent qui éclairait la table :

— Curieux homme que ce Bonaparte surgi d'une île à moitié sauvage où personne n'aurait jamais eu l'idée d'aller le chercher et qui semble s'être donné pour tâche de ramener la France à la raison ! J'avoue que j'aimerais bien le connaître et il se peut que j'aille un de ces jours à Paris dans ce but. Bougainville, qui a ses entrées chez lui, prétend qu'il est fascinant : un champion de la morale pardessus le marché !

— Qui a cependant épousé une femme, ravissante peut-être, mais de réputation douteuse.

— Tous les grands hommes ont leur faiblesse et tu as prononcé le mot qui résume tout : elle est ravissante...

Puis, changeant soudain de ton, Guillaume se tourna vers sa fille :

— A propos, qu'est-ce que cette histoire de pari avec Caroline de Surville ? J'aimerais une explication.

Élisabeth devint ponceau. Elle espérait bien que, grâce à l'arrivée d'Arthur, on n'en reviendrait pas à son équipée du matin. D'autant qu'elle avait permis de découvrir un crime et peut-être de sauver une femme. Mais c'était compter sans la propension de son père à vouloir toujours aller au fond des choses. Elle n'échapperait pas à l'algarade.

— Je sais que j'ai eu tort, Père, mais avouez qu'un pari n'est pas quelque chose de bien répréhensible.

— C'est selon! S'il s'agit d'un pari en l'air, j'en suis à peu près d'accord, mais si on l'intéresse je ne le tolère plus. Étiez-vous convenues d'un enjeu?

Il y eut un silence. En dépit de sa résolution, Élisabeth détournait la tête, ne se sentant pas le courage d'affronter le regard paternel.

— Eh bien? insista Guillaume froidement.

— J'avais parié... l'un des bibelots de jade de ma chambre contre un livre... mais je ne pouvais pas perdre. Je monte Sahib sans la moindre difficulté...

— Vraiment? Tu l'as blessé et il aurait pu te tuer. Lorsque je défends quelque chose, j'ai, en général, de bonnes raisons. Et c'était quoi ce livre? Je pensais que tu pouvais trouver ici largement de quoi satisfaire ta passion de la lecture...

De rouge Élisabeth devint pâle. Ses prunelles grises se firent implorantes:

— S'il vous plaît... permettez que je ne vous le dise que tout à l'heure... quand nous serons seuls.

Tremaine connaissait la fierté de sa fille. Déjà ce règlement de comptes public représentait pour elle une dure épreuve. Il ne voulut pas l'humilier tout à fait en face de ce jeune garçon qu'il lui imposait comme frère.

— Entendu. Nous en finirons tout à l'heure...

Pierre Annebrun, désireux d'aider l'adolescente, ouvrait la bouche pour parler d'autre chose quand Arthur choisit de déclarer :

— Pensez-vous vraiment, monsieur, qu'un pari soit tellement répréhensible ? Dans toute l'aristocratie anglaise, on ne cesse de parier et sur n'importe quoi...

L'étroit visage de Guillaume Tremaine se ferma, cependant que son regard fauve s'embrasait :

— C'est très chevaleresque de vouloir défendre une jeune personne en péril, mais nous ne sommes pas en Angleterre, Arthur, et je souhaiterais que vous vous en souveniez à l'avenir...

— Comme vous voudrez, monsieur !

Tremaine ne releva pas le mot qui le blessait d'autant plus que le jeune garçon venait de l'employer par deux fois mais, en fait, celui-ci ne lui avait jamais donné d'autre nom et même s'il souhaitait profondément s'entendre donner le nom de père, il admettait qu'il lui fallait compter avec l'éducation anglaise du garçon. Lord Astwell, qui avait veillé sur sa petite enfance, n'obtenait aucune autre appellation que «sir» ou «mylord». Sans doute faudrait-il beaucoup de temps pour amener Arthur à penser français et surtout à se comporter en fils...

Ce fut cet instant un peu tendu qu'Adam choisit pour faire son entrée. Récuré, poncé, briqué, coiffé, flanqué de l'ombre inquiète de Béline qui n'osa d'ailleurs pas s'aventurer au-delà du seuil, il marcha d'un pas tranquille vers son père auprès duquel il s'arrêta en marmonnant quelque chose d'incompréhensible mais où il était vaguement question d'excuses. Il débita le tout du ton paisible d'une simple formalité.

— Eh bien? fit Guillaume dont les épais sourcils demeuraient froncés. Comment expliques-tu ton retard? Tu sais pourtant bien que j'exige l'exactitude!

— Voui! fit Adam, coutumier de ce genre d'affirmation où il voyait plus de force que dans la forme normale. Seulement on a beaucoup travaillé avec Julien... Puis, l'œil pétillant d'un enthousiasme qu'il ne pouvait plus contenir, il lança :

— Figurez-vous que monsieur l'abbé, en herborisant, a découvert un morceau de vieille poterie près du ruisseau d'Escarbosville. Il a alors commencé à creuser, à creuser. Quand je suis arrivé là-bas, ce matin, ils étaient déjà à l'ouvrage et monsieur l'abbé a même déterré un morceau de bronze. Il a dit que c'était une «hache à douille» provenant de la tribu des Unelles qui étaient chez nous bien avant les Romains... Il dit qu'il doit y en avoir d'autres, beaucoup d'autres peut-être... que ça servait de monnaie d'échange et même quelquefois...

— Adam! coupa le père. Tu es là pour souper, pas pour nous faire une conférence. Tu nous raconteras tout ça une autre fois...

L'enfant hocha la tête et gagna docilement sa place sans pouvoir cependant retenir un soupir. C'était vraiment navrant de constater combien les gens de sa famille s'intéressaient peu aux choses essentielles. Ils ne cessaient de perdre d'excellentes occasions de se cultiver, réservant leurs goûts à des sujets aussi ternes que la politique, les chevaux, les bateaux, la chasse, les armes, tous sujets bruyants et tellement éloignés de la sagesse antique et des profondes vérités de la terre.

Oubliant ses propres soucis, Élisabeth regardait son frère en souriant : à l'exception des boucles rougeâtres qui le casquaient, ce gamin n'avait vraiment rien d'un Tremaine. A douze ans, il conservait une ronde figure enfantine, un corps de taille normale mais dodu — Adam était gourmand comme il n'est pas permis ! —, une peau de demoiselle, des traits fins — ceux de leur mère — et des mains qui eussent été belles s'il en avait pris quelque soin mais dont les ongles, en dépit des brossages, parvenaient rarement à éliminer les traces de terre ou d'herbe. Quand il n'était pas plongé dans des livres de botanique, d'entomologie ou de minéralogie, Adam passait la moitié de sa vie à quatre pattes. Apparemment, il venait d'y ajouter l'archéologie !

Au demeurant, c'était un petit garçon tranquille — un peu trop peut-être ! —, aimable, pourvu d'une âme paisible qui se reflétait dans ses yeux d'un bleu angélique, mais d'une rare obstination et susceptible, lorsqu'il était mécontent, de garder durant des heures un silence de trappiste. Tel qu'il était, elle l'aimait beaucoup, se sentant envers lui des obligations quasi maternelles : il avait à peine quatre ans lors de la disparition d'Agnès Tremaine mais il n'en gardait pas moins d'elle une image idéalisée, lumineuse et tendre à laquelle il restait profondément attaché.

Soudain, elle eut l'impression qu'il se passait quelque chose en dépit du fait que son père et Pierre Annebrun s'engageaient dans une conversation sur la ville de Cherbourg où l'on parlait de reprendre les travaux de la grande digue abandonnés depuis plus de dix ans. Ce qu'elle vit l'effraya : Adam, droit comme un *i* sur sa chaise, venait de reposer sa cuillère dans son assiette et regardait fixement

Arthur qui, de son côté, le dévisageait avec une sorte d'arrogance.

Durant l'absence de Guillaume, elle s'était efforcée d'expliquer à son frère la raison de ce voyage en évitant soigneusement tout ce qui aurait pu ressembler à la moindre critique à l'égard de leur mère, insistant davantage sur les trop grandes divergences de caractère entre Guillaume et sa femme. Sans charger non plus cette lady Tremayne qui avait été l'amie d'enfance de leur père. A ce moment-là, Adam n'avait pas trop rechigné. Peut-être parce qu'il lui était arrivé de surprendre, une ou deux fois, des entretiens à mi-voix entre Potentin et Mme Bellec sous le manteau de la cheminée. Et puis, dès l'instant où cette femme était en train de mourir elle aussi, Adam pensait qu'il pouvait se montrer magnanime mais, de toute évidence, il n'avait pas prévu que leur père ramènerait aux Treize Vents le «fils de l'autre».

Lentement mais sans quitter des yeux l'intrus, Adam jeta sa serviette, se leva, quitta la table et marcha vers la porte.

— Père ! appela Élisabeth, mais Guillaume avait vu lui aussi.

— Où vas-tu Adam ? demanda-t-il.

L'enfant s'arrêta net comme atteint par un projectile, offrant son dos raidi. L'effort qu'il fit pour se retourner fut visible mais enfin il montra son visage devenu blanc comme de la craie :

— Veuillez m'excuser, articula-t-il avec une netteté qui fit sonner les paroles sous le haut plafond, mais je n'ai plus faim du tout...

Il sortit au milieu d'un silence qu'Élisabeth ne supporta pas. Repoussant sa chaise à son tour, elle voulut courir après son jeune frère, mais Guillaume la cloua sur place :

— Reste tranquille! C'est à moi d'y aller. Tu es la maîtresse de maison : tu dois veiller à tes hôtes. Fais servir le café dans la bibliothèque lorsque vous aurez fini de souper : je vous y rejoindrai...

En le regardant quitter la pièce, Élisabeth eut l'impression qu'il s'appuyait un peu lourdement sur la canne qui, d'habitude, évoquait davantage entre ses mains un élément de coquetterie tant il en jouait avec élégance. Ce soir, le jonc à pommeau d'or retrouvait sa fonction de soutien... Guillaume ne s'attendait certainement pas à une telle réaction de la part du tranquille Adam toujours uniquement soucieux de son herbier, de ses coléoptères, lézards, morceaux de pierre, plandes médicinales et autres trouvailles champêtres.

Devinant qu'il s'était enfermé dans sa chambre, Guillaume y monta, tenta d'ouvrir la porte mais elle était bien close. Alors il frappa, appela :

— C'est moi, Adam! Ouvre! Il faut que nous parlions tous les deux...

Pas de réponse. A trois reprises, Guillaume, s'efforçant à la douceur, tenta d'obtenir qu'on le laissât entrer mais sans éveiller le moindre bruit à l'intérieur de la chambre, lui donnant l'impression de frapper dans le vide. Eût-il obéi à son instinct naturel, facilement violent, qu'il eût enfoncé le panneau de hêtre mais il sentait qu'en agissant ainsi il ne ferait qu'aggraver la colère et la peine de l'enfant.

Quand de guerre lasse il descendit enfin l'escalier, il trouva Pierre Annebrun qui l'attendait en faisant les cent pas :

— Il ne veut pas répondre? demanda le médecin.

— Non et c'est d'autant plus surprenant que ce n'est pas de lui que je craignais une attitude de ce genre.

— Moi je le redoutais un peu. Élisabeth est entièrement de ton côté. Elle l'a toujours été mais Adam ressemble de plus en plus à sa mère et Dieu sait qu'il était difficile de deviner ses pensées ou de prévoir ses réactions !

— Tu as sûrement raison, soupira Guillaume. La situation est difficile. Que ferais-tu à ma place ?

— Honnêtement, je n'en sais rien, n'ayant aucune expérience en matière de paternité. Bien sûr tu ne pouvais refuser d'accéder au dernier vœu d'une mourante, d'autant qu'il s'agissait de ton propre sang et qu'en Angleterre l'enfant courait un grave danger...

— Ici, je suis peut-être en train de perdre Adam.

— Ne dramatisons pas ! Adam fait une poussée de fièvre mais je pense sincèrement que, si tu parviens à lui expliquer la vérité, il finira par la comprendre et par l'admettre.

— Tu crois ?

— Il le faut ! Pourtant, ne retourne pas vers lui ce soir. Laisse Élisabeth essayer. Moi, je vais rentrer au hameau mais je reviendrai demain voir où tu en es. Au besoin, je ferai aussi une tentative. Nous sommes bons amis, Adam et moi, ajouta-t-il en souriant.

— Merci ! Je sais que je peux compter sur toi.

— Sur ta fille aussi et c'est beaucoup. Elle et son frère sont très proches...

Toutefois la jeune fille n'obtint pas de meilleur résultat. A moins que l'on ne tienne pour une victoire les quelques paroles hargneuses qui lui parvinrent à travers la porte :

— Laisse-moi tranquille! Je ne veux parler à personne!... Je veux dormir!

Insister eût été maladroit. Chacun regagna sa chambre et les Treize Vents s'enfoncèrent lentement dans le silence de la nuit. Sans que le sommeil, cependant, vint visiter les membres de la famille. Seul Mr Brent s'endormit, à peine la tête sur l'oreiller, avec l'agréable sensation que donnent un bon repas et une conscience paisible.

Le lendemain, en allant ouvrir l'écurie, l'un des palefreniers découvrit dans la grisaille d'un petit matin embrumé de crachin qu'une des fenêtres de la maison était grande ouverte et que la coulure blanche de draps noués en tombait comme une cascade.

Adam s'était enfui...

CHAPITRE IV

... ET CEUX DE VARANVILLE

— Pourquoi se serait-il réfugié ici? murmura Rose. Il me connaît trop bien pour ignorer ce qui l'attendait. Je l'aurais raisonné, sermonné aussi et, surtout, j'aurais envoyé vous prévenir...

— Est-ce bien certain? Je connais votre cœur : le premier chien perdu qui l'approche a droit à toute votre sollicitude. Adam est beaucoup plus qu'un petit chien : vous l'aimez bien...

— C'est pourquoi je m'efforcerais de lui éviter de faire des sottises. Au cas, bien sûr, où il viendrait me demander mon avis...

— Il l'a déjà fait?

— Oui, pour des broutilles, des petits soucis de gamin, des bisbilles avec sa sœur ou les conséquences d'une bêtise à réparer. Est-ce que je ne suis pas Tante Rose?... Oh, mon Dieu! Regardez-moi ce temps! C'est tout juste si je distingue votre figure!

Se levant vivement, Mme de Varanville alla ouvrir la porte donnant sur la cuisine pour réclamer une lampe. Elle et Guillaume se tenaient dans ce

120

qu'elle appelait son «confessionnal». C'était une pièce dont les dimensions semblaient réduites en comparaison de l'immense salle basse, quasi médiévale et lourdement voûtée, qui, jadis au temps des guerres de Religion, était la salle commune du grand manoir servant à la fois pour la cuisine et la vie de tous les jours. En fait l'impression d'intimité qu'elle donnait venait des objets que la châtelaine y avait placés : deux tapisseries des Gobelins qui se partageaient les murs avec des lambris de chêne ciré où se dissimulaient des armoires contenant l'argenterie et la «belle vaisselle». Les larges dalles de pierre disparaissaient à demi sous un tapis à bouquets fondus supportant un petit bureau Régence, un fauteuil et deux chaises cannées plus un grand cartonnier d'une belle facture mais dont l'austérité eût mieux convenu sans doute au cabinet d'un notaire qu'au boudoir d'une jolie femme. Mais c'est que, justement, il ne s'agissait pas d'un boudoir.

Après son mariage avec Félix de Varanville, officier de la Marine royale, Rose de Montendre avait abandonné la vie mondaine pour se consacrer à la remise en état et à l'exploitation des terres d'un époux qu'elle avait aimé au premier regard.

Pourvue d'une belle fortune, d'un cœur généreux, d'une vive intelligence et d'une incroyable vitalité, la jeune baronne, laissant son mari poursuivre en mer l'existence qu'il préférait, s'était attelée à un travail digne des épaules d'un homme : remettre en état Varanville qui menaçait ruine, acheter du bétail, faire fructifier les terres en important de nouvelles cultures et s'efforcer d'apporter tout le bien-être possible aux paysans de son domaine. Soutenue et conseillée d'ailleurs par

Guillaume Tremaine qui venait de bâtir les Treize Vents et développait ses propres affaires. L'engouement de la période prérévolutionnaire pour une physiocratie prônant l'agriculture avait aidé Mme de Varanville à ne pas trop passer pour une folle aux yeux de l'aristocratie locale. En outre, elle avait offert trois beaux enfants à son époux : Alexandre, né la même nuit qu'Élisabeth Tremaine, Victoire de quatre ans sa cadette, précédant Amélie d'une année.

Quand les jours noirs étaient venus, Rose, privée d'une partie de ses gens comme la plupart des autres propriétaires de château, s'était efforcée de maintenir son œuvre à flot. Si elle réussit, elle ne le dut qu'à elle-même : ceux de la terre la respectaient et lui vouaient une estime affectueuse qui lui valut de conserver quelques serviteurs : des femmes et des vieux surtout avec qui elle travailla dur. Ce qui permit à tout ce monde de se nourrir et d'en aider d'autres alors que l'on était au bord de la famine.

Incapable d'accepter de voir la Marine s'écrouler sous ses yeux, Félix rentra au logis mais n'y resta pas longtemps : pour éviter d'être arrêté, il dut émigrer en Angleterre comme beaucoup de chefs de familles nobles et, lorsqu'il s'agissait d'anciens officiers, le danger était encore plus grand. Les femmes demeuraient, demandant parfois un divorce qui n'était à leurs yeux de chrétiennes qu'un torchon de papier sans importance mais bien utile pour échapper à la loi sur les émigrés et pour conserver les biens.

Rose n'alla pas jusque-là. Personne, pas même Guillaume qu'elle aimait infiniment, ne se fût permis de le lui suggérer. Elle savait d'ailleurs que pour l'aider et la protéger celui-ci se dévouerait tout autant que s'il s'agissait des Treize Vents et de ses propres enfants. Ce ne fut cependant pas sans un cruel déchirement masqué par un chaud sourire qu'elle se sépara du seul homme qu'elle eût jamais aimé.

— Quelques mois seulement, mon cœur, lui dit-elle en le serrant dans ses bras tendres, et puis vous reviendrez et vous verrez que nous pourrons encore être heureux comme par le passé. Je veillerai sur la maison.

— L'idée de vous laisser ici sans moi est intolérable, Rose. Je ne vais pas vivre durant tout ce temps...

— Nous avons déjà été séparés. Je ne dirai pas que j'en ai pris l'habitude parce qu'en vérité on ne s'y fait jamais. Cependant c'est le lot des femmes de marins...

— Je connais votre courage, ma douce, mais cette fois je vous laisse dans les dangers. Ce qui n'était pas le cas naguère...

Rose se mit à rire :

— Eh bien, vous aurez un peu peur à votre tour. Croyez-vous que je ne tremblais pas lorsque vous alliez à la guerre?... Néanmoins, ne soyez pas trop effrayé, se hâta-t-elle d'ajouter en le voyant pâlir. Si le péril se faisait trop pressant, j'entasserais tout notre petit monde sur un bateau — avec Guillaume je suis certaine d'en avoir toujours un et, s'il n'en avait plus, il le volerait! — et nous irions vous rejoindre. Alors songez seulement à prendre soin de vous!...

Oh la chaleur de la dernière étreinte! L'amère douceur des larmes sur la joue de Félix. C'était si bon de sentir cette force d'homme et si cruel de devoir y renoncer! Cet ultime instant, Rose le revivrait indéfiniment au fil de ses nuits solitaires. Et plus encore lorsqu'elle sut qu'il ne reviendrait jamais plus...

Installé à Londres, Félix ne put se satisfaire de l'existence étroite, privée de toute substance, qui était celle des émigrés, ces gens ayant tout perdu sauf la vie et qui s'efforçaient de la préserver même dans les pires conditions. Il était un marin, un soldat, il voulait servir encore et ne revenir en France qu'en vainqueur et non furtivement, dans les bagages de l'étranger. Il s'enrôla dans les troupes que formaient, au nom des Princes, le marquis d'Hervilly et le jeune comte de Sombreuil.

En juin 1795, alors que la Convention vivait ses derniers jours, ceux d'Angleterre estimèrent que le moment était venu de reconquérir leur pays par les armes et de rétablir la royauté. Une armée de dix mille hommes s'embarqua sur les navires de l'escadre aux ordres du commodore Waren et, sous ses voiles gonflées d'espérance, prit le chemin de la Bretagne. Le 25 juin, elle mouillait en baie de Quiberon pensant n'avoir même pas un coup de feu à tirer : le marquis de Tinténiac et ses chouans avaient dû balayer la côte et d'autres bandes, commandées par Georges Cadoudal, accouraient au rendez-vous. Le 27, le débarquement de la première division avait lieu à Carnac. On réussit à s'emparer du fort Penthièvre, à la base même de la presqu'île de Quiberon.

Mais, si la Convention s'essoufflait, ses chefs de guerre demeuraient, eux, actifs et pleins de fougue. Elle envoya le général Hoche qui venait de «pacifier» la Vendée. Celui-ci établit son quartier général au hameau de Sainte-Barbe, près de Plouharnel, d'où il délogea Cadoudal encombré d'ailleurs de toute la population rurale refoulée par les colonnes républicaines. Et qui dut rembarquer !

Hélas, dans l'armée royaliste, l'absence d'unité de commandement, la jalousie qui se développait entre les chefs et un certain découragement né du fait que les fameux Princes — frères du malheureux Louis XVI, le roi martyr, et sous les yeux desquels tous ces gens de cœur espéraient au moins la gloire de mourir — se gardèrent bien d'embarquer sur ces «galères» jugées plus ou moins hasardeuses. Ceux du fort Penthièvre furent trahis par une partie des soldats, anciens prisonniers de guerre républicains, et Hoche n'eut plus qu'à balayer devant lui pour rejeter les envahisseurs à la mer. Un balayage qui, tout de même, lui coûta pas mal d'hommes, mais, chez les émigrés, ce fut l'hécatombe : le marquis d'Hervilly, blessé à mort, resta sur le terrain. Certains de ses officiers s'embrochèrent sur leurs épées pour ne pas tomber aux mains des «Bleus».

Pourtant, Hoche avait promis la vie sauve aux prisonniers. Félix de Varanville était de ceux-là. Il ne put rejoindre la flotte anglaise comme certains de ses compagnons et fut ramassé. L'idée de se suicider ne lui vint pas : il pensait à Rose, à ses enfants et voulait les revoir. Le malheureux comptait sur les lois chevaleresques d'une guerre qui n'en avait jamais connu. D'ailleurs, comment imaginer que l'on pourrait abattre plusieurs centaines de captifs ?

Ce fut pourtant ce qui se produisit. En dépit de la parole donnée, les prisonniers furent conduits à pied — les blessés soutenus par les plus valides — jusqu'à Auray. D'autres allèrent même jusqu'à Vannes. Dans la nuit où ils marchaient, les plus vieux parmi les soldats d'escorte, pris de pitié, essayèrent de les inciter à fuir mais ils avaient juré de ne pas tenter d'évasion. La parole du général ne les assurait-elle pas?

Hélas, à Vannes, le comte de Sombreuil sera fusillé sur la garenne. Pourtant, c'est à Auray que l'horreur atteindra son point culminant. Près de l'ancienne chartreuse, vendue d'ailleurs comme bien national, et dans un champ bordant la rivière du Loch, on passa *tous* les prisonniers par les armes, même ceux qu'il fallut porter au lieu d'exécution, même ceux qui n'avaient plus que quelques heures à vivre. Durant plus de trois semaines, du 1er au 25 août, on fusilla et on enfouit sur place les cadavres de ces victimes[1]. La terre en cria vers le ciel et la Bretagne n'oublia jamais, bien que beaucoup de ces hommes ne fussent pas ses fils. Ainsi de Félix de Varanville qu'un camarade étaya pour qu'il pût se tenir debout et regarder la mort en face.

Cette fin, à la fois glorieuse et pitoyable, ce fut Guillaume Tremaine qui l'apprit le premier. Il s'était rendu à Paris pour ses affaires à l'appel de son ami le banquier Lecoulteux du Moley, échappé miraculeusement à la guillotine grâce à la révolte des Conventionnels du 9 thermidor et qui rassemblait les éléments épars de sa fortune. Le banquier récupéra très vite son domaine de Malmaison, à Rueil, et Guillaume vint l'y rejoindre.

Le domaine avait souffert de l'absence du maître,

---

1. C'est seulement en 1814 que les corps furent enlevés à ce qui est devenu le Champ-des-Martyrs. On les a transportés dans un caveau de la chartreuse réhabilitée où, sous la Restauration, une chapelle fut édifiée. A l'extrémité du champ bordé de grands arbres, il y a une autre chapelle, expiatoire...

surtout à cause de l'humidité. Cependant, il conservait ses meubles, sa décoration et quelques «officieux[1]» poussés par la faim venaient y reprendre du service. Surtout, la grande bibliothèque d'acajou[2] demeurait indemne et ce fut là que Guillaume lut, dans *Le Moniteur universel*, la liste des massacrés d'Auray.

Le coup l'étourdit et le laissa sans voix. Pas un instant, il n'avait imaginé que cet ami si cher pourrait ne jamais revenir. C'était une précieuse tranche de vie, celle de ses plus belles années d'homme, que Félix emportait avec lui, mais, tout de suite, Guillaume s'efforça de repousser son chagrin pour ne penser qu'à celui de Rose. Comment allait-elle supporter l'horrible nouvelle? Il fallait qu'il aille vers elle pour qu'elle eût au moins une épaule où s'appuyer... Deux heures plus tard, il avait quitté Paris et gagnait Varanville sans toucher terre aux Treize Vents.

Rose ne savait rien encore bien entendu. Son accueil fut celui qu'elle lui réservait toujours : joyeux, chaleureux, ensoleillé d'un charmant sourire et de ce pétillement dans les plus jolis yeux verts du monde qui n'appartenait qu'à elle. Instantanément tout fut prêt pour le réconfort d'un voyageur fatigué : le cidre mousseux, le pain craquant, le beurre frais, le jambon tendre, cependant que l'odeur du café commençait à se répandre. La jeune femme était si heureuse de revoir son ami qu'elle ne s'inquiéta pas outre mesure de lui voir la mine lasse et les traits tirés : elle attribuait cela à la trop longue chevauchée...

---

1. Le terme «domestique» était déclaré injurieux.
2. Lorsqu'il achètera Malmaison, Bonaparte la conservera intacte.

— Il serait temps, gronda-t-elle, que vous renonciez à cette manie de ne jamais emprunter de voiture quand vous effectuez un grand parcours. C'est de l'orgueil tout simplement : vous voulez prouver que le temps n'a pas de prise sur vous... et vous oubliez vos jambes abîmées.

— Non, Rose, ce n'est pas de l'orgueil. Simplement ma vieille sauvagerie qui m'a donné l'horreur des voitures publiques où l'on s'entasse avec des gens parfois impossibles et qui mettent un temps fou. Et puis j'aime aller vite. Aujourd'hui... plus encore que d'habitude.

— Pourquoi aujourd'hui ?

— Pour que vous n'appreniez pas d'un autre ce que je suis venu vous dire. Rose, ma chère Rose... je suis un porteur de mauvaises nouvelles...

Elle devint soudain très pâle cependant qu'une petite veine bleue se mettait à battre furieusement le long de son cou :

— S'agit-il... de Félix ? Répondez vite !

— Oui... Il était avec ceux qui ont tenté de débarquer à Quiberon.

Elle baissa les yeux et demanda d'une voix mate :

— Est-ce qu'il est...

Le mot ne passait pas. Le oui de Guillaume non plus. Avec une douceur infinie, il posa ses grandes mains sur les épaules de la jeune femme qu'il sentit trembler. Il comprit qu'elle ne tenait debout que par un miracle de volonté et voulut l'attirer à lui, mais elle résista et, soudain, releva ses paupières. Guillaume, bouleversé, rencontra son regard : celui d'une biche frappée à mort...

— Pardonnez-moi, mon ami... Mais j'ai besoin d'être seule... Rendez-moi seulement le service de le dire à ceux d'ici... moi je ne peux pas !

Elle s'était enfuie par la porte du jardin, laissant Guillaume affronter seul la douleur de Félicien et Marie Gohel, les vieux serviteurs de Varanville qui avaient vu naître Félix...

Sept années s'étaient écoulées depuis ce terrible jour, sept années au cours desquelles Rose ne se plaignit pas une seule fois, s'attachant, pour ses enfants encore si petits, à ne rien changer à son comportement habituel, excepté la couleur de ses robes : le noir remplaça la joyeuse couleur verte qu'elle aimait tant et qui lui allait si bien. Et puis, bien sûr, elle ne rit plus aussi souvent.

— J'ai eu près de dix ans de bonheur, dit-elle un jour à Guillaume. C'est plus que n'en ont les autres femmes...

Ce qui lui était peut-être le plus cruel était de ne pouvoir ramener au pays le corps de son époux et d'être dans l'impossibilité d'aller prier sur l'immense tombe où il reposait, mêlé à ses compagnons d'infortune. La Révolution était terminée, sans doute, mais la France ressemblait à un navire privé de pilote. La soif de vivre, la débauche et la corruption s'y donnaient libre cours cependant qu'un peu partout se levaient des vengeurs. L'insécurité des chemins était pire que jamais car des bandes de brigands profitaient amplement de la pagaille générale. Aussi Guillaume s'était-il refusé à conduire Rose à Auray : quand l'ordre serait rétabli, il tiendrait à l'honneur de l'escorter jusque-là mais, dans l'état actuel des choses, il eût été insensé de risquer sa vie dans ce pèlerinage : elle se devait à ses enfants et à Varanville...

Quand la lumière jaune de la grosse lampe à huile dissipa les ombres du «confessionnal», Guillaume pensa que les années coulaient sur Rose sans rien entamer de sa fraîcheur. Dans les robes noires éclairées de mousseline blanche qu'elle ne quittait plus, elle ressemblait encore beaucoup à la jeune fille en satin vert que Félix et lui avaient rencontrée dans le salon de Mme du Mesnildot à leur retour des Indes. Plus mince tout de même, ce qui affinait ses traits. Cependant, à trente-quatre ans, le visage de Mme de Varanville gardait son teint de fleur et ses fossettes. Seule une mèche blanche, une seule, dans la masse brillante de ses cheveux châtain doré, trahissait la blessure secrète.

En même temps que la lampe, la vieille Marie avait apporté du café. Rose estimait que son visiteur en avait besoin. Lorsqu'il eut bu sa première tasse, elle lui en servit une autre puis demanda :

— Êtes-vous allé à Escarbosville? Le jeune Rondelaire étant son inséparable, Adam a dû se tourner tout naturellement vers lui?...

— Je le pensais aussi et je suis allé là-bas tout droit en quittant la maison. Personne ne l'a vu. Ni Julien ni M. l'abbé Landier qui les instruit tous les deux et à qui mon fils voue une grande admiration...

— Ne la partagez-vous pas? C'est un homme de savoir...

— Croyez que je n'en doute pas, mais c'est le savoir en question qui m'inquiète un peu. Adam lui doit sa passion pour le latin, le grec et les sciences naturelles, mais voilà qu'à présent, lui et ses élèves, se lancent dans l'archéologie. Adam est rentré hier au soir couvert de boue et dans une grande excitation...

— Autrement dit : il était heureux ?

— Presque trop. Nous étions à table et si je l'avais laissé faire nous aurions eu droit à une vraie conférence. Et puis, il a vu Arthur... Vous savez la suite.

Il y eut un silence. Rose, le regard absent, tournait rêveusement sa cuillère dans sa tasse. Au bout d'un moment, elle eut un soupir et demanda :

— Comment est-il ?

— Arthur ? Sans la fugue d'Adam je vous l'aurais amené pour que vous en jugiez, mais dans ces conditions...

— Je gage qu'il vous ressemble...

— Auriez-vous des dons de voyance ? C'est vrai, il me ressemble. Trop ! C'est, je pense, ce qu'Adam n'a pas supporté.

— Aussi, il était impossible, bien sûr, de l'accueillir chez vous en le faisant passer pour un cousin, comme c'eût été peut-être, sinon la sagesse, du moins le meilleur moyen de vivre en paix...

— Cette fois, c'est Arthur qui ne l'aurait pas supporté. Comment voulez-vous qu'un enfant méprisé par sa grand-mère et son frère, hostile à son intégration aux miens, accepte de surcroît l'humiliation d'un faux nez ? Je savais que je rencontrerais des difficultés. Je les attendais plutôt d'Élisabeth, et voilà que c'est Adam, toujours dans les nuages cependant, qui ne retombe sur terre que pour entrer en révolte !

— Qu'allez-vous faire ?

— Le retrouver, bien sûr, mais ensuite, je vous avoue que je n'en sais rien. Et à présent, je me demande où je pourrais bien chercher ? S'il n'est ni chez les Rondelaire ni chez vous...

La fêlure dans la voix de Guillaume toucha son

amie. Tirant sa chaise auprès de lui, elle posa une main légère sur la sienne qu'elle sentit trembler un peu :

— Vous êtes dévoré d'angoisse, Guillaume, sinon vous ne vous décourageriez pas si vite. Il y a mille endroits où l'enfant peut être caché. A force d'herboriser, de fouiller, de gratter, il connaît notre coin comme sa poche...

— Vous pensez qu'il se cache ? Et s'il était parti au loin ?

— Par quel chemin ? Pas celui de la mer : il en a une peur horrible. Et d'ailleurs pour aller où ? En dehors des gens d'ici, il ne connaît personne sauf Me Ingoult son parrain et ma cousine Flore qui est sa marraine, mais je ne le vois pas s'engager sur la route de Paris sans argent, sans monture et avec le seul secours de ses jambes. Pas même sur celle de Cherbourg où d'ailleurs Joseph Ingoult n'est certainement pas... Vous avez prévenu les gendarmes bien entendu ?

— Oui. J'ai envoyé aussi Daguet à Saint-Vaast pour informer les autorités et avertir le docteur Annebrun, ils vont sans doute fouiller le littoral...

Il s'était levé et rejoignait la porte vitrée donnant directement sur le jardin, attiré par le bruit d'un cheval au galop qui se rapprochait. Guillaume se tourna vers son amie :

— Vous aviez raison de penser que Joseph n'est pas à Cherbourg : il vient tout juste de sortir de la grande allée...

Rose bondit :

— Il est ici ?

— Si ce n'est pas lui, c'est son sosie parfait...

C'était bien l'avocat cherbourgeois qui tombait de cheval plus qu'il n'en descendait devant l'entrée du château. Mais dans quel état ! Boueux, crotté, son magnifique carrick taillé à Londres selon la dernière mode des cochers anglais couvert de tout ce que les ornières et les flaques d'eau avaient pu y précipiter :

— Mon Dieu ! Il a une mine affreuse ! remarqua Rose déjà inquiète. Il a dû se passer quelque chose chez les Bougainville !...

Elle et Guillaume se précipitèrent au-devant du voyageur qu'un petit paysan aidait à retrouver son équilibre sur la terre ferme. A mesure qu'ils avançaient, les traits tirés et les yeux rougis d'Ingoult devenaient de plus en plus évidents.

Depuis des années, en effet, un lien étrange, ténu mais solide, l'unissait à l'amiral et surtout à sa jeune épouse, Flore de Montendre, cousine de Rose. Cela ressemblait à ce service d'amour courtois que les chevaliers du Moyen Age vouaient autrefois à la dame de leurs pensées.

Ainsi, depuis le jour où il put contempler les cheveux d'or, la taille de nymphe et les yeux d'azur de la jeune Mme de Bougainville, Joseph, avocat paresseux mais riche, célibataire et indépendant, choisit-il de ne vivre que pour elle. Virevoltant entre le rôle de sigisbée et celui d'ami de la famille, il réussit à se tailler une place dans le ménage. Sans s'autoriser d'ailleurs la moindre espérance. Flore, il le savait, adorait son époux, cependant beaucoup plus âgé qu'elle, et, durant ses longs séjours au château de Suisnes en Ile-de-France ou à la Becquetière en Cotentin, l'avocat ne se fût jamais permis d'entretenir la jeune femme d'une passion dont elle n'aurait eu que faire. De plus, il se doutait bien qu'elle l'eût jeté dehors au moindre mot déplacé. Alors, entre deux parties d'échecs avec le grand navigateur, il suivait Flore à cheval durant ses tournées charitables dans le village ou sur les vastes plantations de rosiers du domaine. Ou encore, il lui tenait ses écheveaux de laine pendant qu'elle les dévidait, simplement heureux d'un sourire ou d'une caresse des beaux yeux qu'il aimait tant.

Les enfants, dont il était l'ami, le traitaient en vieil oncle bien qu'il fût nettement plus jeune que leur père. Cela tenait à ce que, dès ses vingt ans, Joseph Ingoult ressemblait assez à un précoce vieillard, avec son visage dont la mobilité allait jusqu'aux tics et sa perruque blanche, totalement passée de mode à présent, mais qu'il s'obstinait à conserver afin de pouvoir se raser le crâne et s'éviter ainsi les inconvénients d'une nature de cheveux particulièrement rebelle. Résultat : depuis des années il paraissait avoir le même âge ce qu'il commençait à apprécier maintenant que la cinquantaine était proche.

Ce matin-là, Ingoult était visiblement parvenu au bout de ses forces. Il tomba presque dans les bras de Tremaine avant de poser sur le poignet de Rose un baiser respectueux mais incertain.

— Madame, exhala-t-il enfin, je viens vous chercher ! Votre cousine est accablée de la plus cruelle douleur et vous réclame... Elle a de votre affection un besoin extrême...

— Mon Dieu ! gémit Mme de Varanville, croyant deviner. Est-ce que son époux est...

— Non. Grâce à Dieu, notre ami Bougainville se porte bien, encore que, pour lui aussi, le coup soit terrible. Il s'agit de son second fils, le jeune Armand...

Et de raconter le drame dont le château de Suisnes venait d'être le décor. Quelques jours plus tôt, le corps de l'adolescent, âgé de seize ans, avait été retrouvé noyé dans l'étang de la propriété sans que l'on puisse savoir ce qui s'était passé au juste. La version officielle voulait qu'étant en train de pêcher Armand eût perdu l'équilibre et fût tombé à l'eau. En effet, une petite barque flottait non loin du corps.

— En réalité, dit Joseph, dont les yeux habituellement si froids se mouillaient de larmes, il pourrait s'agir d'un chagrin d'amour...

Rose eut un cri d'horreur et de douleur tout à la fois :

— Cet enfant se serait... oh non ! C'est impossible !

— Malheureusement, c'est possible et c'est aussi ce qui est en train de tuer Mme de Bougainville. Elle est presque folle de désespoir et son époux ne sait plus que faire pour lui rendre un peu de paix. Il ne cesse de répéter qu'il s'agit d'un accident, et défense formelle a été faite à sa maisonnée de parler d'autre chose. Armand a été victime d'un accident ; un point c'est tout !

Cela permettait la sépulture chrétienne : le corps du jeune noyé demeura à Suisnes mais le cœur enfermé dans une urne rejoignit le tombeau des Bougainville dans l'ancien cimetière Saint-Pierre de Montmartre, dit du Calvaire[1], réouvert depuis l'année précédente.

_____

1. Situé en dehors du mur des Fermiers généraux, ce cimetière, composé surtout de grandes fosses, avait été fermé en 1791 pour cause de trop-plein. Vidé en majeure partie mais demeurant d'espace réduit, il n'accueillit plus que des tombes individuelles. Dépendant à l'origine de l'abbaye de Montmartre, il fut remis à la commune en 1791.

— Mme de Bougainville, conclut l'avocat dans un soupir, a grand besoin du secours d'une femme qu'elle aime. Il n'y a que des hommes autour d'elle! Je sais bien que la mauvaise saison arrive et qu'un voyage n'est guère agréable, mais Noël aussi approche et l'amiral s'en épouvante. L'absence d'Armand n'en sera que plus cruellement ressentie...

— Le premier Noël carillonné depuis tant d'années! dit Rose, songeuse. Ce Bonaparte en signant le Concordat avec Rome nous a rendu nos prêtres et nos cloches. Pourquoi faut-il qu'elles aient sonné en glas pour cet enfant? Vous avez raison de penser que la Nativité sera douloureuse à ma pauvre Flore qui aimait tant cette fête!... Vous avez bien fait de venir me chercher, mon ami. Je vais tout disposer pour pouvoir prendre après-demain la diligence de Paris. Cela vous permettra de vous reposer un peu car vous repartez avec moi, j'imagine?

— Bien entendu... si je ne suis pas importun?

— Est-ce bien raisonnable? intervint Guillaume. Qu'allez-vous faire de votre maisonnée? Voulez-vous me confier vos filles?

— Vous trouvez que vous n'avez pas encore assez de problèmes? Merci, Guillaume, mais je vais les envoyer à Chanteloup. Ma tante, qui les adore, sera enchantée de les avoir. Pour le reste, Félicien s'en tirera parfaitement sans moi : il nous a déniché de bons valets de ferme...

Elle s'agitait à présent et Guillaume comprit qu'il fallait la laisser à ses préparatifs. Il devinait que Rose, dont le cœur débordait toujours pour ceux qu'elle aimait, avait hâte d'en déverser les trésors sur sa cousine Flore devenue une mère désespérée. Peut-être aussi — mais cela elle ne l'avouerait pas, jugeant sans doute qu'en de telles circonstances il y aurait là de l'égoïsme et un peu d'indécence — pensait-elle qu'en se rendant à Paris elle pourrait aller embrasser son fils, son Alexandre dont elle était si fière! D'abord parce qu'il était charmant, ensuite parce qu'il possédait une belle intelligence et manifestait pour l'étude un goût prononcé. Comme tous les enfants nobles il avait d'abord eu un précepteur mais celui-ci, M. Herbet, âgé seulement de vingt-cinq ans, avait été pris par la conscription. Pendant les jours noirs de la Terreur, les petits Varanville reçurent l'enseignement d'une ancienne religieuse bénédictine de l'abbaye Notre-Dame-de-Protection, à Valognes. Celle-ci, Marie-Gabrielle de Maneville, était filleule de Mme de Chanteloup. Chassée comme ses compagnes en 1792, elle avait trouvé asile à Varanville où elle se cachait sous des habits de paysanne. Très cultivée, elle assuma sans peine le relais de M. Herbet, et continuait à assurer l'instruction des deux filles de Rose : Victoire et Amélie.

Quant à Alexandre, depuis environ un an, il vivait à Paris, chez Mme de Baraudin, la sœur de Bougainville, en compagnie de Hyacinthe, le fils aîné du navigateur. Celui-ci, en effet, ayant découvert les capacités de ce jeune cousin, obtint de Rose qu'elle le lui confiât : il lui fallait des maîtres de valeur devenus introuvables aux confins du Cotentin. Et, en effet, grâce à sa position dans le monde scientifique et à ses relations — il était membre du Bureau des longitudes et surtout de l'Académie des sciences depuis le glorieux 26 février 1795 —, il avait pu faire admettre son fils d'abord puis le jeune Varanville dans la toute nouvelle École polytechnique, fondée par la Convention en 1794 grâce à l'impulsion de Monge et de Carnot[1] sous l'appellation d'École centrale des travaux publics, rebaptisée l'année suivante et dont les cours se donnaient à l'hôtel de Lassay, dans les dépendances de l'ancien Palais-Bourbon[2].

Aussi, tandis que Guillaume Tremaine, le cœur plus lourd que jamais, regagnait les Treize Vents dans l'espoir d'y apprendre des nouvelles, Rose confia le cavalier exténué aux bons soins de Marie Gohel et se mit à la recherche de ses filles. Elle les trouva en compagnie de sœur Marie-Gabrielle, dans la petite salle d'études aménagée au premier étage, près de la tourelle octogone où tournait le vieil escalier de pierre.

On faisait une dictée. Les plumes grinçaient en crachant un peu sur le papier tandis que la voix douce mais précise de l'ancienne religieuse détaillait soigneusement le texte tiré des *Caractères* de M. de La Bruyère :

« Imaginez-vous l'application d'un enfant à élever un château de cartes ou à se saisir d'un papillon : c'est celle de Théodote pour une affaire de rien et qui ne mérite pas qu'on s'en remue... »

Les deux fillettes se donnaient du mal, un bout de langue rose coincé entre leurs dents et elles se

---

1. Si meurtrière qu'elle ait été, la Convention a tout de même créé, outre Polytechnique, le Conservatoire national de musique, le Muséum, le Conservatoire des arts et métiers, l'École normale, l'École des officiers de santé, sans compter le musée du Louvre et même l'Institut de France. Il est vrai qu'il s'agit de la Convention thermidorienne...

2. Elle y resta jusqu'en 1805, date à laquelle Napoléon la transféra dans l'ancien collège de Navarre sur la montagne Sainte-Geneviève

gardèrent bien de lever les yeux quand leur mère pénétra dans la pièce, le plus doucement possible : Rose savait sœur Marie-Gabrielle très stricte sur l'application de son programme scolaire ainsi que sur le respect dû aux bons auteurs. Aussi attendit-elle patiemment, debout derrière les petites, s'accordant le loisir de les contempler en les comparant mentalement à leur frère aîné. S'étonnant toujours d'ailleurs de leurs différences...

A quinze ans, Alexandre, casqué de courts cheveux noirs brillants et bouclés, ressemblait à un jeune dieu grec. Victoire, onze ans, proclamait son ascendance viking avec ses cheveux d'un blond pâle, lisses et soyeux mais raides à décourager tous les fers à friser; ses yeux avaient la couleur des noisettes pas tout à fait mûres. Quant à la petite Amélie, plus jeune d'un an, elle ressemblait à un chaton avec son petit visage triangulaire où les yeux s'étiraient comme de jeunes pousses vertes. Le tout recouvert d'une toison châtaine, brillante mais indisciplinée et qui lui arrachait des hurlements lorsqu'il s'agissait de la coiffer. Avec elle c'étaient les peignes qui souffraient. D'autant plus que la fillette montrait une grande attirance pour la vie sauvage, n'aimant rien tant que courir les bois, les champs et grimper aux arbres. Tels qu'ils étaient, cependant, leur mère les adorait, voyant en eux le sel de la terre et la lumière du ciel. Et plus encore bien sûr depuis la disparition de leur père.

La dictée terminée, sœur Marie-Gabrielle leva sur la jeune femme un regard souriant :

— Merci de respecter mes manies et d'avoir bien voulu attendre. D'autant que vous avez certainement quelque chose à nous dire?

— Sans doute, mais il eût été dommage de

couper la parole à M. de La Bruyère... A présent voici : chère amie, je dois me rendre à Suisnes auprès de ma cousine Flore qui vient de subir une perte cruelle...

— Elle a perdu quelqu'un ? demanda Victoire.

— Oui... Je sais que vous en aurez de la peine mais il est inutile de vous laisser dans l'ignorance : votre cousin Armand a été victime d'un accident...

Il y eut un concert d'exclamations attristées et aussi des larmes versées par les deux enfants, mais Victoire, plus froide que sa sœur et sachant déjà garder la maîtrise d'elle-même, ne s'attardait jamais à de trop longues considérations :

— Cela veut dire que vous nous envoyez à Chanteloup, Maman ?

— Oui, ma chérie, et je venais demander à sœur Marie-Gabrielle si elle voulait bien vous y accompagner. J'espère que cela ne vous ennuie pas ? Vous aimez beaucoup Chanteloup...

Cela était indubitable pour Victoire. Si elle détestait être séparée de sa mère, la perspective de deux ou trois semaines chez la plus charmante des douairières l'enchantait positivement. Même sœur Marie-Gabrielle, qu'elle craignait un peu, relâchait sa surveillance : la vieille dame s'entendait comme personne à la distraire de ses devoirs en évoquant avec elle un passé auquel toutes deux étaient très attachées. Lorsque l'on allait au château, Mme de Chanteloup et l'ancienne bénédictine — qui d'ailleurs ne tarderait sans doute guère à rejoindre un couvent de son ordre dès qu'il se serait regroupé —, consacraient des heures à bavarder en buvant force tasses de chocolat ou de café, égrenant des souvenirs et commentant les nouvelles du jour. La vieille dame en oubliait de s'évanouir à tout bout de champ lorsque la moindre contrariété s'annonçait, manie qui lui était un peu passée avec les affreux moments vécus durant la Terreur : perdre connaissance pour un vase brisé se pouvait concevoir, mais il était impensable, lorsque l'on était de bonne race, de s'affaler sur un tapis quand un rustre malodorant venait fouiller votre demeure, mettre votre cave au pillage et vous menacer, si vous osiez protester, de vous traîner en prison. Dans ces cas-là, on se devait de faire face !

Ce fut donc avec un certain enthousiasme, tempéré par le sens des convenances, que Victoire et sa gouvernante provisoire quittèrent la salle d'étude pour s'occuper de leur départ. Amélie, elle, était plongée dans les affres inhérents aux grandes catastrophes. Qu'allait-elle pouvoir faire, à présent, de son ami Adam venu, aux premières lueurs du jour, se réfugier dans le vieux colombier de Varanville et qui comptait sur elle pour la tirer d'une situation vraiment difficile?

Au fil des années, une espèce de complicité s'était nouée entre la plus jeune des Varanville et le futur maître des Treize Vents. Rien à voir, bien sûr, avec la relation quasi passionnelle unissant Alexandre à Élisabeth ! Ces deux-là, on ne savait jamais très bien s'ils s'adoraient ou se détestaient, tant ils mettaient d'ardeur et d'éclats dans leurs disputes et leurs réconciliations. Impérieuse, volontaire, Élisabeth — Amélie s'avouait volontiers qu'elle ne l'aimait pas beaucoup ! — considérait depuis toujours le jeune Varanville comme une espèce de chevalier façon chanson de geste voué au service de sa dame. Prétention qui faisait ricaner Alexandre bien qu'il lui arrivât parfois de lui donner raison.

Quoi qu'il en fût, les liens entre eux étaient forts

et lorsque le jeune garçon quitta le pays pour se rendre à Paris, l'adolescente se déclara malade — mais refusa farouchement de voir le docteur Annebrun ! — et s'enferma dans sa chambre pendant deux jours. Lorsqu'elle en ressortit, ce fut pour se consacrer exclusivement aux écuries où un poulain venait de naître, mais elle accepta tout de même le petit flacon d'eau de bleuet que Clémence lui glissa dans la main en murmurant :

— Essayez ça, mais je me demande si vous ne devriez tout de même pas consulter, Mademoiselle Élisabeth ? Un mal qui vous rougit les yeux relève peut-être bien de la médecine, et si ça devait continuer...

— Ça ne continuera pas...

Et de fait les paupières reprirent leur teinte normale.

Aucun de ces sentiments excessifs n'existait entre Amélie et Adam. Ils étaient tous deux des calmes, des contemplatifs, capables même de rester des heures assis côte à côte sur le bord de la Saire à pêcher des écrevisses quand c'était la saison ou, tout simplement, à regarder sauter les truites et tourner les roues des moulins à papier dégoulinant de gouttelettes étincelantes. Il leur arrivait aussi de discuter gravement, perchés sur la même branche, de la structure d'un nid et de l'évolution des oiselets. Évidemment, la petite fille ne ressentait pas la même attirance que son compagnon pour les couleuvres, orvets et autres bêtes rampantes. Seuls les petits lézards verts trouvaient grâce à ses yeux :

— Un jour, lui disait-elle, tu te tromperas et tu ramasseras une vipère...

Adam arborait alors le sourire de celui qui sait. Amélie n'insistait pas. Elle éprouvait une sorte de

142

révérence pour son ami et pas seulement parce qu'il avait deux ans de plus qu'elle. Pensez donc! Il savait du latin mais surtout du grec, et la petite s'émerveillait lorsque Adam, prenant une plume ou un crayon, commençait à tracer des caractères inconnus qui lui paraissaient relever d'une étrange cryptographie. Elle était certaine qu'il serait un jour un grand savant, l'une des lumières de son temps à n'en pas douter...

N'empêche que ce matin-là, quand, se rendant à la rivière comme elle en avait l'habitude, elle s'entendit héler discrètement depuis l'ancien colombier, elle éprouva une petite émotion. Qui s'aggrava lorsqu'elle le reconnut dans l'entrebâillement de la porte vermoulue. Naturellement elle le rejoignit après s'être assurée, d'un coup d'œil machinal, qu'il n'y avait personne en vue.

— Que fais-tu là... et à une heure aussi matinale? demanda-t-elle, stupéfaite de constater qu'il y avait un balluchon posé par terre à côté du parpaing sur lequel il était assis. Tout de suite d'ailleurs, elle ajouta, tendant un doigt vers l'objet:

— Qu'est-ce que c'est que ça? On dirait que tu pars en voyage?

— C'est un peu ça mais je ne voulais pas m'en aller sans te dire au revoir. Tu comprends... nous sommes amis, toi et moi, et je ne veux pas que tu t'inquiètes. Seulement, il faut que tu me promettes de ne rien dire à personne...

Elle eut de la peine. Il s'en allait? Mais pourquoi, mais où?

Elle comprit qu'elle avait pensé tout haut quand il répondit:

— Mon père est rentré d'Angleterre hier. Il a

ramené avec lui un garçon... le fils de cette femme qui était en train de mourir...

— Cela doit vouloir dire qu'elle est morte. Mais pourquoi est-il revenu avec ce garçon?

— Parce que c'est son fils à lui aussi, bien sûr! fit Adam soudain rouge de colère.

— Mais tu savais qu'elle avait un enfant puisqu'il en a parlé à Élisabeth avant de partir et qu'elle t'a tout raconté. Maman aussi est au courant...

— Bien sûr je le savais mais je n'imaginais pas qu'il allait revenir avec cet Arthur! écuma le jeune garçon. Il a une famille là-bas, ce... ce... cet intrus! Et il n'a jamais été question de l'amener chez nous!

— Plus bas! intima la fillette. Si tu cries comme un âne tout le monde va t'entendre... et Élisabeth, qu'est-ce qu'elle dit de tout ça?

— Rien du tout! Elle a même l'air de trouver que c'est très bien. Quand je suis rentré hier soir, il était un peu tard et tout le monde était à table. J'aurais voulu que tu voies! On aurait dit que le garçon avait toujours été là. Et le pire... c'est qu'il ressemble à Père... beaucoup plus que moi!

Colère et chagrin, il y avait tout cela dans la voix d'Adam qui éclata soudain en sanglots:

— Tu ne peux pas savoir... l'effet que ça m'a fait... de le voir installé là... comme chez lui! Et il me regardait... ce voleur... il me regardait comme s'il se moquait... Je... je n'ai pas pu... le supporter.

Amélie vint s'asseoir près de son ami, tira de la poche de son tablier un petit mouchoir pas trop propre et entreprit d'essuyer ses larmes. La douleur d'Adam la bouleversait. C'était la première fois qu'elle le voyait pleurer et un début de rancune à l'égard de Guillaume commençait à gonfler dans son cœur.

— Qu'est-ce que tu as fait alors?

— J'ai... j'ai quitté la table et j'ai... couru m'enfermer... dans ma chambre.

— Et personne n'est venu te rejoindre?

— Si... mon père d'abord mais je ne lui ai même pas répondu... Après... il y a eu Élisabeth. J'ai dit que... je voulais qu'on me laisse dormir...

— Mais comment as-tu fait pour t'échapper? Personne ne t'a vu?

— C'était dans la nuit. J'ai attaché mes draps à ma fenêtre et je suis descendu...

— Et tu es venu ici tout de suite?

— Oui. Je te l'ai dit: je voulais te voir...

— Comment ça se fait que tu n'aies pas été d'abord à Escarbosville? Julien de Rondelaire n'est plus ton meilleur ami?

— Si mais, justement, c'est là qu'on me cherchera en premier. Et puis, il y a l'abbé. Rien à faire pour lui cacher quelque chose: Julien ne bouge pas un doigt sans son avis et on m'aurait ramené. Et moi, je ne veux pas...

Amélie se sentit un peu désemparée. Une détermination aussi farouche chez un garçon toujours si paisible et si aimablement farfelu la désorientait. Elle avait l'impression qu'en une seule nuit Adam venait de vieillir de plusieurs années. Et qu'il était en train de faire une grosse bêtise. Mais, peut-être qu'en essayant de le raisonner?...

— Et où veux-tu aller?

— J'y ai beaucoup pensé cette nuit en préparant mes affaires. Le mieux est que j'aille chez ma marraine. Elle m'aime bien et je suis certain qu'elle pourra comprendre pourquoi je suis parti.

— Tante Flore? s'écria la fillette stupéfaite. En

voilà une idée? Tu sais bien qu'en cette saison elle n'est jamais à la Becquetière?

— Bien sûr. Elle habite un château à côté de Paris. Seulement je ne sais pas où. C'est aussi pour ça que je viens te voir : il faut que tu me donnes son adresse.

— Tu ne lui écris jamais?

— Si, mais je remets toujours ma lettre à Père et c'est lui qui l'envoie avec un billet de sa main...

Amélie se sentait de plus en plus mal à l'aise. Elle avait très envie d'aider Adam mais se demandait tout de même si, sous le coup du chagrin, il ne perdait pas l'esprit. Elle lui dit que Paris était loin, à des jours et des jours de diligence et que, de toute façon, il fallait de l'argent pour y prendre place :

— J'en ai. Tu penses bien que j'ai emporté mes économies.

Il sortit de sa poche une petite bourse de soie verte contenant cinq louis d'or. En effet, dès qu'ils atteignaient l'âge de sept ans — l'âge de raison —, Guillaume, pour habituer ses enfants à la valeur de l'argent, leur remettait solennellement une pièce d'or à chacun de leurs anniversaires en accompagnant son présent d'un petit discours plein de sagesse.

Amélie ouvrit de grands yeux. Chez les Varanville, et bien que Rose eût réussi à sauvegarder une partie de sa fortune, on n'avait pas de ces munificences. Sauf pour Alexandre en tant que fils aîné. Les filles, si on leur donnait un peu d'argent, recevaient surtout des présents de coquetterie. La fillette admira donc le trésor sans envie, mais éprouva tout de même un peu d'inquiétude.

— Surtout ne montre ça à personne : tu risques

de te faire voler. Maman dit toujours qu'il y a de plus en plus de malandrins...

— Sois tranquille, je ferai attention. Alors, s'il te plaît, essaie d'obtenir qu'on t'explique le chemin pour aller chez ma marraine ! Oh... et puis si tu pouvais me donner quelque chose à manger. Je crois que je n'ai jamais eu aussi faim...

— D'autant que tu n'as pas dû manger grand-chose au souper d'hier... Je vais voir ce que je peux te trouver mais surtout ne bouge pas d'ici et ne fais pas de bruit...

Au moment de franchir la porte branlante, Amélie s'arrêta :

— J'ai dans l'idée que tu vas parcourir beaucoup de chemin pour pas grand-chose. Je sais bien que Tante Flore t'aime beaucoup mais il y a son époux qui est l'ami de ton père. Il va te renvoyer à la maison.

— Je ne crois pas. Ma marraine fait ce qu'elle veut de M. de Bougainville et quand je lui aurai expliqué que je veux aller dans une grande école comme ton frère pour devenir un vrai savant, je suis certain qu'elle m'aidera. Et puis, quand j'en saurai assez, je partirai pour un pays lointain...

— Alors, on ne se verra plus ? fit la petite déjà prête à pleurer. Et ça t'est égal !

Il se leva vivement et vint l'embrasser :

— Mais non, grosse bête ! Ça me ferait trop de peine à moi aussi. Quand je serai grand on se mariera et tu partiras avec moi...

Rassérénée, elle lui rendit son baiser et se glissa hors du vieux colombier pour se diriger vers la maison. Ravitailler Adam ne présentait pas de grandes difficultés. On ne fermait jamais le fruitier ni la laiterie. Quant à la cuisine, c'était la chose la plus aisée du monde de s'y procurer un morceau de pain. Il suffisait de se servir s'il n'y avait personne ou d'annoncer qu'on avait faim.

La chance était avec Amélie. La cuisine lui parut déserte. Sans se soucier de l'endroit où pouvait bien être Marie Gohel, l'enfant tailla un bon morceau de pain pris dans la huche, hésita un peu devant les rayonnages où la cuisinière rangeait les pots de confitures qui faisaient sa gloire et dont elle avait le secret. Peut-être les comptait-elle? De toute façon, il y en avait beaucoup et Amélie pensa qu'en rapprochant les pots d'une rangée, on ne s'apercevrait pas tout de suite qu'il en manquait un. Et puis Adam les adorait, ces confitures. Son amie pouvait bien courir un risque pour lui. Ce serait un cadeau d'adieu bien qu'elle n'aimât pas beaucoup le mot...

Se rendant ensuite au fruitier, elle y rangea ses larcins dans un petit panier, ajouta deux belles pommes et autant de poires d'hiver, puis s'en alla visiter la laiterie où elle se livra, avec les fromages en train de sécher, à la même opération qu'avec les confitures. Un petit pot de lait compléta le panier que, le cœur un peu affolé par toute cette suite d'audaces et la peur d'être prise, elle se hâta de porter à l'habitant du pigeonnier. Le tout sans avoir rencontré âme qui vive, ce qui la réconforta et lui donna l'impression qu'elle accomplissait une œuvre bénie du Ciel.

Adam se jeta sur la nourriture en affamé. Amélie le regarda un instant dévorer sans rien dire puis remarqua tandis qu'il mordait dans une pomme:

— Comment vas-tu faire pour prendre la diligence? C'est loin Valognes...

— J'ai pensé à tout. Bien sûr c'est loin mais Saint-Pierre-Église n'est guère qu'à deux petites lieues d'ici et le chemin est facile. Je vais me reposer toute la journée et je partirai cette nuit. Au matin, je trouverai bien le moyen de grimper dans une charrette de choux pour aller à Cherbourg... et là je prendrai la diligence. Je sais qu'elle part après-demain. Tu vois, c'est simple! A présent, je vais dormir un peu... mais n'oublie pas mon adresse...

Repu, Adam tenait debout par miracle. De plus en plus tourmentée, Amélie n'insista pas et se dépêcha de rentrer. D'ailleurs sœur Marie-Gabrielle claironnait son nom à tous les échos. Pour se rassurer, elle pensa qu'il ne partirait pas sans connaître l'adresse de sa marraine. Cela lui donnait le temps de souffler un peu.

L'angoisse la reprit quand, deux heures plus tard, elle vit M. Tremaine mettre pied à terre devant le perron du château en réclamant sa mère. Elle fut alors partagée entre une forte envie d'écouter aux portes et celle de s'enfuir en courant. Ce qui eût été tout à fait stupide, mais elle n'eut pas le choix ce qui lui procura une sorte de soulagement un peu lâche : c'était l'heure des leçons...

On sait comment la dictée se termina.

D'abord plongée dans l'accablement, Amélie, laissant sa sœur et l'ancienne religieuse vaquer aux bagages, hésita un moment sur ce qu'elle devait faire. L'idée de laisser Adam s'embarquer dans la fameuse diligence l'effleura : est-ce que ce ne serait pas la meilleure chose qui pût lui arriver? En admettant qu'il y réussisse bien sûr! Mais il était bien certain que si Mme de Varanville se trouvait nez à nez avec Adam, elle saurait très certainement quelle attitude adopter...

C'était séduisant... seulement, voilà, c'était aussi manquer à la loyauté envers un être cher. Dans l'état où elle l'avait vu, Adam était bien capable de ne jamais le lui pardonner. Et ça, c'était trop affreux !... En foi de quoi, elle décida qu'il valait mieux·le prévenir. D'abord, Adam pouvait manquer la voiture, en prendre une autre et débarquer finalement chez les Bougainville à un moment où sa présence serait moins souhaitée que jamais. Au milieu d'un pareil drame on ne l'écouterait même pas et ce fut ce qu'elle alla lui apprendre.

Il le prit d'abord très mal :

— Tu es sûre de ne pas avoir inventé toute cette histoire ? bougonna-t-il.

— Inventer la mort d'Armand ? Oh ! Adam ! s'écria-t-elle scandalisée, comment peux-tu avoir de pareilles idées ?... D'ailleurs, si tu ne me crois pas, la voilà ton adresse, ajouta-t-elle en lui glissant un papier dans la main (elle n'avait eu aucune peine à l'obtenir, la demandant à Rose sous prétexte de lui écrire pendant qu'elle serait auprès de Flore).

La mine boudeuse, il prit le papier plié qu'il fourra dans sa poche. Visiblement la nouvelle le tracassait. Il ne s'agissait pas de peine parce qu'il ne connaissait pas assez les jeunes Bougainville, mais il était bien certain qu'il y avait là un problème.

Amélie laissa un silence s'installer. Assis de nouveau sur sa pierre, Adam mâchonnait distraitement sa seconde pomme. Au bout d'un moment tout de même, elle hasarda :

— Tu ne crois pas que tu ferais mieux de rentrer ? Toute la maison est sens dessus dessous à cause de toi.

Bien que très bleu, le regard qu'il lui lança ressemblait curieusement à celui de son père lorsqu'il était en colère : fulgurant avec des éclairs fauves :

— Tant mieux! Tout ce que je souhaite, c'est que mon père se rende compte de ce qu'il a fait. Moi je m'en tiens à ce que j'ai décidé : puisqu'il a un autre fils, il n'a plus besoin de moi...

— Et si tu parlais à Maman? Elle est tellement bonne et compréhensive! Elle trouverait sûrement un moyen de tout arranger...

— Facile à deviner, le moyen : elle me ramènerait à la maison. Non, je ne veux pas lui parler. Elle aime trop mon père qui le lui rend bien... Et toi, tu vas me jurer de ne dire à personne que tu m'as vu, ajouta-t-il pris d'un soudain soupçon.

— Jurer? Mais Adam pourquoi? Est-ce que tu n'as pas confiance en moi?

— Si, mais toi aussi tu es trop bonne! Tu serais capable de tout dire pour me rendre service et je ne veux pas de ça. Jure! Je serai plus tranquille...

Il fallut bien en passer par là.

— Que vas-tu faire? demanda-t-elle une fois remise de l'émotion causée par cet instant solennel à l'issue duquel Adam, de son côté, s'était engagé à revenir un jour la chercher pour l'épouser.

— Je ne sais pas. Il faut que j'y réfléchisse. A propos, quand est-ce que tu pars?

— Demain matin. Maman nous déposera à Chanteloup avant de gagner Valognes. Bon... eh bien à présent il faut que je te laisse mais je viendrai te voir ce soir avant d'aller au lit. Je tâcherai de te rapporter à manger...

— C'est gentil...

— J'espère que... d'ici là tu auras changé d'avis. Je t'en prie, Adam, sois raisonnable! Il serait si simple de demander à ton père de t'envoyer lui-même dans une école...

Elle lui posa un gros baiser sur chaque joue puis

elle partit, le cœur lourd. C'était si triste de penser que leur amitié ne suffisait pas à le retenir ! Et puis, s'il ne pouvait plus rejoindre sa marraine, Amélie ne voyait pas du tout où il pourrait chercher refuge...

A dire vrai, Adam ne le voyait pas non plus. Pourtant, le soir tombé, quand la fillette revint après une dernière visite au fruitier, elle ne trouva plus personne. Il n'y avait, dans le vieux colombier, que trois trognons de pommes et de poire...

Cette nuit-là, il lui fut impossible de s'endormir. Un vent violent venu de la mer se mit à souffler, déversant des seaux d'eau sur un monde noyé. Pelotonnée dans le grand lit qu'elle partageait avec Victoire, Amélie s'efforçait d'étouffer ses sanglots en écoutant les hurlements de la tempête et, parfois, le craquement d'une branche d'arbre. C'était affreux d'imaginer Adam cheminant péniblement sous les bourrasques, le bonnet enfoncé jusqu'aux yeux, et traînant son balluchon. Il devait être trempé en dépit de ses vêtements épais et de sa grosse cape. Et s'il se perdait ? Et s'il faisait de mauvaises rencontres ?...

Dire qu'elle n'avait même pas pensé à lui parler de ces malandrins dont Félicien Gohel s'entretenait ce matin avec Marie ! S'il tombait sur eux, ces gens étaient capables de lui faire un mauvais parti. Cette pensée était tellement effrayante qu'elle chercha vite une prière pour demander à la Sainte Vierge d'aller à son secours, de le prendre sous sa protection, mais, comme il arrive lorsque l'on est affolé, elle n'en trouva aucune qui lui parût tout à fait appropriée et dut improviser en reniflant à petits coups. Pas assez discrets cependant :

— Qu'est-ce que tu as ? marmotta sa sœur à demi réveillée. Tu n'es pas malade au moins ?...

— Non... mais je me tourmente pour Adam Tremaine. C'est terrible de se sauver comme ça de sa maison et... avec ce vilain temps...

— C'est surtout un jeune imbécile ! Que l'arrivée de ce garçon ne lui fasse pas plaisir, on peut le comprendre, mais de là à lui laisser la place ! C'est vraiment trop bête.

Victoire passa une main tâtonnante sur la figure d'Amélie, la sentit mouillée de larmes et s'attendrit :

— Allons, ma chérie, tu ne vas pas te tourmenter pour Adam ? Justement parce qu'il fait si mauvais, il en aura vite assez des grandes aventures. Ce n'est pas du tout son genre.

Passant un bras fraternel autour de sa petite sœur, elle la serra contre elle :

— Cesse de te tourmenter et dors ! Demain il fera jour et nous aurons peut-être de bonnes nouvelles...

Ayant dit, elle reprit son sommeil mais si Amélie ferma docilement les yeux, elle ne parvint pas pour autant à plonger dans le bienfaisant oubli. La promesse qu'Adam lui avait arrachée lui pesait sur l'estomac comme si elle avait mangé une énorme part de gâteau à la confiture et aux pommes. Au point qu'elle ressentait même une vague envie de vomir. Ce serait si bon de pouvoir tout raconter à Maman !

Aux Treize Vents, on ne dormit pas davantage. Enfermé dans sa bibliothèque, Guillaume tourna en rond toute la nuit, fouillant sa conscience, cherchant à démêler s'il avait vraiment commis une faute grave en exauçant le dernier vœu d'une mourante bien-aimée. La pensée d'Adam errant sous ces trombes d'eau l'angoissait mais aussi ces découvertes étranges, depuis deux jours, au sujet de ses enfants. Élisabeth révélait un tempérament de joueuse qui lui rappelait un désagréable souvenir. Il revoyait, assis à une table chez les Mesnildot, un homme vêtu de taffetas cerise jouant avec un face-à-main pendu au bout d'un ruban noir et laissant ses doigts libres manier des pièces d'or avec dans les yeux un feu sombre : Raoul de Nerville, l'assassin, le maudit, mais hélas le grand-père de ses enfants. Était-ce son fantôme ricanant qui avait insufflé au tranquille Adam, toujours un peu perdu dans les brumes du savoir, une révolte si peu conforme à son caractère ? Au cours des huit dernières années, Tremaine avait laissé s'endormir sa crainte d'une dangereuse hérédité, espérant seulement qu'en versant son sang pour une noble cause Agnès aurait réussi à en laver ses descendants[1]. Pourtant, voilà qu'en un seul jour deux signes venaient de se manifester chez Élisabeth : le jeu, bien sûr, mais aussi ce livre qu'elle voulait acquérir au prix d'un danger. Les cheveux de Guillaume s'étaient dressés sur sa tête en apprenant qu'il s'agissait des *Liaisons dangereuses*, chef-d'œuvre d'écriture mais d'une totale amoralité...

Ce n'était pas la première fois que l'amitié de sa fille pour la jeune Caroline de Surville l'inquiétait. Le voisinage de campagne en était la cause première mais aussi le fait que les Surville, très mondains, passaient les trois quarts de l'année à Paris où leurs enfants jouissaient d'une assez grande liberté ce qui leur donnait beaucoup d'attrait. Peut-être serait-il bon d'espacer les relations pendant les séjours du vicomte et de sa famille sur leur terre de Fontenay ?

1. Voir le tome I : *Le Voyageur*.

Restait Adam dont Guillaume n'aurait jamais imaginé qu'il pût lui poser le moindre problème ! Qu'est-ce qui se passait donc dans sa tête ? Alors — et bien que de religion assez tiède ! — Tremaine pria, cette nuit-là, pour que son petit garçon lui fût rendu. Pour qu'il comprenne aussi que nul ne pouvait lui voler la moindre parcelle de l'amour paternel. Même pas le fils de Marie-Douce...

Dans son lit, Élisabeth priait, elle aussi, avec une sorte de fébrilité. Elle qui adorait le vent se trouvait, au cœur de cette nuit de tempête, trop effrayée pour accéder à la détente des larmes. Cependant ses pensées suivaient un cours bien différent de celles de son père : inconsciemment, elle unissait dans une même anxiété le petit frère auprès de qui elle s'efforçait de remplacer la mère disparue, et cet autre enfant orphelin, bien étrange et bien mysté-rieux celui-là, mais auréolé d'une dramatique légende royale. Louis-Charles !... Les Treize Vents n'avaient été son refuge que durant peu de semaines, pourtant l'adolescente n'était jamais par-venue à l'oublier. Il était enfoui au fond de son cœur comme de sa mémoire et, bien souvent, il lui arrivait de prier pour qu'il lui fût donné de le revoir un jour... un seul jour !

Était-ce seulement possible ? Le prince errant s'en était allé sur la mer et la mer n'avait renvoyé aucun écho, aucune nouvelle...

La seule qui eût couru la France était, pour Élisabeth, impossible à croire : en 1795, les gazettes annoncèrent que «l'enfant du Temple» venait de mourir. La jeune fille en avait souri : son ami ne lui avait-il pas appris qu'un autre enfant — un bâtard du prince de Monaco dont un tailleur de Saint-Lô avait épousé la mère — lui avait été substitué.

C'était celui-là sans doute que l'on avait enterré. Guillaume d'ailleurs partageait ce point de vue et pour cause : le Roi, selon lui, respirait quelque part dans le vaste monde et, ce soir, Élisabeth se demandait si l'on allait devoir se poser la même question pour un petit Adam irremplaçable...

Pourtant, elle était prête à l'aimer, cet Arthur venu d'Angleterre, mais c'était, aujourd'hui, plus difficile qu'hier parce que durant toute la journée il avait bien fallu s'occuper de lui et de son précepteur alors qu'Élisabeth aurait tant voulu suivre la quête de son père. Mais comment abandonner les nouveaux venus à Clémence, Lisette, Béline ou même Potentin qui errait d'une pièce à l'autre étayé par les anciennes béquilles de Tremaine ?

Le dîner avait été une rude épreuve. Comme la veille, elle s'était trouvée seule avec Arthur et Mr Brent mais, cette fois, dans le décor un peu solennel et si froid tout à coup de la salle à manger. Il y régnait un silence que la jeune fille ne se sentait pas le courage de rompre. Les yeux dans son assiette, Arthur ne desserrait pas les dents. Il ruminait Dieu sait quelles pensées noires ! Et ce fut seulement lorsque l'on sortit de table qu'il lança à sa jeune hôtesse :

— Une fameuse idée que ça a été de m'amener ici, n'est-ce pas ? Mais on dirait que votre père n'écoute jamais que ce qu'il a envie d'entendre !...

Sur ces mots, il sortit de la pièce en courant et on ne le revit pas de tout l'après-dîner mais Élisabeth, accablée, n'essaya même pas de savoir ce qu'il pouvait bien devenir...

CHAPITRE V

LA «MARIE-FRANÇOISE»

Et pourtant, Adam n'était pas sous la pluie.

Contrairement à ce qu'imaginaient son père, sa
sœur, sa petite amie et tous ceux qui l'aimaient, le
gamin, dès le premier coup de vent, s'était hâté de
se procurer un abri. Il connaissait trop sa région
pour ne pas savoir ce que signifiait cet avertissement survenu alors que la nuit s'installait. Il savait
qu'il y en aurait au moins jusqu'au lever du jour.
Donc pas question de courir les chemins sous une
cataracte à moins de souhaiter en sortir épuisé et
peut-être malade...

Avant de quitter Varanville et ainsi qu'il l'avait
annoncé à la petite Amélie, le fugitif s'était accordé
un long temps de réflexion. C'était une folie de
vouloir gagner Paris. En admettant que Mme de
Bougainville se fût déclarée sa protectrice — et ce
n'était pas absolument certain —, il retomberait tôt
ou tard sous la coupe de son père : il faudrait bien
que quelqu'un paie ses études dans cette école où il
prétendait être admis. Sans en avoir vraiment envie !
En tout cas, pas de celle d'Alexandre. Cette École

polytechnique ne l'attirait en aucune façon. Les mathématiques n'étaient pas son fait. Ce qui l'intéressait, c'étaient les sciences naturelles, les fleurs, les plantes, les animaux, les pierres : ce qui se passait sur la terre ou en dessous. Il en vint même à voir un signe du destin : la catastrophe survenue chez sa marraine opposait à ses projets une barrière quasi prophétique. Mais où aller dans ces conditions ?

Et puis, tout à coup, un souvenir perça le déprimant brouillard qui semblait prendre un malin plaisir à s'épaissir autour de lui. Celui d'un déjeuner aux Treize Vents qui avait eu lieu plusieurs années plus tôt. Guillaume recevait le capitaine de l'*Élisabeth* tout juste revenu — par miracle d'ailleurs ! — de la Martinique où il avait pu échapper à la flotte anglaise qui occupait l'île. L'autre navire aux armes de Tremaine — l'*Agnès* — eut moins de chance et coula par le fond entraînant une perte sensible en hommes surtout, ce qui était le plus cruel pour Guillaume. Le dommage financier se trouvait compensé par l'exploit du capitaine Lécuyer qui revint les cales pleines, ayant échappé non seulement aux canons britanniques mais aussi aux pirates de tout poil qui écumaient alors l'océan Atlantique.

Or, s'il était un excellent marin, l'officier était aussi une manière de poète passionné par la faune et la flore de ces pays lointains où il jetait l'ancre. Entre autres, il adorait cette Martinique dont il parlait avec une tendresse convaincante :

— Je n'ai d'autre famille que la mer, monsieur Tremaine, disait-il. Aussi, lorsque je serai trop vieux pour mener convenablement la course d'un bateau, j'aimerais retourner là-bas et m'y fixer dans une espèce de carbet que je connais dominant la baie de Fort-Royal, qui est bien l'un des plus beaux lieux du monde. Espérons que, d'ici là, nous aurons réussi à en chasser les damnés Habits rouges.

En fait, s'il n'avait pas de famille, Lefèvre gardait dans la grande île une amie, Claire-Eulalie, auprès de laquelle il trouvait tout ce qui pouvait rendre heureux un homme aux goûts simples. Elle le nourrissait de «z'habitants», les énormes écrevisses du pays, de «coffres», des poissons beaux comme des œuvres d'art, de «tourlourous», gros crabes de terre que l'on servait avec du riz, et de tous les fruits qui poussaient à foison sur une terre singulièrement riche : des bananes, des prunes et surtout ces ananas que l'on qualifiait du nom de «France», synonyme là-bas de délicieux et de beau.

Il ne faisait pas mystère de cette amitié et c'était avec un bizarre enrouement qu'il décrivait la maison où l'on accédait par un chemin touffu bordé de cocotiers et d'arbres à pain dont une seule branche suffisait à nourrir une famille. Dans le jardin, où la moindre barrière de piquets fraîchement taillés ne tardait guère à porter racines, branches et feuilles, d'énormes touffes d'hibiscus luttaient vaillamment contre les lianes des orchidées et des fleurs de vanille. Il parlait aussi d'un ruisseau clair bondissant au milieu d'éboulis de rochers où il était si agréable de se prélasser par les fortes chaleurs de l'été. En résumé, un vrai paradis qui faisait rêver Adam...

Il y avait aussi le pays natal de Père, l'immense Canada dont celui-ci parlait avec tant d'émotion lorsqu'il lui arrivait de laisser les souvenirs d'enfance remonter à la surface : le majestueux Saint-Laurent, le grand estuaire peuplé de baleines soufflant des geysers d'eau scintillante, les profondes forêts où on l'avait autorisé deux ou trois fois à suivre l'Indien Konoka, ce héros rouge d'un autre âge dont il conservait, au bout d'une chaîne d'or pendue à son cou, la griffe de loup offerte au jour de leur séparation...

Certes, Adam aimait profondément son coin de terre et sa maison, mais il lui était arrivé plus d'une fois de rêver à ces contrées lointaines qui parlaient à son cœur autant qu'à son imagination. Sans d'ailleurs s'y attarder vraiment car entre elles et lui se dressait un obstacle bien plus redoutable qu'une flotte anglaise : le vaste océan, la mer sans cesse recommencée dont il avait une peur affreuse.

Il n'éprouvait pas pour autant de répulsion pour les côtes, les plages, les rochers et leurs habitants, les beaux oiseaux et les longues traînes luisantes du varech et du goémon dont il lui arrivait d'aider à la récolte. Et puis il y avait l'immense paysage marin que l'on découvrait des fenêtres de la maison : infini et toujours différent, changeant, nacré, irisé, scintillant, glacé d'azur ou d'or par les jours de beau temps mais semblable à l'enfer déchaîné lorsque soufflaient bourrasques et ouragans. L'enfant avait des yeux pour voir et admirer, mais son optique devenait singulièrement différente dès qu'il s'agissait de pénétrer dans cet univers fantasque et incertain ou même de mettre le pied sur un bateau ; outre le mal de mer, Adam éprouvait une véritable panique depuis le jour où il était tombé d'une barque de pêche. Il eut, à la suite de cet incident, des cauchemars, des convulsions même, et son père renonça à lui apprendre à nager. Cette seule idée faisait pousser de véritables cris de terreur à l'enfant.

— On ne peut même pas le qualifier de poule mouillée ! soupirait Élisabeth qui, elle, nageait comme une otarie. Il se considère comme perdu dès qu'il a de l'eau jusqu'aux genoux !

A présent, cette peur posait un véritable problème au jeune fugitif. Lorsqu'il avait quitté Varanville, sa détermination était ferme : le seul endroit où on le chercherait mollement était le bord de mer, donc c'était là qu'il devait se rendre mais, bien sûr, pas à Saint-Vaast où tout le monde le connaissait. Barfleur, d'ailleurs beaucoup plus proche du château d'Amélie, convenait parfaitement : six ou sept kilomètres, pour compter selon le nouveau système métrique établi par le gouvernement en 1795.

Seulement, à mesure qu'il approchait de son but, et surtout quand le vent se leva, il sentit faiblir sa résolution : où allait-il trouver le courage de se cacher dans l'un des bateaux dont il avait entendu dire chez les Rondelaire qu'ils devaient se rendre au Havre pour porter des pétitions et aussi quelques présents au Premier consul dont la visite était attendue pour le 4 ou le 5 novembre. C'était le grand événement qui agitait toute la Normandie et, incontestablement, il y avait là une occasion.

Tapi dans la paille d'une grange où il avait réussi à se faufiler, Adam, tout en mangeant le reste de son fromage et de son pain, songeait tristement que la liberté demandait parfois de bien grands sacrifices et c'en serait un terrible que d'affronter les flots de la baie du Cotentin pour gagner le grand port du Havre où il était à peu près certain de trouver une aide.

Deux ans plus tôt, en effet, il avait rencontré, chez les Rondelaire, une extraordinaire vieille fille, Mlle de La Ferté-Aubert, qui, pendant les plus durs moments de la Terreur, avait trouvé refuge à Escarbosville. Elle était la marraine de Julien et possédait un caractère dont le moins que l'on pût dire est qu'il était difficile. Naturellement, l'ombre de la guillotine définitivement écartée, Mlle Radegonde était rentrée chez elle pour y veiller à ses intérêts : ceux d'une affaire d'armement naval qu'elle avait réussi à tenir à bout de bras tant qu'il n'avait pas été question d'y laisser sa tête. Le calme revenu, elle s'était hâtée d'y retourner mettre de l'ordre. Non sans offrir de généreux remerciements pour l'asile reçu, ce qui permit à ses cousins, à peu près ruinés, de se remettre à flot. Mais les liens si étroits lorsque le danger menace ont tendance à se relâcher quand revient la quiétude. Le dernier séjour, estival celui-là, de la vieille demoiselle s'était soldé par un désastre : une de ces brouilles familiales suscitées par une broutille qui l'avait renvoyée de l'autre côté de la baie écumante de rage et jurant ses grands dieux qu'on ne la reverrait jamais sur la côte est du Cotentin.

Cependant, durant ce dernier séjour, elle s'était prise d'amitié pour Adam. Aussi, au moment de monter en voiture, elle lui avait déclaré :

— Je ne reviendrai jamais ici, petit, mais je t'aime bien. Sache donc que si, un jour, tu as besoin d'aide, tu en trouveras toujours dans ma maison, sur le quai Notre-Dame ! Et n'oublie pas de saluer ta famille pour moi !

Sur le moment, Adam n'attacha guère d'importance à une invitation destinée peut-être à offenser les Rondelaire, mais à présent, et alors qu'il tentait de mettre le plus de distance possible entre lui et les siens, il se reprenait à y songer.

Comme il arrive lorsque l'on est très malheureux, l'enfant s'efforçait d'oublier sa grande peur pour s'accrocher à une image : celle du jardin de la

Martinique, le petit paradis de Claire-Eulalie fleuri, feuillu, parfumé, exubérant où tout le monde devait vivre à l'aise depuis les fourmis jusqu'aux oiseaux du ciel. Que le drapeau anglais flottât présentement sur cet éden lui importait peu. Il savait seulement que Mlle de La Ferté-Aubert possédait des navires et que, grâce à eux, il devait être possible d'approcher son rêve. Évidemment, ses connaissances géographiques étaient assez vagues mais il estimait, en gros, la situation de l'île et, d'un seul coup, il se sentit envahi d'un immense courage. De toute façon, l'important était de fuir...

Non qu'il eût cessé d'aimer les siens. S'il souffrait tant, c'était justement de les quitter mais sa détermination restait intacte : elle ressemblait tellement à celle de sa mère, Agnès de Nerville faisant démolir son château ancestral pour en engloutir les pierres dans les fondations de la grande digue de Cherbourg[1] : il voulait à tout prix tourner définitivement le dos à ses souvenirs.

Seulement, entre ses rêves et leur réalisation, il y avait sa vieille ennemie : la mer qu'aucun raisonnement ne lui permettait d'effacer. Allait-il se laisser décourager par une terreur qui faisait sourire sa sœur?

Pourtant, à mesure que la nuit avançait, la tempête s'apaisait et, avec elle, les angoisses du fugitif. A force de discuter avec lui-même il en vint à une conclusion quasi cornélienne : s'il parvenait à franchir la grande baie sans y rendre l'âme — même s'il devait être malade comme une bête —, s'il réussissait à prendre pied sur un quai du Havre, il serait exorcisé et, dès lors, le monde lui appartien-

---

1. Voir le tome I : *Le Voyageur.*

drait : une traversée de plusieurs semaines serait à sa portée et, surtout, il aurait l'impression d'être en train de devenir un homme.

Fort de cette résolution, Adam se roula en boule dans sa paille et s'endormit dans la douce sérénité d'une conscience apaisée. Et aussi, il faut bien le dire, parce qu'il était rompu de fatigue...

Le son des cloches le réveilla.

Il s'en trouva soudain environné. Elles sonnaient de partout : à gauche, à droite, devant, derrière et ce concert matinal lui donna la sensation d'être transporté dans un monde différent. Il se souvint soudain que c'était la Toussaint. Clémence en parlait l'autre jour avec Béline comme d'un immense événement. Pensez donc ! La première grande fête chrétienne depuis que l'on avait retrouvé le droit de la célébrer à la face du Ciel. Bien des églises avaient été déshonorées, souillées, meurtries comme celle de Saint-Vaast ou de Rideauville, mais on n'y chanterait qu'avec plus d'ardeur les louanges du Seigneur. En outre, après s'être tant reposés, les bras des sonneurs semblaient avoir emmagasiné des réserves : Dieu, quelle vigueur !

Évidemment, il ne pouvait être question pour Adam d'aller à la messe. Il eut cependant une pensée pour celle que l'on chanterait à la Pernelle : un jeune prêtre s'en chargerait et mettrait ses pas dans ceux du vieux M. de La Chesnier que tous aimaient bien aux Treize Vents et dont on fleurirait la tombe en même temps que celle de Grand-Mère Mathilde...

S'apercevant soudain qu'il était en train de plonger dans des souvenirs qui ressemblaient à des regrets, Adam les repoussa fermement. Cette fête l'arrangeait bien : personne ne travaillerait aujourd'hui et il garderait la grange pour lui tout seul. A la nuit seulement, il la quitterait pour achever le chemin à parcourir jusqu'à Barfleur : à peu près une demi-lieue. Pas grand-chose en vérité ! A condition de trouver quelque chose à manger. Il commençait à sentir la faim...

Des provisions fournies par Amélie, il restait si peu que rien : tout juste un fond de confiture. Adam regretta d'être parti si vite, la veille au soir : n'avait-elle pas promis de lui rapporter quelques vivres ? Il avait craint qu'elle ne soit surprise, ou suivie, ou dans l'impossibilité de revenir... ou même qu'elle dise la vérité en dépit de ce grand serment qu'il avait eu tant de peine à obtenir...

Poussé par la nécessité, il en vint à penser qu'il faudrait se hasarder dans la ferme dont dépendait sa grange. Les volées de cloches qui continuaient à déferler sur les alentours l'y encourageaient : tout le monde irait certainement à la messe. Il avait donc une forte chance de trouver le chemin libre.

Lorsque le deuxième carillon, celui des retardataires, se fut fait entendre, il patienta encore quelques minutes puis quitta son abri, ce qui lui permit au moins de se repérer. Bien que la Pernelle ne fût qu'à un peu plus d'une lieue, il connaissait mal l'arrière-pays de Barfleur composé surtout de fermes où il n'allait jamais. Il reconnut pourtant, à main droite, l'église de Montfarville facile à distinguer à cause du granit blanc dont elle était bâtie : on la voyait d'assez loin pour qu'elle pût servir d'amer aux bateaux. Donc il ne se trouvait guère qu'à une demi-lieue de Barfleur.

La ferme était de moyenne importance. Adam se demanda cependant s'il y avait des chiens. Sans s'inquiéter outre mesure d'ailleurs : il s'entendait généralement bien avec eux et puis, tout de même, en dépit de son aventure, il n'avait pas vraiment l'air d'un vagabond. Enfin, au pire, s'il se faisait surprendre, il pourrait payer, mais l'apparition d'une pièce d'or dans sa main paraîtrait suspecte. Surtout si le bruit de sa disparition, descendant les abrupts de la Pernelle, était venu jusque-là.

Il se hasarda dans la cour. Un chien vint au-devant de lui, tout de suite amical et la queue frétillante. Il le renifla puis, jugeant sans doute qu'il était garçon de bonne compagnie, tourna les talons et s'en fut vers le potager. Adam entra dans la maison sur la pointe des pieds...

Une envoûtante odeur de soupe aux choux lui sauta aux narines. Elle émanait d'une grosse marmite qui mijotait au bout d'une crémaillère de fonte noire et parut à l'affamé cent fois plus désirable que les succulences dont Clémence Bellec emplissait la cuisine des Treize Vents. Mais, préparée pour une douzaine de personnes — le couvert était déjà mis sur la longue table de bois vernie par le contact des coudes et cirée par des traces de graisse —, la marmite était beaucoup trop lourde pour lui et s'il essayait d'en ôter le couvercle, il risquait de provoquer un désastre. Pourtant il fallait trouver quelque chose à manger. Ce ne fut pas très difficile : la huche lui révéla une grosse miche de pain entamée dont il se hâta de tailler une large tranche. Dans une armoire, il découvrit un jambon enveloppé d'un torchon. Il n'était pas très gros alors il n'osa pas en prendre beaucoup : juste un petit morceau. Par contre, il vit trois fromages sur une claie, en choisit un puis se livra à un débat de conscience : ce qu'il faisait en ce moment, c'était du vol même si la faim l'excusait un peu. En outre, ces gens n'étaient pas riches, cela se voyait tout de suite. Il fallait leur laisser quelque chose en échange : tirant sa bourse, il y prit une de ses précieuses pièces et la déposa délicatement sur le jambon réemballé. C'était sans doute cher payer mais Adam n'était pas avare. Il pensa seulement que, pour mieux équilibrer l'affaire, il pourrait faire un tour au poulailler voir si les poules avaient pondu.

Il trouva deux beaux œufs bien roux qu'il enveloppa de son mouchoir en se promettant de les gober juste avant de partir. Enfin, il remplit à l'eau du puits le pot à lait d'Amélie qu'il avait emporté pour se désaltérer aux fontaines chemin faisant. Enfin, s'assurant une fois de plus que personne n'était en vue, il regagna sa grange pour y attendre la fin du jour...

Non sans inquiétude. Cette Toussaint se montrait grise et venteuse. En entrouvant sa porte, il pouvait voir, derrière le clocher, des lambeaux de nuages gris traversant en rafales un ciel jaunâtre. De temps en temps, une ondée passait sur les ailes du vent et les cloches qui sonnèrent tour à tour la sortie de la messe, puis vêpres et complies résonnaient avec une mélancolie grandissante, leur carillon s'enflant ou s'affaiblissant suivant la puissance des souffles célestes.

Quand la lumière baissa, l'enfant eut un moment de dépression. Il se sentait soudain affreusement malheureux et la perspective de ce qui l'attendait n'arrangeait rien bien au contraire. Pour la première fois, il songea à la maison avec une grande nostalgie. Quand il faisait mauvais temps, on était si bien dans la cuisine de Clémence, assis au chaud sur la pierre de l'âtre à faire griller ce qui vous tombait sous la main : des morceaux de pomme, des châtaignes ou une simple tartine sur laquelle le beurre fondait délicieusement! L'impression fut si forte qu'il crut en respirer l'odeur... Il y avait aussi sa chambre qu'il aimait tant et tous les trésors qu'il y entassait. Sans doute pouvait-il faire confiance à Élisabeth pour empêcher «l'intrus» de s'en emparer, mais c'était tout de même dur d'abandonner tout ça. Surtout s'il pensait qu'il allait peut-être mourir avant même d'avoir atteint Le Havre.

Ce ne fut qu'un instant, mais si douloureux qu'Adam faillit abandonner : en marchant vite il pourrait arriver avant qu'on ne ferme portes et volets. La tentation était terrible, mais il revit soudain, de l'autre côté du glacis blanc de la nappe, la figure de l'étranger qu'on voulait lui imposer comme frère et surtout ses yeux verts qui pétillaient de méchanceté, qui semblaient se moquer de lui et en même temps l'avertissaient : «Je suis là pour prendre ta place parce que moi je lui ressemble!» disaient ces yeux-là et Adam retrouva toute sa colère. De quoi aurait-il l'air en rentrant à présent? Du coup, l'autre pourrait railler, et le narguer et se gausser! Non. Il n'était plus question de reculer. Quand il aurait trouvé son paradis, il donnerait de ses nouvelles et, plus tard, ferait venir Amélie comme il l'avait promis.

Ainsi réconforté, il rassembla ses affaires, rangea soigneusement ce qui lui restait de provisions, goba ses œufs, enfonça son bonnet jusqu'aux sourcils et quitta finalement son refuge.

La nuit était close lorsqu'il atteignit les premières maisons de Barfleur. Tout était fermé mais, par les découpes des volets, on apercevait la lumière jaune des chandelles allumées. Demain était le jour des Morts et, dans chaque demeure, commençait une veillée de prières et de souvenir en hommage aux disparus et aussi pour apaiser les âmes errantes. Parfois on entendait l'écho murmuré des oraisons. Parfois aussi un cantique entonné avec plus de bonne volonté que de sens de l'harmonie. En d'autres circonstances, Adam aurait trouvé ça amusant mais au milieu de cette nuit houleuse qui charriait des paquets de nuages avec, en contrepoint, l'éclatement des vagues sur les rochers, l'atmosphère était sinistre. Adam pensa qu'il aurait peut-être dû rester vingt-quatre heures de plus dans sa grange : aucun marin, sans doute, ne prendrait la mer le jour des Trépassés.

Il balança un moment sur l'idée de revenir en arrière mais, soudain, il entendit des pas qui s'approchaient et, du coup, fila droit devant lui, embouquant la large rue Saint-Thomas, la plus importante du bourg, et piquant vers la mer. Il dépassa le Château-Bleu converti en forges, atteignit la vieille halle, simple toit étendu sur des piliers de pierre, évita la descente vers la grève qui était une manière de chemin boueux et glissant dans lequel les voitures des mareyeurs s'enfonçaient jusqu'aux moyeux — l'une d'elles était immobilisée en plein milieu —, longea la vieille église de granit gris dont la tour basse et carrée se donnait dans l'ombre des allures de donjon et gagna finalement la digue le long de laquelle étaient rangés les plus gros bateaux.

Il comprit qu'il avait trouvé ce qu'il cherchait : deux bisquines étaient amarrées là, les plus grandes bien certainement de toute la flotte de pêche de Barfleur, et, seules de tout ce que contenait le port, elles étaient déjà pavoisées, prêtes à recevoir ceux qui allaient voguer au-devant du plus important

personnage de l'État. Elles se balançaient doucement en tirant sur leurs aussières qui grinçaient,
mais, en dépit de l'angoisse qui lui tordait le ventre
depuis qu'il avait posé le pied sur la jetée, Adam les
trouva plutôt rassurantes. Cela tenait peut-être à
leurs dimensions, leurs larges coques ressemblant
un peu à un berceau. De plus, la mer étant haute,
elles étaient presque à niveau de la digue. Il suffisait
d'enjamber pour embarquer, et on évitait ainsi de
s'aventurer sur le raide escalier de pierre aux
marches glissantes d'algues tendu au flanc du mur.

Pourtant, le jeune garçon hésitait encore, repris
par ses vieux démons et la crainte d'avoir mal au
cœur, mais avait-il le choix? Comme pour répondre à sa muette interrogation, le bruit de pas se fit
à nouveau entendre. Le ciel, qu'une ondée venait de
nettoyer, s'éclaircissait. Adam aperçut deux
hommes arrêtés à l'entrée de la jetée. Alors, sans
plus hésiter, il sauta dans le bateau, cherchant où se
cacher, vit l'échelle qui menait à la petite cale et,
oubliant totalement qu'il n'était plus sur un élément stable, s'y précipita, plongeant dans des
ténèbres qui lui parurent celles mêmes de l'enfer.
Un enfer sentant furieusement le poisson et la
saumure.

Naturellement, il manqua l'un des cinq échelons
et atterrit sur le bas du dos sans pouvoir retenir un
gémissement de douleur bien que le balluchon
attaché à son cou eût amorti quelque peu le choc.
Péniblement, il se redressa, se mit à quatre pattes et,
n'osant se relever de crainte de s'assommer, il
entreprit de se traîner sur le plancher visqueux à la
recherche du coin le plus obscur et le plus reculé de
l'endroit :

— Oh là là! marmotta-t-il. Ce que je me suis fait

mal! Pourvu que je n'aie rien de cassé · il ne me manquerait plus que ça...

Sa main tâtonnante trouva soudain quelque chose d'insolite : une manche de drap épais mais, sous cette manche, il y avait un bras. Qui se détendit brusquement. Adam put tout juste émettre une sorte de gargouillis : le bras en question entourait déjà son cou, l'étranglant à moitié. En même temps quelqu'un chuchotait sur le mode furieux :

— Silence! En voilà un imbécile qui ne sait pas descendre trois barreaux et qui parle tout seul par-dessus le marché!

Apparemment, le bateau contenait déjà un passager certainement clandestin et sans doute étranger parce qu'il avait un curieux accent. Terrifié, Adam chercha à se dégager et trouva même le courage de demander :

— Qui... qui êtes-vous?

— Je ne vois pas en quoi ça vous intéresse. Quant à vous...

Une main qui sentait le goudron passa rapidement sur sa tête et sa figure, après quoi l'inconnu se mit à rire avant d'ajouter :

— Je jurerais bien que vous êtes le garçon qui s'est sauvé des Treize Vents.

Cette fois Adam faillit s'affoler : dans quelles griffes venait-il de se jeter? Mais il s'efforça de raffermir sa voix.

— Je vous en prie, taisez-vous!... Et d'abord qu'est-ce que ça peut bien vous faire? Si vous êtes ici, c'est parce que vous vous cachez, vous aussi...

— Exact! Et pour des raisons qui ressemblent beaucoup aux vôtres...

L'invisible personnage rit de nouveau et son prisonnier pensa qu'il avait affaire à un fou, ce qui n'était guère préférable à un brigand, mais l'étreinte s'était desserrée et il put se dégager :

— Pourquoi ? Vous vous sauvez ?

— Oui. Et comme je ne vois pas pourquoi nous resterions ensemble, je vais vous prier bien poliment de quitter ce bateau et de rentrer chez vous !

La voix était jeune, agréable : celle de quelqu'un de bien élevé, mais il faisait si sombre qu'il était impossible de rien distinguer. Cependant comme elle n'était nullement menaçante, Adam retrouva tout son aplomb :

— Si vous vous mêliez de vos affaires ? Est-ce que je vous demande quelque chose, moi ?... Je ne retournerai jamais à la maison...

— Pourquoi ? Vous n'aimez pas vos parents ?

— Bien sûr que si, mais mon père a eu un fils d'une autre femme que ma pauvre maman. Il l'a amené chez nous et c'était comme si cette femme venait chasser le souvenir de ma mère. Alors je veux m'en aller très loin !

— La raison est valable mais, dans votre cas, ce que vous faites est complètement idiot !

— Qu'est-ce qu'un étranger peut bien comprendre à mes raisons ? Vous n'êtes pas d'ici, cela s'entend et d'ailleurs...

— Non, je ne suis pas d'ici et ne veux pas en être ! Si je dis que c'est stupide c'est parce que vous n'avez plus aucune raison de vous enfuir. Je suis Arthur Tremaine...

— Quoi ? Ce n'est pas possible ?

— Dommage que nous n'ayons pas la moindre lumière ! On ne s'est pas vu longtemps mais vous seriez vite convaincu.

— Vous voulez partir ? Mais pourquoi ? souffla Adam abasourdi.

— Vous venez de l'expliquer très clairement : je suis l'intrus dont la présence ne plaît à personne. Avant-hier, pendant qu'on vous cherchait partout, j'ai pris un cheval et je suis allé faire un tour dans le pays. Les gens m'ont regardé comme une bête curieuse mais j'ai eu le temps de me faire une idée des alentours. D'ailleurs à l'aller, depuis le bateau, j'avais remarqué Barfleur : c'est un nom qu'on connaît chez nous...

— Chez vous c'est quoi ? L'Angleterre ?

— Je n'en suis même plus certain à présent que Maman est morte, mais je n'ai rien connu d'autre. Alors, cet après-midi, je me suis échappé de nouveau, j'ai renvoyé le cheval quand le clocher d'ici a été en vue et j'ai attendu la nuit pour venir me cacher dans ce bateau. Je sais qu'il doit partir pour Le Havre...

La voix de l'ombre était lourde d'amertume. Adam, soudain, se sentit un peu mal à l'aise. C'était peut-être parce que la bisquine bougeait, mais surtout à cause d'un vague remords :

— Alors maintenant on nous cherche tous les deux ?

— Oh ! pour moi, ça ne durera pas longtemps. Personne n'aura de peine sinon peut-être le brave Brent ! Mais ça m'est complètement égal ! ajouta-t-il avec un soudain éclat de rage. Je ne voulais pas quitter l'Angleterre et votre père ne m'aurait pas emmené si une mourante ne lui avait arraché une promesse. Alors je m'en vais et il n'y a pas à revenir là-dessus ! Quant à vous, dépêchez-vous de rentrer : c'est le meilleur service que vous puissiez me rendre.

— Je n'en vois pas la raison...

— C'est clair pourtant ! Ils seront tellement heureux de vous retrouver qu'ils ne se soucieront pas longtemps de moi... Et je serai libre !

— On voit bien que vous ne connaissez pas... Père ! Il ne cessera jamais de vous chercher. Vous êtes son fils... même si ça ne vous fait pas plaisir.

— A vous non plus.

— J'en conviens sinon je ne serais pas là. Mais vous vous trompez si vous pensez qu'il va vous oublier comme ça ! Je crois qu'il a beaucoup aimé votre mère. Plus que la mienne sans doute et je suis certain qu'il tient à vous...

— Ça m'est égal ! Moi je ne tiens pas à lui. A personne d'ailleurs sinon peut-être à ma sœur Lorna bien qu'elle soit égoïste. Si elle avait voulu m'aider, je n'aurais pas été obligé de partir. Mais, ajouta-t-il avec un petit rire affreusement triste, il paraît que je serai toujours encombrant pour quelqu'un.

— Et vous voulez aller où ?

— Chut !... Il faut nous taire à présent : on vient !

Dans le silence de la nuit, on percevait en effet l'écho de lourdes bottes de mer qui se rapprochaient...

— Il y avait deux hommes derrière moi, souffla Adam. Ils s'étaient arrêtés au bout de la jetée...

— Ils vous ont vu ?

— Non. J'en suis certain...

Le bateau bougea sous le poids des arrivants et on put les entendre bien qu'ils assourdissent leurs voix :

— T'es certain que c'est celle-là ? Je n'ai pas pu lire le nom...

— Moi non plus mais c'est sûrement la *Marie-Françoise*. Elle est un peu plus grande que l'autre. Elle est plus rapide aussi et, enfin, Mariage a dit

174

qu'on ne pouvait pas se tromper même de nuit parce qu'elle serait sûrement amarrée devant sa compagne. Il n'y a plus qu'à attendre les autres...

— Ça fait déjà un moment qu'on les attend ! Tu es bien sûr du jour et de l'heure ?

— Réfléchis un peu ! C'est la seule nuit où on peut s'emparer du bateau sans trop de crainte d'être dérangés parce que c'est la nuit des Morts. Tout le monde est en prière, à cette heure, surtout les marins : z'ont bien trop peur des revenants ! Et puis on n'a pas le choix : c'est demain matin que les deux bisquines mettent à la voile...

— Bon. T'as sans doute raison mais alors qu'est-ce qu'il fait, le Rigaut ? La marée est bonne et faudrait plus trop tarder...

— Il a dû t'entendre. Tiens, le voilà qui arrive et Urbain est avec lui...

Une autre voix, plus rude et plus autoritaire, résonna :

— Vous n'avez rien de mieux à faire que vous croiser les bras ? Vous auriez dû commencer les manœuvres : il est temps de partir.

— On le sait qu'il est temps mais on n'allait pas mettre à la voile sans toi. Tu as ce qu'il faut ?

— Qu'est-ce que tu crois qu'il y a dans ce tonnelet : de l'eau-de-vie ?... Pose-le là, Urbain. On le descendra plus tard...

— Il n'est pas bien gros. Ça ne fait pas beaucoup de poudre...

— Mais c'est bien suffisant pour renvoyer chez ses ancêtres ce polichinelle de Buonaparte qui commence à se prendre pour un roi... et créer suffisamment de désordre pour nous permettre une belle récolte.

Un même frisson parcourut l'échine des deux

garçons tapis dans la cale. Ils n'avaient pas besoin de plus d'explications pour comprendre qu'ils couraient, cette fois, un véritable danger : non seulement ces hommes n'étaient ni le maître ni l'équipage du bateau mais c'étaient bel et bien des conspirateurs doublés de voleurs et même d'assassins.

— Voilà qui règle tout ! émit Arthur. Vous auriez dû m'écouter ! A présent il est trop tard... A moins que...

— Que quoi ?

— Sortons d'ici le plus vite possible et jetons-nous à l'eau. Avec un peu de chance, nous bénéficierons de la surprise...

Adam eut une sorte de hoquet puis balbutia :

— ... Pas possible !... ne pourrais jamais !

Contre lui, Arthur sentit soudain trembler son compagnon. L'obscurité dissimula son sourire méprisant.

— Ma parole, vous avez peur ?

— Oui, admit Adam sans fausse honte. Je ne sais pas nager... Et la mer m'a toujours terrifié...

Pendant un instant de silence, le fils de Marie apprécia cette information à sa juste valeur et ravala son dédain. Il fallait tout de même un sacré courage pour surmonter une telle frayeur et se jeter dans un bateau avec la volonté de partir à tout prix :

— Je commence à croire que vous aviez vraiment envie de vous sauver ! souffla-t-il. Eh bien, il ne nous reste plus qu'à attendre la suite...

— Fuyez, vous !

— Pour quoi faire ? Je ne suis pas mal ici et je verrai bien où ça me mènera.

Le bruit d'une amarre que l'on rejetait retentit au-dessus de leur tête. On s'activait, sur la bisquine.

Il y eut des claquements de pieds et des grincements de poulies pour établir les quatre voiles carrées et le foc triangulaire sur le beaupré qui prolongeait le bâtiment d'une bonne moitié de sa longueur. Le vent soufflait semble-t-il dans la direction convenable et le bateau parut faire un bond en avant. Quand il déborda la digue, les mouvements de la mer s'en emparèrent. Adam se sentit verdir et ne put retenir un gémissement : son estomac commençait à se révolter.

— Ça ne va pas ? chuchota son compagnon.

— J'ai... mal au cœur ! C'est pour ça aussi que je n'aime pas la mer...

— Seigneur !... Et vous êtes venu vous fourrer dans ce piège ? Vous ne pouviez pas prendre un cheval au lieu d'un bateau ?

— C'est que... je ne monte pas très bien... Oh !... Excusez-moi !

L'inévitable arrivait. L'enfant eut juste le temps de se jeter assez loin de son compagnon pour lui épargner des éclaboussures désagréables. Le malheureux avait l'impression de mourir, cependant qu'Arthur se demandait ce qu'il avait bien pu faire au Ciel pour être poursuivi par une telle suite de malédictions. En dépit des efforts qu'il s'imposait, les haut-le-cœur d'Adam résonnaient dans ses oreilles comme les trompettes du Jugement dernier. Si les autres ne l'entendaient pas...

Mais ils entendirent. Deux hommes armés d'une lanterne sourde s'introduisirent dans leur cachette. En un rien de temps, les deux garçons furent arrachés à leur obscurité et se retrouvèrent à l'air libre, aux mains de quatre hommes dont la vue tira un cri au malheureux Adam :

— Des nègres !

— Non, rectifia Arthur. Des Blancs barbouillés de suie...

Celui qui avait l'air d'être le chef interrogea :

— D'où sortez-vous tous les deux et qu'est-ce que vous faites dans ce bateau?...

— Nous voulions aller au Havre sans avoir rien à payer, répondit Arthur en s'efforçant à une placidité qu'il était bien loin d'éprouver.

— Et pourquoi?

— Nous avons de la famille là-bas alors qu'ici nous n'avons plus personne... mon frère et moi !

Le mot eut du mal à passer mais Arthur jugeait qu'il était plus vraisemblable : on ne choisit pas comme compagnon d'aventure une espèce de loque humaine...

— Vous vous appelez comment?

— Dupont, répondit le gamin qui se souvenait avoir entendu quelqu'un dire à Astwell Park qu'en France la moitié des gens s'appelait comme ça. Pierre et Paul Dupont, précisa-t-il.

Sous le ciel il faisait nettement plus clair que dans l'étroite sentine d'où sortaient les deux garçons. Le vent balayait les nuages. Le feu de la tour de Gatteville se voyait nettement, fanal jaune allumé sur la mer. Plus estompé était celui de Saint-Vaast et plus encore celui des îles Saint-Marcouf. Au bout de la poigne d'un des bandits, Adam se soutenait à peine mais Arthur tenait à faire bonne figure, même s'il était presque aussi terrifié que lui. Sous son grand chapeau rond, l'homme eut un mauvais sourire qui fit briller un instant des dents d'une blancheur absolue.

— On ne s'appelle pas Dupont. Pas par ici tout au moins. Qui êtes-vous? Tu parles comme un Anglais, toi !

178

— Qu'est-ce que ça peut bien vous faire? exhala Arthur.

Il commençait à être las de ce combat stupide dans lequel il se trouvait engagé sans le vouloir. Et, peut-être à cause de cela, il commit une faute grave:

— C'est vrai, je suis à moitié anglais. Aussi vos affaires ne m'intéressent pas. Tout ce que je vous demande, c'est de nous débarquer dans un coin quelconque et de nous oublier...

— Nos affaires? Qu'est-ce que tu en sais?

Arthur n'eut pas le temps de répondre. L'homme qui tenait Adam venait de le fouiller et montrait, étalé sur sa main, le contenu de la petite bourse de soie verte:

— Regarde! fit-il. C'est pas des miséreux, ces gamins. Il y aurait peut-être quelque chose à en tirer? Une rançon par exemple...

Le chef émit un petit sifflement, tendit sa main gantée de noir et rafla les pièces d'or:

— Cela pourrait être intéressant en d'autres temps. Nous n'en avons pas à perdre!...

— Qu'est-ce qu'on fait, alors? On les interroge?

— Non! Ils mentiront sûrement et, de toute façon, ils en savent déjà trop. Il faut s'en débarrasser...

L'un des forbans tira un pistolet de sa ceinture mais l'autre arrêta son geste:

— Le moins de bruit possible! Balancez-les-moi par-dessus bord! Il faudrait qu'ils soient de rudes nageurs pour atteindre la côte...

Comprenant ce qui les attendait, Arthur se débattit comme un diable pour échapper à ceux qui le maintenaient mais, en dépit de sa force et de son audace, il n'était jamais qu'un enfant de douze ans:

— Vous êtes de fiers misérables ! Mon frère ne sait pas nager...

— Intéressante information ! On en sera plus vite débarrassés. Allez, vous autres !

Au moment où on le précipitait, Arthur eut une réaction qui alla frapper Adam au fond de sa profonde misère stomacale. Il l'entendit crier :

— Je m'appelle Arthur Tremaine et un jour mon père vous fera payer votre crime...

Le gamin n'entendit rien de plus. La mer se refermait sur lui comme sur le cri furieux et désespéré de l'orphelin dont le dernier appel allait vers celui qu'il refusait si obstinément un moment auparavant. Sur le bateau, cependant, le nommé Urbain réagissait :

— Tremaine ? T'as entendu ? J'crois que tu viens d'faire une grosse bêtise, Rigaut. Ces gamins pouvaient nous rapporter une fortune !

— Ou douze balles dans la peau ! A présent, qu'on ne me parle plus de ces morveux ! Mais ceux qui veulent les rejoindre...

La bisquine, en s'éloignant, emporta la réponse du bandit.

Cependant le froid de l'eau ranimait Adam, lui rendant conscience de ce qui lui arrivait. Il sentit la panique l'envahir tandis qu'il se débattait maladroitement contre les vagues. Il coula, pensant qu'il allait descendre ainsi indéfiniment jusqu'au fond des abîmes. Pourtant il remonta, renvoyé par quelque chose de dur où s'était appuyé son pied. Ses yeux revirent le ciel. Il hurla :

— A moi !... Au secours !... Au sec...

L'eau entra dans sa bouche, l'étranglant à moitié. Sourd, presque aveugle, il coula de nouveau mais une obscure volonté de vivre guidait son instinct d'animal en péril. Sans trop savoir comment, il émergea derechef, crachant l'eau salée par le nez et la bouche. Une fois encore il s'entendit appeler à l'aide mais sa voix lui parut bizarrement lointaine. Il se sentit perdu et abandonna, laissant la mer le rouler tel un coquillage...

C'était comme si le flot cherchait à le broyer pour mieux le dévorer. Il pensa qu'il était en train de mourir et en éprouva une grande peine. C'était si bête de s'en aller ainsi, loin de tout ce qu'il aimait, à cause de la grande méchanceté d'un monde assez accueillant jusque-là ! Et qui s'acharnait : il y avait là, tout près, quelque chose d'hostile qui cherchait à l'étouffer et qu'il voulut repousser mais il reçut, soudain, un coup si violent qu'il s'enfonça dans les ténèbres de l'inconscience...

Lorsqu'il ouvrit péniblement les yeux, l'idée lui vint qu'il n'était peut-être pas vraiment mort. Il voyait le ciel couleur de poix étendu au-dessus de lui, il entendait la rumeur des vagues et il avait mal dans le dos. Surtout, il était trempé, gelé, avec la sensation pénible d'être couché sur des cailloux pointus. Enfin, comme si ça ne suffisait pas, une main énergique lui appliquait des claques.

Cherchant à écarter ce nouveau tourment, il éternua violemment. C'est alors qu'il entendit un énorme soupir :

— Allons ! fit la voix rogue d'Arthur, on dirait que tu n'en as pas encore fini avec les joies de l'existence...

Tout en parlant, il aidait son compagnon d'infortune à se redresser. Adam s'aperçut alors qu'ils se trouvaient tous deux sur un rocher à fleur d'eau dont la mer, qui commençait à descendre, venait de découvrir une petite surface.

— Une chance que je l'aie heurté en nageant ! commenta Arthur. Sans lui, je ne crois pas que j'aurais réussi à nous tirer de là.

— C'est toi qui m'a empêché de me noyer ?

— Tu vois quelqu'un d'autre ? Désolé ! J'ai été obligé de te boxer. Tu te débattais et nous risquions de couler...

Machinalement, Adam tâta sa mâchoire douloureuse...

— Qu'est-ce que c'est boxer ?

Arthur ferma son poing et l'approcha doucement de la figure d'Adam :

— Tu frappes avec ça... C'est un cocher de mon beau-père qui m'a donné quelques leçons, en prenant bien soin de ne pas m'abîmer parce qu'on peut tuer quelqu'un avec ses mains nues. Il paraît que c'est une descendance du pugilat des Grecs mais ça fait fureur en Angleterre. On parie des fortunes sur les champions...

De ces explications, Adam ne retenait qu'une chose, l'origine grecque. En lui rappelant son goût pour l'Antiquité, elle lui faisait retrouver une envie de vivre encore plus aiguë...

— Si on sort de là, il faudra que tu m'apprennes, murmura-t-il.

Cela fit rire Arthur...

— Toi ? La boxe ?... Ça pourrait être drôle...

Tous deux, à présent, employaient le tutoiement avec naturel. Le danger partagé venait d'effacer l'antagonisme à fleur de peau, sans véritable épaisseur au fond, qui les dressait naguère l'un contre l'autre. Ils avaient failli mourir ensemble et ils n'étaient même pas encore certains de vivre beaucoup plus longtemps.

— Sais-tu où nous sommes? reprit Arthur. On dirait que nous sommes plus près de Saint-Vaast.

Adam examina les alentours. Le phare de Gatteville, à main droite, semblait en effet nettement plus éloigné. Par contre les feux de La Hougue et de Tatihou étaient plus proches. Ce qui ne les empêchait pas d'être encore à une distance terrifiante.

— Tu sais, la mer et moi! soupira Adam. Je ne connais pas le nom des rochers, surtout ceux que la marée recouvre. Tout ce qu'on peut espérer, c'est qu'on nous aperçoive quand le jour viendra.

— Il le faut! affirma Arthur avec une volonté désespérée. Les gens de Barfleur vont bien constater la disparition d'un de leurs bateaux! S'ils se lancent à sa poursuite, ils nous verront!

— Sauf s'il y a du brouillard et, en cette saison, il y en a souvent au matin. D'autant que le vent et la mer se sont calmés...

Il bredouilla les derniers mots parce que ses dents claquaient. Le froid de la nuit s'insinuait dans son corps à travers ses vêtements trempés. Arthur, alors, s'approcha de lui et mit un bras autour de ses épaules.

— On va essayer de se tenir un peu chaud! dit-il seulement, mais Adam s'en trouva mieux sans bien savoir pourquoi. C'était sans doute lui l'aîné — de quelques mois! — pourtant, le rôle du grand frère, c'était le nouveau venu qui l'assumait tout naturellement. Peut-être parce qu'il était plus développé, plus vigoureux...

— Et si on ne nous trouve pas, que ferons-nous quand le flot va remonter? émit Adam qui sentit aussitôt le bras de l'autre se resserrer.

— Je ne sais pas... On verra bien!

Quelle réponse donner à pareille question?

Arthur finissait par le trouver touchant, ce gamin dont il n'arrivait pas à croire qu'il était plus vieux que lui tant il était encore proche du bambin qu'il avait dû être... Comment lui dire que si l'on ne venait pas à leur secours avant que l'eau ne recouvre leur asile, il n'y aurait plus de salut possible parce que, lui, Arthur, n'aurait pas la force de le ramener à la nage ni d'ailleurs de se sauver lui-même ?...

Oh, il tenterait l'impossible bien sûr, mais, même indemne, ce serait une entreprise sans espoir. Or, il portait au côté une blessure qui le brûlait, l'affaiblissait, mais dont il ne voulait pas parler.

Les heures passèrent. Le jour se leva, traînant les écharpes de brume évoquées par Adam. Les deux garçons étaient transis. Ils avaient faim, soif surtout, et c'est une chose horrible de souffrir de la soif au milieu d'une immensité d'eau. Leurs forces déclinaient, surtout celles d'Arthur qui sentait monter la fièvre. L'espérance déclina de même quand la marée entreprit sa remontée...

Ce fut pourtant leur chance. En refluant, la mer emporta les nappes de brouillard et le rocher devint visible. Jean Calas, l'un des patrons pêcheurs de Saint-Vaast, qui avait décidé de profiter de l'éclaircie pour aller relever des casiers à homards, aperçut l'excroissance inhabituelle que les deux enfants formaient sur leur rocher et fit prendre les rames pour aller voir de plus près. C'était un bon marin. Ses yeux habitués depuis belle lurette à fouiller les nuages, l'horizon et les couleurs changeantes de la mer devinèrent vite de quoi il s'agissait :

— On dirait bien qu'ce sont deux gamins, les gars ! Et m'est avis qu'ça pourrait bien être ceux d'Tremaine !

Un moment plus tard, les garçons étaient étendus

au fond du lougre, sur des filets de pêche où des mains vigoureuses s'efforçaient de les réchauffer. Ils étaient trop épuisés pour répondre aux questions. Pourtant, tandis qu'on le frictionnait, Arthur émit un gémissement de douleur et un des pêcheurs aperçut du sang sur ses doigts...

— Celui-là est blessé, dit-il en tournant le corps inerte.

André, le fils du patron, se pencha sur l'enfant sans connaissance :

— Pauvre gosse ! murmura-t-il apitoyé. Qu'est-ce qu'ils pouvaient bien faire là tous les deux ? Celui-là a dû perdre pas mal de sang et ça saigne encore ! Faudrait l'emmener au docteur Annebrun.

— Trop loin ! dit son père. On va les porter au plus près : chez Anne-Marie Lehoussois. Elle saura donner les premiers soins et, pendant ce temps-là, j'irai chercher le médecin. Toi, fils, tu monteras aux Treize Vents ! Même s'ils sont pas en bien bon état, il va être rudement soulagé qu'on les ait retrouvés, le Guillaume !

Pendant que leurs compagnons reprenaient les longues rames — presque des rames de galère — qui leur permettraient de remonter le vent et de rentrer plus vite, père et fils tentaient de ranimer les jeunes naufragés. Sans grands résultats ! Tout ce qu'on pouvait dire, c'est qu'ils vivaient encore mais parvenus sans doute à un extrême degré d'épuisement. André avait déshabillé Arthur pour panser sommairement la longue déchirure qu'il avait au côté. Il le regardait attentivement et baissa la voix pour dire à son père :

— Tu as vu à qui il ressemble celui-là ? Ça doit être le bâtard ?

— Un bon conseil : dis jamais ça quand les

oreilles de Guillaume sont à portée! Je connais l'histoire et on peut pas lui reprocher grand-chose au Tremaine, si j'en crois les bruits qui ont couru il y a une dizaine d'années. On doit seulement penser que c'est son fils, voilà tout! Et vaudra mieux passer le mot!

Le jeune homme approuva d'un hochement de tête, enveloppa le blessé de sa vareuse puis s'attela lui aussi à une rame. Le lougre volait sur l'eau comme si le diable le poursuivait...

Pendant un long moment, le père Calas, assis à son gouvernail, considéra les deux enfants étendus à ses pieds. Le petit Adam, il ne le connaissait pas trop bien. On le voyait rarement à Saint-Vaast. Quand il n'était pas dans ses livres aux Treize Vents, il était dans ceux d'Escarbosville ou bien courait la campagne en compagnie du jeune Rondelaire et d'un abbé entre deux âges toujours vêtu d'une soutane verdie et effrangée. Celui qui l'intéressait, c'était l'autre parce qu'il lui rappelait ce soir, vieux de plus de quarante ans à présent, où, tout jeune pêcheur travaillant alors avec son père, il s'était attardé à l'auberge du port. Mlle Lehoussois était entrée, réclamant des bras solides pour porter chez elle une femme qu'elle venait de recueillir sans connaissance dans la rue :

— C'est Mathilde, ma cousine, la fille du vieux Hamel, le saulnier, qui nous revient du bout du monde et elle a besoin d'aide..., avait-elle déclaré.

Avec deux ou trois autres, il s'était hâté de suivre la sage-femme. Ils avaient transporté la malade dans la petite maison d'Anne-Marie et il y avait là un gamin de neuf ou dix ans dont le visage désespéré l'avait frappé : il avait une figure étroite et déjà burinée mais surtout des yeux de fauve, pleins de méfiance et d'un chagrin sauvage, qu'il n'avait jamais réussi à oublier pendant toutes les années où on l'avait cru mort. Et puis, le gamin était devenu un homme et cet homme son ami à lui, Calas, mais ça faisait tout de même une curieuse impression de retrouver là, au fond de sa barque, la copie fidèle de l'enfant d'autrefois !

Que ce soit un bâtard ne changeait rien à la chose : c'était Guillaume tout craché ce garçon ! Il lui ressemblait bien plus que l'autre petit, celui qu'il avait eu de cette bizarre demoiselle de Nerville dont on disait parfois que son père avait été une créature du Diable avant de trouver sa malédiction dans les sables de la baie, damné à la face du Ciel ! Et voilà qu'on venait de les tirer tous deux de cette même baie ! Il y avait là un signe et le brave homme pensait qu'il devrait suffire à faire taire les langues qui marchaient ferme depuis qu'on avait vu Tremaine descendre de l'*Élisabeth* la main appuyée sur l'épaule de ce garçon venu on ne savait d'où et qu'il paraissait décidé à imposer aux gens d'ici que ça leur plaise ou non.

Une chose était certaine : le mioche avait autant de courage que son père et, s'il fallait user de la salive pour boucler le bec aux commères et des poings contre les mauvais propos des hommes, il s'en chargerait volontiers et sans tarder ! Ce soir, il irait voir Louis Quentin, le fournier et quelques autres. Fallait pas que Tremaine ait à souffrir des cancans à cause de cet enfant naturel. Côté femmes, on pouvait faire confiance à la vieille Anne-Marie : celle qui lui imposerait son point de vue sur une question touchant le maître des Treize Vents n'était pas encore née...

Lui et ses hommes firent si bien qu'il fallut moins

d'une demi-heure pour toucher le port de Saint-Vaast.

A quatre-vingt-trois ans, Mlle Lehoussois demeurait fidèle à elle-même. Pas une once de graisse superflue sur sa grande carcasse dont on avait peine à croire que l'échine, toujours aussi droite, s'était courbée durant tant d'années sur le ventre des femmes en mal d'enfant. Évidemment, la longue bouche aux lèvres minces qui s'ouvrait sous le grand nez bourbonien renfermait un peu moins de dents qu'autrefois, mais son sourire, lorsque Anne-Marie voulait bien s'en donner la peine, demeurait aussi chaud et aussi attirant que par le passé. En outre, l'âge ne faisait que confirmer une majesté naturelle qui se teintait parfois d'une grâce inattendue. On disait même, bien qu'elle n'eût jamais été belle, qu'elle ressemblait un peu à présent à ces gravures, représentant la reine Marie-Antoinette dans sa prison, que libraires et colporteurs avaient disséminées dans toute la Normandie. Ce qui la flattait secrètement. Aussi portait-elle volontiers un fichu de batiste blanche croisé sur sa simple robe noire.

Après l'épreuve cruelle subie pendant la Terreur aux mains de la bande d'Adrien Hamel, elle était restée presque une année aux Treize Vents, cachée à la vue de tous[1]. Mais quand la Nature lui eut fait repousser ses cheveux — plus beaux et plus épais d'ailleurs que par le passé, ils étaient d'un blanc argenté qui adoucissaient beaucoup son visage —, elle voulut rentrer chez elle, dans sa jolie maison de

_____
1. Voir le tome II : *Le Réfugié*.

Saint-Vaast bordée d'une haie de tamarins et fleurie, au tout petit printemps, de camélias et de primevères. Guillaume aurait aimé la garder encore. Par pur égoïsme : il savait qu'elle n'avait plus rien à craindre et qu'au contraire tous les gens de bien lui portaient encore plus de respect et d'amitié que par le passé. Tout ce qu'il obtint fut de la reconduire lui-même, en grande pompe, dans sa plus belle voiture attelée de ses plus fringants carrossiers avec Prosper Daguet en grande tenue sur le siège du cocher. Elle fut accueillie avec des fleurs et des acclamations. Il y eut même un grand dîner chez les Baude, ses voisins du bout de la rue des Paumiers.

Depuis, elle avait repris ses habitudes et quelque activité. Naturellement, on avait ramené aussi son âne Sainfoin et sa petite voiture qui lui évitaient bien des fatigues. Cependant, le docteur Annebrun, qui l'aimait beaucoup, gardait un œil sur elle et ne perdait pas une occasion de s'arrêter sous le manteau de sa cheminée pour bavarder avec elle en buvant un peu de la vieille eau-de-vie de pomme réservée aux plus chers amis.

Revenant du cimetière en ce jour des Morts, elle ne s'attendait certes pas à découvrir devant sa maison un grand concours de gens parlant tous à la fois et gesticulant autour des Calas et de leurs compagnons transportant, comme s'il s'agissait de reliques à la Fête-Dieu, deux gamins inertes qui semblaient n'avoir plus que le souffle. Elle ne vit pas tout de suite Arthur mais reconnut Adam avec un cri de joie :

— Vous l'avez retrouvé ! Sainte Vierge bénie ! Quel bonheur !...

— On les a retrouvés ! rectifia Jean Calas. Je ne

sais pas encore comment ça se fait, mais ils étaient ensemble sur l'une des Pierres-Plates. Il était même temps qu'on arrive, la mer allait les recouvrir... Me dites pas que vous ne le connaissez pas aussi celui-là? ajouta-t-il en abaissant la couverture remontée jusqu'aux oreilles d'Arthur.

La vieille demoiselle se signa précipitamment puis, d'un doigt qui tremblait un peu, repoussa du front les cheveux collés par l'eau :

— Mon Dieu! murmura-t-elle avec une grande émotion. Est-il possible que, quelquefois, le temps revienne? Je ne l'avais pas encore vu mais je l'aurais reconnu au milieu d'une foule!...

Le contact de sa main parut opérer un miracle. Arthur ouvrit les yeux et elle comprit qu'il n'était pas tout à fait l'enfant d'autrefois. Ces prunelles-là, elle les connaissait aussi pourtant pour les avoir admirées bien des années auparavant dans le plus joli visage de femme qu'elle eût jamais vu...

— Qui êtes-vous? demanda le jeune garçon.

— Une amie, ne t'en fais pas, petit!... Je vais te soigner... Entrez-les chez moi, vous autres!

Une fois qu'on les eut installés, côte à côte, dans le grand lit abrité sous des rideaux d'indienne à personnages, il fut vite évident qu'Adam souffrait seulement de faim et de fatigue et que l'état de son demi-frère était plus sérieux. Bien qu'il eût retrouvé un instant de conscience claire, Arthur avait une forte fièvre qui croissait d'instant en instant. Inquiète alors, Mlle Lehoussois tira, d'auprès du malade, Adam qui dormait comme une souche après avoir absorbé deux grands bols de pain trempé dans du lait chaud additionné de miel et le déposa dans le lit pliant qui lui servait autrefois quand il lui arrivait de soigner quelqu'un chez elle.

190

Il ne s'aperçut même pas du changement. Puis elle s'assit au chevet d'Arthur dont elle prit la main brûlante en se demandant pendant combien de temps il faudrait attendre le médecin. Les sauveteurs étaient partis qui à sa recherche qui à celle de Tremaine. Mais Dieu qu'ils tardaient !

Pourtant, si ces minutes de solitude en compagnie d'un enfant peut-être gravement malade furent pour elle lourdes d'angoisse, elle ne les regretta pas au contraire. Arthur se mit à battre la campagne et son délire était singulièrement évocateur. Émouvant aussi pour cette vieille femme habituée depuis longtemps aux replis cachés des souffrances humaines. Sans le savoir, Arthur lui livra les clefs de la sienne, de cette révolte hargneuse qui cachait un profond besoin d'amour doublé d'une sombre jalousie. Marie-Douce aimait son fils, indéniablement, mais c'était encore Guillaume qu'elle adorait à travers lui. Sans doute lui en parlait-elle trop, avec trop de chaleur et d'admiration, proposant sans cesse à ce garçon qui, lui, n'aimait qu'elle un modèle qu'il avait fini par détester sans l'avoir jamais vu...

Aussi, quand Tremaine entra chez elle en coup de vent quelques instants seulement après le docteur Annebrun, lui déclara-t-elle tout net qu'elle entendait garder Arthur afin qu'il reçût de sa main les soins dont il allait avoir besoin.

Tout de suite, il protesta :

— Jamais de la vie ! Je refuse que vous vous imposiez une telle fatigue. Je sais combien vous êtes bonne, ma chère Anne-Marie, mais vous devez aussi préserver votre santé et...

— Cesse de tourner autour du pot et dis-moi tout de suite que je suis trop vieille ! En tout cas, vieille

191

ou pas, je maintiens ce que j'ai dit : je veux soigner cet enfant moi-même !

— Ça, je ne demande pas mieux, à condition que la charge ne soit pas pour vous seule. La voiture est à la porte et nous allons ramener les deux garçons à la maison ! Vous venez avec nous !

Le docteur, alors occupé à panser convenablement la blessure d'Arthur, jugea qu'il était temps pour lui de se mêler au débat :

— Désolé, Guillaume, mais je préfère qu'on ne le bouge pas ! Il a beaucoup trop de fièvre pour risquer le moindre courant d'air. En outre, il a perdu pas mal de sang. Par contre tu peux emmener Adam ! Lui n'a besoin que de repos et de la bonne cuisine de Mme Bellec...

— Il a aussi besoin de tendresse, intervint la vieille demoiselle. Il ne faut pas oublier qu'il est parti le premier et à cause de celui-ci ! Il va lui sembler bon de t'avoir à lui tout seul pendant quelques jours. Tu auras tout le temps de faire entrer dans sa tête qu'un cœur de père s'agrandit de lui-même lorsque arrive un autre enfant et que ceux qu'il a déjà n'y perdent rien...

— Et lui ? s'écria Guillaume en désignant le petit malade, lui qui vient de perdre sa mère, que croyez-vous qu'il pensera si je vous l'abandonne ?

— Parce que tu considères que c'est un abandon de me le confier ? Si je ne savais pas à quel point tu as eu peur, je te jetterais dehors. Tu n'oublies qu'une chose : celui-là aussi s'est enfui de chez toi. Il y a beaucoup à lui expliquer et je ne crois pas que tu en sois capable...

— Encore faudrait-il qu'il puisse les entendre, ces explications, coupa le médecin. On doit d'abord le tirer de là. Alors tu emportes ton gamin, Tremaine et tu nous laisses!... Sois tranquille, Anne-Marie aura de l'aide : j'y veillerai !

Il fallut bien que Guillaume se contentât de cette assurance. Pourtant, en installant son fils dans la voiture, il ne pouvait se défendre d'un regret : c'était dur de laisser Arthur et, plus encore peut-être, de constater qu'on ne le croyait pas capable de résoudre le malentendu qui les séparait. Sans donner vraiment tort à ses amis, d'ailleurs : affolé par la fuite d'Adam, il s'était désintéressé de l'orphelin que Marie lui avait confié sans comprendre que cette fuite était pour l'enfant la pire des injures. Cela il ne parvenait pas à se le pardonner.

Ce fut pire encore lorsque, revenu aux Treize Vents, il fallut raconter à Élisabeth ce qui venait de se passer. Celle-ci prit tout juste le temps de l'écouter :

— Dites à Daguet de ne pas dételer! J'ai besoin de quelques minutes pour me préparer puis il m'emmènera chez Mlle Anne-Marie. Vous avez raison de penser qu'elle aura besoin d'aide...

— Tu veux aller là-bas? Mais pour quoi faire?

— Je viens de vous le dire! Pour aider. Mais surtout pour qu'Arthur ait auprès de lui un membre de sa famille lorsqu'il reprendra connaissance. Comprenez-donc, Papa chéri! Il ne faut plus jamais qu'il ait envie de repartir.

Il la retint par le bras au moment où elle allait s'élancer vers l'escalier :

— On dirait que tu tiens à lui? fit-il avec une pointe de jalousie dont il n'eut même pas conscience mais qu'il oublia vite quand elle leva sur lui ses grands yeux clairs tout pleins d'une joyeuse lumière :

— Oui. Et vous aussi vous y tenez! Et c'est très

bien qu'il en soit ainsi parce qu'Arthur — qu'il le veuille ou non ! — appartient désormais aux Treize Vents. Il est des nôtres et plus tôt il en sera persuadé, mieux ce sera pour tout le monde !

Dire que Mlle Lehoussois fut enchantée de voir Élisabeth débarquer chez elle une heure plus tard avec un véritable déménagement — la jeune fille apportait même un lit de camp — et assez de victuailles pour soutenir un siège serait exagéré, mais l'infirmière bénévole apportait avec elle son irrésistible vitalité et aussi cette tendresse spontanée dont le blessé avait tellement besoin. La vieille sage-femme frémit tout de même quand Élisabeth lança avec passion en réponse à une question :

— Comment ne l'aimerais-je pas ? Il ressemble tellement à Papa !

— Si tu es venue pour lui dire ça, il vaut mieux que tu repartes tout de suite et que tu évites de lui adresser la parole à l'avenir.

— Mais... pourquoi ? Est-ce que cela le contrarie ?

— C'est peu dire ! Comprends-moi bien, Élisabeth ! Pendant des années sa mère a regardé pousser auprès d'elle une copie chaque jour un peu plus fidèle de ton père et elle n'a cessé d'en accabler ce pauvre gamin sans se rendre compte qu'il souhaitait de plus en plus exister par lui-même. Alors, cessez tous de vous extasier sur une ressemblance qui l'exaspère !... Ou alors apprêtez-vous à de nouvelles aventures !

Élisabeth garda le silence un moment, pesant avec soin chacune des paroles de cette vieille amie qui leur tenait lieu de grand-mère à Adam et à elle et dont mieux que personne elle connaissait la sagesse. Finalement, elle ôta la grande mante noire qu'elle portait souvent comme toutes les femmes du pays et apparut avec un tablier blanc craquant d'amidon noué sur sa robe. Puis alla embrasser Mlle Anne-Marie :

— Eh bien, soupira-t-elle, il était grand temps que quelqu'un soit assez intelligent dans la famille pour s'en apercevoir ! Nous allions peut-être à une catastrophe !... A présent, dites-moi ce que je peux faire de mieux pour vous aider à le guérir... et lui apprendre à nous aimer.

Deuxième partie

VISITE OU CONQUÊTE?

CHAPITRE VI

JOYEUX NOËL !

La famille Tremaine augmentée de François Niel pénétra dans l'église de Saint-Vaast-la-Hougue au son des cloches pour la grand-messe du jour. C'était un événement : d'ordinaire, en effet, ceux des Treize Vents entendaient les offices à la Pernelle. Aussi les gens déjà installés sur les bancs se retournèrent-ils pour les voir. Il y eut des raclements de pieds, des bruissements de jupes et l'épouse de Me Lebaron, notaire, faillit se démancher le cou pour élargir son champ de vision au-delà du flot de panne violette et de plumes noires arrimé à son chapeau qui lui donnait assez l'air d'un cheval de corbillard.

Les Tremaine avancèrent gravement vers le banc mis à leur disposition pour la circonstance par M. le curé Jean Bidault. Guillaume, en effet, désirait profiter de la célébration solennelle de la Nativité pour «présenter» officiellement son fils Arthur qui, depuis son arrivée, ne cessait de défrayer la chronique locale encore aiguisée par le fait que bien peu de gens pouvaient se vanter de l'avoir vu. Naturellement, des bruits fantaisistes couraient, brodant allègrement sur ce que l'on savait : il avait sauvé son demi-frère alors que tous deux venaient d'être jetés à la mer par les hommes qui s'étaient emparés d'une des bisquines de Barfleur. Sur l'origine de l'aventure, les avis différaient mais les imaginations galopaient d'autant plus que, grâce aux révélations des jeunes naufragés, on avait pu prévenir les autorités du Havre, retrouver le bateau volé et empêcher un attentat contre le Premier consul : sans réussir, malheureusement, à mettre la main sur les pirates...

Pas toujours bienveillants d'ailleurs, les bruits ! Saint-Vaast possédait son contingent de vipères, d'imbéciles et d'envieux excités au plus haut point à l'idée qu'il s'agissait d'un enfant naturel dont la mère, une Anglaise, venait de mourir. Aussi, selon ce que l'on croyait savoir de ladite mère — une espionne ayant vécu plusieurs années dans la région, une courtisane rencontrée à Paris ou même, pour les plus imaginatifs, une grande dame ancienne maîtresse du prince de Galles à qui Tremaine l'aurait enlevée —, les mauvaises langues réprouvaient-elles l'installation du bâtard aux Treize Vents. Ne pouvait-on s'attendre à tout de la part d'un personnage aussi bizarre que leur maître ? Cependant, il s'agissait surtout de chuchotements sous le manteau, personne n'ayant envie de se créer une affaire avec un homme aussi riche que peu facile à manier.

Par bonheur, les partisans de la calomnie n'étaient qu'une poignée et une majorité de regards amicaux, voire attendris, suivait le petit cortège qui s'était formé tout naturellement à la descente de voiture. En tête Guillaume, en frac noir à collet de velours sous un ample manteau assorti, un bicorne à la main, donnait le bras à Élisabeth, ravissante dans une redingote de velours vert amande garnie d'hermine, une toque de même fourrure ornée d'un brin de houx voguant sur la masse toujours un peu rebelle de ses cheveux bouclés. Adam et Arthur venaient ensuite côte à côte, habillés tous deux d'un velours noir destiné à affirmer leur fraternité mais qui, en fait, accentuait leurs différences : Arthur, plus grand et plus maigre, les traits plus affirmés aussi, paraissait nettement plus âgé. Ce qui ouvrit le chemin à de nouvelles conjectures : qu'il soit le fils de Guillaume était plus qu'évident, mais quand donc celui-ci l'avait-il conçu ?

Le garçon semblait du même âge qu'Élisabeth et, du coup, on en vint à se demander si, pour épouser la «petite Nerville», Tremaine n'avait pas abandonné l'Anglaise en question ? Et de chuchoter en jetant des coups d'œil gourmands vers le banc où la famille prenait place en compagnie de François Niel. Arrivé quarante-huit heures plus tôt, celui-ci récoltait sa bonne part des potins locaux. Pensez donc ! Un Canadien ! Autant dire un sauvage...

Le digne homme s'en souciait peu. Il souriait aux anges, tout heureux de fêter Noël chez son plus vieil ami. Peut-être aussi de se retrouver sur l'antique terre normande dont l'un de ses ancêtres était parti jadis avec M. de Champlain, un peu par goût de l'aventure mais surtout pour échapper à une justice par trop tatillonne envers les braves gens usant de dés pipés et de cartes biseautées. Que feu Nicolas Niel fût natif du pays de Caux et non du Cotentin ne changeait rien à la chose : c'était toujours la belle et fière Normandie, terre nourricière du conquérant et de tant de hardis marins !

Aussi fut-ce avec enthousiasme qu'il joignit sa

voix de basse-taille à celles des fidèles entonnant le *Veni, creator* tandis que l'abbé Bidault, superbe dans une chasuble de satin blanc toute neuve offerte par les dames de la ville, faisait son entrée avec enfants de chœur, chantres, acolytes et encensoir.

— Au nom du Père, du Fils et du Saint-Esprit...

La messe commençait. Arthur en profita pour laisser voguer ses pensées, donner libre cours à ses impressions. Depuis ce matin, il entamait vraiment une nouvelle vie...

Il était pleinement conscient de tous ces regards fixés sur lui mais n'en éprouvait aucune contrariété. Pas davantage de gêne.

Comme le lui disait Mlle Lehoussois lorsqu'elle le soignait :

— L'opinion des autres — celle des indifférents, j'entends — n'a aucun intérêt. Ce qui compte c'est d'être d'accord avec soi-même et avec ceux que l'on aime... et qui nous aiment.

Aussi la façon dont ces gens le considéraient ne le préoccupait guère. L'important c'était justement le sourire encourageant de la vieille Anne-Marie de l'autre côté de l'allée. Elle tenait désormais dans son cœur une place prépondérante.

Ainsi qu'elle le lui avait promis, elle était réellement devenue son amie. Et plus encore peut-être ! Grâce à elle, le bâtard de Marie-Douce eut enfin la révélation de ce que pouvait être une vraie grandmère. Ce n'était pas une espèce de censeur dédaigneux comme cette Mme Vergor du Chambon chez qui sa mère avait eu l'imprudence de le conduire un jour, mais quelqu'un de chaleureux, une femme pleine d'expérience et de sagesse avec un cœur rempli à déborder d'un compréhensif amour. Quelqu'un chez qui l'on se trouvait bien...

C'était divin de retrouver lentement ses forces, couché à l'ombre de ses rideaux d'indienne dans l'odeur des pommes à la confiture en train de caraméliser ou celle des galettes et des bourdelots, ces poires fondantes enrobées de pâte au beurre qui, en rôtissant, vous ouvraient les portes du paradis. En vérité, il avait vécu chez elle les moments les plus délicieux de sa vie.

Et puis il y avait eu la présence d'Élisabeth, tonique et vivifiante. Élisabeth qui jouait aux échecs avec lui, qui lui parlait de ses amis, de la famille et surtout de la maison au cours de longues causeries dans la lumière du feu dansant sur ses cheveux roux. Toutes défenses abattues, il s'était attaché à elle, simplement et béatement heureux comme un oiseau perdu dans la tempête qui retrouve par miracle la chaleur d'un nid imprévu. Le charme à la fois tendre et fier de la jeune fille agissait sur lui comme une drogue, et Arthur n'avait plus qu'une envie : ne plus bouger, rester là indéfiniment.

Pourtant la grande maison ne l'oubliait pas Juché sur l'un des chevaux les plus placides de l'écurie, Jeremiah Brent venait chaque jour. Il apportait des livres que l'on lisait à haute voix et dont on s'entretenait ensuite. Cela donnait lieu à des discussions passionnées autour de grands pots de thé qu'Élisabeth préparait elle-même et d'une débauche de tartines beurrées. La plupart du temps, d'ailleurs, il venait avec Adam en croupe.

Lors de sa première visite, le savant en herbe avait tout de suite allégé l'atmosphère en marchant droit vers le lit du malade et en déclarant :

— Voilà! Je suis venu te demander pardon de m'être sauvé le soir de ton arrivée parce qu'en

faisant ça je t'ai offensé et que tu ne le méritais pas.
En échange tu m'as sauvé de la noyade alors je
voudrais te demander si tu veux bien de moi comme
frère ? Si tu ne veux pas, je comprendrai très bien et
je ne t'en voudrai pas...

Le tout sans respirer mais avec un énorme soupir
en guise de point d'orgue. Devenu tout rouge en
débitant ce petit discours qui devait lui coûter
beaucoup, Adam était si drôle qu'Arthur se mit à
rire mais tendit aussitôt une main grande ouverte :

— Bien sûr que je le veux ! C'est dit : on sera de
vrais frères !

Élisabeth pensait qu'ils auraient dû s'embrasser
mais ni l'un ni l'autre n'y tenait, considérant les
embrassades comme manifestations par trop fémi-
nines pour des coureurs d'aventures de leur trempe
et l'on s'en tint là. Désormais l'on avait tout le
temps pour apprendre à vivre ensemble.

Il y eut d'autres visites bien entendu, mais uniquement des amis : les hommes du *Saint-Pierre*, le
lougre des Calas, le vieux Louis Quentin, le fournier, et sa famille, les Baude, les Gosselin et aussi
Potentin et Clémence qui apparaissaient à chaque
marché, sans compter bien entendu, celles, fré-
quentes, du docteur Annebrun. Jamais la petite
maison de la rue des Paumiers n'avait connu
pareille affluence mais, bien loin d'en être contrariée, Mlle Anne-Marie s'en réjouissait et en prenait
sa bonne part. Comme Jean Calas, elle en venait à
penser que tout peut-être recommençait.

Seul Guillaume se fit attendre. Par sagesse
d'abord. Au lendemain du sauvetage et alors
qu'Arthur était encore inconscient, il descendit et
eut avec Mlle Lehoussois une longue conversation

au cours de laquelle celle-ci lui apprit ce que la fièvre lui avait fait surprendre.

— Quand il ira mieux — parce qu'il ira mieux : il est fait de bon bois! —, il sera préférable que tu ne te précipites pas tout de suite.

— Ne va-t-il pas s'en offenser?

— Non. Tu sais que tu peux compter sur moi et sur ta fille pour lui remettre les idées en place. Il doit comprendre qu'il n'est pas toi et que tu n'es pas lui... Nous allons le préparer à t'entendre.

— Que devrai-je lui dire selon vous?

— La vérité sur sa mère et toi. Je le crois assez mûr pour l'apprendre. Et puis tu laisseras parler ton cœur : il n'y a pas de meilleur avocat...

Cependant, afin de ménager la susceptibilité à vif de l'enfant, on décida de lui dire qu'une fois rassuré sur son sort son père avait dû se rendre à Granville pour une affaire importante.

Vint tout de même le jour où fils et père se trouvèrent face à face, seuls au coin de la cheminée : Anne-Marie avait emmené Élisabeth au marché.

— Il est plus dur que je ne pensais! souffla-t-elle à l'oreille de Guillaume en franchissant le seuil de sa maison, mais tu as peut-être une chance...

De fait, il y avait encore de l'hostilité dans le regard que le jeune garçon leva sur Tremaine. Celui-ci, qui s'était bien gardé de le toucher ou même de lui tendre la main, eut un sourire un peu triste, puis, tirant une chaise à lui, il la retourna et l'enfourcha dans l'attitude familière aux vieux conteurs de la veillée :

— Je suis venu, lui dit-il, te raconter une histoire : celle d'une petite fille et d'un petit garçon...

— Je la connais. Ma mère me l'a rabâchée plus de cent fois.

— Elle n'a pas pu tout te dire. De même que je ne saurais tout dire sur ces années où nous avons été séparés. Es-tu prêt à l'entendre?

— Pourquoi pas?

Guillaume parla longtemps, s'interrompant seulement de temps à autre pour tisonner le feu ou remettre une bûche dans la cheminée. A ce garçon de douze ans, il dévoila ce qu'avait été sa vie depuis sa rencontre avec Marie dans le tas de neige au bas de la rue Saint-Louis à Québec jusqu'à ce jour affreux où il avait fallu lui dire adieu dans un petit salon du château de Malmaison à Rueil. Sans, bien sûr, mentionner les infidélités de son épouse : il fallait que celui-là, comme ses autres enfants, eût d'Agnès Tremaine une noble image. Et pas une seule fois pendant tout ce temps Arthur n'ouvrit la bouche...

Lorsque ce fut fini, Guillaume quitta son siège.

— J'ai encore à dire ceci : pourquoi, ayant aimé ta mère comme je l'ai aimée... comme je l'aime encore, ne t'aimerais-je pas toi qui es né de cet amour-là? Il m'a été impossible de veiller sur toi : je l'ai toujours regretté. A présent, je ne veux plus lutter et j'ai décidé de te laisser libre de ton choix...

— Ai-je donc un choix?

— Oui et, en te l'offrant, je ne pense pas aller à l'encontre des dernières volontés de Marie. Si tu acceptes d'être mon fils, tu le seras pleinement ; avec tout ce que cela comportera de ma part de tendresse, de protection, mais aussi de sévérité le cas échéant. Je ne te demande pas de m'aimer. Tu ne serais pas le premier fils à détester son père mais tu devras jouer le jeu loyalement et agir en conséquence...

— Et si je refuse, me renverrez-vous en Angleterre?

— Non parce que ta mère, persuadée que tu y serais en perpétuel danger, ne le voulait à aucun prix, mais M. François Niel, que tu as entrevu lors de notre passage à Londres, doit venir comme tu le sais passer ici les fêtes de Noël. C'est le meilleur homme de la Terre et il n'a pas de fils : tu pourrais aller vivre avec lui au Canada, notre pays d'origine à tous. Je sais que François ferait tout pour que tu t'y trouves bien. Ce qui n'enlèverait rien au fait que tu es un Tremaine. Tu garderais les mêmes droits à mon héritage qu'Élisabeth et Adam...

Pendant quelques instants on n'entendit dans la pièce que le battement du balancier en cuivre de la grosse horloge, lent et grave comme celui d'un cœur vigoureux. Puis Arthur murmura :

— Dois-je répondre tout de suite ?

— Non. Tu peux réfléchir. Mais pas au-delà du jour où François Niel arrivera chez nous. Un dernier mot avant que je parte : n'oublie pas tout de même qu'en nous quittant tu laisserais ici bien des regrets... et peut-être du chagrin !

Raflant sa canne et son chapeau, Guillaume sortit très vite afin de cacher l'émotion qui lui venait avec l'envie de prendre dans ses bras ce gamin à la tête dure qui le regardait avec les yeux de Marie-Douce mais auquel il accordait le pouvoir de lui imposer le supplice de l'incertitude. Dieu sait pendant combien de temps !

Il ne l'endura que deux jours au bout desquels Arthur le réclama. Il vint donc, encore passablement inquiet, mais s'il s'attendait à de grandes explications d'états d'âme, il se trompait : ce n'était pas du tout le genre d'Arthur.

Il le trouva au même endroit que l'avant-veille :

assis au coin de la cheminée, la chatte Giroflée sur les genoux mais cette fois impeccablement habillé :

— Père, déclara-t-il avec un flegme tout britannique, ce qui n'empêcha pas Guillaume de recevoir le mot comme un cadeau du Ciel, je suis guéri à présent. Ne pensez-vous pas que je devrais rentrer à la maison ?

Trop ému pour parler, Tremaine enleva la chatte qu'il posa à terre, prit l'enfant aux épaules pour le mettre debout et le serra un instant contre lui avec une force qui traduisait sa joie et lui permettait de retenir ses larmes. Puis, le lâchant, il se dirigea vers la porte.

— Elle t'attend... nous t'attendons tous !... La voiture viendra te chercher tout à l'heure...

— J'aimerais mieux un cheval.

Guillaume sourit. Ce gamin lui ressemblait encore plus qu'il ne le croyait !

— Tu l'auras ! Je t'envoie Daguet avec Selim...

Le retour fut grandiose. Élisabeth et Adam, qui étaient allés au-devant de lui, escortèrent leur frère jusqu'au perron où Guillaume souhaita au revenant une chaleureuse bienvenue. Puis il y eut un souper au cours duquel Mme Bellec produisit l'admirable soufflé de homard qu'elle confectionnait seulement dans les grandes occasions. On but du vin de Champagne et l'on porta même des toasts. Celui de Jeremiah Brent fut particulièrement apprécié et applaudi en dépit du fait qu'il était prononcé d'une voix incertaine mais pleine de sentiment. Que celui-là se trouvât parfaitement heureux aux Treize Vents ne fit plus jamais de doute pour personne. Guillaume avait décidé qu'il dispenserait désormais son enseignement aux deux garçons, perspective qui remplissait de joie le jeune précepteur.

Dès le lendemain, d'ailleurs, la vie reprenait son cours quotidien cependant qu'Arthur commençait à se créer des habitudes...

Assis entre Élisabeth et Adam, il pensait à tout cela tandis que se poursuivait la cérémonie à laquelle cependant il ne participait guère. Sa mère l'avait élevé dans l'amour et la crainte de Dieu mais c'était pour lui un état de fait qui ne l'empêchait pas de trouver les offices plutôt ennuyeux sauf quand la beauté des chants et de la musique lui emportait l'âme. Il aimait particulièrement l'orgue.

Malheureusement, celui de Saint-Vaast, jadis offert à l'église par l'abbé de Fécamp seigneur de la ville, avait cruellement souffert de la Révolution. Comme tout le bâtiment d'ailleurs et, en dépit des guirlandes de gui et des énormes bouquets de houx, avec lesquels les femmes avaient tenté de masquer ses blessures, il était difficile de ne pas déplorer la grande misère des statues décapitées sur leurs socles. Pour sa part, le haut retable de l'autel sommé d'une gloire rayonnant autour du symbole trinitaire n'avait pas trop souffert : sali, souillé sans doute mais à peu près intact. Les sans-culottes n'avaient pas pris le temps de l'abattre pour le brûler sur la Poterie comme ils avaient fait du grand christ initialement suspendu dans l'arc d'entrée du chœur, sa base reposant sur la «perque», la longue traverse qui le barrait et qui était alors, comme dans toutes les églises cotentinoises, le lieu privilégié des cérémonies : c'est sous la croix que l'on s'unissait lors des mariages et que l'on déposait la bière au jour des funérailles.

Cependant cette messe n'était pas sans charme. L'église embaumait la fraîcheur de toute cette verdure mêlée aux senteurs de l'encens et à l'odeur de cire dont on avait généreusement enduit les quelques stalles encore debout. Et puis les vieux cantiques de Noël clamés avec accompagnements d'ophicléides d'une justesse douteuse par la masse des fidèles atteignaient par instants une sorte de grandeur sauvage. Arthur en connaissait quelques-uns mais il chantait tellement faux qu'il s'abstint de participer. Cela lui permit d'examiner plus attentivement les gens qui se pressaient sous la voûte en carène de navire.

Certains visages lui étaient déjà familiers mais il y avait près d'un pilier deux femmes qui l'intriguaient. D'abord parce qu'en dépit de l'affluence elles avaient réussi l'exploit de se tenir un peu à l'écart et aussi parce que leurs vêtements de grand deuil, leurs voiles de crêpe tranchaient sur la splendeur ailée, neigeuse, des hautes coiffes normandes qui donnaient si belle allure aux femmes de ce pays. La nef ressemblait à un champ de fleurs blanches piqué çà et là d'un chapeau souvent un peu triste et des têtes nues des hommes raides et dignes dans leurs blouses bleues des dimanches, fraîchement repassées, le chapeau rond couvrant majestueusement l'estomac.

Bien sûr, il y avait d'autres femmes en noir, mais il se dégageait de ces deux-là une bizarre impression de tristesse un peu mystérieuse qui excitait la curiosité d'Arthur. Il donna un léger coup de coude dans les côtes d'Élisabeth. Aussitôt celle-ci se pen-

cha vers lui sans pour autant quitter des yeux son
missel :

— Qu'est-ce que tu veux?

— Les deux femmes en noir là-bas, près du
deuxième pilier... Qui sont-elles?

La jeune fille regarda mais hocha la tête en
haussant les épaules :

— Aucune idée! C'est la première fois que je les
vois. Il est vrai qu'on ne vient pas souvent à la messe
ici. Pourquoi t'intéresses-tu à elles?

— Je ne sais pas. Je les trouve... drôles !

— C'est beaucoup dire !

Un froncement de sourcils de Guillaume mit fin
au dialogue. Pourtant, Élisabeth trouva le moyen
de chuchoter encore :

— On demandera à Mlle Anne-Marie... Elle
connaît tout le monde...

La bénédiction finale précipita les fidèles sur le
parvis. On sortit comme on était entré, au son des
cloches, mais le soleil s'était dégagé des nuages et
baignait joyeusement la petite foule qui se formait
pour attendre les Tremaine : fermiers, pêcheurs,
notables, amis ou simples connaissances, vieux
militaires plus un solide contingent de commères,
tous désireux de bavarder un instant. Guillaume
cependant retint Arthur et s'attarda quelques
minutes avec lui pour remercier M. le curé de son
beau sermon — dont Arthur n'avait pas retenu un
mot d'ailleurs —, et des quelques paroles de bienvenue adressées au dernier arrivé de sa famille. Le
gamin piaffait d'impatience dans sa hâte de rejoindre Mlle Lehoussois qui conversait un peu plus
loin avec François Niel, Élisabeth et les Quentin.
Ses yeux ne quittaient pas les deux personnes qui
l'intéressaient tant. Or, elles s'éloignaient, la plus

grande soutenant l'autre, et rejoignaient une car-
riole attelée d'un vigoureux cheval qui attendait
attaché à un arbre. Elles n'avaient adressé la parole
à personne.

La première aida sa compagne à monter, se hissa
auprès d'elle, puis, avant de prendre les rênes et le
fouet, rejeta son grand voile par-dessus son chapeau, découvrant ainsi un visage de femme mûre
aux cheveux grisonnants et d'une banalité tellement flagrante qu'Arthur se sentit un peu déçu sans
trop savoir pourquoi. Il n'en vit d'ailleurs pas
davantage : la conductrice fit tourner son attelage et
le dirigea vers la Grande Rue.

— Pourquoi l'autre n'a-t-elle pas ôté son voile
elle aussi? s'exclama le jeune garçon sans s'apercevoir qu'il pensait tout haut alors que son père et lui
venaient d'être abordés par le notaire et sa femme.
Guillaume le secoua légèrement :

— Voyons, Arthur, reviens-nous! Mme Lebaron
te demande si tu te plais ici.

Confus, le garçon vira au rouge brique :

— Je vous demande mille pardons, madame...
je... je crois que je me suis laissé distraire.

— Et je peux vous dire par qui, fit le notaire en
souriant. Bien que ce soit fort étonnant : même à
votre âge on regarde plutôt les jolies filles que les
vieilles demoiselles. Figurez-vous, mon cher Tremaine, que votre fils couve des yeux vos nouvelles
locataires.

Guillaume se détourna à demi pour voir de qui
il s'agissait :

— Oh, les demoiselles Mauger! Je ne vois pas ce
qu'elles ont de si passionnant! Deux vieilles filles
qui ont eu de grands malheurs, si j'ai bien compris,
et qui souhaitaient trouver une maison isolée pour

y vivre à l'écart avec leurs souvenirs. Pas de quoi accrocher des rêves !

— Je ne suis pas de votre avis, cher monsieur, minauda Mme Lebaron qui faisait toute une affaire d'empêcher le vent de lui enlever sa panne violette et ses plumes. Vous venez de prononcer plusieurs paroles propres à exciter l'imagination : grands malheurs, maison isolée, vie à l'écart. Si l'on a l'esprit un peu curieux, on a envie de savoir le pourquoi de tout cela.

— Me Lebaron pourrait vous en dire plus que moi, puisque c'est lui qui m'a proposé de louer à ces dames la maison du galérien...

S'il pensait calmer la curiosité de son fils, il se trompait. Le nom était trop évocateur :

— La maison du galérien ? Mais qu'est-ce que c'est ?

— Je te raconterai. C'est une assez belle histoire d'ailleurs, et elle est liée à celle de notre famille.

— En tout cas, reprit la notairesse, je ne comprends pas pourquoi ces femmes sont venues à la messe jusqu'ici. Leur maison, si ma mémoire est bonne, se situe sur les hauts de Morsalines, vers le mont Emery, et il y a là-bas une église. Vous-même fréquentez surtout celle de la Pernelle ce qui est normal puisqu'elle est voisine des Treize Vents. Vous êtes descendus à Saint-Vaast pour une occasion particulière, mais quelle raison peuvent avoir ces deux vieilles filles ?

A la mine crucifiée du tabellion, Guillaume devina qu'il allait subir un feu roulant de questions. Peu désireux d'y participer, il estima qu'il valait mieux couper court :

— Qui peut savoir ? Même lorsque l'on choisit la solitude, il peut arriver que l'envie vienne, à un

213

moment ou à un autre, de s'approcher un peu des autres. Noël est, avec Pâques, la plus grande fête de l'année liturgique. En outre, ajouta-t-il avec un sourire, depuis que le département a décidé de rattacher Rideauville à Saint-Vaast sous un vocable unique, nous sommes devenus une ville de plus de trois mille habitants! Il est normal que nous attirions les foules... A présent, souffrez que nous vous quittions! Le vent fraîchit et ce n'est pas agréable pour des dames...

On se sépara. La foule d'ailleurs se dispersait avec l'empressement de gens qu'un bon repas attend. Les Tremaine, augmentés de Mlle Anne-Marie, réintégrèrent leur voiture pour rentrer en hâte : ils avaient des invités. Ils y trouvèrent Adam profondément endormi : ayant eu beaucoup de mal à garder les yeux ouverts pendant la messe, le futur savant s'était hâté de venir chercher là un coin tranquille.

La nuit précédente, en effet, Adam le paisible s'était offert une nouvelle aventure dont il s'était bien gardé de parler à qui que ce soit. Se déclarant un peu patraque, trop fatigué en tout cas pour assister à la messe de minuit à la Pernelle, il avait obtenu de Guillaume la permission de rester à la maison. En fait il s'était esquivé dès qu'il avait vu partir les autres pour gagner les arrières de la propriété.

Il y avait là, dans la profondeur des bois, une de ces grandes pierres levées, un menhir comme on disait en Bretagne, qui témoignait, avec plusieurs autres réparties sur la presqu'île, de l'antique appartenance du Cotentin à la civilisation celte. Or une légende, rapportée avec un rien d'imprudence par l'abbé Landier à ses élèves, assurait qu'au premier coup de minuit sonné aux horloges des églises durant la nuit de Noël, ces monolithes se soulevaient pour laisser apercevoir dans les profondeurs de la terre des trésors fabuleux. Évidemment, celui qui souhaitait s'en emparer devait agir vite car, au douzième coup, l'énorme pierre reprenait sa place. Et tant pis pour l'imprudent qui n'aurait pas échappé assez vite au mirage de l'or.

Cette histoire fascinait le jeune Tremaine et son ami Julien de Rondelaire depuis près d'une année. Surtout le fils du châtelain d'Escarbosville dont le père connaissait, depuis les troubles, des difficultés financières. Guillaume n'ayant pas de ces soucis, son fils obéissait surtout à l'attrait d'une merveilleuse légende joint à son insatiable appétit de découverte. Aussi tous deux se donnèrent-ils rendez-vous près du menhir quelques minutes avant minuit. Peu doué sous le rapport de l'imagination, Julien devait invoquer la même excuse que son ami pour échapper à l'office nocturne.

Mais, sans doute victime d'un empêchement de dernière heure comme il s'en produit dans les plans les mieux agencés, Julien ne vint pas. Un peu déçu mais philosophe, Adam décida d'attendre seul et à l'abri d'un buisson de houx repéré depuis longtemps. C'est alors qu'il entendit des pas. On marchait dans sa direction et ce ne pouvait pas être Julien.

Très contrarié d'abord à la pensée que d'autres chercheurs de trésor en avaient après son menhir, il hésitait sur la conduite à tenir quand son vague mécontentement se changea en peur bien réelle. Les voix de ceux qui approchaient étaient rudes, plutôt vulgaires et prononçaient des paroles assez inquiétantes :

— T'es sûr que le rendez-vous est là ? fit l'une.

— Sûr! Le chef a dit «la pierre levée aux environs de minuit quand tous ces imbéciles sont à leurs patenôtres». J'ai l'impression qu'on est les premiers mais les autres vont pas tarder.

— Tu sais où on va?

— Les Étoupins, je crois mais j'suis pas certain. T'aurais pas un peu de tabac?

De toute évidence, ils resteraient là un moment. Adam pensa qu'il était temps de prendre le large. Tant pis pour le trésor! On en serait quitte pour recommencer l'année prochaine... Aussi doucement qu'il put, il voulut sortir de derrière l'arbre qui lui servait de refuge quand son pied se prit dans une branche de lierre rampant. Il tomba : heureusement sans grand mal mais il avait fait du bruit.

— Tu as entendu?...

Par chance d'autres pas résonnèrent à cet instant. Vite relevé, Adam détala sans demander son reste, fonçant droit devant lui sans s'inquiéter du chemin : surtout mettre le plus de distance possible entre lui et ces coureurs de bois! Quand il s'arrêta enfin hors d'haleine, il était beaucoup plus loin de la Pernelle qu'il ne l'aurait voulu. Pas perdu d'ailleurs : il connaissait trop bien les environs pour ne pas se retrouver même dans le bois le plus touffu et même en pleine nuit, mais lorsqu'il atteignit enfin la maison il était affreusement tard et lui à moitié mort de fatigue. Par chance les portes n'étaient pas encore fermées. Il y avait eu un petit souper au retour de l'office et on s'agitait dans la cuisine et l'office.

A pas de loup, Adam grimpa jusqu'à sa chambre, se coucha en hâte, mais il était tellement énervé qu'en dépit de sa fatigue il eut beaucoup de mal à trouver le sommeil. D'où ce grand besoin de récu-

pération éprouvé tandis qu'alternaient les prières et
les chants de la cérémonie solennelle. Donc
légèrement soporifique!... Il dormait d'ailleurs de
si bon cœur dans la voiture que personne n'eut
l'idée de le déranger. Surtout pas Arthur qui avait
d'autres chats à fouetter et qui, à peine assis,
réclama un supplément d'informations touchant
les demoiselles Mauger. Ce qui fit sourire son père :

— Décidément, elles te tiennent à cœur ! Il n'y a
pourtant pas grand-chose à savoir.

Pas grand-chose en effet. Elles venaient de
Bayeux où leur père occupait jadis une fonction de
juge au tribunal. Elles avaient perdu leur mère très
jeunes. Elles s'appelaient Célestine et Eulalie et,
tandis que l'aînée assumait la charge ménagère et
s'efforçait de remplacer l'absente, la plus jeune se
destinait au mariage après avoir longuement hésité
à entrer au couvent : il y en avait beaucoup dans
cette ville de prêtres, paisible et silencieuse, tournée
vers le passé mais dont la magnifique cathédrale —
un peu trop grande pour elle d'ailleurs — semblait
posée directement sur les herbages peuplés de bétail
qui l'environnaient. Eulalie était fiancée quand,
sur cet univers tranquille, passa la tourmente
révolutionnaire. Qui épargna curieusement les
bâtiments mais maltraita les âmes.

Le père fut tué. Les filles purent s'enfuir mais
tombèrent dans une de ces embuscades de chemin
creux où, prises entre deux feux, elles eurent à
souffrir : Eulalie en particulier fut gravement blessée. Sur le fiancé, aucune information n'était par-
venue à Mᵉ Lebaron.

Pas davantage d'ailleurs sur la longue période
écoulée entre le départ de Bayeux et la lettre écrite
au printemps de 1802 par le notaire de ces demoi-

selles à son confrère de Saint-Vaast, lui demandant s'il aurait connaissance d'une maison à louer dans les conditions souhaitées par ses clientes.

— Vous savez la suite, conclut Guillaume. Elles sont à Morsalines depuis la fin de l'été et je ne vois pas ce que je pourrais vous dire de plus. Sinon... que les curieux devront attendre à demain pour connaître l'histoire du galérien dont le nom est resté attaché à la maison.

Quelque envie qu'il en eût, Arthur n'osa pas insister mais M. Niel vint à son aide en lui jetant un coup d'œil amusé :

— Et tu n'as pas essayé d'en savoir davantage, Guillaume? La vie de ces femmes a pourtant l'air d'un vrai roman. Pourquoi, par exemple, l'une d'entre elles ne relève-t-elle pas son voile? Les conséquences d'un vœu?

— Elle ne l'enlève jamais en public. Son visage, à ce que l'on m'a dit, a été sérieusement brûlé. D'où ce désir d'une demeure écartée qu'elles occupent seules avec une sorte d'ours qui leur sert de valet...

— Les as-tu seulement rencontrées personnellement?

— Une seule fois, lors de la signature du bail. Encore n'ai-je vu que Mlle Célestine. Et maintenant, fini les questions! Un peu de nerf, Daguet! ajouta-t-il en se penchant par la portière. J'aimerais autant que nous n'arrivions pas après nos invités. Il y a de l'honneur de la maison!

L'honneur fut sauf. La famille était rentrée depuis une dizaine de minutes quand la voiture de Mme de Varanville s'arrêta devant le perron. A l'intérieur, il y avait la jeune femme et ses trois enfants.

En effet, à la joyeuse surprise d'Élisabeth, le fils

aîné, Alexandre, était revenu de Paris avec sa mère
pour passer en famille les fêtes de fin d'année. A la
grande joie aussi de Rose et de ses filles. Sa présence
compensait pour la jeune femme l'espèce d'échec
rencontré auprès de sa cousine Flore.

Celle-ci s'enlisait lentement, inexorablement,
avec une volonté suicidaire, dans une douleur
morne, muette, obsessionnelle qui la poussait à
d'interminables stations auprès du tombeau de
l'enfant disparu sans laisser à quiconque le droit à
la moindre tentative d'apaisement. Eût-elle été
reine qu'elle eût peut-être, comme Jeanne la Folle,
exigé de vivre auprès du cercueil que l'on ouvrait
chaque soir. Quoi qu'il en soit, en pénétrant dans
le château de Suisnes, l'impression d'entrer dans un
mausolée s'imposait et, pour la première fois de sa
vie, Rose, chaleureuse et tendre, se trouva désarmée
en face de cette mère acharnée à fouiller sa blessure
pour en tirer encore un peu plus de souffrance.
Bougainville lui-même lui conseilla de rentrer chez
elle : il était inutile qu'elle sacrifie le Noël des siens
à celle qui ne voulait pas être consolée.

— Quand le printemps reviendra, je tâcherai de
l'emmener à la Becquetière. La vue de la mer lui a
toujours été bonne et apaisante. De toute façon cela
ne fera de mal à personne. Surtout pas à notre petit
Alphonse qui souffre doublement d'avoir perdu
son frère et d'être délaissé par sa mère...

— Confiez-le-moi pour le temps des fêtes ! Chez
nous comme aux Treize Vents, on sera heureux de
le voir...

— Merci de l'offrir, ma chère cousine. Tous ici
connaissent votre cœur et vous aiment. Cependant
je crois qu'il est préférable pour Flore qu'aucun de
ses deux autres fils ne s'éloigne d'elle...

Rose était donc repartie. Un peu honteuse de son propre bonheur puisqu'elle ramenait avec elle son bel Alexandre.

Lorsque Guillaume lui offrit la main à sa descente de voiture, il fut frappé de son rayonnement : son sourire et ses yeux irradiaient une si belle lumière qu'il en fut ébloui et, soudain, il eut l'impression bizarre que la petite main qu'il tenait représentait le plus joli des cadeaux de Noël.

— Rose! s'écria-t-il sincère, vous êtes plus ravissante que jamais! Et quelle charmante toilette!... Que vous est-il donc arrivé?

Elle tourna vivement sur elle-même pour se faire admirer et se mit à rire :

— Ne croirait-on pas à vous entendre que je suis toujours fagotée? J'admets que je me suis laissée aller, dans la capitale, à quelques folies vestimentaires poussée en cela par Alexandre et Mme de Baraudin.

— Ils ont eu bien raison! approuva-t-il, séduit par la symphonie en velours gris tourterelle réchauffée de martre qui rendait à cette jeune veuve l'aimable coquetterie qui était jadis l'apanage de la charmante Rose de Montendre. Elle rit encore :

— Comment n'être pas sensible à l'opinion d'un homme de goût? Vous-même êtes superbe, Guillaume! Maintenant présentez-moi votre fils!

— Je vous présenterai d'abord mon ami François Niel qui est l'unique survivant de mon enfance canadienne. Il m'est arrivé il y a deux jours!

— Enfin quelqu'un qui pourra me raconter le petit garçon que vous étiez! Quelle bonne nouvelle!

Après l'avoir embrassé sur les deux joues, elle se laissa guider par lui jusqu'au groupe qui s'était formé sur le perron, sans imaginer un seul instant

220

le trouble qui s'emparait de son hôte quand, pour ce double baiser claquant, à la mode campagnarde, elle l'enveloppa de son léger et frais parfum de rose mousse et de bruyère. Cette impression, Guillaume en remit l'analyse à plus tard, mais c'était la première fois qu'il se sentait aussi heureux depuis que la mort de Marie-Douce avait fait souffler sur son cœur le plus froid des vents d'hiver. La présentation de François lui donna aussi à réfléchir quand il vit les yeux du Canadien s'emplir d'admiration et ses joues s'empourprer tandis qu'il s'inclinait devant Rose en bredouillant quelques paroles parfaitement incompréhensibles. A croire qu'il venait de subir un véritable coup de foudre! Pas vraiment surprenant d'ailleurs : il devait être très facile d'aimer au premier coup d'œil cette femme exquise...

La réaction d'Arthur, si facilement rétif, confirma sa pensée. Le garçon répondit avec spontanéité au sourire de la jeune femme et vint tout naturellement vers les mains qu'elle tendait en disant :

— Pour tous ici je suis Tante Rose. J'aimerais l'être aussi pour vous, Arthur Tremaine, et j'espère pouvoir dans un avenir très proche vous souhaiter la bienvenue à Varanville.

Elle ajouta — et là Guillaume se demanda si le plafond n'allait pas leur tomber sur la tête :

— Vous ressemblez d'incroyable façon à votre père...

Or, le sourire d'Arthur ne s'effaça pas. Il se teinta seulement de malice :

— C'est bien la première fois que je m'en réjouis si, grâce à ce défaut, j'obtiens un peu de votre amitié, madame...

— Comme il a bien dit ça! s'écria la jeune femme

en riant. Tout compte fait, il a beaucoup plus de charme que vous, mon ami... Approchez, enfants Varanville, et venez faire connaissance !

Tandis que les saluts s'échangeaient, Guillaume, secouant l'enchantement qui l'avait saisi, revint à ses devoirs d'hôte et s'aperçut qu'il manquait quelque chose ou plutôt quelqu'un :

— Qu'avez-vous fait de Mme de Chanteloup ? demanda-t-il. Vous ne l'auriez pas oubliée par hasard ?

— Pas du tout mais il vous faudra l'excuser, Guillaume : elle a ses vapeurs...

— Encore ? Je croyais que la tempête révolution-naire avait balayé ses petites misères. De toute façon, cela ne l'a jamais empêchée de participer à une fête ?

— Dieu que vous êtes agaçant avec votre logique, mon ami ! marmotta Rose en baissant le ton. Vous m'obligez à vous confier que les vapeurs en ques-tion sont celles d'une indigestion. Cette nuit, après la messe de minuit, nous avons eu un modeste réveillon. Rien de comparable, bien sûr, avec ceux d'avant les jours sombres, mais Marie Gohel nous avait préparé une «teurgoule[1]» enjolivée de poires confites et de crème dont ma tante a mangé plus que de raison : résultat, elle est malade et d'autant plus furieuse qu'elle adore la cuisine de votre Clémence. Peut-être même l'a-t-elle proclamé un peu trop ? ajouta Rose. Je ne suis pas certaine que les oreilles de Marie ne s'en soient pas trouvées échauffées...

— Vous lui prêtez là de bien noirs desseins, fit Guillaume en riant. Pour vous punir, vous porterez à notre chère douairière deux ou trois bouteilles de

---

1. Il s'agit de riz cuit au four avec de la canelle.

son vin de Champagne préféré. Rien de tel pour les digestions difficiles !...

Le champagne en question faisait justement son apparition dans des flûtes de cristal portées, avec une révérence lourde d'inquiétude, par deux valets que Potentin venait de recruter à la louée de Montebourg qui retrouvait, depuis peu, son ancienne importance : servantes et valets ne siégeaient plus, comme dans le passé, sous la statue de saint Jacques parce qu'elle n'existait plus, mais ils se rassemblaient à présent près du portail de l'abbaye de l'Étoile, tout rentrait dans l'ordre.

Natifs tous deux des environs de Sainte-Mère-Église, ils se prénommaient Colas et Valentin, âgés respectivement de vingt et dix-sept ans, plus ou moins cousins et, jusque-là, fabuleusement ignorants de ce que pouvait être le service d'une grande demeure. Leur expérience n'allait guère plus loin que la pâture des vaches mais ils étaient de belle mine et semblaient de caractère facile. Pleins de bonne volonté au demeurant. Aussi le majordome s'était-il juré que ces garçons deviendraient des serviteurs modèles. Pour commencer il était très satisfait de leur allure sous leur belle livrée verte et blanche qui convenait à leur teint frais. Et aussi de l'attention qu'ils portaient à son enseignement. Tout cela leur avait acquis la sympathie de Mme Bellec ; cela n'était pas si facile parce qu'elle regrettait toujours son neveu Victor, mais celui-ci poursuivant désormais une prometteuse carrière militaire dans les armées de la République — tout comme Auguste, son ancien collègue —, elle trouvait ces deux garçons d'un commerce plutôt agréable.

Pour ce jour de Noël, le cordon bleu maison était

d'ailleurs d'humeur bénigne. D'abord elle s'était sentie inspirée en préparant ce premier véritable repas de fête depuis la mort d'Agnès et, en outre, ses plantations étaient particulièrement réussies.

C'était en effet l'une des charmantes coutumes normandes. Dès l'automne, on «forçait» des oignons de jacinthes dans les pots de faïence spécialement fabriqués dans les manufactures de Rouen afin d'avoir des fleurs pour Noël.

Évidemment le temps des troubles avait mis un peu en sommeil cette gracieuse habitude : il fallait vivre avant tout et l'on avait d'autres soucis. Pourtant, depuis trois ou quatre ans, Clémence et Élisabeth avaient ressorti du grenier les jolies productions de la famille Poterat, faïenciers de leur état, et aujourd'hui la floraison dépassait toutes leurs espérances : les deux salons et la salle à manger étalaient une profusion de jacinthes azurées. Leur parfum frais si bien accordé à celui des grosses bûches de pin brûlant dans les cheminées embaumait toute la maison. C'était si ravissant qu'en franchissant les portes, Rose de Varanville s'exclama, ravie et un tout petit peu dépitée :

— Il faudra que je demande à Clémence comment elle fait. Mes plantations ne sont pas moitié aussi belles que les siennes !

— En volant au secours de votre cousine, vous aviez bien d'autres soucis que vos tulipières, remarqua Guillaume.

— C'est gentil de le dire ! J'aurais volontiers sacrifié toutes les fleurs de mon jardin pour ramener au moins un sourire sur les lèvres de ma pauvre Flore ! murmura la jeune femme soudain assombrie. Si vous la voyiez, mon ami, vous auriez peine à la reconnaître : la reine des roses se fane de jour en jour...

— Au fait! que devient Joseph Ingoult? Je n'ai plus de nouvelles. Il est toujours là-bas?

— Oui. Il s'est fait l'ombre de cette ombre qu'elle devient lentement. Vous n'imaginez pas comme est touchant cet amour fidèle qui ne demande rien, trop heureux que l'on accepte sa présence. Il passe des heures dans la froidure du cimetière, caché derrière une stèle, veillant sur elle sans se faire voir, prêt à accourir au moindre signe de malaise ou à un appel...

— Ce rôle ne devrait-il pas être celui de son époux?

— Il aurait lui-même besoin d'aide, mais il s'efforce de se consacrer davantage à ses autres fils ainsi qu'à sa tâche au Bureau des longitudes et à l'Académie des sciences. En outre Flore, enfermée dans son chagrin, ne réclame pas vraiment sa présence et, dans un sens, la surveillance discrète de cet ami sûr le soulage...

D'autres invités arrivaient : les Rondelaire avec leur fils Julien et l'abbé Landier, superbe dans une soutane et une douillette neuves qui le changeaient beaucoup de sa vêture habituelle qu'un long usage faisait plus verte que noire. Puis ce fut le vieux marquis de Légalle et sa femme apportant avec eux le parfum, les atours et le ton de l'Ancien Régime auquel ils demeuraient fort attachés. La Révolution leur avait ôté leurs seigneuries mais, n'ayant pas émigré, ils conservaient quelques biens et surtout leur belle demeure de Saint-Vaast, ce dont ils s'estimaient bien heureux. En effet, à leur âge, ils ne pouvaient rien souhaiter de mieux que de finir leurs jours dans le cadre qu'ils aimaient, entourés de bons amis. Le marquis se plaisait à le répéter entre deux prises de tabac qui polluaient ses jabots et jaunissaient ses narines mais contribuaient puissamment à une certaine joie de vivre. Il avait été si longtemps privé de sa chère «herbe à Nicot»!

En tout cas, il était d'humeur particulièrement épanouie en arrivant aux Treize Vents et ce fut avec chaleur qu'il serra les mains de son hôte:

— Venir chez vous est toujours un plaisir, mon cher ami! Surtout pour une aussi belle fête que Noël! Vous en donniez de si aimables jadis! Il est vrai que les rangs des convives d'autrefois se sont éclaircis! Cette pauvre marquise d'Harcourt et cette chère Jeanne du Mesnildot! Sans oublier, bien sûr, votre grande et malheureuse épouse!... Quelle tristesse! soupira-t-il en tendant cependant une main empressée vers le plateau que Valentin approchait de lui à pas comptés.

Le laissant siroter son champagne, Tremaine conduisit la marquise à l'une des bergères disposées près de la cheminée. C'était justement celle où Mme du Mesnildot aimait à s'asseoir. Son image s'y inscrivit un court instant pour Guillaume. Assez souvent, il lui arrivait d'évoquer les deux nobles femmes auxquelles il devait son entrée dans la haute société cotentinoise où leur disparition creusait un vide douloureux. En effet, inscrites en tête de la fameuse «fournée de Valognes» décrétée en 1794 par le sinistre Lecarpentier, elles avaient été arrachées, bien que malades, à leurs hôtels dévastés, pillés mais gardés, d'où on les faisait sortir tous les jours et par tous les temps pour les obliger à prendre part aux «repas communautaires» servis sur la place du Château. Cette fois, c'est à Paris qu'on les emmenait mais, par crainte de les voir mourir avant l'échafaud, on les fit monter dans un cabriolet un peu moins inconfortable que les charrettes où s'entassaient leurs dix-sept autres compagnons. Lecarpentier voyait en elles son trophée personnel...

Elles ne furent pas exécutées. La «fournée» atteignit la capitale le 10 thermidor : Robespierre venait d'être abattu et la Terreur avec lui. Pourtant, le «bourreau de la Manche», acharné à leur perte, tenta l'impossible pour avoir leur tête. Elles furent emprisonnées, traduites devant le Tribunal révolutionnaire mais celui-ci, devenu prudent et pour cause, acquitta tout le monde purement et simplement tandis que Lecarpentier n'allait guère tarder à prendre le chemin de la plus terrible des prisons maritimes françaises : le château du Taureau battu par les flots de la baie de Morlaix.

Malheureusement pour Jeanne du Mesnildot, la prison avait achevé de la détruire. Elle fut autorisée à rentrer dans sa maison de Valognes — qui était alors le magnifique hôtel de Beaumont fort abîmé par ceux qui l'y avaient reléguée dans une chambre durant des mois. C'est là qu'elle mourut, le 6 décembre 1794, à l'âge de trente-sept ans[1].

Quant à Mme d'Harcourt elle était, en dépit de ses soixante-treize ans, de meilleur bois que sa cousine. Ni le voyage ni la prison ne vinrent à bout de son opiniâtre volonté de survivre. Pas plus que de sa vieille passion procédurière : à peine sortie de la Conciergerie, la veuve de l'ancien gouverneur de

---

1. L'érudition de M. Maurice Lecœur, chercheur, écrivain et historien, m'a permis de connaître sa sépulture ainsi que tous les détails sur la «fournée de Valognes». C'est au cimetière de Quinéville que repose Jean-Félicité du Mesnildot.

Normandie déposait une plainte devant le Comité de sûreté générale contre les sectionnaires de Valognes coupables de l'avoir dépouillée de tous ses biens. Et elle gagna! Munie de la levée des scellés de son mobilier, elle revint la faire exécuter afin de récupérer ce qui en restait. Cela lui permit d'assister aux derniers moments de Jeanne. Après quoi, très affectée, navrée de l'état où se trouvait réduite la jolie ville qui avait été le «Versailles normand», elle regagna Paris et l'hôtel familial de la rue de Lille où elle s'éteignit en 1801.

Après avoir confié Mme de Légalle à Rose et accueilli trois officiers des forts, Guillaume s'approcha du petit groupe formé par les enfants autour d'Élisabeth et d'Alexandre de Varanville qui d'ailleurs parlaient entre eux sans prêter attention aux autres. Très beau dans son uniforme noir, Alexandre prenait un visible plaisir à raconter sa vie parisienne : celle plutôt sévère de l'École et celle, un peu plus aimable, qu'il menait chez Mme de Baraudin. Avec, il faut bien le dire, une certaine tendance à pérorer qui ne paraissait pas du goût d'Arthur. Celui-ci fixait d'un regard presque noir ce beau garçon aux boucles brunes, proche de ses seize ans, dont le discours captivait Élisabeth au point de lui faire oublier le monde extérieur. Elle buvait ses paroles sans s'intéresser à qui que ce soit d'autre, agaçant prodigieusement son nouveau frère. Que pouvait-elle bien trouver de si passionnant à ce bellâtre? Arthur savait bien sûr que, nés le même jour, ils avaient tissé depuis longtemps des liens étroits, plus complices que fraternels, qui se resserraient dès qu'il s'agissait de faire des bêtises. Ce qui ne les empêchait pas de se chamailler continuellement mais, à cet instant, Arthur avait l'impression bizarre qu'ils se voyaient pour la première fois. Il y avait une nuance possessive dans le regard d'Alexandre — il dépassait à présent son amie d'une demi-tête —, alors que les yeux rieurs de la jeune fille avaient quelque chose de ceux d'une femme... Sans qu'elle en eût conscience le moins du monde. Cependant la jalousie perspicace d'Arthur — cela y ressemblait bien — se montrait clairvoyante : Élisabeth découvrait un nouvel Alexandre, à la fois proche et éloigné de ses souvenirs d'enfance et, s'il ne parvenait pas à effacer l'image du jeune prince blond qu'elle gardait enfouie au fond d'elle-même, du moins lui procurait-il un plaisir neuf, pas désagréable du tout !

Impatienté et peu habitué à maîtriser ses impulsions, Arthur s'apprêtait à rompre leur aparté lorsque Guillaume les rejoignit :

— Eh bien, mademoiselle Tremaine, est-ce que tu n'oublies pas un peu tes devoirs d'hôtesse ? Je sais quelles affaires passionnantes vous débattez généralement entre vous deux, mais tu te dois aux dames et tu n'as même pas salué Mme de Légalle. Ni d'ailleurs la mère de Julien.

Elle rougit un peu, eut un joli rire et, se hissant sur la pointe des pieds, déposa un baiser sur la joue bien rasée de son père :

— Pardonnez-moi mais Alexandre me racontait des choses tellement amusantes ! Ce doit être bien agréable de vivre à Paris.

— Tu n'arriveras jamais à m'en persuader. De toute façon vous aurez tout le temps d'en parler après le dîner. Quant à toi, Adam, as-tu l'intention de rester vissé sur ce siège ?... Mais... ma parole, il dort encore !

En effet, assis sur une chaise basse entre Amélie

et Victoire, Adam somnolait doucement, laissant son ami Julien faire à ces demoiselles les frais de la conversation. Il sursauta quand la main paternelle le secoua sans douceur, ouvrit les yeux et la bouche mais fut sauvé par l'entrée du docteur Annebrun qui, après avoir distribué quelques saluts à la ronde, s'approcha de Guillaume : il semblait extrêmement soucieux.

— Désolé d'être en retard, fit-il, et plus désolé encore d'être porteur d'une mauvaise nouvelle : ils ont recommencé !

— Qui donc?

— Le fantôme de Mariage ou Dieu sait quoi d'autre. Cette nuit, ils sont allés aux Étoupins...

— Et... c'est grave?

— Plutôt oui! Ils ont tué quatre personnes et complètement pillé la maison.

— Seigneur Dieu!... Est-ce qu'au moins, cette fois, on a trouvé une piste?

— Pas plus que chez les Mercier. Ces gens effacent leurs traces comme les Indiens d'Amérique. Il faudrait les prendre sur le fait...

— Ou bien au nid, ce qui me paraît encore plus difficile! Viens! Allons en parler avec Rondelaire. Il aura peut-être une idée... Cette fois nous devons entreprendre des recherches sérieuses...

Les deux hommes s'éloignèrent. Adam, qui n'avait plus du tout envie de dormir, les suivit des yeux, accablé par le sort qui le condamnait à avouer son expédition nocturne. Les Étoupins!... Il entendait encore le dialogue surpris près de la pierre levée. Il se doutait bien que ces gens étaient animés de mauvaises intentions mais il n'imaginait pas que c'était aussi grave. A présent, il devait parler. Et le plus vite possible!

Quittant son siège sans prendre la peine de donner une explication à ses voisines, il traversa le salon.

— Eh bien, Adam, où vas-tu? s'écria la petite Amélie. Tu n'as plus sommeil?

— Non. Il faut que je parle à mon père! Excuse-moi!

Et il s'en fut, le dos un peu rond, comme s'il portait sur lui le poids de tous les crimes du monde.

— Je ne sais pas ce que tu lui trouves! remarqua Victoire avec une indulgence un brin dédaigneuse. Quand il ne dort pas, il mange et quand il ne mange pas, il passe son temps dans de vieux bouquins.. Son frère est tellement plus intéressant que lui!

— Le malheur c'est qu'il ne fait pas plus attention à toi que si tu n'existais pas, riposta la petite, vexée. De toute façon je préférerai toujours Adam... N'est-ce pas, Julien, que j'ai raison?

Celui-ci, un garçon mince et frêle, timide et même un peu timoré, partageait entièrement les goûts de son ami, mais il n'entendit pas Amélie : à l'entrée en scène de Guillaume, il s'était approché d'Alexandre, délaissé par Élisabeth, pour l'entretenir de ses études. Ce qui lui évita de saisir la remarque enthousiaste de la blonde Victoire au sujet d'Arthur. Il en eût été malheureux : il y avait un moment déjà que l'aînée des filles de Rose occupait ses pensées secrètes. D'où ce subit intérêt pour des mathématiques qui d'habitude l'ennuyaient à mourir...

Malheureusement pour Adam, au moment où il atteignait son père, Potentin invitait solennellement la compagnie à passer à table. Il tenta vainement de retenir Guillaume :

— J'ai quelque chose de grave à vous dire, Père...

— Il fallait te réveiller plus tôt! Tu choisis mal ton moment : je dois offrir mon bras à Mme de Légalle.

— Mais c'est très, très important..., gémit le gamin prêt à pleurer. Il s'agit de... des brigands et...

Guillaume était déjà loin, inclinant sa haute taille devant la vieille dame qui l'accueillit d'un sourire encore charmant. Tous deux prirent la tête du cortège qui se dirigea en cérémonie vers la salle à manger. Le pauvre Adam resta seul près de l'entrée du salon entre un grand camélia en pot et une console fleurie de jacinthe bleue, ne sachant plus quelle contenance adopter. Ce fut là qu'Arthur, intrigué par son attitude, le rejoignit :

— Qu'est-ce que tu as? Tu n'as pas faim?

L'enfant leva sur lui des yeux pleins de larmes.

— Plus du tout! Je crois que je ne pourrai rien avaler...

— Tu es malade?

— Non mais... oh, pourquoi Père ne veut-il pas m'écouter? Je ne peux pas garder ça pour moi plus longtemps. C'est trop horrible!

Sans plus de questions, Arthur le prit par le bras et l'entraîna dans le vestibule jusqu'à la grande fontaine de grès sculpté placée sous l'escalier où l'on se lavait les mains.

Là, il se munit d'un savon, fit couler de l'eau et chercha une serviette :

— Raconte mais fais vite! On doit avoir tout juste une minute ou deux! Allons, dépêche-toi! Si c'est si lourd à porter ce que tu as sur le cœur, tu te sentiras mieux après.

Il n'eut pas à insister. Trop heureux de partager son fardeau, Adam fit un bref récit de son aventure. Il savait bien que son frère ne serait pas content d'avoir été tenu à l'écart, mais il avait un énorme besoin d'une oreille compréhensive. Arthur, pour sa part, se contenta de hausser les épaules et de constater :

— Ça t'apprendra à courir les aventures tout seul, jeune imbécile ! A présent allons rejoindre les autres !

— Tu vas m'accompagner pour en parler à Père ?

— Je t'accompagne à table. Pour l'instant, on ne dit rien. On laisse tout le monde savourer en paix les gâteries de Clémence. De toute façon, quelques heures de plus ou de moins ne ressusciteront pas ces malheureux. Et moi, il faut que je réfléchisse...

Élisabeth, venue à leur recherche, apparut au même moment :

— Que faites-vous là tous les deux ? Est-ce que tu n'oublies pas un peu vite, Arthur, que tu es le héros du jour ?

— On se lave les mains... comme toi tout à l'heure !

La jeune fille leva un sourcil interrogateur :

— Qu'est-ce que ça veut dire ?

— Tu t'en moquais éperdument du héros, il y a dix minutes ! Il n'y en avait que pour Alexandre, le génial Alexandre, le magnifique Alexandre. Tu viens, Adam ?

Au comble de la surprise, Élisabeth s'arrêta et retint Arthur par sa manche :

— Il ne te plaît pas ?

— Pas du tout !

— Mais pourquoi ?

— Beaucoup trop content de lui-même. Un vrai paon ! Passons à table sinon on va nous envoyer une autre délégation...

La jeune fille suivit plus lentement. L'antipathie

brutalement révélée d'Arthur la désorientait. Elle ne comprenait pas que l'on pût détester quelqu'un à première vue. Pourtant, avant que ce jour de Noël fût achevé, elle allait faire l'expérience d'une réaction similaire...

La nuit arrivait lorsque, après un repas qui occuperait longtemps les mémoires — timbales de homard, turbot aux laitances de carpe, filets de perdreaux purée de châtaignes, cailles en chausson, escalopes de foie gras aux truffes, etc. —, les divers attelages furent avancés pour ramener chacun chez soi. Il ne pouvait être question de prolonger davantage une fête qui devait garder un caractère familial et encore moins de danser. Ce serait pour plus tard : les seize ans d'Élisabeth, par exemple, pour lesquels Guillaume songeait à donner un bal qui serait sans doute le premier dans la région de Saint-Vaast depuis plusieurs années.

Tandis que les lanternes des voitures disparaissaient l'une après l'autre dans le rapide crépuscule comme des lucioles qui s'éteignent, Guillaume monta dans sa chambre pour changer de vêtements avant d'aller faire un tour de promenade solitaire. Histoire de s'éclaircir les idées et de chasser les vapeurs d'un trop bon dîner ! Il ôta ses habits si magnifiquement ajustés par son tailleur, se plongea la figure dans une cuvette d'eau froide puis se coula avec béatitude dans une vieille veste de chasse en velours vert passé et dans des bottes confortablement avachies par un long usage.

S'il n'y avait eu cette horrible affaire des Étoupins qui le tourmentait, Guillaume eût été pleinement satisfait de sa journée et de l'accueil reçu de tous par son fils naturel : Arthur tiendrait désormais dans le pays une place que personne, sinon quelques aigris, ne songerait plus à lui contester. Et le garçon lui-même moins encore que les autres. Le rebelle s'était imbriqué dans la maison dont il ne voulait pas comme une pierre dans un mur : il appartenait définitivement aux Treize Vents et là où elle était, Marie-Douce pouvait être contente puisque son enfant et l'homme qu'elle avait tant aimé se trouvaient à jamais réunis. Ce dernier d'ailleurs ayant pris ses dispositions pour qu'Arthur, officiellement reconnu, soit son héritier au même titre qu'Élisabeth et Adam.

Un moment, il s'accorda le plaisir doux amer d'évoquer l'image de la bien-aimée disparue. Non pas celle quasi désincarnée des derniers instants, mais celle de leurs belles heures de passion dans le cadre charmant des Hauvenières, quand Marie rayonnait de tout l'éclat de sa beauté et qu'il s'en grisait au point d'oublier ce qui n'était pas elle. Parfois même jusqu'à la plus élémentaire prudence. Dieu qu'ils avaient été heureux ! Plus peut-être que s'ils avaient pu vivre ensemble le lent cheminement des jours où se révèlent les caractères profonds et où s'usent trop souvent les illusions. Ils n'avaient connu l'un de l'autre que le meilleur, le plus merveilleux, quelque chose d'unique sans doute, un magnifique cadeau du Destin qu'il convenait de remercier...

Bien souvent, Guillaume avait essayé d'imaginer Marie vivant auprès de lui dans cette maison qu'il aimait. Sans y parvenir vraiment. A peine commençait-il à l'évoquer qu'un autre visage apparaissait, celui d'Agnès, courroucé et douloureux, comme si la première dame des Treize Vents voulait encore en interdire l'accès à la rivale détestée, mais, au fond, cela venait peut-être de Guillaume lui-même : il savait trop combien sa femme était attachée à ce domaine dont elle n'avait pas hésité à le chasser un soir, lui, le maître, allant même jusqu'à employer un affreux chantage[1].

Chose étrange, ce soir-là, ce ne fut pas Agnès qui se montra sur le fond brumeux de sa mémoire. Ce fut un sourire à fossettes, un regard vert lumineux et tendre : ceux de Rose de Varanville, l'amie de tant d'années dont il s'avisait ce soir qu'elle était toujours une femme exquise. Qu'elle était donc jolie, tout à l'heure ! Elle avait été le rayon de soleil de ce déjeuner de Noël : la vitalité jaillissait d'elle et l'on aurait dit qu'une lumière mystérieuse l'éclairait de l'intérieur. Cela tenait moins à la transparence de son teint ravissant qu'au pétillement joyeux de ses prunelles. On la sentait profondément heureuse de ce moment de franche convivialité avec des gens qu'elle aimait... François Niel, pour sa part, était complètement sous le charme...

Guillaume alla prendre sa pipe sur une étagère, la bourra, l'alluma et tira quelques bouffées en s'approchant de la fenêtre pour regarder le jardin s'assombrir. Il se demandait ce que dirait Rose s'il lui demander de l'épouser ? Sourirait-elle, demanderait-elle à réfléchir ou bien, décidée à rester à jamais fidèle au souvenir de l'époux disparu, refuserait-elle tout simplement ? Il pourrait être intéressant de lui poser la question mais une voix intérieure conseillait à Guillaume d'attendre encore. Ne fût-ce que pour garder un peu d'espoir : un refus sans appel pourrait être douloureux et ternir leur belle amitié.

En fait, l'idée initiale de ce mariage n'était pas de

---

1. Voir le tome II : *Le Réfugié.*

lui mais d'Élisabeth qui l'avait conçue environ trois ans plus tôt. La petite adorait Rose qu'elle avait toujours préférée à sa mère. En outre, douée d'un certain sens pratique, elle pensait que si, un jour, elle épousait Alexandre — ils étaient «fiancés» presque depuis leur naissance ! —, il serait bon que Rose vînt prendre sa place aux Treize Vents tandis qu'elle-même s'en irait régner sur Varanville où elle se plaisait beaucoup.

Le vent se levait et Guillaume aimait le vent. Une raison de plus pour transporter ses pensées jusqu'au bord de son acropole et regarder les phares s'allumer sur la mer. Il prit un manteau et quitta sa chambre. La maison n'avait pas encore retrouvé son calme : dans la cuisine on s'activait à terminer la vaisselle et à la ranger cependant que, dans les pièces de réception, Potentin et les jeunes valets remettaient de l'ordre avant le grand ménage du lendemain matin. Personne n'ayant faim, sinon peut-être Adam que l'on n'arrivait jamais à rassasier, on grignoterait quelque chose autour de la table de la cuisine et le maître s'en réjouissait : il se sentait toujours plus en appétit près de la grande cheminée flambante que dans la salle au décor plus apprêté. Il n'imaginait certes pas qu'à l'étage au-dessus ses deux fils, enfermés dans la chambre d'Adam, discutaient avec animation. Celui-ci pensait qu'il était temps, à présent, d'aller raconter son aventure à son père alors que l'avis d'Arthur différait :

— Je préférerais qu'on attende un peu, disait-il. Demain Père et ses amis vont tenir une sorte de conseil de guerre. Si nous parlons ce soir, l'assemblée va se précipiter à la pierre levée pour chercher des traces et tout brouiller peut-être...

— C'est idiot ce que tu dis : tu oublies que Père avait au Canada un ami indien qui l'emmenait avec lui en forêt. Konoka lui a appris à suivre une piste.

— Oui, mais il y a combien de temps ? En outre, il n'aime pas vraiment la chasse. Tu m'as dit qu'il acceptait rarement une invitation.

— C'est vrai qu'il déteste tuer un animal. Ça ne veut pas dire pour autant qu'il ait oublié les leçons de Konoka.

— Tu as peut-être raison, pourtant je voudrais que tu nous accordes à tous les deux quelques heures de patience. J'ai envie que, demain matin de bonne heure, on aille faire un tour là-bas. Moi aussi je sais lire les passages des animaux...

— Il y a des Indiens en Angleterre ? grogna Adam qui se sentait saisi à présent d'un grand esprit de sacrifice et souhaitait presque recevoir une raclée pour avoir l'âme en paix.

— Non, mais nous avions, à Astwell Park, un maître louvetier qui m'avait pris en amitié. Il m'emmenait souvent et il m'a enseigné bien des choses. Tu n'as pas envie, toi, de retourner sur le théâtre de tes exploits sans y convoquer la Terre entière ?...

— S... i ! J'avoue que c'est tentant... mais après on parlera ?

— On parlera ! On racontera ton histoire à ces messieurs et peut-être que tu seras même félicité si on trouve quelque chose ?... Tiens, qu'est-ce qu'on entend ? On dirait une voiture ?

Un bruit de sonnailles, de gourmettes, joint au léger grincement de roues parvenait en effet jusqu'à eux. Se levant vivement, les deux garçons se précipitèrent vers la fenêtre qu'Arthur ouvrit d'une main nerveuse.

— Seigneur! fit Adam, qu'est-ce que c'est que ça? Qui donc nous arrive en pareil équipage?

En effet, une grande berline de voyage lourdement chargée de bagages venait de franchir la grille. Un peu tassé sur son siège, un cocher enveloppé d'un carrick à triple collet dont on distinguait à peine le visage sous le bord de son chapeau tenait fermement en main les quatre vigoureux chevaux d'attelage vers la tête desquels accouraient déjà Prosper Daguet et l'un de ses garçons d'écurie. Les jeunes observateurs virent aussi Guillaume qui, sa canne d'une main sa pipe de l'autre, s'avançait sur le perron du pas hésitant de celui qui n'attend plus personne et qu'une arrivée surprise n'enchante guère. Potentin se tenait déjà auprès de lui, armé d'une grosse lanterne tempête qu'il élevait à bout de bras.

La voiture — c'était une berline de poste presque neuve et certainement confortable — s'arrêta devant eux. A ce moment, la glace de la portière se baissa et une tête de femme coiffée d'un chapeau élégant enveloppé de voiles blancs surgit dans la lumière qui fit briller des cheveux couleur de cuivre pâle et des yeux d'un vert doré. En même temps, une voix à la fois chaude et musicale s'écriait joyeusement :

— Que d'excuses, mon cher oncle, d'arriver chez vous à une heure pareille et sans avoir prévenu, mais nous avons perdu une roue en entrant dans Valognes et nous avons eu une peine infinie à obtenir qu'on nous répare en ce jour de fête... Évidemment, nous aurions pu rester là-bas pour la nuit mais c'est encore Noël et je tenais beaucoup à ce qu'Arthur ait aujourd'hui même le cadeau que je lui apporte...

Adam considéra son frère avec des yeux ronds :

— Mon cher oncle?... Et en plus elle parle de toi! Est-ce que tu la connais?

— Bien sûr, grogna le jeune garçon : c'est ma sœur Lorna, qui est aussi ta cousine et qui... enfin, c'est ma demi-sœur.

— Ce qu'il y a d'agréable dans notre famille, c'est qu'elle se complique de jour en jour. Mais dis donc! son arrivée n'a pas l'air de t'enchanter!

— Si... oh si! Seulement... je ne l'attendais pas si tôt! Elle m'avait dit qu'elle viendrait me voir un jour mais comme elle devait se marier peu après mon départ, je pensais que ce serait beaucoup plus tard! Mais... sacrebleu, elle a dit «nous»? Si elle nous amène son duc, c'est une vraie catastrophe...

— Son duc? Elle s'est mariée avec un duc?

— Oh, il n'y a pas de quoi en béer d'admiration : c'est le plus redoutable imbécile que j'aie jamais rencontré. Seulement il est très riche...

Adam, qui était presque passé par la fenêtre pour mieux voir, retomba sur ses pieds :

— Il n'y a pas d'homme avec elle à part le cocher. Seulement une femme qui a l'air d'une dame de compagnie...

Arthur regarda à son tour. En bas, Guillaume aidait Lorna à descendre de voiture. Derrière elle se montrait à présent une femme vêtue de noir, et le jeune garçon poussa un soupir de soulagement :

— Dieu merci! C'est Kitty. Elle était la femme de chambre de ma mère et je l'aime bien. Allons vite leur dire bonjour!

CHAPITRE VII

UNE ŒUVRE D'ART...

A l'exception de François Niel qui avait un peu forcé sur le meilleur chambertin de Potentin et qui dormait sur son lit tout habillé, le reste de la maison, un peu ahuri, se retrouva bientôt dans le vestibule autour de ces voyageuses auxquelles il était impossible de refuser l'hospitalité. D'abord parce que c'était l'un des rites traditionnels du pays normand et ensuite parce qu'elles se réclamaient de la famille. Même si les sentiments que suscitait leur arrivée allaient selon les personnages de l'accablement à la joie en passant par un certain ennui. Joie qui, pour Jeremiah Brent, par exemple, n'était pas exempte d'un rien de panique.

En fait, l'une des raisons pour lesquelles le jeune précepteur s'était déclaré si heureux de suivre son élève résidait dans l'amour sans espoir que, depuis deux ans déjà, il vouait à Miss Tremayne. Dire qu'il l'aimait ne reflétait pas absolument la vérité : elle le fascinait, l'enchantait et le terrifiait tout à la fois. Il aurait pu être son esclave si cette étoile s'était avisée de jeter les yeux sur un ver de terre. Et comme dans ses rêves secrets, il s'autorisait des privautés dont la réalisation l'eût fait jeter à la porte sans hésitation, il en avait conclu qu'un éloignement définitif offrait l'unique solution à une maladie que l'absence seule — ou alors la rencontre improbable d'une autre déesse! — pouvait guérir. Et voilà qu'elle envahissait son refuge, incroyablement belle dans une pelisse de velours noir ourlée de renard assorti qui faisait chanter sa chevelure et sa carnation! C'était un sublime instant d'esthétique pure, mais aussi la promesse d'un retour vers cet enfer sans issue que le jeune homme croyait bien avoir abandonné derrière lui à jamais...

En l'apercevant, elle eut pour lui un joli geste de sa petite main gantée de suède fin.

— Ce cher Jeremiah Brent! C'est une joie de retrouver un visage ami en terre lointaine!... Et quelle surprise!

— Surprise? Votre Grâce savait pourtant que j'accompagnais Arthur? articula le jeune homme, blessé dès le premier mot.

— Pardonnez-moi! Je crois que je l'avais oublié!... Et pas de Votre Grâce, s'il vous plaît! Ce titre ne me convient pas...

Et elle lui tourna le dos pour diriger sur le seul Guillaume l'éclat d'un inimitable sourire, laissant le malheureux définitivement ulcéré.

Cependant se rangeaient tout naturellement du côté de l'accablement Potentin, Mme Bellec, Lisette, Béline et le reste du personnel des Treize Vents, fatigué par une dure journée de travail commencée avant l'aube et à qui cette arrivée imprévue apportait un surcroît de peine : au lieu d'un repos bien gagné, il allait falloir se remettre à la tâche, cuisiner un repas, dresser la table dans la salle à manger, réendosser les livrées d'apparat et, bien entendu, préparer des chambres. En outre, si l'on en jugeait par l'abondance des caisses, malles, cartons à chapeaux, couvertures de voyage, paniers et sacs de toute sorte que Valentin, Colas et deux garçons d'écurie étaient en train d'empiler sur les dalles de marbre blanc, il ne s'agirait pas d'un séjour d'une ou deux nuits. La belle dame avait certainement l'intention de rester quelque temps.

Pour sa part, Guillaume, s'il retrouvait l'éblouissement de sa première rencontre avec cette incroyable beauté, n'était pas loin de partager l'ennui de ses gens dont il sentait la déception : il n'avait jamais beaucoup aimé les surprises et s'il goûtait de recevoir largement, il détestait y être contraint, surtout à un moment où il souhaitait jouir d'une soirée paisible dans sa maison. Il en était fâché, presque autant que de devoir accueillir cette altière Anglaise dans un accoutrement tout juste bon à courir les champs. Enfin l'entrée en scène d'une évocation du passé d'Arthur précisément le jour où l'on venait de célébrer le début de sa nouvelle existence l'inquiétait : il craignait instinctivement que l'équilibre de l'enfant en fût compromis.

Néanmoins, esclave courtois des sévères lois de l'hospitalité, il fit grand accueil aux deux voyageuses — seule la présence de Kitty lui faisait vraiment plaisir ! — en mettant sa demeure, ses gens et lui-même à leur disposition et en leur assurant que l'on ferait tout pour qu'elles ne regrettent pas leur long parcours depuis Londres.

— La mer n'était guère clémente, ces jours derniers, ajouta-t-il. J'espère que vous n'en avez pas trop souffert !

Lorna Tremayne se mit à rire :

— Pas du tout! Nous ne venons pas d'Angleterre mais bien de Paris. Je désirais revoir des amis, faire quelques folies. C'est une ville qui a tant de charme quand les ruisseaux se contentent de charrier des détritus et non du sang...

L'arrivée en trombe d'Arthur qui dévalait l'escalier suivi d'Adam détourna son attention. Elle lui tendit les bras:

— Eh bien, cher petit frère? Ne vous avais-je pas promis de venir voir comment vous vous trouviez de vivre en terre de France?

Après lui avoir rendu son baiser, le jeune garçon recula de quelques pas pour la regarder droit dans les yeux:

— Je crois que je suis heureux, dit-il gravement. C'est bon d'avoir une vraie famille, vous savez? Et plus encore puisque vous vous y joignez! J'avoue cependant que je ne vous espérais pas si tôt. Qu'avez-vous fait de votre époux?

— Rien du tout pour le moment! Sa Grâce veut bien se contenter du rôle de fiancé patient depuis que je lui ai fait comprendre qu'il était difficile de se marier en grand deuil. Je l'ai laissé à ses courses de chevaux, ses combats de boxe, ses conférences avec son tailleur, ses paris stupides et ses beuveries avec le prince de Galles! Mais nous en parlerons plus tard, ajouta-t-elle d'un ton léger. Ce que nous souhaitons avant tout, Kitty et moi, c'est nous réchauffer. Tandis que l'on réparait nous avons subi un vent polaire...

— Venez par ici! invita Guillaume en lui prenant la main. Nous n'avons pas que du vent mais aussi de bons feux.

— Ne pourrait-on me conduire plutôt à ma

chambre ? J'aimerais me détendre, me changer...
Cette route m'a épuisée et je dois être affreuse...

Guillaume n'eut pas le temps de protester.
Haute, claire mais aussi froide que le vent men-
tionné, la voix d'Élisabeth se fit entendre depuis la
courbe de l'escalier :

— La chambre jaune sera prête dans peu d'instants, dit-elle. En attendant, Père, vous devriez
conduire madame au petit salon. Je vais lui faire
porter de quoi se restaurer.

D'un mouvement plein de grâce, Lorna se
détourna pour considérer la mince silhouette qui la
fixait d'un œil nuageux en descendant lentement
vers elle.

— Une simple tasse de thé devrait suffire en
attendant le souper, soupira-t-elle.

— C'est qu'en principe nous ne souperons pas ce
soir. Le dîner de Noël a été des plus copieux et nous
comptions nous contenter de grignoter quelque
chose à la cuisine avec peut-être un peu de soupe.
Je doute que cela vous convienne... A propos, je suis
Élisabeth Tremaine !

La jeune fille était arrivée à la hauteur de la
visiteuse que ses yeux gris, froidement scrutateurs,
dévisageaient sans indulgence : seule expression
d'antipathie que la bienséance lui autorisât. En
effet, depuis que de sa fenêtre elle avait assisté à
l'arrivée de la berline, Élisabeth s'était sentie enva-
hie d'une crainte étrange qui s'aggrava lorsqu'elle
découvrit la splendeur de cette inconnue. Pareille
beauté ne pouvait être que dangereuse ! Un instinct
quasi animal lui soufflait d'avoir à s'en méfier.

Lorna leva les sourcils avec un petit rire assez
insolent :

— Vous avez de curieuses coutumes pour des châtelains.

— C'est que nous n'en sommes pas. En construisant cette maison, mon père n'a jamais voulu en faire un château. Un manoir, une gentilhommière, tout ce que vous voudrez! Rien d'autre...

— Cela y ressemble tout de même beaucoup, mais soyez sans crainte, je saurai m'en accommoder... Au fait : nous sommes cousines puisque mon père, sir Richard Tremayne, était votre oncle...

Plutôt étonné — un peu amusé aussi — par cette passe d'armes inattendue, Guillaume jugea qu'il était temps de s'en mêler : la jeune et toujours si charmante hôtesse des Treize Vents était en train de se transformer en un petit coq de combat.

Il n'arrivait pas à lui donner tout à fait tort d'ailleurs. La belle Anglaise se comportait comme en pays conquis. En outre, la référence à Richard, le traître, le demi-frère détesté, et cela sous son propre toit, lui était franchement désagréable mais il convenait cependant de respecter les usages. Posant une main apaisante sur l'épaule de sa fille, il lui sourit en disant :

— Accordez, s'il vous plaît..., ma nièce, quelque indulgence à une jeune maîtresse de maison qui vient de subir une rude journée et qui ne perd jamais de vue la fatigue de ses gens! Vous n'en êtes pas moins la très bien venue! Mettez-vous à l'aise tandis que Mme Bellec prendra soin de Kitty. Je vous la recommande, Clémence! C'est une ancienne amie...

Miss Tremayne se laissa emmener après avoir recommandé à Colas de porter à sa suite certain grand paquet carré soigneusement enveloppé de forte toile et de sangles de cuir.

— C'est le cadeau que je tenais à t'offrir aujourd'hui même, confia-t-elle à son jeune frère dont elle avait pris le bras. Nous allons le déballer ensemble...

— Qu'est-ce que c'est? demanda celui-ci sans obtenir d'autre réponse qu'un sourire.

Il était à la fois heureux, inquiet et un peu navré de la tournure prise par les événements. Il n'aurait jamais imaginé qu'Élisabeth pût se montrer aussi délibérément hostile envers une femme qu'elle ne connaissait pas mais que lui aimait. Pourtant, se souvenant de sa propre réaction, tout à l'heure, en face d'Alexandre de Varanville, il se demanda si la jeune fille éprouvait un sentiment analogue.

L'ambiance intime et chaleureuse du petit salon aux boiseries d'un gris-vert si doux sur lequel ressortaient délicatement les hampes azurées de jacinthes arracha à la voyageuse une exclamation charmée :

— Qu'il fait bon ici... C'est ravissant !

Elle alla tendre ses mains aux flammes de la cheminée puis, comme le jeune valet déposait le paquet contre une table, elle l'invita à aider Arthur à dénouer les attaches et les toiles :

— Faites très attention ! C'est une véritable œuvre d'art...

Craignant sans doute qu'ils ne prissent pas assez de précautions, Lorna dégrafa sa pelisse qu'elle jeta sur un siège et s'agenouilla pour diriger les opérations. Ce n'était peut-être pas inutile car Arthur, saisi d'impatience comme tous les enfants qui reçoivent un présent, s'activait sans trop de douceur. Guillaume, Adam et Jeremiah Brent regardaient : le premier avec amusement, le second avec curiosité, le troisième avec une vague inquiétude qu'il ne parvenait pas à s'expliquer. Et soudain tous trois se figèrent : le dernier linge venait de tomber dévoilant un portrait de femme en face duquel Arthur recula sur ses genoux avec un « oh ! » stupéfait : il s'agissait de celui de sa mère et cependant il ne l'avait jamais vu.

C'était en vérité une chose exquise, pas très grande mais d'une absolue perfection. Et combien émouvante ! Sur le fond un peu brumeux d'un parc aux arbres romantiques, Marie-Douce fit soudain son apparition dans cette demeure où elle avait toujours rêvé d'entrer mais qui lui était restée interdite.

Vêtue d'une robe de taffetas d'un rose délicat de pétale mourant ouverte sur un foisonnement de dentelles blanches légères comme des plumes moussant à sa gorge, à ses coudes et autour de ses cheveux soyeux ornés d'une rose à peine teintée, un quintuple rang de perles fines serrant son cou délicat, elle confisqua soudain toute la lumière de la pièce.

La gorge de Guillaume se sécha brusquement sous le coup d'une émotion brutale qui lui mit les larmes aux yeux. Cette image remontait le temps sans l'abolir. Elle apportait le chaînon manquant que son imagination s'était révélée impuissante à forger au cours de ces dernières années. C'était celle de lady Astwell, une grande dame encore très belle mais fragile et même un peu douloureuse. Ce n'était plus la radieuse et insouciante maîtresse des Hauvenières qui buvait l'amour par tous les pores de sa peau et pas encore l'ombre blanche des dernières heures. En dépit de l'éclat du portrait, la maladie posait déjà sa griffe sur ce ravissant visage.

Sans quitter sa position agenouillée, Arthur, les yeux grands ouverts, laissait couler des larmes qui émurent son père. Se penchant sur lui, il le fit relever mais le garda contre lui tandis que son regard durci s'attachait à sa nièce :

— Un cadeau de Noël, selon moi, devrait toujours amener un sourire et non des pleurs. Qu'en pensez-vous?

La jeune femme n'eut pas le temps de répondre. Essuyant ses joues du revers de sa main, Arthur priait déjà :

— Ne vous fâchez pas, Père! Lorna voulait seulement me faire plaisir, j'en suis certain, mais, comme je n'ai jamais vu ce portrait, la surprise m'a un peu bouleversé...

— J'aurais dû y penser, dit d'une voix sourde Miss Tremayne, et je suis désolée de l'effet désastreux de mon coup de théâtre. Moi-même j'ignorais l'existence de ce portrait. Nous l'avons découvert dans la chambre de sir Christopher au moment de sa mort dans les premiers jours de ce mois...

— Mon Dieu! murmura Guillaume, je n'aurais jamais imaginé qu'il la suivrait de si près!

— Lui en était certain. Souvenez-vous de son attitude au moment des funérailles de Mère! Il était presque joyeux. Pour en revenir à ce tableau, il l'avait commandé environ deux ans après son mariage à sir Thomas Lawrence, mais il le voulait pour lui seul, ainsi qu'il me l'a confié à ses derniers instants, et Mère avait accepté qu'il fût uniquement pour les yeux de cet époux qui l'adorait sans jamais rien lui demander en échange.

— Vous dites qu'il était dans sa chambre?

— Si l'on peut appeler cela une chambre! Une cellule monacale ou peu s'en fallait! Pas de tapis, pas de tentures sur la pierre des murs! Quelques meubles qui n'auraient sans doute pas convenu au régisseur du domaine mais, en face du lit de chêne tout simple, il y avait cette peinture et le reste disparaissait. C'était elle qu'il contemplait le soir en s'endormant — quand il pouvait encore dormir! —, elle encore qui recevait son premier regard du matin.

D'un mouvement spontané, Arthur s'élança vers sa sœur et l'embrassa :

— Oh, Lorna, comment vous remercier de me l'avoir apportée? Vous auriez pu la garder? L'œuvre d'un si grand peintre!

— Ne vous y trompez pas, Arthur, je suis seulement une messagère. C'est sir Christopher qui vous l'envoie : il me l'a donné pour vous avant d'expirer...

Avec un respect quasi religieux, Arthur alla prendre le tableau toujours appuyé contre le pied d'une table et le plaça devant la glace d'une console afin de mieux le contempler :

— Comme elle était jolie! soupira-t-il. Vous lui ressemblez vraiment beaucoup, Lorna !...

— Elle avait les yeux et les cheveux d'un ange. Ce n'est pas mon cas et c'est très bien ainsi. A présent, messieurs, j'aimerais beaucoup que l'on s'occupe d'une pauvre voyageuse épuisée.

Tout en parlant, elle alla s'asseoir près du feu, étalant gracieusement autour de ses longues jambes les plis veloutés de sa robe. A ce moment, Élisabeth entra, précédant Valentin chargé d'un grand plateau où s'étalait toute une argenterie :

— Voilà le thé! annonça-t-elle. J'espère qu'il sera à votre goût, madame, et que...

La phrase mourut dans sa gorge sous l'effet de la surprise : elle venait d'apercevoir le portrait devant lequel Arthur était en contemplation et tout de suite son regard gris vira presque au noir. A plusieurs reprises, il courut, ce regard, de la toile à la cousine apportée par le vent du soir et dont elle avait de plus en plus peur, revint au tableau, repartit : la ressemblance était frappante. Qu'il s'agît de la mère et la fille ne faisait aucun doute malheureusement et rien de bon ne pouvait résulter de leur intrusion dans la famille.

Luttant contre l'impulsion insensée d'empoigner ce tableau pour le jeter dehors et de faire suivre le même chemin à la belle Lorna, Élisabeth prit une profonde respiration afin de se contraindre au calme. D'une voix posée elle donna des instructions au jeune valet sur la façon dont il convenait de servir puis rejoignit Arthur devant la console. Celui-ci tourna la tête et lui fit un beau sourire :

— Voilà ma mère! fit-il comme dans un rêve. Elle était bien belle, n'est-ce pas?

Le cœur d'Élisabeth se serra. Pour rien au monde elle n'aurait voulu blesser ce jeune frère tombé du ciel et devenu si cher. D'autre part, nier le charme de la morte n'eût été qu'un mensonge puéril. Elle glissa son bras sous celui du jeune garçon :

— C'est peu dire! Je suis certaine qu'elle était mieux encore! dit-elle doucement. C'est un très beau cadeau grâce auquel tu te sentiras moins exilé ici. Je vais dire à Potentin de l'accrocher dans ta chambre. Ainsi tu sentiras davantage encore sa présence à tes côtés.

Heureux de ce qu'elle venait de dire, Arthur l'embrassa. Lorna sortit alors de la tasse de thé qu'elle dégustait avec un plaisir évident pour remarquer avec nonchalance :

— Est-ce si urgent? C'est, je le rappelle, l'œuvre d'un grand peintre qui ne déparerait pas l'harmonie de ce salon, bien au contraire. J'en connais qui seraient fiers de le pendre à une place d'honneur et non au fond d'une chambre...

Il s'agissait là d'une provocation flagrante qu'une femme avertie eût balayée d'une boutade ou d'une pirouette, mais Élisabeth était trop jeune pour être habile à l'escrime de salon.

— Je ne vois pas où le portrait d'une mère pourrait être mieux que dans la chambre de son fils? Vous l'avez bien apporté pour lui et non pour la famille?

— Pourquoi pas à l'intention des deux? Après tout, ma chère enfant, il s'agit de votre tante.

— Peut-être, mais il est des parentés qu'il vaut mieux ne pas afficher. En outre, vous pourrez constater en faisant le tour de nos pièces de réception qu'il n'y a ici aucun portrait de ma mère. Sa brève existence dans cette maison s'est déroulée pendant une époque de bouleversements et de violence où l'on n'avait guère le loisir de poser pour un peintre. Aussi aucun de nos amis ne comprendrait que lady Astwell trône en effigie dans les salons de Mme Tremaine. Si ce... détail dépasse votre entendement, je le regrette mais sachez que moi je ne le tolérerai pas! Je vous souhaite le bonsoir, madame!

Un bref signe de tête et la jeune fille quittait la pièce en quelques pas rapides, poursuivie par le rire en cascatelle de la belle Anglaise. Sa voix même lui parvint avant que la porte ne fût refermée :

— Quelle enfant impulsive! Je ne m'attendais pas à pareille réaction. Loin de moi la pensée de blesser qui que ce soit...

— Je vous demande excuses pour son comportement, fit Guillaume avec un rien de sévérité. Mais c'est à elle, en tant que maîtresse de maison, de décider de ce qui doit entrer ou non dans les pièces communes. Depuis la mort de sa mère elle assume ce rôle à mon entière satisfaction... De toute façon, je vous rappelle vos paroles : c'est pour Arthur que sir Christopher vous a remis ce portrait. Étant donné la place qu'il occupait chez lui, je ne crois pas qu'il nous approuverait de vouloir en faire un simple élément décoratif. Arthur, j'espère que tu ne tiendras pas rigueur à ta sœur de ce qu'elle...

— Non, Père, soyez sans crainte ! Moi, j'ai très bien compris ! Monsieur Brent, puis-je vous demander de m'aider à porter mon cadeau chez moi ?

— Bien sûr, Arthur ! Si vous voulez bien m'excuser, miss Lorna !

— Et moi je vais demander à Potentin ce qu'il faut pour l'accrocher, déclara Adam. A nous trois, nous trouverons la meilleure place.

Le tableau disparut avec eux. Guillaume et Lorna demeurèrent seuls et en silence. Lui s'était dirigé vers une fenêtre pour regarder le vent nocturne secouer les cimes des arbres. Elle achevait tranquillement la collation qu'on lui avait servie. Après une dernière tasse de thé, elle se leva et vint vers lui :

— Il me semble que je ne suis pas aussi bienvenue que je l'imaginais, murmura-t-elle avec une tristesse à laquelle il fut sensible.

— Je serais navré que vous ayez cette impression. Chez nous, en Cotentin, quiconque vient frapper à la porte doit être reçu avec honneur et ma fille le sait. Peut-être même sait-elle trop de choses ! Parmi tout cela, il en est, bien sûr, qui lui sont plus sensibles. Tâchez de ne pas lui en vouloir. Demain, à la lumière du jour, tout ira mieux...

— Ce n'est pas à elle que j'en veux mais à vous qui lui donnez raison. J'espérais, je l'avoue, que vous seriez heureux d'avoir jour après jour cette image sous les yeux.

La réponse vint aussitôt, brutale, formelle :

— Non. Cette image, comme vous dites, n'est pas celle de la femme que j'aimais ; celle-là est gravée en moi et ne s'effacera plus. Aussi n'ai-je que faire de l'œuvre de Mr Lawrence : elle représente la mère d'Arthur, l'épouse de sir Christopher. Pas Marie-Douce ! J'aurais dû comprendre plus tôt que, le jour où elle m'a dit adieu, tout était vraiment fini...

— C'est vous, n'est-ce pas, qui l'aviez baptisée ainsi ?

— Oui. C'était venu tout naturellement : elle avait quatre ans et moi sept ! Dieu qu'elle était adorable ! Et je l'ai adorée ! conclut Guillaume avec un mince sourire. Seulement tout était contre nous... même l'Histoire avec un grand H !

— Et surtout ma grand-mère ! Je crois que vous êtes l'être qu'elle déteste le plus au monde. Elle vous haïssait déjà quand vous étiez enfant et elle a failli mourir de fureur quand elle a su qu'Arthur était de vous.

— Seulement failli ? C'est bien dommage.

On gratta à la porte et Kitty parut, déjà revêtue de sa tenue de camériste — robe noire, tablier, bonnet et manchettes de batiste blanche. Elle venait annoncer que la chambre de Miss Lorna était prête à l'accueillir. On lui avait même préparé un bain.

— Merveille ! s'écria la jeune femme. J'arrive tout de suite Kitty !... Je crois, ajouta-t-elle en se tournant vers Guillaume, que je ne vous imposerai pas davantage ma présence pour ce soir ! Après ce bain, seul le lit sera le bienvenu. Je vous souhaite le bonsoir... mon oncle!

Pensant qu'elle allait lui tendre la main, il inclina son buste mais elle le saisit aux épaules et posa sur sa joue des lèvres infiniment douces et chaudes puis, reculant vivement, elle darda sur lui le scintillement de son regard :

— Dieu que je déteste vous appeler ainsi! C'est tout juste bon pour un vieil homme!

— Mais je suis un vieil homme!

Elle eut un petit rire en considérant la longue silhouette maigre et musclée, les larges épaules et la tête rousse, si durement sculptées, les cheveux drus à peine argentés aux tempes.

— Ne dites pas de sottises, lança-t-elle avec une brusque colère. Vous êtes un homme, tout simplement, mais un vrai. Le seul, sans doute, que j'aie jamais rencontré jusqu'à présent! A part peut-être sir Christopher, mais celui-là était un saint...

— Pas moi! protesta-t-il

— Je sais. Vous ressembleriez plutôt à un démon... Tout compte fait, je crois que j'aimerais vous appeler Guillaume... Nous appartenons à une famille tellement bizarre! Il me semble que cela simplifierait nos relations. Après tout, vous n'êtes qu'une moitié d'oncle et mon frère vous appelle Père!

Elle sortit sans attendre une réponse qui ne lui eût peut-être pas convenu. Guillaume doutait, en effet, qu'une nouvelle entorse aux convenances fut du goût d'Élisabeth, déjà tellement prévenue contre la visiteuse. Si celle-ci se mettait à lui donner du «Guillaume», on allait au massacre!...

Cependant, il serait peut-être bon d'essayer de raisonner un peu la jeune furie et de l'inciter à la patience. Il n'entrait certainement pas dans les projets d'une jeune femme aussi brillante que Lorna de s'attarder plus que de raison dans un manoir campagnard accroché à un rocher du bout du monde où les distractions se faisaient rares, surtout en hiver. Quelques jours tout au plus et la voyageuse repartirait... C'était ce qu'il fallait faire comprendre à Élisabeth, en ajoutant qu'au cours de son existence il lui arriverait encore de recevoir des gens plutôt mal venus.

Renonçant à une impérieuse envie d'aller se réfugier dans le calme de sa chère bibliothèque pour bouquiner en fumant une bonne pipe, les pieds sur les chenets, Guillaume se dirigea en soupirant vers la chambre de sa fille mais quand, après avoir frappé deux ou trois fois, il entrouvrit la porte, il vit qu'il n'y avait d'autre lumière que les reflets du feu. Pensant alors qu'Élisabeth s'était peut-être rendue à la cuisine où elle déversait volontiers ses confidences dans le giron de Clémence, il renonça à l'y poursuivre, remettant au lendemain l'homélie prévue, et gagna son refuge à pas furtifs, comme s'il craignait d'être pris en flagrant délit de désertion.

De toute façon, Élisabeth n'était pas à la cuisine : elle était même beaucoup plus proche de son père qu'il ne l'imaginait puisqu'elle l'avait parfaitement entendu frapper chez elle mais en se gardant bien de manifester sa présence : assise dans la chambre de sa mère, elle en écoutait le silence pour essayer d'en tirer une réponse aux questions qu'elle se posait.

C'était la plus belle chambre de la maison, celle dont les fenêtres occupaient le petit avant-corps prolongé par le perron et couronné par le fronton triangulaire, celle que seuls pouvaient occuper le maître et son épouse, en admettant qu'ils eussent choisi de cohabiter. Ce qui n'était pas le cas : concession à sa délicatesse et à sa naissance aristocratique, Agnès y résidait seule, Guillaume occupant la pièce voisine. De plus en plus seule, d'ailleurs, à mesure que se creusait le fossé entre elle et son époux, elle l'avait quittée pour n'y plus revenir dans l'un de ces jours de colère qui avaient marqué 1793, l'année maudite où mêlé à tant d'autres le sang du Roi et de la Reine, oints du Seigneur, avait coulé sur la terre de France. En revenant de Paris où il dut assister impuissant à l'exécution de sa femme, Guillaume avait ordonné de fermer volets et rideaux en signe de deuil. Tout était demeuré clos pendant plusieurs mois, jusqu'à la date anniversaire de la mort : le samedi 8 février 1794 qui dans l'ancien calendrier se trouvait être, curieusement, le jour de la Saint-Vaast !

Le lendemain, Guillaume faisait tirer les rideaux, rouvrir les contrevents et ordonnait que l'on procédât à un grand ménage mais sans rien déplacer de ces menus objets qui avaient été les compagnons de sa femme. De même les placards furent ouverts, les robes aérées, brossées et remises en place. Depuis la chambre était entretenue régulièrement. A la belle saison on y mettait des fleurs et l'hiver des branches de sapin, du houx, des ellébores, des perce-neige et puis, bien entendu, quelques-unes des jacinthes de Clémence. Dans la cheminée, un feu était préparé et, sous sa courte-pointe brodée de mille fleurs semblable aux rideaux doublés de satin blanc tombant du baldaquin, le lit était prêt. Ainsi le voulaient Guillaume et ses enfants, en souvenir : l'ombre inquiète d'Agnès, s'il lui plaisait de revenir, devait toujours se sentir chez elle. Naturellement personne n'y dormait jamais plus.

En ce soir de Noël, Élisabeth éprouva soudain l'impérieux besoin d'aller s'y recueillir. Il lui semblait que la défunte avait besoin de la présence de sa fille aînée dont elle n'avait guère connu que les révoltes. Passionnément attachée à son père, la petite fille d'alors en voulait férocement à une épouse capable de chasser un homme de sa propre maison. Il y avait eu, entre autres, un Noël où, désemparée, Élisabeth avait accueilli comme un cadeau du ciel de se réfugier à Varanville auprès de Rose et d'Alexandre. Guillaume avait disparu et, sans lui, les Treize Vents n'étaient plus qu'une coquille vide, un superbe décor de théâtre derrière lequel ne soufflaient plus que la rancune et la haine. Agnès y restait seule, barricadée dans sa fureur jalouse, mais elle avait tenu bon, hantée qu'elle était par l'implacable volonté de barrer la route à sa rivale, de lui interdire l'accès de la maison familiale. Elle n'était partie vers son destin tragique et glorieux qu'une fois certaine que l'époux adultère n'y vivrait plus que pour ses enfants.

Assise au pied du lit, une chandelle allumée posée à ses pieds sur le tapis, la jeune fille pensait que, de tous les mauvais plaisants, le Destin était le pire. Agnès n'était plus qu'une ombre et voilà que l'autre tentait de prendre possession de son domaine sous le double avatar d'un portrait et d'une fille qui lui ressemblait trop :

— Je ne le supporterai jamais ! Jamais ! fit Élisabeth à haute voix. Si cette femme cherche à s'incruster, je tenterai n'importe quoi pour la faire partir. L'autre ne gagnera pas à travers elle. Je vous le jure, Mère !

Il lui sembla tout à coup que l'atmosphère vibrait autour d'elle. C'était comme un souffle, froid et léger. Peut-être le soupir de l'ombre qu'elle évoquait. Lentement, elle se leva, prit sa bougie et alla jusqu'à la coiffeuse en bois de rose surmontée d'un miroir devant lequel, tant de fois, elle avait vu sa mère s'asseoir. C'était un meuble ravissant couvert de menus objets précieux : flacons de cristal à bouchons d'or, boîtes d'émaux translucides, pots de fine porcelaine chinoise verte ou rose, peignes d'ivoire, brosses d'argent et enfin, posé là comme par hasard, un grand mouchoir de dentelle que la main pieuse de Lisette se contentait de secouer avant de le remettre exactement à la même place lorsqu'elle faisait les poussières.

Ne sachant trop où mettre son chandelier au milieu de ce charmant désordre, Élisabeth le posa sur une commode après avoir allumé les longues bougies roses placées de chaque côté de la glace. Celle-ci lui renvoya une image différente de ce qu'elle attendait : c'était son visage mais il semblait se fondre dans un brouillard pâle d'où n'émergeaient que ses grands yeux gris, les mêmes que ceux d'Agnès. Puis tout se brouilla et, sur la surface lisse, elle crut voir soudain la femme du portrait qui la dévisageait avec un sourire de défi. « Je suis là pour rester, semblait dire l'Anglaise, pour reprendre ce qui aurait dû être mien et toi tu n'y pourras rien... »

L'évocation fut si nette que, pour la chasser, Élisabeth tendit les mains, se brûla et émit un petit cri de douleur, mais ce fut suffisant pour que l'image disparaisse et que le miroir lui rende son propre reflet. Alors, elle se sentit soudain pleine de lassitude : sa mère s'était usée, brisée dans l'épuisant combat mené contre une rivale trop forte. Pourtant Agnès était plus jeune que cette femme, tout aussi belle, et Guillaume l'avait aimée. S'il allait à présent se prendre d'amour pour cette Lorna trop semblable à la disparue, de quelles armes une adolescente de quinze ans pourrait-elle disposer?

Elle se pencha soudain jusqu'à ce que dans le mercure poli elle ne vît plus que ses yeux et s'entendit murmurer :

— Il faut m'aider, Maman! Seule, je n'y arriverai jamais! Je ne sais pas ce qu'elle veut, ce qu'elle cherche ici, mais ce n'est bon pour personne...

Cela dit, elle souffla les flammes, quitta la pièce dont elle referma soigneusement la porte, ôta la clef et la mit dans sa poche. A cet instant Potentin sortait de chez Arthur armé d'une boîte à clous et d'un marteau. Élisabeth observa qu'il paraissait extrêmement troublé.

— Vous venez d'accrocher l'œuvre d'art, ricana-t-elle. Si je ne m'en étais pas mêlée, elle eût trôné dans l'un des salons...

— Je ne crois pas, Mademoiselle Élisabeth. Monsieur Guillaume ne l'aurait pas permis.

— Vous en êtes certain? Cette femme semble s'entendre à obtenir tout ce qu'elle désire. Tout comme sa mère, apparemment!

Le vieux majordome hocha la tête en se frottant le menton.

— Elle n'est pas du tout comme sa mère! J'ai connu lady Tremayne au temps des Hauvenières. Elle n'était rien d'autre qu'une grande enfant dont la vie s'attachait à un seul être : votre père. Tout ce qu'elle demandait, c'était de l'avoir à elle de temps en temps et de penser à lui dans les autres moments. Son portrait est infiniment triste, si vous voulez mon avis, car c'est celui d'une femme qui n'a plus d'espérance.

— Et sa fille, notre belle cousine, qu'en pensez-vous?

— Je n'en sais trop rien. Une chose est certaine : elle n'est pas faite du même bois. Tout ce que j'espère, c'est que sa visite sera brève et qu'elle repartira comme elle est venue.

— Je l'espère aussi. Bonne nuit, mon Potentin! Dites à Mme Bellec que je ne descendrai plus ce soir. Je n'ai envie de voir personne...

— Pas même moi? Que vous n'ayez pas faim ne me surprend guère, mais vous aurez bien une petite place pour une part de tarte et un verre de lait? Je vous monterai ça tout à l'heure... Et puis, ne vous tourmentez pas trop! J'ai toujours veillé sur votre père et j'ai bien l'intention de continuer. Les belles dames ne peuvent plus faire peur au vieil homme que je suis!

Affirmation rassurante qui lui valut un gros baiser sur chaque joue avant qu'Élisabeth, le cœur un peu moins lourd, ne disparût derrière la porte de sa chambre.

Cependant, Potentin eût été moins assuré s'il avait pu s'introduire dans la chambre jaune. Enveloppée dans un grand peignoir de linon garni de dentelles, Lorna, assise devant une table à coiffer, livrait sa chevelure aux soins de celle qui avait été si longtemps la dévouée camériste de sa mère. Les brosses d'argent passaient et repassaient dans la masse cuivrée qui devenait plus légère, plus brillante et entourait la tête de la jeune femme d'un halo scintillant.

Les paupières mi-closes, elle se laissait faire tout

en souriant à l'image que renvoyait le miroir. Au bout d'un moment, elle eut un soupir d'aise.

— Je suis vraiment ravie d'être ici! Penses-tu toujours que j'aie eu tort de vouloir apporter moi-même le legs de sir Christopher? Le pays est magnifique, le domaine superbe, la maison tout à fait à mon goût... sans parler du maître qui est bien l'homme le plus fascinant que j'aie jamais rencontré.

— Je vous ai déjà dit ce que j'en pensais, Miss Lorna. Dans ces conditions, pourquoi y revenir?

— Parce que je veux que tu admettes que j'ai raison.

— Raison de quoi? De laisser se morfondre l'un des plus beaux partis d'Angleterre? Si Sa Grâce se lassait d'attendre, votre grand-mère ne vous le pardonnerait pas.

— Voilà qui m'est égal! Elle en sera quitte pour léguer tous ses biens à mon frère Édouard. D'autant qu'elle et ce cher duc ont peu de chances de me revoir si je parviens à mes fins...

Avec un soupir, Kitty abaissa les bras le long de son corps d'un geste lourd de fatigue. Dans le miroir, son regard rejoignit celui de la jeune femme.

— Parlons-en une bonne fois de vos fins! Vous ne vous êtes pas mis en tête, j'imagine, de mettre dans votre lit l'ancien amant de votre mère?

— Mais si, ma bonne Kitty! Je ne pense même qu'à cela! Mère était folle de lui et j'ai compris sa folie lorsque je l'ai vu à Astwell Park. Je crois que j'ai eu envie de lui au premier regard. Tudieu! Quel homme! Je le revois encore: il venait de rosser Édouard et ses yeux de fauve lançaient des éclairs! Comment veux-tu qu'après cela je me résigne à subir ce benêt de Thomas qui sent toujours plus ou moins l'écurie et le whisky. Aucun homme ne m'a produit le même effet que ce Guillaume !

— Je me demande si vous n'êtes pas la femme la plus dépravée de tout le royaume, Miss Lorna ? C'est mon malheur de vous aimer presque autant que j'ai aimé votre mère, mais c'est aussi pour cette raison que vous devriez m'écouter : je sais ce qu'elle a souffert par cet homme, combien elle l'a aimé. Pourtant, elle a trouvé le courage de s'éloigner de lui à jamais pour suivre sir Christopher... Croyez-moi, allons-nous-en d'ici ! Retournons à Londres et oubliez Guillaume Tremaine ! Il est possible qu'il succombe à votre charme mais il le regrettera aussi vite et il vous renverra.

Piquée dans son orgueil, Lorna se retourna brusquement :

— Me renvoyer ? Tu divagues, ma parole ! Mais, ma chère Kitty, je suis ici pour me faire épouser !

Une expression d'effroi apparut sur le visage fatigué de Kitty qui accusait ce soir beaucoup plus que ses trente ans. Elle se signa même précipitamment.

— Vous voulez épouser votre oncle ? Oh, Miss Lorna, songez que ce serait un grand péché : presque de l'inceste !

La jeune femme partit d'un éclat de rire qui dissipa un peu l'atmosphère de drame apportée par le dernier mot.

— N'exagérons rien ! Ce n'est tout de même pas mon frère.

— C'est celui de votre père !

— Son demi-frère ! Il est étonnant de constater comme nous aimons les demi-mesures dans notre cadre familial. De toute façon, à ce niveau, le lien de parenté est considérablement atténué. Et là tu dois admettre que j'ai raison!

— Non. Je ne l'admettrai jamais. L'âme de votre mère non plus et tout le monde pensera comme nous! D'ailleurs, ce sont-là des paroles en l'air et je suis bien tranquille. Même si les scrupules n'étouffent pas trop M. Tremaine quand il s'agit d'assouvir ses passions, il n'ira jamais jusque-là.

— C'est ce que nous verrons! Et retiens bien ceci : ce que je veux je l'obtiens toujours. Ici, j'aurai tout! ajouta-t-elle dans un grand mouvement de ses deux bras qui ramassait l'espace : l'homme, sa fortune, sa maison... et aussi ce trésor de guerre qu'il garde caché en prévision de mauvais jours et dont, une seule fois, il a parlé à Mère après l'amour. Il s'agirait de pierres précieuses rapportées jadis des Indes et tu penses bien qu'elles m'intéressent. C'est déjà suffisamment scandaleux qu'il n'ait même pas eu l'idée d'en offrir une seule à Mère!

— Elle n'en aurait pas voulu. Peut-être même se serait-elle sentie offensée? Sauf s'il l'avait épousée. Mais vous allez, vous allez! Est-ce que vous pensez seulement aux enfants? Il me semble que vous devriez les prendre en considération. La jeune fille surtout : celle-là vous déteste et se méfie.

La jeune femme balaya l'obstacle d'un geste insouciant :

— Pfft!... Une fille cela se marie. Quant au jeune Adam, c'est un bon garçon un peu benêt, qui m'a tout l'air de suivre notre Arthur comme un petit chien. Et tu ne me diras pas que nous avons quelque chose à redouter de celui-ci? Allons, cesse de faire grise mine et achève de me coiffer! J'ai l'intention de prendre grand soin de ma personne dans les jours à venir : il faut que je sois de plus en plus belle!

— Vous l'êtes déjà bien assez pour ma tranquillité! Permettez-moi encore une question.

— Laquelle?

— Quel prétexte comptez-vous invoquer pour rester ici? Vous avez remis votre cadeau et, à moins que l'on ne vous invite expressément à séjourner dans la maison, il vous sera difficile d'y demeurer envers et contre tous.

— Je peux tout de même souhaiter passer quelques jours auprès de mon jeune frère, non? Quelle manie de tout dramatiser! On est courtois dans cette demeure et j'imagine mal que l'on pourrait me prier de déguerpir dès le lever du soleil. D'ailleurs je n'en ai pas fini avec le règlement de nos affaires. J'entends me rendre aux Hauvenières, voir à quoi ressemble la propriété d'Arthur et s'il est possible de la rendre à nouveau habitable. Je pourrais souhaiter, alors, y séjourner un temps...

— Comment le pourriez-vous? Il n'y a plus rien! Nous avons dû tout vendre avant de quitter la maison parce que nous n'avions plus d'argent, lady Marie et moi... Je vois mal ce que vous y feriez.

— Pourquoi pas y planter du romarin?

Devant la mine éberluée de sa femme de chambre, elle rit de nouveau puis récita et sa voix alors se chargea d'une douceur pleine de mélancolie: «Voilà du romarin, c'est pour le souvenir. Mon amour, je vous en prie, ne m'oubliez pas...»

— Tu n'as jamais vu jouer *Hamlet* au théâtre du Globe?

— Je n'ai jamais eu beaucoup de temps pour ça et vous savez bien que nous avons surtout vécu à la campagne, milady et moi...

— Dommage! C'est une belle pièce et j'ai toujours aimé Shakespeare... Tu vois, ajouta-t-elle en s'étirant voluptueusement, je suis tout à fait certaine que je trouverai ma chance en cultivant le souvenir. Et toi tu me seras d'une aide précieuse puisque tu as vécu là-bas avec eux.

— Vous n'y arriverez pas. Cendres éteintes ne se rallument pas.

— Non mais il arrive qu'elles cachent des tisons sur lesquels il suffit de souffler. Assez causé! Je tombe de sommeil. Aide-moi à me coucher et va te reposer!...

Ce soir-là, quand chacun eut regagné sa chambre, Clémence et Potentin s'attardèrent devant le feu de la cuisine comme ils aimaient à le faire lorsque les bruits de la maison s'éteignaient. Assis sous le grand manteau de granit, ils grillaient des châtaignes qu'ils mangeaient accompagnées de cidre chaud. Après le labeur de la journée, c'était pour eux une détente, le moment où l'on commentait les événements des dernières heures. Potentin fumait une pipe, Clémence tricotait et le temps coulait doucement. Sans qu'aucune cérémonie officielle les eût jamais unis, l'un et l'autre savouraient les confortables habitudes d'un vieux couple formé tout naturellement par leur attachement commun à Guillaume Tremaine et à ses enfants. L'âge venant, ils avaient moins besoin de sommeil et préféraient prolonger la journée dans un bien-être fait d'amitié et de confiance. Ils y trouvaient aussi une conscience plus aiguë du rôle que tant d'années de fidélité leur conféraient : celui de génies tutélaires dont le devoir était de veiller quand chacun reposait...

Pourtant, cette nuit-là, le calme bienfaisant ne fut pas au rendez-vous. La soudaine irruption de l'étrangère troublait l'harmonie quasi rituelle de l'instant. Clémence et Potentin — surtout lui qui à plusieurs reprises avait approché Marie-Douce — ressentaient sa présence comme un nuage d'orage au-dessus de leur tête. Pendant un long moment, ils restèrent sans parler, chacun d'eux enfermé dans ses propres pensées, puis Mme Bellec commença parce qu'elle ne savait pas garder longtemps ce qui lui pesait sur le cœur :

— Si seulement elle ne ressemblait pas tant à cette pauvre défunte ! marmotta-t-elle poursuivant tout naturellement à haute voix le cours de ses idées. Quand M. Guillaume l'a menée tout à l'heure dans le vestibule, il avait un air un peu égaré que je ne lui ai jamais vu. On aurait dit qu'il venait de voir un fantôme...

— C'en était un ! Le fantôme de sa passion d'autrefois. En dépit des yeux et des cheveux, le visage est exactement le même avec encore plus d'éclat et c'est naturel : Miss Tremayne a dix ans de moins que n'en avait sa mère au moment où elle et Guillaume se sont retrouvés. Elle est encore plus belle si possible et certainement beaucoup plus dangereuse. L'autre était habitée par l'amour. Pas elle ! Je donnerais cher, mon amie, pour savoir ce qu'elle vient chercher ici.

Clémence haussa les épaules, posa son tricot et prit dans une armoire une grosse bouteille de rhum entourée d'un tressage d'osier qu'elle réservait à la fabrication des crêpes de la Chandeleur et à la gourmandise de son ami Potentin. Comme tous ceux qui ont beaucoup bourlingué sur les mers, celui-ci aimait cet alcool ambré qui lui rappelait sa jeunesse tumultueuse. Elle lui servit une large rasade.

— Vous voilà tout retourné vous aussi, vieil ami !

bougonna-t-elle. Je crois que c'est le moment où jamais de faire donner la grosse artillerie.

Puis, elle hésita un instant, très bref, chercha un autre verre et y versa un doigt de rhum qu'elle revint siroter méditativement à son coin de cheminée.

— Bouh!... exhala-t-elle après un moment. Peut-être bien que nous ne sommes que deux vieilles bêtes en train de nous monter la tête. C'est peut-être la meilleure femme du monde? Vouloir que le jeune Arthur ait le portrait pour son Noël, c'est plutôt gentil, non? Et puis...

Elle s'interrompit. Potentin d'ailleurs ne l'écoutait pas. Il regardait intensément le feu et elle suivit la direction de ses yeux. Quelque chose d'étrange se passait : les flammes se couchaient comme sous la pression d'un vent violent. On put même croire un instant qu'elles allaient s'éteindre. En même temps le battement de la grande horloge qui occupait un coin de la cuisine s'arrêta. Vivement retournée, Clémence eut une exclamation de surprise : le balancier de cuivre ciselé représentant un panier rempli de fleurs était immobile. Elle eut une sorte de gémissement :

— La pendule, Potentin!... Elle est arrêtée!...

Celui-ci se leva, marcha lourdement jusqu'à la porte donnant sur le jardin en gardant un œil sur le feu en train de mourir et l'ouvrit.

— Il n'y a pas de vent dehors! Rien ne bouge.

En dépit du froid vif qui régnait cette nuit-là, il laissa le vantail grand ouvert afin que sa compagne pût constater par elle-même, mais elle n'essaya même pas de vérifier : ses yeux agrandis allaient de l'âtre à l'horloge silencieuse. Puis, soudain, tout se remit en place. Le feu se redressa; le balancier, sans

que personne y eût touché, reprit sa course inter-
rompue.

— Fermez la porte, Potentin! dit la cuisinière
d'une voix blanche. Si vous voulez m'en croire,
nous allons tous les deux dire une prière pour l'âme
de Madame Agnès.

En même temps, elle s'agenouillait sur la pierre
de l'âtre devant la croix fixée au manteau de la
cheminée entre des pots à épices et plusieurs paires
de bougeoirs. Indécis et vaguement inquiet, le vieil
homme la regardait : il n'avait jamais été très pieux
considérant volontiers que la prière était l'affaire
des femmes plus que des hommes. Alors, désignant
d'un doigt impérieux la place à côté d'elle, Clémence insista :

— Venez prier, Potentin! Vous trouvez naturel
ce qui vient de se passer vous?

— N... on mais...

— Alors faites ce que je vous dis! Ne comprenez-
vous pas que c'est un avertissement? Plus d'une
fois, déjà, j'ai eu l'impression d'une présence dans
cette maison mais ce soir, je suis certaine qu'elle est
revenue.

— Si vous avez raison, pourquoi s'adresserait-
elle à nous?

— Parce que nous appartenons aux Treize Vents
tout autant que les murs, que nous en sommes les
gardiens et aussi parce que nous sommes plus
proches de la mort et que nous pouvons comprendre. N'oubliez pas que sa pauvre dépouille mutilée
ne repose pas dans sa terre natale mais dans un
cimetière parisien, mélangée à celle des autres
victimes de la guillotine...

— Au cimetière de la Madeleine, où sont le Roi
et la Reine, je sais! fit Potentin la mine grave. Par

trois fois déjà, Guillaume a tenté d'obtenir son exhumation mais c'est à peu près impossible : ils sont trop sans doute[1] !

— De toute façon, cela ne changerait peut-être rien. La pauvre a eu tout son content de prières et de messes. Pourtant, j'ai souvent pensé que son âme demeurait attachée à cette maison qu'elle aimait tant et, si elle se manifeste à présent, c'est parce qu'elle souffre et qu'elle est mécontente.

— A cause de l'arrivée de...

— Et quoi d'autre? Le petit Arthur, elle l'a accepté sans doute parce que c'était un enfant malheureux, perdu même. Avec ce qui nous est tombé dessus ce soir, c'est une autre affaire. Je suis certaine qu'elle n'en veut pas! Si cette femme restait, ce serait le triomphe de sa rivale. Potentin, Potentin! J'ai bien peur que nous n'allions vers des jours difficiles. Alors priez avec moi pour la paix de l'âme de Madame Agnès et surtout pour celle de nos chers Treize Vents! Il le faut!... Je suis sûre que Mlle Anne-Marie sera de mon avis quand je lui dirai ce qui vient de se passer...

Péniblement, le vieil homme se mit à genoux et fit un ample signe de croix tandis que Clémence entamait le *De profundis*...

Le reste de la nuit se passa sans autre incident.

---

1. Jusqu'au 24 mars 1794, les victimes exécutées place de la Concorde, alors place de la Révolution, furent ensevelies dans ce cimetière sur lequel, à la Restauration, le roi Louis XVIII fit élever une chapelle expiatoire (boulevard Haussmann) après avoir relevé les corps de Louis XVI et de Marie-Antoinette.

CHAPITRE VIII

LA PIERRE LEVÉE

Le lendemain, il neigeait. Un événement dans les hivers cléments du Cotentin où plusieurs années pouvaient s'écouler sans que l'on reçût un flocon ! Adam pour sa part n'avait vu blanchir le paysage que deux fois en douze années d'existence. Si même cela pouvait s'appeler voir : il n'avait que quelques mois lors de la première chute et n'y prêta bien sûr aucune attention, mais, ce matin-là, il en fut enchanté : c'était si joli ces duvets blancs qui voltigeaient sur les arbres du parc !

La neige était venue avec l'aube, silencieuse et lente, et déjà le paysage s'en trouvait transformé : la terre blanchissait cependant que la mer noircissait. Tous les bruits s'assourdissaient comme si le monde s'enveloppait de coton. Il n'y avait pas un oiseau dans le ciel et, du côté des écuries, les mouvements de Daguet qui sortait pour inspecter le temps semblaient curieusement ralentis.

Vite levé, vite habillé après une toilette des plus sommaires, Adam courut le rejoindre avant même d'aller prendre son petit déjeuner. Le maître des chevaux passait en effet pour une autorité en matière de météorologie :

— Vous n'aviez pas prévu ça, n'est-ce pas Daguet? fit l'enfant sur le mode triomphant. Sinon vous l'auriez dit hier soir.

— Quoi, la neige? Bien sûr que je l'ai sentie venir! Je l'ai annoncée à Mlle Anne-Marie quand je l'ai raccompagnée chez elle... Elle en savait d'ailleurs autant que moi : le couchant avait des lueurs blêmes qui ne trompent pas, surtout quand le froid baisse un peu et que les bûches se mettent à suinter dans l'âtre.

— Ah bon!... Alors, maintenant dites-moi un peu si on en aura assez pour faire un bonhomme comme la dernière fois?

Daguet hocha la tête, se gratta le nez et fit la moue :

— Non. Ça ne tiendra pas! Fait trop doux! Ce tantôt ça fondra déjà. Un peu dommage, d'ailleurs! Quand il neige le paysan n'a pas grand-chose à faire quand il en a fini avec les bêtes. Il paresse au coin du feu... Notez que ça pourrait bien retomber plus tard!

Arthur, qui arrivait en courant, les rejoignit à cet instant et le cocher le salua d'un jovial :

— Me dites pas que vous voulez monter ce matin, Monsieur Arthur! C'est pas un temps pour les chevaux...

— Ni pour moi non plus, Daguet! Je viens seulement chercher Adam : Mme Bellec l'a vu filer sans avoir rien avalé et elle n'est pas contente. Allez, viens! On y va!

Tandis qu'ils galopaient en direction de la cuisine, Arthur ronchonnait.

— Qu'est-ce qui t'a pris de te montrer aux

écuries, ce matin ? Tu sais pourtant qu'on doit aller voir ta fameuse pierre et qu'il vaudrait mieux ne pas attendre que tout le monde soit levé !

— Et Mr Brent ? Comment est-ce qu'on va lui échapper ? Il est toujours prêt de bonne heure, lui !

— Eh bien justement, pas aujourd'hui ! Il a un peu trop mangé hier et il a été malade une partie de la nuit ! J'ai demandé à Mme Bellec de lui faire du thé que Colas lui portera. Note que je m'y attendais et ça nous arrange plutôt ! Alors, on va grignoter quelque chose et on file !

— D'accord !

Un moment plus tard, lestés de lait chaud et d'un nombre considérable de tartines beurrées, les deux garçons filaient par l'arrière de la maison après avoir raflé, dans le placard du vestibule, leurs épaisses pèlerines à capuchon et leurs galoches. Encore qu'ils en tinssent une toute prête, ils étaient heureux de n'avoir eu aucune explication à donner. D'habitude, en effet, Clémence leur posait quelques questions sur leur emploi du temps de la journée tout en leur dispensant une solide provende. Cette fois, elle n'ouvrit qu'à peine la bouche, ce qui ne laissa pas d'inquiéter Adam qui l'aimait bien. Le genre taciturne n'avait jamais été celui de l'aimable Mme Bellec et, en outre, il lui trouvait bien mauvaise mine. Aussi s'enquit-il de sa santé avec une sollicitude qui lui valut un coup de pied sous la table : ce n'était vraiment pas le moment d'amorcer la conversation. On était pressé !

Courant comme des lapins poursuivis, ils eurent vite franchi les limites de la propriété et s'enfoncèrent dans les bois. La neige, qui étalait déjà sur le jardin un moelleux tapis blanc, n'atteignait le sol que difficilement, retenue par le dense fouillis des branches et des fourrés. Il y régnait une paix profonde qui calma un peu l'excitation des jeunes aventuriers et ce fut d'un pas plus paisible qu'ils coupèrent à travers bois suivant l'itinéraire connu du seul Adam pour atteindre le grand menhir.

Comme ils en approchaient, ils virent qu'il y avait déjà quelqu'un : tête basse, le nez pointé vers la terre, un homme suivait le semblant de sentier nord-sud qui longeait le monolithe, l'air de chercher quelque chose. C'était un gaillard épais comme un cheval, vêtu de tissu couleur de terre sous une veste sans manches en peau de chèvre. Un vieux chapeau à cuve enfoncé jusqu'aux sourcils ombrageait une figure dont la lourde mâchoire projetait en avant les poils bruns d'une barbe raide.

Le premier mouvement d'Adam fut de tourner les talons pour rebrousser chemin, mais Arthur le retint :

— Attends! Il ne se cache pas alors nous non plus. Il n'y a d'ailleurs aucune raison! chuchota-t-il.

Il marcha résolument vers l'homme. Adam lui emboîta le pas.

— Le bonjour, monsieur! dit-il poliment. Auriez-vous perdu quelque chose? En ce cas, on peut vous aider?

Surpris, l'homme, qui ne les avait pas entendus venir, tressaillit et tourna vers eux des yeux ronds et méfiants profondément enfoncés sous leur surplomb broussailleux. Voyant qu'il s'agissait seulement de deux jeunes garçons de mine plutôt avenante, il se détendit et trouva même une espèce de sourire.

— Vous êtes ben honnêtes, mes p'tits gars, mais

j'suis pas certain qu'vous puissiez m'être d'un grand s'cours! Y a guère qu'le bon Dieu... si y veut!

— Dites toujours!

— Ben voilà!... J'ai perdu... mon chapelet! J'suis venu y a deux jours pour couper du houx par ici et ma poche était percée. Possible qu'y soit tombé. Oh, y a rien d'sûr mais vous savez c'que c'est : quand on tient à quequ'chose on cherche partout.

— Et vous avez bien fouillé le coin?

— Ça fait une heure que j'tourne! Non... j'vais rentrer à présent en regardant bien sur le chemin. Merci d'vous être proposés...

— Vous êtes d'où? Si on le retrouvait on vous le rapporterait.

— C'est gentil!... Ah ça c'est vraiment gentil! marmotta l'homme, qui semblait plutôt trouver Arthur agaçant. Mais ça s'rait pas la peine! J'en ai un autre... Allez! J'vous donne le bonjour!

Touchant le bord de son chapeau, il reprit son chemin en direction du sud. Avec un vague «bonsoir» les deux garçons le regardèrent s'éloigner le dos rond repris par sa quête. Arthur eut un petit rire.

— Tu crois son histoire? En dépit du sourire de bon chrétien dont il nous a gratifiés, il n'a vraiment pas une tête à se promener avec un chapelet.

Adam ne répondit pas. Il suivait des yeux l'inconnu. Arthur, alors, le secoua et reçut en échange un regard angoissé.

— Qu'est-ce que tu as?

— J'ai que c'est un des deux bandits que j'ai entendus la nuit de Noël!

— Tu es sûr?

— J'en mettrais ma main au feu! On n'oublie pas ce genre de voix...

— Dans ces conditions, il faut le filer! A la réflexion, il s'est montré remarquablement discret quand je lui ai demandé d'où il était.

— Pas de Saint-Vaast, en tout cas! Tout le monde me connaît là-bas et j'ai eu l'impression qu'il ne m'avait jamais vu. Seulement, le suivre, ça ne va pas être facile avec la neige. Sortis du bois, on sera visibles comme le nez au milieu de la figure avec toute cette blancheur.

— Pas sûr! Tu n'as qu'à me suivre.

Peu emballé visiblement, Adam tournait en rond autour de la pierre levée, traînant les pieds. Impatienté, Arthur grogna :

— Décide-toi! Si ça t'ennuie, retourne à la maison et j'irai tout seul. Si j'attends encore, je vais le perdre et je veux savoir où il va.

— J'irai avec toi!

Il se dirige sur Quettehou et tu ne connais pas le pays. Tu serais capable de te perdre. Attends seulement un instant! Je dois avoir un caillou dans mon soulier!

Et Adam, ignorant le juron de son frère, s'assit sur un tas de feuilles pourries et de racines enchevêtrées pour se déchausser, mais c'était trop demander à la patience d'Arthur :

— Je pars devant! Tu n'auras qu'à me rejoindre mais, pour l'amour du Ciel, presse-toi un peu pour une fois!

Et il s'élança sur les traces de celui en qui, à présent, il voyait un gibier. En fait, il était temps : la silhouette de l'homme s'amenuisait et commençait à se confondre avec les broussailles et les troncs noircis mais, en quelques foulées rapides, il l'eut de

276

nouveau bien en vue et le suivit en prenant mille précautions au cas où l'autre se retournerait. La forêt d'ailleurs s'éclaircissait et la couche blanche devenue plus épaisse amortissait les bruits. Le paysan — il en avait l'aspect — n'imaginait certainement pas que ces deux gamins s'intéressaient à lui et, ayant sans doute abandonné ses recherches, il marchait d'un pas plus vif et sans la moindre circonspection.

Adam rejoignit son frère au moment où l'on sortait des bois pour déboucher sur une lande piquée d'ajoncs et de bruyères sèches. Sur la gauche, un peu en contrebas, le bourg de Quettehou s'étalait et semblait couler de la tour normande de sa vénérable église, l'une des plus fières de la région où, au temps de la grande guerre anglaise, celle qui avait duré cent ans, le roi Édouard III avait armé chevalier son fils aîné, le Prince Noir. Plus loin encore il y avait la mer immense et les forts de La Hougue et de Tatihou.

L'homme ne descendit pas vers les habitations. Il remonta même légèrement pour suivre la lisière forestière qui continuait vers le sud.

— Où est-ce qu'il peut bien aller? marmotta Arthur. On a fait sûrement plus d'une demi-lieue...

— A peu près! souffla Adam. J'espère seulement qu'il ne va pas nous emmener trop loin! En tout cas, je crois que c'était une très bonne idée de me déchausser, ajouta-t-il avec un petit air de satisfaction.

— Je ne vois vraiment pas pourquoi.

— A cause de ça! Je reconnais que ça ne ressemble pas vraiment à un chapelet, mais je jurerais que c'est ce qu'il cherchait.

Et de tendre à son frère un bizarre couteau fait

d'un morceau d'acier assez grossier mais bien affûté emmanché dans un éclat de hêtre que la main et le temps avaient presque verni. Une virole de cuivre maintenait l'ensemble et l'on pouvait lire deux initiales : U F ornées de quelques fioritures. La lame, elle, portait des traces de rouille. C'était sans doute un outil ou une arme solide mais il s'en dégageait quelque chose de sinistre.

— Où l'as-tu trouvé?

— Je me suis assis dessus! C'était pris dans des racines et des mousses qui m'ont piqué les fesses.

Arthur regarda son frère avec une sorte d'admiration amusée :

— Tu as vraiment une chance incroyable, toi! On va le garder pieusement son «chapelet» et on le remettra à Père...

L'homme cependant poursuivait son chemin. Quittant définitivement les arbres, il se dirigeait à présent vers une boursouflure de la brande qui fit lever les sourcils d'Adam.

— On dirait qu'il va sur Nerville?

Arthur ne demanda pas d'explications. Depuis longtemps Élisabeth lui avait raconté l'histoire de son sulfureux grand-père et du vieux château qu'Agnès avait fait jeter bas pour en immerger les pierres dans la digue inachevée de Cherbourg. L'un comme l'autre appartenaient désormais aux légendes du pays et le comte assassin Raoul de Nerville était passé au rang de croquemitaine pour les enfants désobéissants.

Les bois reculaient à présent, laissant place à un vaste espace vide déjà reconquis par les plantes sauvages. Poursuivi et poursuivants passèrent, comme le pensait Adam, près de l'amas de pierres broussailleuses masquant l'entrée des anciens souterrains de Nerville. Un peu plus loin, on approcha d'une petite chapelle solitaire. Adam se signa à sa vue :

— C'est la tombe de ma grand-mère, Élisabeth de Nerville. Quant à ce bonhomme, je commence à croire qu'il nous mène à Morsalines...

Soudain, celui-ci disparut derrière un ressaut de terrain.

— Courons ! fit Arthur. Ce n'est pas le moment de le perdre.

Adam ne répondit pas et fut pris d'un curieux pressentiment. De plus, moins entraîné que son frère aux exercices physiques, il commençait à se sentir fatigué, et il avait faim. Pourtant il ne voulut pas démériter et força l'allure. Ainsi, ils arrivèrent à l'endroit où l'autre avait disparu juste à temps pour le voir s'approcher d'une maison solitaire, entourée de quelques arbres et d'un jardin de curé qui se trouvait immédiatement sous l'épaulement de la lande. C'était là sa destination : il frotta ses semelles au grattoir de la porte et entra sans frapper comme chez lui.

— C'est... c'est la maison du galérien, émit Adam. C'est pas possible qu'un brigand habite chez nous ? Elle nous appartient, cette bâtisse.

— Je sais mais, si j'ai bien compris, Père l'a louée à ces dames respectables, entortillées de crêpe jusqu'aux sourcils, qui m'ont intrigué hier à l'église. Maintenant, ou bien elles ne savent rien de ce que ce bonhomme qui doit être un valet fait de ses nuits... ou bien elles ne sont pas du tout respectables ! Attendons un peu pour voir s'il va ressortir !

Ils patientèrent à l'abri d'un rocher d'où ils pouvaient surveiller l'entrée de la maison et, en effet, au bout d'un moment, ils virent reparaître celui qu'ils guettaient, mais, cette fois, il avait remplacé son chapeau par un bonnet de laine bleue. Il se dirigea vers un appentis où il prit une brassée de bûches avant de revenir sur ses pas.

— La cause est entendue! dit Arthur. Il habite là... Rentrons à présent! On a dû parcourir un sacré bout de chemin...

— Un peu plus d'une lieue. Ça m'étonnerait qu'on soit à l'heure pour le dîner...

— Aucune importance. On n'aura pas d'ennuis quand on aura mis Père au courant.

Ils prirent un raccourci indiqué par Adam. La neige ne tombait plus et, sur la mer, le ciel s'éclaircissait. Chemin faisant, Adam raconta l'histoire d'Albin Perigaud, le grand amour de leur grand-mère Mathilde Hamel, condamné aux galères pour un crime dont les deux amoureux avaient été témoins, revenu au bout de dix ans grâce à son courage qui lui avait valu l'estime d'un grand chef. Adam expliqua comment, finalement, le galérien avait vengé Mathilde assassinée par le même Nerville en entraînant le misérable dans une mort abominable[1].

La cloche des Treize Vents tintait pour la seconde fois appelant les retardataires à table quand les deux garçons franchirent le perron sur lequel on avait jeté du sel après en avoir balayé la neige. Dans le vestibule, le maître et le docteur Annebrun étaient à se laver les mains tout en parlant avec animation. Les arrivants purent entendre les dernières phrases :

— Ces gens-là ont un vrai talent pour effacer leurs traces, disait le médecin. A croire qu'ils ont appris ça chez les Indiens.

_____
1. Voir le tome I : *Le Voyageur.*

— Il y a de tout parmi les gens de sac et de corde qui hantent les bois. Il peut y avoir un ancien de la guerre d'Indépendance américaine. Ce qui d'ailleurs ne nous apprend rien. Il doit tout de même exister un moyen de les dénicher !

— Nous, on vous en apporte peut-être un, claironna Arthur ! Regardez ce qu'Adam a trouvé près de la pierre levée ! Donne ton couteau, Adam, et raconte ton histoire !

Galvanisé par la réussite de l'expédition, le jeune garçon ne se fit pas prier et s'exécuta sans trop se soucier du sourcil désapprobateur de son père quand il commença le récit de sa nuit de Noël. Quelque chose lui disait que l'orage en train de s'amonceler n'éclaterait pas sur sa tête étant donné l'intérêt de sa confession. Arthur, d'ailleurs, surveillait le visage de Guillaume, prêt à intervenir en cas de besoin, mais celui-ci laissa son fils aller jusqu'au bout sans l'interrompre. Pendant ce temps, Pierre Annebrun examinait le couteau.

Quand ce fut fini, il le tendit à Tremaine, faisant remarquer que la rouille qui le maculait provenait sans doute de sang séché. Cependant, Adam levait sur son père le regard plein d'innocence du petit chien qui attend un sucre.

— Il y a un des brigands à la maison du galérien, Père, j'en suis certain ! Il faut que nous allions l'arrêter tout de suite !

— Et sous quel prétexte, s'il te plaît ? D'abord, je ne suis pas gendarme et ensuite on n'arrête pas les gens sans preuve...

— Mais ce couteau en est une ! s'écria Arthur, et le docteur vient de dire qu'il est taché de sang... Et si nous agissons...

— Comment savoir si c'est le sang d'un homme

ou celui d'un animal? coupa Guillaume. Maintenant, cessez un peu de dire «nous» et écoutez-moi, les garçons! Ce que vous avez découvert est d'une grande importance et pour cela vous méritez des éloges, en dépit du danger que vous avez couru inconsidérément. Mais votre rôle s'arrête là et il n'est pas question — vous m'entendez bien? — de continuer à jouer les limiers de police! C'est compris?

— Père, protesta Arthur, ne pouvez-vous nous laisser...

— Il ne peut en être question. Alors je répète : c'est bien compris?

Les deux gamins échangèrent un coup d'œil navré mais, sentant que la moindre discussion serait hors de saison, ils abdiquèrent d'une même voix :

— C'est compris!

— Maintenant allez vous rendre présentables. Miss Tremayne est déjà au salon en compagnie de M. Niel. Ne vous faites pas attendre... Ah, j'oubliais! On ne parle pas de votre aventure pendant le repas! J'entends ménager la sensibilité des dames; surtout celle d'Élisabeth qui garde un horrible souvenir de ce qu'elle a vu chez les Mercier.

On n'en parla donc pas. En fait, les convives se contentèrent la plupart du temps d'écouter Lorna, encouragée d'ailleurs par François Niel que sa verve amusait. Frais comme l'œil, le Canadien semblait parfaitement remis de sa «cuite» de la veille qui ne lui laissait apparemment aucune trace : il ne perdait pas un coup de dents et buvait sec.

La jeune femme se montrait intarissable au sujet de Paris où elle s'était semble-t-il beaucoup amusée, où une vie mondaine encore plus folle qu'à Londres se développait au rythme de la valse, la dernière danse qui faisait fureur. Elle avait couru les marchandes de frivolités, les restaurants à la mode et les théâtres, entendu chanter Mme Dugazon, applaudi le grand Talma, assisté à la première représentation d'*Iphigénie en Aulide*, au Théâtre-Français, où une débutante éclatante, Mlle George, tenait le rôle principal :

— Toute la salle a pu remarquer que le Premier consul s'intéressait fort à elle et l'on prétend même qu'elle a fini la nuit au palais de Saint-Cloud...

A cet instant, Guillaume, qui profitait de ce bavardage pour s'absorber dans ses pensées, dressa l'oreille et intervint brusquement :

— Veuillez m'excuser, ma chère Lorna, mais je ne suis pas certain que ce genre de potin convienne aux oreilles d'une toute jeune fille. Vous avez certainement bien d'autres détails à nous apprendre sur le général Bonaparte puisque, chez M. de Talleyrand, vous avez approché son entourage.

— Je ne le trouve pas très intéressant ! Je crains même qu'il ne soit fort ennuyeux ! En dépit de ses incartades sentimentales, il semble vouloir moraliser la France. Si on le laisse faire, la vie à Paris va devenir accablante. Déjà il est hostile aux robes trop transparentes et commence à traquer les fortunes trop récentes... Comme tous les parvenus, il est fort épris de respectabilité.

— Étant donné les excès du Directoire, il me semble que ce serait plutôt une bonne chose ? dit Pierre Annebrun. Il songerait à faire rénover la capitale dont les rues et les bâtiments ont souffert de la Révolution. En outre, depuis la création de cette étonnante exposition commerciale et industrielle où ont été couronnés l'horloger Breguet, l'éditeur

Firmin Didot et le fabricant de crayons Conté, il s'intéresse de près à ce qui concerne les travaux d'art et l'évolution du commerce. C'est plutôt bien pour un militaire?

— Mais cela ne présente aucun intérêt pour une femme. Imaginez que...

Guillaume cessa d'écouter. Il venait de prendre une décision, celle de se rendre dès cet après-midi chez les demoiselles Mauger sous un prétexte quelconque. N'étaient-elles pas ses locataires? Tandis que l'on prenait le café au salon, il en fit part au docteur qui se montra un peu contrarié : il aurait aimé l'accompagner mais il avait une consultation assez chargée.

— De toute façon, je ne t'aurais pas emmené. Il vaut mieux que ma visite garde un caractère naturel : celui d'un propriétaire soucieux du bon état de ses maisons...

Annebrun fit la grimace :

— Je ne sais pas pourquoi, mais ça ne me plaît pas que tu y ailles seul! Fais-toi accompagner par ton ami Niel. Il pourrait t'attendre dehors?

— Non. J'ai de l'occupation pour lui : je souhaite qu'il s'occupe de ma nièce. Tout à l'heure déjà, elle m'a demandé de lui faire faire le tour du domaine. Je m'excuserai mais je ne tiens pas à la laisser en tête à tête avec mon Élisabeth qui se montre tout juste polie avec elle.

Contrairement à ce qu'attendait Tremaine, François ne parut pas autrement ravi du rôle qu'on lui réservait, en dépit de la parfaite entente qui semblait régner entre lui et la jeune femme. Son aimable figure ronde s'allongea même un peu :

— C'est que... je comptais demander à ton cocher de me conduire chez cette adorable Mme de Varanville. Elle m'a dit hier qu'elle me recevrait avec plaisir et je me faisais une joie de... d'aller...

Il bredouillait, presque malheureux, et Guillaume eut du mal à cacher sa surprise : décidément, sa chère Rose faisait des ravages ! Lui-même, avant l'arrivée de Lorna, songeait à elle avec plus que de la tendresse et voilà que ce bon François en était tombé amoureux ! Il n'y avait pas à se tromper sur ce regard d'épagneul déçu. Il entoura d'un bras compréhensif les épaules de son ami :

— Je suis désolé, François, mais il faut que tu me rendes ce service ! Varanville et sa châtelaine ne s'envoleront pas et tu m'as promis de rester ici un bon mois. Tu pourras y aller demain. Je te raconterai ce soir ce que je vais faire tantôt. Il s'agit des assassins dont nous avons parlé. J'ai peut-être une piste...

Tout de suite, François oublia sa déconvenue. Une affaire aussi grave méritait toute priorité. Il proposa, bien sûr, d'accompagner Guillaume mais celui-ci l'assura qu'il serait plus utile en s'occupant de la belle Anglaise dont, pour l'instant, il se trouvait un peu encombré.

Celle-ci prit assez mal les regrets que lui exprimait Guillaume. Sûre d'elle-même et d'une beauté dont elle avait toutes les raisons de ne jamais douter, elle se sentait froissée de ce qu'elle considérait comme une insupportable désinvolture, et ne put se tenir de l'exprimer :

— Est-ce ainsi que vous traitez vos invités ? Il me semble que s'occuper d'eux est la moindre des choses. Or vous avez disparu toute la matinée et vous vous disposez à recommencer ! En vérité, j'espérais plus de galanterie ! Et aussi... que nous pourrions être un peu seuls !

Agacé, il eût peut-être répondu qu'il ne l'avait pas invitée, qu'il était maître de son temps comme de ses actions et que la galanterie n'était pas vraiment de saison, mais le désappointement mettait des larmes aux yeux de la jeune femme. C'était sans doute excessif, mais il eut un bref sourire, prit sa main et baisa le bout de ses doigts.

— Ne jouez pas les enfants gâtées, ma chère! Vous agissez comme une petite fille à qui l'on refuse une sucrerie. Ce qui ne se fait pas un jour peut se faire le lendemain. A moins, ajouta-t-il, que vous n'ayez plus que peu d'heures à nous accorder? Ce qui serait dommage.

Le ton léger sous-entendait tellement qu'il ne regretterait pas de la voir partir que Lorna rougit, serra les lèvres sans rien ajouter, tourna les talons avec un haussement d'épaules et alla demander à Élisabeth une nouvelle tasse de café. Retenant un soupir de soulagement, Guillaume s'esquiva, heureux d'échapper au sourd malaise qu'il éprouvait en sa présence. Sa ressemblance avec la bien-aimée disparue le blessait et l'enchantait lui donnant, tour à tour, l'envie de la jeter dehors ou de la prendre dans ses bras.

«Rien de tel qu'une bonne chevauchée pour se remettre les idées en place!» pensa-t-il en se dirigeant à grands pas vers ses écuries.

Un soleil un peu pâlot était en train d'accomplir la prédiction de Daguet: la neige fondait rapidement, laissant seulement un peu plus de boue sur les chemins. Néanmoins, le maître-cocher, qui détestait sortir ses bêtes par mauvais temps, fit toute une histoire pour lui donner un cheval. La neige fondait, c'était entendu, mais il y avait gros à parier qu'elle reviendrait dans la soirée:

— Je serai rentré avant la nuit, vieux tyran! Je vais seulement jusqu'à Morsalines...

— Très bien, mais vous n'aurez pas Sahib. Je vous donne Rollon qui est moins vif mais qui a le pied aussi sûr qu'un mulet!

— Va pour Rollon! Il a meilleur caractère que vous!

Il y avait bien des mois que Tremaine n'avait pas revu la maison du galérien. Cumulant les fonctions de majordome et d'intendant, Potentin s'en occupait à la satisfaction générale. Il s'était chargé du nettoyage quand le notaire proposa de louer la bâtisse aux demoiselles Mauger. Le maître des Treize Vents s'était contenté de signer le bail. Sans véritable enthousiasme d'ailleurs, même si c'était son intérêt. Il eût assez volontiers laissé à l'abandon un logis dont il estimait qu'il ne portait pas bonheur: après Albin Perigaud, le galérien qui avait entraîné dans les sables mouvants le comte de Nerville, beau-père de Guillaume[1], il y avait eu Gabriel, l'ancien valet, mort sur l'échafaud avec Agnès Tremaine dont il était le dernier amant[2]. Sombres souvenirs!

En revoyant la vieille maison, il pensa qu'elle méritait tout de même qu'on en prît soin: sous leur grand toit de schiste, ses murs solides ne manquaient pas de charme en dépit de l'hiver qui avait défleuri le jardin, toujours bien ordonné avec ses carrés potagers encadrés de petit buis, ses rosiers rustiques, ses groseilliers et ses poiriers en quenouille. Quant au fuchsia géant dont les branches

1. Voir le tome I : *Le Voyageur.*
2. Voir le tome II : *Le Réfugié.*

tordues escaladaient la façade, il l'enveloppait d'un capricieux dessin qui avait l'air tracé à l'encre de Chine. C'était l'un des plus grands d'une région qui en comptait beaucoup grâce à la douceur du climat.

Quand revenait le printemps c'était une véritable fête pour les yeux...

Au moment où Guillaume attachait Rollon à la barrière, un homme sortit de la maison et traversa le jardin à sa rencontre. C'était assurément celui que les enfants avaient décrit : sa mine patibulaire à souhait faisait grand honneur à leur sens de la description ! Le langage fut aussi peu avenant que le reste :

— Qu'est-ce que vous voulez? aboya le personnage.

— Je ne sais pas qui vous êtes, l'ami, mais vous auriez besoin d'apprendre les manières ! Je suis M. Tremaine, le propriétaire de cette maison, et je désire voir Mlles Mauger. Je suppose qu'elles sont chez elles?

— J'en sais rien.

— Vraiment? Alors il faut croire qu'ici les rideaux bougent sans qu'on y touche. S'il y a des esprits, je vous conseille l'eau bénite...

Tout en parlant, il s'avançait tranquillement le long de l'allée, aussi peu impressionné que possible par la carrure de l'homme qu'il s'apprêtait à écarter lorsqu'une silhouette féminine s'encadra dans le chambranle de la porte : une petite femme vêtue de noir sous un tablier bleu se hâtait de chausser des sabots puis s'élançait sur le chemin boueux en donnant tous les signes d'une vive agitation et en poussant de véritables clameurs :

— Vierge bénie! Mais c'est M. Tremaine!... Voyons, Urbain, ôtez-vous de là! Vous ne prétendez pas barrer le passage à M. Tremaine? Quand donc apprendrez-vous à reconnaître les personnes de qualité? Entrez, monsieur Tremaine!... Entrez, je vous prie!

Un peu abasourdi par cet accueil tonitruant dont il se demanda s'il n'était pas destiné à annoncer sa présence aux alentours, il salua la vieille fille avec beaucoup de politesse mais sur le même mode :

— C'est bien à Mlle Célestine Mauger que j'ai l'honneur de m'adresser? brailla-t-il avec tant de vigueur qu'elle recula comme s'il lui avait allongé une gifle.

— Pardonnez-moi, monsieur Tremaine, mais je ne suis pas sourde, fit-elle d'une voix normale. Est-ce que par hasard vous le supposeriez?

— Peut-être! N'ayant jamais eu l'avantage de m'entretenir avec vous mais sachant que vous avez eu beaucoup à souffrir au temps des troubles, je pensais en vous entendant vous écrier ainsi que ce pouvait être possible!

Elle eut un petit rire un peu fêlé, cependant que son visage, où tout, à l'exception des yeux sans couleur définie, était uniformément gris, rougissait brusquement :

— Pardonnez-moi! Je crois que je ne m'en suis pas rendu compte. Voyez-vous, tous ces jours j'ai souffert d'un mal qui m'a rendue aphone et j'ai eu à forcer ma voix pour me faire entendre. La guérison a dû arriver sans que je le sache et je me suis mise à crier. Par ici, s'il vous plaît! Je vous montre le chemin...

La salle était semblable au souvenir qu'il en gardait depuis cette nuit de l'été 1786 où, après y avoir cherché Agnès de Nerville, il l'avait poursuivie sur la lande et finalement emportée jusqu'à l'église de Saint-Vaast. Là, en présence des seuls témoins et sous la bénédiction bourrue de l'abbé de Folleville, elle était devenue sa femme[1]. Les deux armoires de hêtre ciré, la grande cheminée de granit surmontée de deux espingoles coiffant d'une voûte d'acier une petite Vierge en vieux Valognes, le grand lit drapé de rouge passé et la commode en bois fruitier supportant un «modèle» de chasse-marée en réduction et deux lampes à huile en cuivre étaient toujours à la même place. Une longue table et quelques chaises complétaient l'ameublement, tout cela entretenu à miracle. Seule, la tapisserie du vieux fauteuil placé au coin de la cheminée montrait de larges traces d'usure.

Comme c'était tout de même le meilleur siège, ce fut celui que l'on désigna à Guillaume après en avoir ôté un bas noir gonflé d'un œuf à raccommodage, mais il refusa d'un geste :

— Je m'en voudrais de vous déranger longtemps, mademoiselle. J'aimerais seulement que vous me permettiez d'examiner les pièces du premier étage et aussi le grenier.

— Pour quelle raison? Tout est en bon état.

— Vous en êtes certaine? Voyez-vous, à la suite de la neige que nous avons eue ce matin, je me suis souvenu d'une remarque de mon intendant au moment où vous avez loué cette maison. Il avait, en effet, observé une certaine faiblesse du toit ne présentant aucun inconvénient en temps normal, même par nos grandes pluies, mais qui pourrait causer certains dommages au cas où une forte chute de neige imposerait à la couverture un poids excessif...

_____

1. Voir le tome I : *Le Voyageur*.

L'histoire était peut-être un peu faible, mais Guillaume parait au plus pressé et c'est tout ce qu'il avait trouvé. Cependant, Mlle Célestine laissa percer un léger mécontentement :

— On ne nous a rien dit de tout cela au moment de la location.

— C'est vrai et je vous en demande excuses, mais vous vous souviendrez peut-être que vous étiez fort pressée de vous installer. En outre, la neige est tellement rare par ici que nous avons pensé qu'il n'y avait pas péril en la demeure. Or, malheureusement la neige est là et j'ai tout de suite pensé à venir voir comment les choses se passaient chez vous. Aussi, avec votre permission...

Sans attendre la réponse, il se dirigeait déjà vers l'escalier au fond de la salle mais, avec une vivacité inattendue, la vieille fille le devança et lui barra carrément le passage.

— Cet examen est tout à fait inutile, monsieur Tremaine. Je vous remercie néanmoins de prendre soin de nous, mais ce qui est tombé ce matin est vraiment dérisoire.

— Sans doute, mais d'après mon cocher qui connaît le temps comme personne, nous allons en avoir d'autre et je vous demande de me laisser jeter seulement un coup d'œil. Le cas échéant, j'enverrai du monde dès demain. Je vous avoue que je serais plus tranquille !

— N'en faites rien, je vous en prie ! Des ouvriers nous seraient, en ce moment, d'une gêne extrême et je suis persuadée que nous pouvons attendre le printemps sans trop de soucis...

— Je crains que vous ne preniez là un risque inutile. Et je ne vois pas en quoi des gens connais-

sant bien leur métier seraient gênants. Ils n'occupe-
raient guère que le grenier et le toit...

— Oui... mais ils feraient du bruit, de la poussière et ma sœur Eulalie est malade. C'est la raison
pour laquelle je ne peux vous laisser monter...

— Malade? J'espère que ce n'est pas grave, fit
Tremaine, soudain rempli de sollicitude.

— Je ne pense pas. Elle a dû prendre froid en
allant à Saint-Vaast pour la messe. Ce n'était pas
raisonnable parce qu'elle était déjà fatiguée mais
elle y tenait tellement !

— Avez-vous fait venir un médecin? Nous en
avons un remarquable de notre côté et je vous
enverrais volontiers le docteur Annebrun.

— J'en ai entendu dire grand bien, mais il habite
beaucoup trop loin. Si l'état d'Eulalie s'aggravait,
je ferais venir le praticien de Quettehou...

Guillaume comprit qu'il était battu. Mlle Mauger n'avait pas bougé d'un pouce et ce dialogue
devant un escalier aussi bien défendu allait devenir
grotesque. Pourtant, il n'y avait pas que la malade
à l'étage. Son oreille particulièrement fine percevait
deux voix dont l'une était celle d'un homme mais
ne pouvait pas appartenir au valet demeuré à
l'extérieur.

Il cherchait comment venir à bout d'une défense
aussi opiniâtre quand il entendit ouvrir une porte.
Un instant plus tard, des pas pesants faisaient crier
les marches puis des pieds apparurent, chaussés de
souliers à boucles d'argent au-dessus desquels flottait une soutane noire. Un prêtre ! C'était un prêtre
qui descendait ! Un homme déjà âgé, grand et
maigre, portant de grosses lunettes brillantes et une
barbe grise qui lui mangeait la moitié du visage.

En apercevant un étranger, il fit mine de remonter. Pourtant il se ravisa :

— Je suis navré, Mlle Célestine ! J'ignorais que vous aviez un visiteur, Mlle Eulalie m'a prié de vous demander un autre bol de tisane. Celui de tout à l'heure lui a fait grand bien...

L'interpellée joignit les mains dans un geste de pieuse gratitude.

— Dieu merci, elle se sent mieux ! Je vais lui en préparer tout de suite, monsieur l'Abbé.

Ébauchant un sourire à l'adresse du visiteur, l'ecclésiastique remonta nettement plus vite qu'il n'était descendu, mais, quand il eut disparu, Guillaume n'entendit plus rien : ni pas, ni voix. Comme s'il s'était arrêté en haut de l'escalier pour écouter. Cependant, Mlle Mauger, abandonnant son poste de gardienne, se hâtait d'aller préparer la mixture demandée, bien certaine à présent que son trop zélé propriétaire ne forcerait pas le passage. Tremaine comprit qu'il n'avait plus qu'à partir, pourtant il ne pouvait se résigner à n'en pas apprendre davantage.

— Vous auriez dû me dire que mademoiselle votre sœur recevait les secours de la religion, dit-il avec bonhomie. Je n'aurais pas insisté... Ce prêtre est de vos parents peut-être ?

— Non. Nous n'avons plus du tout de famille, fit-elle en soulevant le lourd coquemar de cuivre pour verser de l'eau bouillante dans une tisanière à fleurs. L'abbé Longuet, que vous venez de voir, est un vieil ami qui était jadis vicaire à la cathédrale de Coutances. La Révolution l'a contraint à l'exil et il s'est réfugié à Jersey d'où il est revenu depuis peu. Nous sommes heureuses, dans notre solitude, de l'accueillir pour quelque temps avant qu'il n'aille se remettre à la disposition du nouvel évêque.

Tandis qu'elle parlait, Guillaume éprouvait la curieuse impression qu'elle récitait une leçon. Les mots s'enchaînaient les uns aux autres sans presque laisser de place à la respiration. Il pensa aussi qu'il pouvait être intéressant de la pousser dans ses retranchements.

— Ne l'avez-vous pas choisie vous-même, cette solitude? Il me semble avoir entendu dire que vous désiriez avant tout vivre à l'écart.

— Sans doute, sans doute! C'est à cause de ma sœur. Voyez-vous, monsieur Tremaine, elle était fort jolie autrefois, mais à présent elle ne veut plus laisser voir son visage à personne. Sauf à moi, bien entendu. Les blessures reçues ont laissé des traces si cruelles qu'il faut la profonde tendresse d'une sœur pour y chercher le reflet de l'âme. Vivre au milieu des autres lui serait insupportable : on ne peut pas échapper éternellement à une indiscrétion souvent malveillante. Alors nous sommes venues ici...

— C'est tout de même choisir un bien grand isolement. Il est vrai que vous avez un valet capable de vous défendre. Il paraît solide si sa mine n'est pas vraiment rassurante.

— Urbain? C'est le meilleur garçon du monde en dépit de son aspect rébarbatif. J'ajoute qu'il est plus un chien de garde qu'un valet. Nous l'avons connu au temps de notre malheur dans la ferme où l'on nous avait recueillies. Il s'est attaché à Eulalie. Elle est si douce... si résignée! Il se ferait tuer pour elle. A présent, monsieur Tremaine, je vous prie de m'excuser : la tisane est infusée à point et je dois la monter. Merci de votre sollicitude mais je pense que tout ira bien et que le toit ne nous tombera pas sur la tête. Je vous donne le bonsoir !

C'était un congé en bonne et due forme. Elle avait posé la tisanière sur un petit plateau à côté d'un pot de miel et, passant devant Guillaume avec un petit salut de la tête, elle retourna vers l'escalier. Songeur, celui-ci reprit son chapeau, ses gants, sa canne et sortit de la maison. Il traversa le petit jardin sans rencontrer personne. L'aimable Urbain ne se montra pas, ce que Guillaume ne regretta guère.

Avant de se remettre en selle, il jeta un dernier regard à la maison du galérien dans l'espoir de surprendre un détail susceptible d'éclairer un peu l'énigme qu'elle lui posait.

A y bien réfléchir, pourtant, il n'y avait aucune raison de soupçonner ces deux malheureuses. Si le «meilleur garçon du monde» faisait partie de la bande d'assassins qui s'abritait sous le fantôme de Mariage, elles n'étaient pas obligées de le savoir. Et, si elles le savaient, qui pouvait dire si le véritable maître n'était pas cet Urbain, capable de terrifier deux vieilles filles ? Mais la façade grise sous son enchevêtrement de branches demeura muette. Tournant la tête de son cheval, il repartit au pas.

C'est alors qu'il découvrit la cavalière...

Enveloppée d'une grande mante noire qui s'étalait sur la robe sombre du cheval et semblait la prolonger, le capuchon sur les épaules découvrant sa belle tête fière auréolée de flammes, Lorna se tenait immobile sous un arbre penché, un sourire de défi aux lèvres.

En l'apercevant, Guillaume laissa la colère l'envahir. Cette femme insupportable tombait bien : elle allait le soulager de la contrainte qu'il venait de s'imposer !

Lorna vit sa figure devenir rouge sombre, devina qu'elle n'était pas vraiment bienvenue mais, indifférente en apparence, elle poussa sa monture vers lui. Cependant, elle se raidit un peu contre la salve qu'il ne manquerait pas de tirer. Et qui ne tarda guère. La voix de bronze tonna :

— Qui est-ce qui vous a permis de m'espionner? Avez-vous au moins une raison valable pour justifier votre présence ici?

— Aucune si l'on s'en tient à votre point de vue, mais c'est vrai que je vous espionnais. Pour m'avoir montré tant de désinvolture et être si pressé, il fallait, selon moi, que vous alliez voir une femme.

— Et en admettant que ce soit le cas? Voulez-vous me dire en quoi ma vie privée vous regarde?

Elle eut un lent sourire, ferma à demi ses longues paupières et repoussa de la main une mèche que le vent rabattait sur son front.

— Cela peut paraître étrange mais il me semble, à moi, qu'il est tout naturel que je m'occupe de vous. Les liens qui vous unissaient à ma mère étaient tellement forts! La mort n'a pas pu les rompre tout à fait puisque je suis là pour les ressaisir.

Guillaume fit avancer Rollon jusqu'à ce que sa jambe bottée frôlât la jupe de la jeune femme, puis lâcha brutalement :

— Marie a été le seul amour de ma vie et j'étais son amant. Vous n'espérez pas prendre sa place, j'imagine? Vous n'êtes que ma nièce et, croyez-moi, j'aimerais mieux oublier que je dois ce lien familial au traître qui a vendu Québec aux Anglais! Ce qui a fait de vous une Anglaise par-dessus le marché!

— Je sais, vous détestez les Anglais, mais ne généralisez pas!

— Mon opinion est établie depuis trop long-temps pour qu'elle change jamais! Quant à vous, ma belle, ne rêvez pas! Marie était unique! Elle le restera... J'espère ne pas être obligé de me répéter!

— Il n'est jamais bon de me mettre au défi, Guillaume, mais je ne déteste pas votre attitude revêche. Notre grand Shakespeare a écrit : «Le cœur bat plus délicieusement à relancer un lion qu'à faire lever un lièvre...»

— Je n'ai jamais lu Shakespeare. En outre, cette conversation me déplaît. Finissons-en!... Au fait, non, pas encore! Qui vous a permis de prendre Selim? Pour rien au monde Daguet n'aurait accepté qu'il sorte sans mon ordre formel. Vous avez... assommé mon chef cocher?

Elle eut un petit rire très insolent.

— Pas le moins du monde : je l'ai remis à sa place tout simplement. Les gens de mon rang n'ont que faire des criailleries d'un vieux valet atrabilaire. Je lui ai dit que j'allais vous rejoindre et, puisqu'il s'y refusait, j'ai harnaché moi-même. Vous pouvez constater que je sais m'y prendre.

— C'est possible, mais ce cheval est celui d'Arthur. S'il lui était arrivé quelque chose, il en aurait eu un vif chagrin... et moi je vous aurais jetée dehors! C'est peut-être d'ailleurs ce que je vais faire. Prosper Daguet est l'un de mes trois plus anciens serviteurs et je ne tolère pas qu'une pécore s'adresse à lui comme à un valet!

— Vous perdez la raison. Jamais personne n'a osé me traiter de pécore et...

— Il y a un commencement à tout et j'ai d'autres qualificatifs qui vous conviendraient tout aussi bien. A présent, rentrons, Miss Tremayne! Vous pourrez dire à Kitty de préparer vos bagages. Peut-être, d'ailleurs, n'a-t-elle pas encore tout déballé ce qui serait autant de gagné : demain j'aurai le regret de vous mettre en voiture.

Cette fois, elle pâlit. Le masque contracté de Tremaine, ses yeux devenus aussi durs qu'une pierre traduisaient trop bien une exaspération qu'elle devinait dangereuse. Elle sentit qu'elle était allée trop loin et que si elle ne parvenait pas à l'apaiser, il mettrait sa menace à exécution. C'en serait fini alors des projets qu'elle mûrissait depuis leur première rencontre. Il ne lui resterait plus qu'à regagner l'Angleterre pour y devenir enfin la plus désenchantée des duchesses, mais cela elle ne le voulait à aucun prix.

D'un geste péremptoire, Tremaine saisit la bride du cheval pour l'entraîner sur le chemin du retour. L'idée de rentrer en laisse aux Treize Vents où elle souhaitait régner fut plus que n'en pouvait supporter Lorna. Elle éclata en sanglots et s'efforça de retenir sa monture :

— Arrêtez, je vous en prie!... Je... je vous demande pardon... mais ne me renvoyez pas! En souvenir de ma mère, ne me faites pas cet outrage! Songez... qu'il atteindrait Arthur...

Il s'arrêta.

— C'est un peu facile de vous abriter derrière lui! Vous savez que je l'aime...

— ... et je sais, à présent, que vous me détestez, mais laissez-moi rester encore un peu auprès de lui, auprès de vous. Je me suis rendue insupportable, je m'en rends bien compte.

— Indiscrète, surtout, et je ne supporte pas l'indiscrétion! Oh! et puis cessez de pleurer! Je déteste les larmes! Naturellement, vous n'avez pas de mouchoir? ajouta-t-il en l'entendant renifler.

— N... on, je suis partie... un peu vite !

Pour toute réponse, il lui tendit le sien et la regarda essuyer ses yeux, se moucher. Elle ressemblait tellement à une petite fille grondée qu'il sentit sa colère s'apaiser en même temps qu'un souvenir venu de très loin remontait des profondeurs de sa mémoire : celui de Marie-Douce quand elle était petite. Un matin, à Québec, la fillette, accusée à tort par sa mère d'avoir cassé un vase — le chat favori de Mme Vergor du Chambon était le coupable —, avait traversé la rue en courant pour se réfugier dans les bras de son ami Guillaume. C'était la première fois qu'il la voyait pleurer et il en avait été bouleversé.

Or, en dépit de ce qu'il venait de dire, il la retrouvait tellement dans sa fille à cet instant où s'effritait le masque mondain qu'il dut se faire violence pour ne pas rééditer le geste d'autrefois : tendre des bras compatissants.

Un reste de rancune le sauva de ce qu'il eût vite considéré comme une simple manifestation de sensiblerie. Néanmoins, il n'eut plus le courage de se montrer impitoyable. Laissant Lorna achever de se calmer, il haussa les épaules :

— Vous avez tout le temps de retrouver votre sang-froid avant que nous n'arrivions, fit-il plus doucement. Je vous en serais même reconnaissant, n'ayant aucune envie que l'on s'imagine que je vous ai frappée !

— Vous me pardonnez ?

— Assez, tout au moins, pour surseoir à l'exécution, fit-il avec ce curieux sourire asymétrique auquel peu de gens résistaient. Peut-être me suis-je montré un peu trop brutal ?...

— Je crois que j'aurais réagi comme vous. Quoi

qu'il en soit, je ferai même des excuses à votre Daguet. C'est en effet un fidèle serviteur et la race s'en perd de plus en plus.

Tout en bavardant sur ce mode apaisé, ils s'éloignèrent côte à côte par le chemin tout juste assez large pour le pas accordé de leurs chevaux. Alors, la femme qui, depuis l'étage de la maison, avait suivi leur rencontre cachée derrière un rideau d'indienne verte laissa retomber le pan de tissu qui l'abritait et passa sur son front une main un peu tremblante.

— Est-il possible qu'elle soit revenue? murmura-t-elle d'une voix basse et anxieuse qui s'adressait à elle seule. Non... non, je suis seulement victime d'une ressemblance! Celle-ci est beaucoup plus jeune! En outre elle est rousse! L'autre avait des cheveux de lin qui faisaient penser au clair de lune. Oh, il faut que je sache!... Il le faut absolument!

Les bras croisés sur sa poitrine, elle fit quelques pas dans la chambre, tournant autour du tapis comme une bête en cage. Au passage, elle prit l'épais voile de crêpe noir où elle cachait son visage prétendument massacré, en fit une boule et le lança dans un coin avec rage. Quelle joie serait la sienne le jour où elle pourrait le rejeter définitivement! Mais il était à craindre que ce jour ne fût encore lointain. Les temps n'étaient pas encore venus...

Le prêtre que Guillaume avait vu descendre pénétra dans la chambre et contempla le spectacle d'un œil sarcastique.

— Tu as tes nerfs?

— Pourquoi pas? C'est mon droit il me semble?

— Je ne dis pas le contraire. En tout cas, pour l'instant le danger est écarté : Tremaine est parti...

— Je l'ai vu... mais ça ne veut pas dire qu'il ne

reviendra pas. Tu ne le trouves pas étrange, toi, ce soudain souci d'un toit qui n'a pas l'air si malade le jour même où cet imbécile d'Urbain s'est aperçu de la perte de son couteau?

Le prêtre alla s'asseoir près de la cheminée dont il tisonna les bûches avant d'en ajouter.

— Je ne vois pas quelle relation il pourrait y avoir de l'un à l'autre? C'est une simple coïncidence. Ce que je pense, moi, c'est que vous avez eu tort, Célestine et toi, d'aller vous montrer hier à Saint-Vaast. Tremaine vous y a vues et ça vous a rappelées à son souvenir. Après tout, elle est peut-être vraie son histoire de neige! La bâtisse est vieille...

— Tu peux penser ce que tu veux, Nicolas! Moi je ne crois pas aux coïncidences.

— Nous verrons bien.

— C'est tout vu. De toute façon et, si tu veux m'en croire, on se tiendra tranquilles pendant quelque temps. La récolte a été bonne aux Étoupins. Cela nous permet de voir venir. D'ailleurs, s'il se met vraiment à neiger, une nouvelle opération serait une folie : on ne pourrait pas effacer les traces. Par contre...

Elle s'accorda un temps de réflexion en laissant son regard fouiller les flammes qui repartaient à l'assaut du bois crépitant. Son compagnon alla prendre une pipe en terre dans un pot de grès posé sur la table, l'alluma et revint prendre sa place près du foyer.

— Par contre? reprit-il.

— Quand il est parti, il y avait une femme qui l'attendait sur la route. Elle était à cheval et ils se sont éloignés ensemble. Une très belle dame!

— Et alors? ricana l'autre. Il a toujours eu du goût de ce côté-là. Et aussi de la chance...

— A ce point-là, ça me paraît beaucoup. Celle que j'ai vue ressemble à s'y méprendre à son ancienne maîtresse, l'Anglaise de Port-Bail dont je t'ai parlé. Et pourtant ça ne peut pas être elle...

— Où veux-tu en venir?

— Je ne sais pas encore! Peut-être que l'Anglaise a une sœur, beaucoup plus jeune, bien sûr.

— Tu ne crois pas que t'es en train de te faire des idées? C'est pas la première fois que j'm'aperçois que ton Tremaine te fait déparler. De toute façon, ça s'ra pas difficile de savoir qui est cette femme. J'ai installé aux Treize Vents de bons yeux et de bonnes oreilles...

— Alors qu'est-ce que tu attends pour aller à l'arbre creux voir s'il y a du courrier? Sinon, arrange-toi pour les rencontrer, tes «bons yeux». Il faut que je sache!

— J'irai cette nuit! Maintenant, si tu veux bien, j'te laisse à ta mauvaise humeur et j'vais boire un godet!

Il se leva et quitta la pièce. Restée seule, la femme se laissa tomber sur son lit et se mit à pleurer. Des larmes de rage et de fureur...

CHAPITRE IX

LA MORT EN EMBUSCADE...

Il neigea toute la nuit. Les premiers flocons apparurent dans un crépuscule glauque et ne cessèrent plus de tomber, toujours plus pressés. Aussi, le retour du jour éclaira-t-il un immense paysage blanc dont la vue fit pousser des cris de joie aux garçons. Il leur était bien égal que l'épaisseur de la couche rendît difficile l'ouverture des portes et que le personnel mâle se retrouvât armé de pelles pour dégager au moins les accès de la maison, des écuries, ainsi qu'un petit sentier vers la ferme. Ils allaient pouvoir faire le bonhomme de neige dont se mettent à rêver tous les gamins du monde dès qu'ils voient s'amasser l'indispensable et merveilleux matériau. Aidés de Jeremiah Brent, ils y consacrèrent la majeure partie de la journée après quoi ils firent comme tout le monde et acceptèrent la vie cloîtrée qui allait être leur lot durant quelques jours. Car non seulement la neige ne fondit pas mais chaque nuit en ramenait d'autre et obligeait à recommencer le travail de déblayage... Le froid revenait dans la journée et cédait à la tombée de la nuit.

Élisabeth rongeait son frein. Lorsqu'elle s'était aperçue que Lorna, bravant les défenses de Guillaume et la résistance de Daguet, osait s'emparer de Selim pour se lancer, fort évidemment, sur les traces de son oncle, elle avait éprouvé une véritable fureur dont elle avait épanché une partie sur la tête innocente de Kitty qui se trouvait malencontreusement à sa portée, lui déclarant en termes sans équivoque son intention personnelle de ne pas tolérer qu'une étrangère se comportât en souveraine dans une demeure où elle n'était même pas invitée.

La cameriste se contenta de hausser des épaules fatalistes : l'Honorable Lorna Tremayne n'en avait jamais fait qu'à sa tête.

— Je crains qu'elle n'ait été fort mal élevée, Mademoiselle. Lady Marie, continuellement aux prises avec sa propre mère, était bien incapable de dompter une nature aussi indépendante mais je peux assurer à Mademoiselle qu'elle n'est pas méchante. Un peu folle peut-être !

Qu'elle le fût un peu ou complètement importait peu à la fille d'Agnès, bien décidée à entrer en lutte ouverte avec l'intruse. En la voyant rentrer escortée de son père, elle eut un battement de cœur rempli d'espoir : la belle dame avait pleuré ! C'était écrit en toutes lettres sur sa figure et très certainement Guillaume l'avait malmenée.

Hélas, la consolante pensée d'une rupture mourut à peine née : de toute évidence la paix était signée. En outre, avant de monter dans sa chambre, Lorna s'approcha d'elle :

— Nos relations ont bien mal commencé, dit-elle en regardant Élisabeth droit dans les yeux, et je crains d'en être entièrement responsable. Pour cela, je vous offre des excuses comme j'en ai offert tout à l'heure à votre père. Voulez-vous que nous reprenions depuis le début? Je serais tout à fait désolée que vous gardiez de moi un mauvais souvenir...

Elle tendait une main grande ouverte et son regard était clair. Même si elle n'était pas entièrement convaincue, Élisabeth admit qu'elle était battue et qu'une attitude courtoise s'imposait... d'autant que ce souci du souvenir que l'on pourrait garder d'elle était plutôt encourageant. La visite ne serait pas longue!

— N'en parlons plus! dit-elle avec un sourire. Je suis moi-même un peu vive et j'ai conscience de m'être montrée peu hospitalière. C'est une faute grave dans notre Normandie. Je me bornerai donc à vous souhaiter la bienvenue aux Treize Vents! A présent, allez vite vous changer, je vous en prie! Vous êtes mouillée et il serait tellement regrettable que vous tombiez malade!

Tandis que Lorna gagnait l'escalier, Guillaume qui observait la scène du coin de l'œil vint prendre sa fille par le bras:

— Bravo! C'était très bien et je suis fier de toi... bien que je sache parfaitement pourquoi tu serais si désolée qu'elle tombe malade. Difficile de souhaiter bon voyage à une agonisante, n'est-ce pas?

Élisabeth rougit mais se mit à rire et donna une petite tape sur la main de son père:

— Dieu que vous êtes insupportable, Papa, avec votre manie de toujours chercher des sous-entendus!

— Je n'ai pas raison?

— Si, bien sûr!... mais toute vérité n'est pas

bonne à dire. Sérieusement : combien de temps pensez-vous que nous allons la garder?

— Tu ne l'aimes vraiment pas, hein?

— Non, je le regrette! Vous savez comme il m'est difficile de revenir sur ma première impression et hier, elle a été détestable. J'espère que je ne vous fais pas de peine, ajouta-t-elle avec un petit sourire contrit.

— Aucune. Moi aussi je souhaite son départ. Je crois pourtant qu'il va nous falloir un peu de patience. Elle désire que je la conduise à la maison qui était celle de sa mère près de Port-Bail.

— Mais... est-ce qu'elle n'appartient pas à Arthur maintenant?

— Oui, mais elle veut la voir. Une espèce de pèlerinage en quelque sorte! Tu dois comprendre qu'il m'est impossible de le lui refuser...

— Quand pensez-vous y aller?

— Après le 1er janvier, bien sûr. M. Niel doit regagner l'Angleterre vers le 10 ou le 15. Le mieux serait qu'ils voyagent ensemble.

— Vous avez là une excellente idée...

De cette conversation à cœur ouvert, Élisabeth sortit un peu rassurée. Dès l'instant où son père partageait son antipathie et ses préventions, tout était pour le mieux, mais le soulagement, hélas, fut bref.

À l'aube suivante, la maison se retrouvait assiégée par la neige et enfermait ses habitants dans une intimité forcée. La peur insidieuse ressentie par Élisabeth lors de l'arrivée de sa cousine reprit peu à peu possession de son esprit : Lorna, toujours habillée de façon exquise en jouant de velours noirs, de mousselines ou de dentelles neigeuses et de satins irisés d'un ravissant gris clair, semblait s'épanouir comme une fleur de serre dans cette atmosphère calfeutrée.

Sitôt que l'occasion lui en était offerte, elle s'attachait aux pas de Guillaume, demeurant avec lui de longues heures dans la bibliothèque, se faisant montrer les plus précieux de ses livres — des éditions rares qu'un libraire parisien lui procurait — et lire des passages à haute voix, Guillaume s'interrompant de temps à autre pour allumer sa pipe ou aller chercher à la cuisine une tasse de café ou un peu de cidre chaud. Elle se comportait en nièce affectueuse, sans plus, mais en s'annexant ainsi les menus privilèges d'Élisabeth, elle entretenait une colère latente au cœur de celle-ci. Il lui arrivait parfois aussi de chanter en s'accompagnant à la harpe : sa voix souple, chaude bien que légèrement voilée, n'était pas la moindre de ses séductions et il fut vite évident que Guillaume aimait l'écouter.

Cependant elle se montrait d'autant plus charmante envers la jeune fille qu'elle la sentait se raidir. Avec les garçons, elle plaisantait volontiers, jouait aux échecs ou au tric-trac, allant même jusqu'à les défier pour une bataille de boules de neige dont elle rentra aussi mouillée que Jeremiah Brent, son partenaire et plus rayonnante que jamais.

De toute évidence, le jeune précepteur sentait revivre les sentiments passionnés qu'il avait cru étouffer en mettant entre eux la largeur de la Manche. Elle le traitait en ami, le taquinait gentiment et le malheureux retombait peu à peu au pouvoir de la sirène, frissonnant de joie quand les beaux yeux dorés posaient sur lui l'un de ces regards caressants qu'elle semblait réserver à Guillaume.

Bien loin de s'en trouver agacé, celui-ci s'habituait visiblement à cette présence soyeuse et parfumée qui faisait entrer dans sa vie plutôt austère un élément d'autant plus séduisant qu'il joignait à la douceur des souvenirs la nouveauté, presque exotique. Sans bien s'en rendre compte, il respirait avec un plaisir croissant cette féminité délicate et raffinée qui lui rappelait celle de Marie-Douce.

Seuls avec Élisabeth, Potentin, Mme Bellec et François Niel échappèrent à l'emprise de l'enchanteresse. Les deux premiers parce qu'ils demeuraient sous l'influence de leur bizarre aventure du soir de Noël et parce que leur âge, leur expérience aussi leur permettaient de lire presque à livre ouvert dans le jeu de celle qu'ils appelaient la «belle dame» avec une intraduisible nuance de défiance et de mépris. Quant au Canadien, définitivement captif du charme de Rose, il enrageait de se voir cloué aux Treize Vents alors qu'il brûlait de courir à Varanville afin de contempler l'objet de son amour dans son décor familier. Laissant Guillaume et Lorna à leurs causeries intellectuelles, il se réfugiait à la cuisine pour y apprendre de Clémence le plus de détails possible sur sa bien-aimée. Et il restait là pendant des heures, les pieds sur les chenets, la pipe au bec, à boire du vin chaud, à grignoter des pâtisseries et, quand il ne parlait pas de Rose, à évoquer le beau Québec dont il était toujours si fier mais qui, à présent, lui posait un problème secret : s'il arrivait à toucher le cœur de la jolie veuve et à obtenir sa main, consentirait-elle à le suivre jusque là-bas, à quitter une maison, un pays auxquels tous s'accordaient à la dépeindre profondément attachée? Il en doutait un peu, l'excellent homme, sachant bien que son charme personnel n'avait rien de ravageur et la balance guère de chance de pencher de son côté. D'autre part, il admettait volontiers qu'il lui serait quasi impossible de tout quitter pour venir vivre en Cotentin où il n'aurait pas grand-chose à faire.

Sans doute lui faudrait-il beaucoup de patience et beaucoup d'ingéniosité. Peut-être un partage du temps serait-il possible? Toutes ces pensées tournaient dans sa tête mais présentaient au moins le mérite d'user les heures...

Le premier jour de janvier — 1803 —, une brise adoucie souffla de la mer et tout le pays se mit à fondre goutte à goutte d'abord puis à grands coups de paquets de neige tombant des branches ou des toits avec un bruit mat. François se frotta les mains : il avait une chance d'aller demander respectueusement à Mme de Varanville la permission de l'embrasser sous le gui. Rien qu'à cette idée, il en tremblait d'émotion...

Dès le matin l'air s'emplit de voix d'enfants : ceux de la Pernelle et de Rideauville qui allaient de maison en maison offrir leurs vœux du «jou d'l'ain» dans l'espoir de recevoir en échange quelques piécettes ou bien des gâteries. Ils chantaient à pleine gorge ce que l'on appelait les «chansons de quête» et qui voulait être béni du Ciel se devait de les accueillir.

Ils n'auraient eu garde d'oublier les Treize Vents qui, avec le manoir d'Ourville et celui d'Escarbosville, étaient les plus grandes demeures de l'endroit. Aussi Clémence Bellec, sachant ce que l'on attendait d'elle, consacrait presque tout son temps, la veille, à préparer des galettes, des craquelins, des gâteaux de toutes sortes, sans oublier les bourdelots, ces poires enrobées de pâte croustillante dont tout ce petit monde se montrait friand. Avec de la crème fraîche et du sucre, elle confectionnait aussi des caramels agrémentés de café ou de noisettes concassées qui, même s'il avait fallu creuser la neige avec les mains pour arriver dans sa cuisine, lui auraient valu la visite des petits quêteurs tant ces bonbons étaient succulents! De son côté, Guillaume leur distribuait à chacun une pièce d'argent et, pendant un bon moment, le vestibule au lustre duquel pendait la boule de gui enrubannée retentissait des vœux de «Bonne Année et surtout Bonne Santé!» qui étaient de tradition.

Une autre tradition, affectueuse celle-là, voulait que les Tremaine allassent en chœur présenter leurs vœux à Tante Rose. On ne prenait alors qu'un repas léger vers onze heures puis l'on s'embarquait pour Varanville où un confortable goûter était préparé. Le retour avait lieu au crépuscule mais on rentrait toujours aux lanternes parce que l'on s'arrêtait un instant dans les maisons égrenées sur le chemin pour distribuer encore quelques souhaits.

Ce matin-là et après que les enfants se furent éloignés, Élisabeth courut après son père qui se rendait aux écuries. Elle le rattrapa à mi-chemin :

— Comment allons-nous faire aujourd'hui? demanda-t-elle.

Il la regarda surpris :

— Faire quoi, mon cœur?

— Mais... pour aller à Varanville? Nous n'allons pas emmener toute la tribu embrasser Tante Rose, Alexandre et les petites?

— Tribu? fit Guillaume le sourcil interrogateur. Qui entends-tu par là? Arthur?

— Vous savez bien que non : c'est mon frère et sa place est avec nous.

— Bien. Alors est-ce que, par hasard, tu refuserais à ce bon François une joie qu'il attend depuis une semaine : offrir ses hommages à notre charmante Rose ?

— N... on ! Mais enfin, il me semble que seule la famille...

— Cesse de tourner autour du pot, Élisabeth ! Ça ne te ressemble pas ! Tu ferais mieux de me dire tout net que tu n'as aucune envie d'emmener Lorna à Varanville. Invoquer la famille me paraît mal choisi : elle est tout de même ma nièce et ta cousine.

— C'est vrai. Aussi je préfère rester ici avec elle parce que je suis certaine que sa venue gâcherait le plaisir de Tante Rose !

— En voilà une idée ! Elle est l'hôtesse la plus gracieuse et la plus accueillante que je connaisse. Pourquoi donc serait-elle seulement contrariée ?

— Parce que vous laissez prendre à la chère cousine des airs de propriétaire qui, peut-être, lui déplairaient... la... blesseraient... que sais-je ? Oh, Papa, ne faites pas l'idiot !...

— Élisabeth !

— Mais c'est vrai ! Comme si vous ne saviez pas que Tante Rose vous est... très attachée ! Et vous voulez installer à sa table cette flamboyante personne qui ne se gêne pas pour vous dévorer des yeux ? Il y a des choses qu'on ne fait pas quand on s'appelle Guillaume Tremaine... et que l'on est mon père !

Assez surpris du ton déterminé de sa fille, Guillaume se contenta de répondre :

— Et que proposes-tu ?

— Je vous l'ai dit. Allez avec les garçons... et

311

M. Niel porter les fleurs à Tante Rose. Moi, je reste ici sous le prétexte d'une indisposition... et je vais demander à Lorna de me tenir compagnie!...

Un instant, Guillaume enveloppa sa fille d'un regard méditatif et finalement lui sourit :

— Fais comme tu l'entends!... Tu as peut-être raison. Moi aussi je tiens beaucoup à Rose...

Tout se passa selon le souhait d'Élisabeth. Étendue sur une chaise longue derrière les fenêtres du petit salon, elle assista au départ des hommes avec un délicieux sentiment de triomphe qui contrebalançait amplement l'inconvénient d'étouffer un peu sous les lainages dont on l'avait enveloppée. François Niel surtout faisait plaisir à voir : vêtu d'une magnifique redingote du bleu de ses yeux et d'une pelisse doublée de petit-gris, presque pâle d'émotion mais l'œil étincelant, il portait comme si c'eût été le saint-sacrement le grand bouquet de lilas blanc — l'une des deux fleurs favorites de Rose — que l'on faisait pousser à son intention, tout exprès pour l'occasion, dans la serre des Treize Vents.

Lorna et Jeremiah Brent regardaient eux aussi et, bien que la jeune femme eût accepté d'assez bonne grâce de veiller sur Élisabeth, son mécontentement était presque palpable. D'autant plus que c'était Guillaume lui-même qui lui avait demandé cette faveur.

Trop intelligente pour ne pas comprendre que sa présence n'était pas souhaitée, elle enrageait d'autant plus que, durant toute cette semaine de semi-claustration, Adam, Élisabeth, Guillaume, sans compter Arthur et Jeremiah avaient eu tout le temps de lui vanter la grâce, le charme, la vitalité et les nombreuses qualités de Mme de Varanville. Elle détestait cette Rose sans la connaître et regrettait fort de n'avoir pu l'affronter sur son propre terrain. Il y avait de la tendresse dans la voix de Guillaume quand il en parlait. Cela ne se pouvait supporter! Sans doute faudrait-il agir plus tôt que prévu.

Décidée à jouer son rôle de malade avec conscience, Élisabeth choisit de s'endormir. Ou tout au moins de faire semblant, ce qui la dispensait de la conversation. Lorna se rabattit sur le jeune Brent, qui ne demandait pas mieux d'ailleurs, et entreprit de le tyranniser histoire de trouver les heures moins longues. Elle n'eut guère le temps d'exercer ses caprices...

La voiture avait disparu depuis une vingtaine de minutes à peine quand le cabriolet du docteur Annebrun déboucha en trombe de la grande allée et s'arrêta au perron. Élisabeth, qui avait relevé les paupières au bruit des roues sur le gravier, ouvrit des yeux énormes en voyant que la légère voiture était pleine. Arthur et Adam s'y entassaient avec les deux petites Varanville, Victoire et Amélie dont les yeux rouges disaient assez qu'il se passait chez elles quelque chose de grave.

Instantanément elle fut debout, rejetant ses couvertures et ne gardant qu'une écharpe de laine qu'elle enroula autour de son cou en courant à leur rencontre :

— Qu'est-ce qui s'est passé?... Où sont Père et M. Niel? s'écria-t-elle, tout de suite terrifiée et imaginant un terrible accident.

— Rassure-toi, ils vont bien, dit le médecin. Ils ont tenu à continuer leur chemin alors que je venais, sur la prière de Mme de Varanville, vous demander de renoncer à votre visite traditionnelle...

Il n'eut pas le temps d'en dire davantage. Sautant

à terre, Victoire se jetait dans ses bras, secouée de sanglots en hoquetant :

— C'est... c'est Alexandre ! Il est... très malade ! Alors, le docteur voulait nous emmener chez lui mais nous avons rencontré M. Tremaine qui a dit qu'il fallait que nous allions... chez vous.

Le cœur d'Élisabeth se serra. La fillette tremblait contre elle comme un petit animal perdu.

— Malade ?... Alexandre ?... mais qu'est-ce qu'il a ?

— La variole ! fit Annebrun.

Sans s'arrêter à l'exclamation horrifiée poussée par la jeune fille et par Potentin arrivé au perron derrière elle, il raconta que, la nuit précédente, l'un des valets de Varanville était venu lui demander de se rendre d'urgence au manoir : Alexandre, qui était souffrant depuis trois ou quatre jours, avait une forte fièvre et délirait.

— A cause de la neige, sa mère ne m'a pas appelé plus tôt mais je crois qu'on peut remercier le Ciel que le passage soit possible depuis cette nuit. Je suis arrivé au petit jour. Le diagnostic a été vite fait : l'éruption s'annonce déjà. C'est alors que j'ai proposé de prendre les enfants. Mme de Chanteloup se trouve à Varanville et, comme elle est souffrante, il ne pouvait être question qu'elle reparte avec les petites.

— Si je comprends bien, l'idée de les conduire chez nous ne vous a pas effleuré. Et si vous n'aviez pas rencontré Père, vous alliez confier ces malheureuses à votre Sidonie si revêche ?... Ne pleurez plus mes chéries ! ajouta Élisabeth en prenant Victoire et Amélie chacune par une main. On va aller tout de suite à la cuisine demander à Clémence de nous faire un bon chocolat... Pendant ce temps-là, Béline vous préparera une chambre. Et puis nous ferons une prière pour... notre Alexandre!

Sa voix se fêla en prononçant le nom de son ami d'enfance, son presque frère, son jumeau atteint de cette horrible maladie. Lui qui était si beau!... Qu'en resterait-il, s'il survivait, après la guérison des affreuses pustules?

Le cœur lui manqua soudain et elle se détourna pour cacher ses larmes. Arthur, alors, s'empara de Victoire tandis qu'Adam se chargeait de son amie Amélie :

— Laisse! dit le premier. Adam et moi on a aussi envie de chocolat! Le docteur t'expliquera pour Père et M. Niel...

Élisabeth rougit brusquement. Elle avait si peur pour Alexandre qu'elle n'avait pas remarqué que Guillaume et François n'étaient pas revenus.

Remonté sur son siège, le médecin allait faire tourner sa voiture quand elle s'élança à la tête du cheval pour le retenir.

— Où sont-ils? Ne me dites pas qu'ils sont allés là-bas tout de même?

— Bien sûr que si! répondit-il avec un soupir à coucher les arbres. Quand j'ai conseillé à ton père de rentrer, il a pris son œil de granit et m'a déclaré qu'il ne voyait aucune raison de ne pas remettre à Mme de Varanville les fleurs qu'elle aime. D'ailleurs son ami François qui, lui, a déjà eu la variole était fermement décidé à y aller. Alors?... Ils ne tarderont pas, rassure-toi! Moi, j'y retourne : on a besoin de moi.

— S'il vous plaît, Monsieur le Docteur, attendez-moi!

Avec stupeur, Élisabeth vit Béline, emballée dans sa grande mante à capuchon, un sac en tapisserie à la main, dégringoler les marches en courant. Un instant, elle crut que, terrifiée par ce qu'elle avait dû entendre, elle quittait la maison. Cela ressemblait tellement à cette forte fille un peu molle, un peu bêtasse, parfaitement incolore de surcroît et paniquée en général par le moindre courant d'air, de prendre la fuite à l'approche d'un tel danger! Mais ce n'était pas du tout ça! Ce que voulait la gouvernante des enfants Tremaine, c'était qu'Annebrun l'emmène à Varanville:

— Madame la baronne va devoir vider sa maison et aura besoin d'aide pour soigner son fils, déclarat-elle d'un ton assuré que personne ne lui avait jamais connu.

— Béline! souffla Annebrun tout aussi surpris qu'Élisabeth. Vous savez ce que c'est que la variole? C'est la petite vérole et...

— Je sais: je l'ai eue, moi aussi. Et puis... j'aime bien Monsieur Alexandre et de le savoir malade...

Elle eut un hoquet, tira un grand mouchoir à carreaux de sa poche et se moucha vigoureusement sous l'œil incrédule de son ancienne élève. Que Béline pût se hausser au niveau de l'héroïsme la confondait et la touchait. Ainsi elle aimait Alexandre? Dieu sait pourtant ce que lui et elle avaient pu jouer comme tours pendables à la pauvre créature! Un élan la jeta vers elle:

— Ma chère Béline! s'écria-t-elle en l'embrassant. Vous êtes la meilleure femme que je connaisse. Après tout ce qu'on vous a fait subir, j'espère avoir droit, moi aussi, à un peu de votre affection!

— Y a aucun doute là-dessus! Dépêchons-nous à présent!

Tout en suivant du regard le départ du cabriolet, Élisabeth gravit le perron où elle trouva Potentin.

Celui-ci lui sourit avec une telle tendresse qu'elle cessa de se défendre contre l'angoisse et se jeta à son cou en pleurant. Elle ne savait pas très bien ce qui l'effrayait le plus : la peur de ce qui menaçait Alexandre ou bien celle de voir son père... ou Tante Rose ou n'importe quelle autre personne chère à son cœur contracter l'affreuse maladie. Le vieil homme la laissa pleurer un moment en se contentant de tapoter doucement son épaule puis il affirma :

— Le jeune Alexandre guérira, j'en suis certain. Quant à notre maître, il a vécu aux Indes où les pires maladies courent les villes et les grands chemins. Il n'a jamais rien attrapé... Allons, venez prendre vous aussi quelque chose de chaud ! N'oubliez pas que vous êtes souffrante ! ajouta-t-il avec un demi-sourire en coin.

En rentrant dans la maison bras dessus, bras dessous, ils trouvèrent Lorna debout au seuil du salon.

— Quelle étonnante guérison ! s'écria-t-elle. La seule approche d'un médecin suffit à vous remettre sur pied, cousine ? Seulement cela pourrait bien ne pas durer...

Et, soudain, elle glapit positivement :

— Vous n'êtes pas un peu folle de recevoir ici des enfants sortant tout droit d'une maison contaminée ? Nous allons tous récolter cette horreur et ce sera de votre faute !... Ma parole, vous êtes tous inconscients !

Serrant autour d'elle la grande écharpe de laine abandonnée par Élisabeth, la jeune femme, visiblement épouvantée, tremblait comme feuille au vent. Presque pitoyable, tout d'un coup, elle n'inspira pourtant à Élisabeth qu'un immense dédain.

— Alexandre de Varanville était ici, au milieu de nous, le jour de Noël, donc il y a juste une semaine, fit-elle en haussant les épaules. Si nous devons être malades nous le serons. Et, que cela vous plaise ou non, ses petites sœurs resteront ici. Quant à vous, si vous avez trop peur, vous avez un moyen bien simple : demandez que l'on prépare votre voiture. En se pressant un peu votre femme de chambre devrait boucler vos bagages en une heure et vous pourrez faire un assez bon bout de route avant la nuit...

Ayant dit, elle poursuivit son chemin en direction de la cuisine mais la voix furieuse de Lorna, dont la colère venait de chasser la peur, l'atteignit avant qu'elle n'en eût franchi la porte.

— Quittez un peu vos grands airs, ma petite ! Vous n'êtes pas la maîtresse ici, même si votre père a la faiblesse de vous le laisser croire. Ce n'est pas vous qui me chasserez de cette maison où je me plais !

— Qui parle de vous chasser? fit la jeune fille sans même se retourner. Vous craignez de tomber malade? Vous n'avez qu'à vous en aller ! C'est aussi simple que ça...

Guillaume revint avant la tombée de la nuit mais revint seul. François avait réussi à convaincre Rose d'accepter son assistance pour soigner son fils. En même temps qu'elle confiait ses filles au docteur Annebrun, elle avait aussi expédié tout son personnel intérieur à Chanteloup à l'exception de Marie Gohel qu'aucune force humaine n'aurait pu arracher à sa cuisine. Celle-ci avait même obligé son vieux Félicien à partir avec les autres sous prétexte de les surveiller. Réduite à elle-même et ne pouvant guère compter sur l'octogénaire Mme de Chanteloup qui d'ailleurs ne quittait pas son lit, Rose se trouvait — et par sa seule volonté! — plutôt démunie. Aussi agréa-t-elle l'offre du Canadien aussi simplement qu'elle était faite mais non sans émotion :

— Elle n'a pas voulu de moi parce que je n'ai encore jamais eu cette saleté de maladie, confia Tremaine à Potentin avec amertume et pourtant je ne pouvais me résoudre à la quitter! Si tu la voyais! Elle est ravagée de douleur et d'anxiété pourtant elle s'efforce de le cacher pour s'inquiéter des autres. Pauvre petite Rose! Elle... elle ne m'a même pas permis de baiser sa main. Oh, mon Dieu! Que faire pour lui venir en aide?

— Est-ce que Béline n'est pas arrivée?

— Si et cette brave fille m'a mis un peu de baume au cœur! Elle était tout à fait comme ce matin et cependant j'ai cru lui voir une auréole et des ailes dans le dos! Qui eût dit, mon Potentin, que nous avions ici une vraie sœur de charité?

— On a de ces surprises quelque fois... Naturellement, vous n'êtes pas entré chez Monsieur Alexandre?

— Tu penses bien que sa mère ne l'a pas permis. Je n'en sais guère plus que ce que vous a dit le docteur : il a une fièvre effrayante et de terribles maux de tête. Rose pense qu'il a pris le mal à Paris. Il y aurait eu un cas à son école...

— Et ils n'ont pas mis tout le monde dehors? Décidément cette fichue Révolution en chassant Dieu a tué non seulement tout sens moral mais aussi celui des responsabilités... Au fait est-ce que M. Niel n'aurait pas besoin qu'on lui porte quelques affaires puisqu'il reste au château?

— Si, bien sûr! Veux-tu t'en charger? Je viens de

dire à Daguet de faire seller pour envoyer là-bas un de ses garçons. Où est la famille?

— Les petites sont à la cuisine avec les garçons et Élisabeth. Tout ce petit monde s'est réfugié autour du tablier de Clémence comme autour d'un génie tutélaire. Elle leur fait des beignets aux pommes en leur racontant des histoires...

— Elle a raison, c'est la meilleure manière de leur donner chaud au cœur et au corps. Ma nièce n'est pas avec eux, j'imagine?

— Dans la cuisine? Vous voulez rire! Elle doit être enfermée chez elle à triple tour, dit Potentin avec un mépris qu'il ne songea même pas à dissimuler. Depuis l'arrivée des petites, elle est morte de peur qu'elles n'apportent la maladie jusqu'ici.

— Laissons-la! On lui y servira même ses repas si elle le désire! Moi je vais me reposer dans la bibliothèque... mais un peu de café me ferait plaisir!

Et la solitude plus encore peut-être... Inquiet et d'humeur noire, il se reprochait comme une trahison les moments charmants passés auprès de Lorna alors que Rose, isolée par la neige, était déjà aux prises avec la maladie. Que la trop belle nièce eût choisi de s'enfermer était une excellente chose : il n'avait aucune envie de la voir.

Hélas, en ouvrant la porte de son refuge, il sut tout de suite que la détente de ce moment lui serait refusée. Le parfum complexe et légèrement enivrant qui flottait dans l'air n'appartenait qu'à Lorna... Contrarié, tenté de se retirer, agacé par l'idée qu'il allait falloir causer, il ne put cependant résister à l'attrait chaleureux de la grande pièce familière, si accueillante après ce retour solitaire dans le froid et la tristesse d'un soir d'hiver avec pour compagne la crainte de voir mourir un enfant dans d'effroyables conditions. Le reflet des flammes de la cheminée dansait sur les boiseries rousses et les ors des reliures. Les grands rideaux de velours rouge opposaient leur barrière aux ténèbres extérieures et rendaient plus désirable encore ce havre de paix. Après tout, il s'agissait seulement de le reconquérir et Guillaume entra d'un pas décidé : il suffirait de prier courtoisement la jeune femme de le laisser jouir seul de son cabinet de travail.

Un instant, d'ailleurs, il crut s'être trompé et que seul le parfum s'était attardé tant la qualité du silence était profonde. Pourtant Lorna était bien là. Seulement, elle dormait...

Pelotonnée dans un fauteuil un peu en retrait de la cheminée pour soustraire son visage à la chaleur, elle s'était assoupie en laissant glisser le long de sa robe le livre qu'elle lisait, sa joue appuyée sur sa main. Pourtant son sommeil n'était pas paisible : les coins de la bouche avaient de petits frémissements nerveux qui remontaient jusqu'aux paupières ourlées de cils immenses, mais Guillaume se garda bien de l'éveiller. Il tira doucement un siège et resta là, en face d'elle pour mieux la contempler : jamais elle n'avait autant ressemblé à Marie ! Cela tenait sans doute aux yeux fermés et au fichu de dentelle blanche dont s'enveloppait sa tête. Les différences avaient disparu et Guillaume goûta durant quelques instants la merveilleuse illusion de retrouver la bien-aimée dans tout l'éclat de son printemps.

Soudain, Lorna se mit à gémir et s'agita. Comprenant qu'elle devait faire un cauchemar, Guillaume se leva pour poser sa main sur son épaule.

— Réveillez-vous ! ordonna-t-il doucement. Vous faites un mauvais rêve...

Elle ouvrit de grands yeux égarés puis jaillit du fauteuil, lui entoura le cou de ses bras en se serrant contre lui. Machinalement il referma les siens sur ce corps qu'il sentait trembler comme sous un vent glacé. Elle éclata en sanglots :

— Emmenez-moi, Guillaume, je vous en supplie ! Emmenez-moi d'ici !... Je ne veux pas être malade... et puis mourir ou devenir affreuse ! Je ne veux pas, je ne veux pas !...

Elle criait à présent, au bord de la crise de nerfs. Alors, dénouant de force l'étreinte convulsive, il écarta la jeune femme, la gifla posément par deux fois tout en la maintenant debout de sa main libre puis la rassit dans le fauteuil. Suffoquée, elle eut pour lui un regard horrifié.

— Vous m'avez frappée ?

— C'était le seul moyen de vous calmer. Pardonnez-moi si je me suis montré brutal mais vous en aviez besoin. Je suis certain que vous faisiez un songe effrayant...

— Oui... Oh !... c'était atroce ! Mon visage... mon corps... tout était couvert de plaies suppurantes et, près de moi, il y avait une femme qui riait, riait... Elle disait... «Si tu n'étais pas venue ici, tu ne serais pas en danger mais tu l'as voulu et à présent tu vas payer !...» Et elle riait de nouveau avec une affreuse méchanceté...

— Une femme ? Comment pouvez-vous en être sûre ? Ressemblait-elle à quelqu'un que vous avez déjà vu ?

— Non. Son visage était flou, ses yeux ressemblaient à des nuages d'orage et elle avait de longs cheveux noirs mais je sentais qu'elle me détestait.

Sa haine avait quelque chose... de palpable! Oh Guillaume, je ne peux pas rester ici où il m'arrivera malheur! Emmenez-moi chez ma mère, je vous en prie!

— Chez votre mère?... Vous voulez dire aux Hauvenières? C'est impossible, voyons!

— Pourquoi? Vous m'avez dit que vous avez fait entretenir la maison et Mère y a vécu plusieurs mois, même en hiver...

— Sans doute et je vous ai promis de vous y conduire, mais le moment me paraît mal choisi. Il fait nuit, nous sommes en janvier et, avec toute cette neige, les chemins, croyez-moi, sont presque impraticables. En outre il y a plus de treize lieues...

— Ça m'est égal! Je veux y aller tout de suite! Les fillettes qui sont arrivées tout à l'heure apportent le mal avec elle.

— Vous êtes complètement folle! tonna Guillaume outré. Elles sont aussi saines que vous et moi. D'ailleurs le malade lui-même était ici il y a une semaine...

— Je sais. Votre fille me l'a dit avec une espèce de plaisir sauvage. Comme si elle espérait que nous allions tous tomber!... Moi, je ne veux pas!

— Aucun de nous ne le veut mais c'est notre devoir... et ma volonté d'accueillir ceux qui ont besoin de notre affection et de notre aide. Vous êtes la seule ici à mourir de peur.

— La seule aussi, sans doute, qui n'ait pas droit à votre affection, ni à votre aide! dit-elle avec une amertume qui fit sourire son interlocuteur.

— Je ne vous permets pas d'en juger mais, si vous craignez à ce point, il existe une solution bien simple : regagnez Paris jusqu'à ce que le danger soit passé. Vous nous reviendrez ensuite... aux beaux jours !

— C'est ce que vous souhaitez, n'est-ce pas ? Vous débarrasser de moi ? Je n'y suis pas encore prête. Et, je vous l'ai dit : je désire passer quelque temps aux Hauvenières.

— Comme vous voudrez ! Je vais donner des ordres. Potentin vous conduira demain avec Kitty. Il connaît le chemin aussi bien que moi...

— Je ne veux pas y aller avec lui. C'est vous qui devez m'y faire entrer pour la première fois. J'y tiens essentiellement.

— Alors vous attendrez !

— Je n'en vois pas la raison. Si votre majordome peut m'emmener, pourquoi pas vous ?

— Parce que je ne m'éloignerai pas d'ici tant que le petit Varanville sera en danger ! Parce que je veux pouvoir me rendre là-bas chaque jour prendre des nouvelles et aider une femme qui, croyez-moi, en a beaucoup plus besoin que vous !

— Cette fameuse Tante Rose ! ricana Lorna. Ma parole, vous en êtes tous coiffés ! Même mon Arthur ! J'aimerais savoir ce qu'elle a de si extraordinaire ?

— Elle a que nous l'aimons tous profondément et moi plus que tous les autres peut-être ! C'est à la fois une grande dame et une femme adorable. Mieux vaut que vous ne la rencontriez pas : je ne crois pas que vous pourriez vous comprendre... Entrez !

On avait, en effet, gratté à la porte. Potentin parut, digne et imperturbable dans son habit de velours vert sapin, portant sur un petit plateau d'argent une cafetière, une tasse et un sucrier.

— Votre café, Monsieur Guillaume !

— Pose-le là ! fit celui-ci en désignant sa table de travail derrière laquelle il passa avant d'adresser un mince sourire d'excuse à sa nièce. Vous voudrez bien me pardonner, ma chère Lorna, mais j'ai à parler à Potentin. Nous nous reverrons au souper. Soyez certaine que je tiendrai ma promesse aussitôt qu'il me sera possible.

Force fut à la jeune femme de ravaler sa colère. Serrant plus étroitement l'écharpe bleue autour de ses épaules, elle fit une sortie de reine offensée que Guillaume salua d'une brève inclinaison du buste avant de s'installer dans son grand fauteuil de cuir noir et devant la tasse que Potentin remplissait avec des gestes d'officiant à l'autel.

Poussant un soupir de soulagement, il porta la tasse à ses lèvres emplit sa bouche d'une voluptueuse gorgée, leva délicatement un sourcil surpris, but de nouveau, posa une main sur la cafetière et finalement offrit à son vieux majordome un sourire sardonique.

— Je ne savais pas que le chemin était si long de la cuisine à ici. On ne peut pas dire qu'il soit brûlant, ce café.

— Il l'était lorsque Clémence l'a versé, dit Potentin sans se démonter, et la cuisine n'a pas reculé au fond du parc. Seulement, quand il fait mauvais temps quelque part, il est prudent d'attendre que l'orage se calme.

— D'attendre... derrière la porte ?

— Par exemple...

— Tu as... tout entendu ?

— Je crois.

— Et tu penses ?

— Que plus tôt Miss Tremayne aura quitté les

Treize Vents, mieux cela vaudra pour tout le monde. Il y a ici quelqu'un qui ne veut pas d'elle...

— Élisabeth? Il y a longtemps que je le sais.

— Non. Quelqu'un d'autre. Quelqu'un qui n'est plus de ce monde. Une âme en peine...

— Tu es fou, je pense? fit Tremaine qui cependant pâlit. Tu n'espères pas me faire croire aux fantômes?

— A celui-là, si! Interrogez Clémence si vous ne me croyez pas. Elle vous dira comme moi que Madame Agnès est revenue dans cette maison qu'elle voulait garder à n'importe quel prix.

— Vraiment? Et... quand s'est-elle manifestée?

— Le soir de Noël, dans la nuit qui a suivi l'arrivée de Miss Tremayne... et puis ici même il y a un instant...

— Je n'ai rien vu, rien entendu...

— Oh si! Qui, selon vous, était la femme au longs cheveux noirs de son cauchemar? Madame Agnès veut qu'elle s'en aille et cette maison ne connaîtra pas la paix tant qu'elle y sera.

— Vous divaguez, toi et Clémence! Si ce que tu dis est vrai, elle devrait s'en prendre aussi à Arthur.

— Ce n'est pas du tout la même chose. Là où est Madame Agnès, on doit pouvoir faire la différence entre un orphelin menacé et une intrigante...

— Potentin! gronda Guillaume. Tu ne crois pas que tu dépasses les bornes?

— Je vous ai toujours dit la vérité et je continuerai même si elle ne vous plaît pas. Pour en finir avec Arthur, souvenez-vous qu'il a sauvé Adam et manqué en mourir... Ça compte pour une mère!

Estimant qu'il en avait dit suffisamment comme cela, Potentin ramassa son plateau et s'en alla.

Les jours qui suivirent furent difficiles, tendus. Délivrés de la neige, les gens des Treize Vents n'en continuèrent pas moins à se comporter comme les habitants d'une ville assiégée. Cette fois, l'assiégeant c'était l'angoisse d'apprendre une mauvaise nouvelle et aussi la peur sournoise de voir le mal frapper l'un d'entre eux. Pourtant, chaque matin, Guillaume sellait lui-même Sahib et galopait jusqu'à Varanville talonné par la terreur de trouver Rose en larmes et la maison en deuil ; se rassurant seulement quand il la voyait ouvrir une fenêtre du premier étage attirée qu'elle était par le bruit allègre des sabots du cheval. Elle ne permettait pas, en effet, qu'il entrât dans le château et c'était de cette hauteur qu'elle lui expliquait les derniers développements de la nuit. Hélas, l'état du malade ne s'améliorait pas. Les maux de tête torturaient le jeune homme ravagé par une fièvre violente et si l'éruption s'était produite, les pustules, peu nombreuses sur le visage, se rattrapaient sur le corps que François Niel et Béline baignaient chaque jour dans l'espoir de faire tomber la fièvre. Pierre Annebrun, acharné à sauver le jeune homme, passait à Varanville tout le temps qu'il ne consacrait pas à ses autres malades, se lavant à fond et changeant de vêtements dès qu'il quittait le château. Aussi, les retours de Tremaine étaient-ils presque aussi tristes que les allers...

Quand il rentrait, il s'enfermait chez lui, incapable de soutenir le regard implorant d'Élisabeth. Les liens entre elle et Alexandre étaient trop étroits pour qu'il ne devinât pas ce que sa fille endurait bien qu'elle mît un point d'honneur à le cacher afin de protéger de l'anxiété et du chagrin, aussi longtemps qu'il serait possible, les deux petites filles dont elle s'occupait presque constamment.

Adam, bien sûr, était aux petits soins pour la petite Amélie et Arthur faisait de son mieux pour s'intéresser aux poupées de Victoire — elle en avait apporté trois — et à ses «histoires de fille». De ce fait, les petites Varanville ne souffraient pas trop de leur exil. D'abord elles aimaient toutes deux les Treize Vents et leurs habitants et puis, sur la prière de Guillaume, Jeremiah Brent les acceptait durant les heures de cours en adaptant bien sûr son enseignement à leur âge et à leurs capacités. Toutes deux, par exemple, trouvaient très amusant d'apprendre l'anglais avec Arthur comme répétiteur...

Seule, au milieu de ce concours de bonne volonté, Lorna vivait à l'écart. D'autant plus maussade qu'au fond elle se reprochait une peur qu'elle ne parvenait pas à vaincre, elle ne quittait pas sa chambre où Kitty lui montait ses repas, bien décidée à n'en sortir que lorsque tout risque de contagion serait effacé. D'autant plus furieuse, bien entendu, que pas une seule fois Guillaume ne vint frapper à sa porte. Le maître des Treize Vents trouvait même un plaisir pervers à lui laisser ignorer qu'il ne franchissait jamais le seuil de Varanville.

Celui qui vint, au bout du cinquième jour, ce fut Arthur. Profondément mortifié par l'attitude de sa sœur, il ne lui cacha pas sa façon de penser :

— Je ne vous aurais jamais crue aussi lâche ! De quoi avons-nous l'air ? Mère doit avoir affreusement honte de vous !

— Jusqu'au jour de sa mort, Mère a conservé le teint le plus pur qui soit et là où elle est, elle n'a rien à craindre des atteintes de la variole. De toute façon je suis certaine qu'elle aurait eu aussi peur que moi mais qu'est-ce qu'un gamin comme vous peut comprendre aux raisons d'une jeune femme dont la beauté est la plus grande richesse?

— Pas grand-chose peut-être si ce n'est qu'Élisabeth est nettement plus jeune que vous... et presque aussi belle, pourtant elle ne se réfugie pas dans ses armoires. En vérité Lorna je ne vous comprends pas? Il vous était facile de vous éloigner et...

— J'ai suffisamment entendu ce genre de refrain, Arthur! Alors je vous en prie ne l'entonnez pas à votre tour! s'écria la jeune femme hors d'elle. Il semble que la seule préoccupation des gens d'ici soit de me jeter dehors... même vous! Je croyais que vous m'aimiez?

Ému par la petite fêlure qu'il crut discerner dans la voix de sa sœur, il eut un élan vers elle mais elle se réfugia derrière un fauteuil. Le côté puéril de cette retraite le fit sourire.

— Vous savez bien que je vous aime. J'ai été infiniment heureux de votre arrivée et je n'ai d'autre désir que de vous voir heureuse mais...

— Alors, laissez-moi mener ma vie comme je l'entends! Moi aussi je vous aime... mais nous nous embrasserons plus tard!

— Comme vous voudrez! Tâchez tout de même de sortir avant Pâques! Sinon vous finirez par sentir le renfermé!

Et, pour se calmer les nerfs, Arthur claqua vigoureusement la porte.

Il y eut enfin un jour, béni entre tous, où en arrivant à Varanville Tremaine trouva le château sens dessus dessous. En dépit d'un vent frisquet, portes et fenêtres étaient ouvertes lâchant des fumées de soufre à croire que Lucifer venait d'emménager dans l'honnête manoir normand. Au milieu de la cour, Béline brûlait un tas de vêtements, de draps et de linge divers. En le voyant surgir, elle brandit sa grande fourche en signe de bienvenue avant de se remettre à fourgonner dans son feu :

— Monsieur Alexandre est sauvé! cria-t-elle.

Enfin, il y eut Rose elle-même, amaigrie et pâlie mais rayonnante, qui accourut vers lui dès qu'elle l'aperçut. Il sauta de cheval juste à temps pour la recevoir dans ses bras pleurant et riant de bonheur. La fièvre était tombée et désormais le docteur Annebrun répondait de la vie du jeune homme.

Un long moment, ils restèrent ainsi serrés l'un contre l'autre au point que Guillaume pouvait sentir battre le cœur de la jeune femme. Tandis qu'elle courait vers lui, le grand bonnet qui emprisonnait ses cheveux s'était envolé, libérant leur masse soyeuse où se perdaient les mains et les lèvres de Guillaume. Bouleversé, il allait peut-être en dire plus qu'il ne fallait à cet instant où Rose n'était qu'une mère tout juste sortie de l'enfer, mais, déjà, elle se dégageait et il put voir scintiller les beaux yeux verts qui avaient retrouvé tout leur joyeux éclat.

— Venez vite à la cuisine boire un bon café! Marie est en train de sortir une fournée de brioches. Nous allons faire la fête!

Elle prit sa main pour l'entraîner et tous deux se mirent à courir comme des enfants vers la grande salle voûtée d'où s'échappait la divine odeur du beurre chaud. Marie Gohel y bourdonnait autour de son Félicien qui, incapable de rester plus longtemps exilé, était revenu de Chanteloup au petit

jour poussé par l'une de ces prémonitions comme
en ont parfois les vieillards. Il y eut alors une séance
d'embrassades générales à laquelle cependant ne
participa pas François Niel : Rose l'avait envoyé se
coucher et il allait sans doute dormir jusqu'au
lendemain.

— Vous n'imaginez pas tout ce qu'il a pu abattre
comme travail et le dévouement avec lequel il a
soigné mon Alexandre ! C'est un homme merveilleux, Guillaume, et je ne vous féliciterai jamais
assez d'avoir un ami comme celui-là ! Par contre,
ajouta-t-elle en ouvrant ses mains en un joli geste
d'impuissance, je ne sais pas du tout comment je
pourrais le remercier.

Guillaume le savait bien, lui, et il en était un peu
effrayé. Fallait-il que l'amour de François pour
cette jeune femme rencontrée une seule fois fût
profond pour qu'il prît de tels risques ! Pourtant, ce
n'était pas à lui de révéler le secret du Canadien
surtout si Rose était, comme il le pensait, à cent
lieues d'imaginer quels sentiments elle inspirait à
cet homme calme, placide et plutôt silencieux.
Cependant il fallait répondre.

— Tel que je le connais, un simple merci devrait
suffire. Pourtant si, lorsque votre maison sera
redevenue elle-même, vous l'invitiez à y passer
quelques jours entre votre sourire et les confitures
de Marie Gohel, je crois qu'il se sentirait comblé.

Mais Rose, braquant sur lui un vert regard
scandalisé, lâcha :

— Vous rêvez, Guillaume ? Il y a plusieurs jours
déjà que François sait que Varanville lui est désormais grand ouvert, qu'il peut y rester aussi longtemps et y revenir aussi souvent qu'il le voudra.
Après ce qu'il a fait, je serais la dernière des ingrates

si je ne le considérais pas comme un véritable
membre de la famille. D'autant que Marie l'adore
et qu'Alexandre, peu facile à séduire cependant, lui
voue une véritable affection !

Aïe !... Qu'il était donc désagréable le petit pincement que Tremaine ressentit dans la région du
cœur. Incapable de l'analyser clairement, il choisit
de l'ignorer pour mieux y songer lorsqu'il aurait
récupéré le calme de sa tanière au milieu des livres.
Et il se contenta de répondre :

— Je ne sais que vous dire, Rose. Vous trouverez
bien sans moi. Après tout, il se peut qu'à présent
vous connaissiez François mieux que moi. Nous
avons mis tant d'années à nous rejoindre...

En quittant son amie, Guillaume emportait la
curieuse — et désagréable ! — impression qu'on lui
avait volé quelque chose. Il se sentait mécontent de
tout, de tous et de lui-même plus encore que du
reste. Pas question pourtant d'en vouloir à François : il s'était lancé au secours de celle qu'il aimait
sans songer un instant qu'il pouvait y laisser la vie.
En effet, Pierre Annebrun doutait fortement qu'il
eût jamais contracté la variole, appuyant son diagnostic sur le fait que «ça laisse toujours une trace
ou deux, cette cochonnerie !».

Or François possédait le visage le plus rose et le
plus frais qui se pût voir. Quant à Rose comment
lui reprocher d'avoir été touchée par un tel dévouement ? Sans compter que le Canadien avec ses yeux
bleu gentiane, son sourire affable, sa constante
bonne humeur et sa silhouette vigoureuse d'homme
habitué à vivre au grand air pouvait séduire une
femme : «On a le même âge, songea-t-il, alors
pourquoi donc ne le préférerait-elle pas à moi ?» De
ses expériences passées, il avait appris qu'une fille

d'Ève cachait une large part d'imprévisible et qu'un homme normalement constitué aurait toujours du mal à s'y retrouver.

Lorsqu'il arriva chez lui, il aperçut Lorna. Elle se tenait debout derrière sa fenêtre fermée, à demi cachée par le double rideau, et il sentit croître sa mauvaise humeur. Il l'avait oubliée, celle-là, et pourtant Dieu sait qu'elle lui empoisonnait la vie ! Elle était un brandon de discorde dans sa maison et aussi dans son âme : en sa présence, il était toujours partagé entre l'envie de la battre... ou de lui faire l'amour. Il lui était même arrivé de rêver qu'il faisait les deux, ce qui constituait tout de même une curieuse attitude familiale, mais sa beauté flamboyante était de celles qui ne laissent guère indifférent. Une chose était certaine, en tout cas : le jeune Brent était follement amoureux d'elle.

Arrêtant Sahib près des écuries, Tremaine s'accorda le loisir de contempler un instant son manoir enveloppé par une bruine qui ne parvenait pas à éteindre le doux éclat des pierres blondes ni l'élégance des lignes. Une belle demeure en vérité où, en dépit des convulsions extérieures et des difficultés, il avait fait bon vivre entre les enfants et les quelques amis. La paix que l'on y goûtait lui était toujours apparue d'une qualité exceptionnelle. Cette paix, il voulait la retrouver. Après tout un homme de son âge avait le droit de vivre tranquille !

— Quelles sont les nouvelles ce matin, Monsieur Guillaume ?

Il baissa les yeux, vit Daguet à la tête de son cheval, ses yeux inquiets et la grosse ride soucieuse creusée entre ses sourcils. Du coup, il eut un peu honte : au lieu de se pencher sur ses états d'âme, il aurait mieux fait de se rappeler qu'il était un messager de joie, même s'il n'en avait vraiment pas l'air. Sa figure s'éclaira d'un seul coup :

— Les meilleures du monde, mon ami ! clama-t-il en faisant passer sa jambe abîmée — elle le gênait toujours un peu par temps humide — par-dessus l'arçon de la selle. Le jeune Alexandre est tiré d'affaire et Varanville est dans la joie.

— Pas d'autres cas ? Madame la baronne va bien ?

— A merveille ! Quant à Monsieur François et à notre Béline, l'un dort et l'autre est en train de brûler tout ce que le malade a pu toucher...

Le quadrille d'enfants accourut à sa rencontre, suivi d'Élisabeth et de Potentin. La nouvelle fut saluée par des acclamations et des larmes que la jeune fille courut cacher dans sa chambre : elle avait besoin d'être seule pour mieux laver l'angoisse accumulée durant tous ces jours. Potentin émit l'idée d'arroser de vin de Champagne le menu de ce soir que très certainement Mme Bellec voudrait à la mesure de l'événement. Cela faisait d'ailleurs partie des traditions de la maison et Guillaume approuva avec un peu d'amusement : Potentin ne perdait jamais une occasion de sortir le champagne...

Guillaume revenait vers sa maison une main appuyée sur l'épaule de chacun de ses fils quand Arthur se dégagea :

— Avec votre permission, Père, je vais aller annoncer la nouvelle à ma sœur. Il est grand temps qu'elle sorte de son repaire si elle ne veut pas se couvrir de ridicule... et continuer à vous déplaire.

— Pourquoi veux-tu qu'elle m'ait déplu ? Parce qu'elle a peur ? Qui pourrait reprocher à une jolie femme de craindre pour sa beauté ? C'est une faiblesse bien naturelle !

L'étroit visage aux traits déjà affirmés et même

un peu sévères du jeune garçon s'éclaira d'un faible sourire.

— Merci de votre indulgence mais, justement, Lorna n'est pas une femme à faiblesses : elle est forte au contraire, hardie, audacieuse même quand un obstacle se présente parce qu'elle ne les supporte pas. Moi il y a d'autres choses que je n'admets pas : c'est par exemple l'offense qu'elle a infligée à Victoire et à Amélie en les traitant en pestiférées. Alors, si elle ne soupe pas avec nous ce soir, moi je ne m'assiérai plus à la même table qu'elle !

Un peu suffoqué, content aussi de la détermination du gamin, Guillaume murmura seulement :

— Comme tu voudras.

Mais, alors qu'Arthur allait escalader le perron en courant, il le rappela :

— Pour faciliter tes négociations, tu peux lui dire aussi que je suis prêt à l'emmener aux Hauvenières quand elle le désirera... et que l'état des chemins le permettra...

Quelques minutes avant que l'on ne passe à table, Lorna, vêtue de moire lilas mais les épaules nues comme pour un souper à la Cour, son long cou mince emprisonné dans un haut collier de perles et de camées anciens, fit une entrée royale qui médusa tout le monde.

Sans avoir l'air de s'en apercevoir, elle alla droit aux deux petites Varanville qui la regardaient avec émerveillement, se pencha sur elles et les embrassa :

— Je suis vraiment heureuse de vous rencontrer enfin, dit-elle et plus encore de savoir votre frère hors de danger. Vous ne me tiendrez pas rigueur, j'espère, d'avoir différé si longtemps? J'étais trop souffrante pour me sentir vraiment moi-même.

Visite ou conquête?

Puis, sans attendre la réponse, elle fit volter sa traîne soyeuse pour se tourner vers Guillaume :

— M'offrirez-vous votre bras, mon cher oncle? Il n'y a rien que j'aime autant qu'une fête de famille et je me sens une faim énorme... comme si j'arrivais d'un long voyage...

On aurait vraiment dit une reine au milieu de ses sujets et Guillaume pensa qu'elle ne manquait pas d'audace, mais Arthur était content et, au fond, c'était le principal. Et puis le spectacle qu'elle offrait ne manquait pas d'agréments...

CHAPITRE X

LA NUIT DES HAUVENIÈRES

La grille ne grinça qu'à peine lorsque Guillaume
la poussa. Assise dans le cabriolet, Lorna regardait
de tous ses yeux la longue maison basse dont l'hiver
ne parvenait pas à effacer le charme. Emprisonnée
dans le réseau de l'antique glycine dont les branches
tordues montaient à l'assaut du toit d'ardoises
bleues, elle évoquait un visage de femme masqué de
dentelle. En ce mois de février, le jardin en sommeil
ressemblait à une esquisse au fusain : seuls quelques génévriers et les fers de lance pâles des iris
pointant au milieu de feuilles fanées apportaient
une note verte annonçant le foisonnement que le
printemps ferait jaillir prochainement.

Ainsi que le lui avait indiqué son compagnon, la
jeune femme fit avancer la voiture sous les quatre
vieux chênes emmaillotés de lichens blanchâtres
tandis qu'il refermait puis revenait prendre sa place
auprès d'elle. Les yeux attachés au toit, elle murmura :

— Je croyais cette maison inhabitée... pourtant
je vois fumer les cheminées...

— Ai-je jamais dit qu'elle était inhabitée? Il y a un gardien. C'est même celui que votre mère a connu. En outre, je l'ai fait prévenir afin qu'il allume du feu... Tenez, le voilà!

Un homme, en effet, venait vers eux. Épais, solide, le poil grisonnant, un molosse sur les talons, Gilles Perrier n'avait guère changé pendant sa retraite à Jersey où sa mère était morte en 94. Un peu plus taciturne, un peu plus silencieux peut-être. Pourtant, lorsqu'il les leva sur la voyageuse, ses yeux traduisirent une surprise singulièrement éloquente qui arracha un sourire à Guillaume. Ensuite seulement il salua en annonçant que tout était prêt :

— Je commençais à craindre que vous ne soyez surpris par la nuit, ajouta-t-il. Nous allons avoir une tempête...

— Nous nous en doutions un peu : nous avons été obligés de faire un détour à cause d'un arbre tombé en travers de la route.

Tandis qu'il aidait la jeune femme à descendre du cabriolet, celle-ci demanda :

— Qu'est-ce qui est prêt? Nous n'allons pas passer la nuit dans une maison vide?

— Vous le verrez bien! Peut-être, après tout, n'est-elle pas si vide?

Un brusque coup de vent s'engouffra dans le grand manteau de Lorna qui serra les épaules et se courba un peu en se précipitant vers l'épaisse porte de chêne au-dessus de laquelle les branches formaient une sorte de porche et que le gardien venait d'ouvrir devant elle. La belle lumière dorée d'un feu et de quelques chandelles allumées fit reculer le crépuscule. En même temps, une bonne odeur de poulet rôti atteignit les narines de Lorna :

— Oh! dit-elle seulement en pénétrant dans la salle où toutes choses — enfin presque toutes choses — se trouvaient conformes aux descriptions de sa mère. Revenu, le chevalier de Malte qui, depuis son cadre aux ors rougissants, toisait toujours les visiteurs d'un œil dubitatif. Revenus, la petite table avec son écritoire, la bibliothèque, les chandeliers d'argent sur la commode-tombeau si joliment marquetée, les fauteuils de bois garnis de coussins et les belles faïences anciennes où Marie aimait à disposer les fleurs cueillies dans son jardin. Seules les armes collectionnées par le «cousin Théophile» étaient restées introuvables : en temps de révolution, tout ce qui peut servir à trucider son semblable présente trop d'intérêt pour qu'on le laisse au mur.

Arrêtée au seuil, Lorna contemplait le décor à la fois chaleureux et rassurant qu'une petite table toute servie complétait heureusement.

— Je ne comprends pas, fit-elle en tournant vers Guillaume son regard interrogateur.

— C'est pourtant simple : je savais chez qui se trouvaient les meubles et la plupart des objets vendus par votre mère. Je n'ai eu qu'à les racheter et les remettre en place.

— Si simple que cela vraiment? Lorsque l'on achète des choses qui vous plaisent, on n'a pas souvent envie de les revendre?

— A moins que l'on n'ait pas le choix.

Buhot, en effet, ne l'avait guère lorsque, à la veille de son arrestation à la fin de l'an III (1795), Guillaume Tremaine, un portefeuille bourré d'assignats d'une main, un pistolet de l'autre, était venu le sommer de lui rendre les meubles de sa belle-sœur. A cette heure dramatique pour lui, l'ancien notaire devenu par cupidité l'agent du Comité de

salut public et le complaisant bras droit du sinistre Lecarpentier, le «bourreau de la Manche»,
s'efforçait de gagner de vitesse ses nombreux ennemis et faisait ses bagages pour fuir dans la nuit.

L'argent qu'offrait Tremaine était le bienvenu et
Buhot rédigea sans hésiter la vente des objets
réclamés. Sans pourtant se défendre d'une remarque acerbe :

— Pourquoi vous donner la peine de payer ce
que vous pourriez prendre demain sans la moindre
gêne ?

— Parce que, contrairement à votre habitude,
vous aviez acheté régulièrement les meubles de lady
Tremayne et que je suis toujours honnête même
avec les fripouilles. En outre, il est possible que la
foule pille et brûle un peu votre logis — vous lui
avez si bien montré comment on fait ! — et moi je
ne veux pas récupérer des débris. Je vais de ce pas
à la mairie faire enregistrer la vente et, demain,
j'emporte tout cela !

En réalité, Buhot ne devait rester que quelques
mois en prison. Il n'avait pas de sang sur les mains
et l'on n'avait guère à lui reprocher que des vols, des
exactions et des brutalités sans conséquence. D'autre part, sa voisine d'en face, Mme Linière, vint
témoigner en sa faveur. Pendant tout le temps des
troubles, elle avait caché chez elle un prêtre autour
duquel se réunissaient fréquemment des fidèles en
si grand nombre qu'ils emplissaient toute la maison et débordaient presque la porte de la rue. Buhot
voyait tout cela et cependant il ne dit jamais rien...

— Ainsi, tout est comme par le passé ? murmura
Lorna impressionnée en abandonnant son man-

340

teau aux bras d'un fauteuil pour s'avancer vers la grande cheminée de granit où elle resta debout, les mains nouées sur sa poitrine, à regarder les flammes.

— Pas tout à fait. Seule cette pièce et la chambre de Marie ont retrouvé leur décor à peu de chose près. Je n'ai pas remeublé les deux autres chambres. Quant à ces tapis indiens, ajouta-t-il en montrant du pied les deux rectangles de laine aux couleurs vives étalés sur les carreaux rouges bien cirés, ils viennent des Treize Vents.

Le nom la fit tressaillir.

— Des Treize Vents? Ici?

— Pourquoi pas? Le véritable maître de cette maison, c'est Arthur. Si j'ai tout remis en état, c'est pour lui...

— C'est vrai, j'oubliais...

Gilles Perrier entrait à cet instant avec les sacs de voyage après avoir mis la voiture à l'abri et donné au cheval les soins nécessaires. Guillaume s'empara des bagages et se dirigea vers l'escalier.

— Venez voir votre chambre! dit-il. Vous pourrez vous y rafraîchir un peu avant de redescendre souper. Si j'en crois mon nez, le poulet n'est pas loin d'être cuit.

— Vous avez bien un quart d'heure tout de même, accorda le gardien.

En dépit de l'insouciance enjouée qu'il affectait, Guillaume ne put se défendre d'une émotion qui lui serra la gorge en faisant pénétrer Lorna dans la chambre où Marie et lui s'étaient aimés si passionnément. Dès l'entrée le vieux miroir placé au-dessus de la table-coiffeuse renvoya leur double reflet et il sentit un frisson courir le long de son dos. Un peu ternie, un peu piquée, la glace verdissait les couleurs. Il crut voir le fantôme de Marie auprès de son ombre à lui. Un coup d'œil à la chambre acheva de l'effrayer : le feu flambait, un candélabre posé sur la table de chevet éclairait la blancheur du lit où la couverture était faite. Il y avait même un petit bouquet de perce-neige dans un vase d'albâtre. En vérité, Gilles Perrier avait fait les choses aussi bien que si une main féminine l'avait guidé. Trop bien peut-être et Guillaume, comprenant soudain quel danger il avait lui-même suscité, se sentit pris d'une folle envie de fuir.

Au prix d'un effort qui lui mit la sueur au front, il réussit à se contrôler mais n'osa pas franchir le seuil. Lorna cependant souriait à cette pièce si doucement intime qui s'offrait à elle.

— C'est charmant, dit-elle. Mais vous, où allez-vous dormir?

— En bas. Perrier m'y dresse un lit de camp. C'est là que je me suis installé à mes précédentes visites. Il m'était impossible de coucher dans cette chambre...

— N'avez-vous pas dit, tout à l'heure, qu'il y en avait deux autres?

— En effet. L'une était celle de Kitty, l'autre n'a guère servi. De toute façon, je préfère la solution que j'ai adoptée... Préparez-vous vite! J'ai grand faim...

Elle ne le fit pas attendre. Quelques minutes plus tard, ils s'attablaient devant la cheminée, autour d'une de ces nappes à carreaux rouges et blancs que Guillaume affectionnait parce qu'elles lui rappelaient son enfance. Une soupière ventrue fumait entre eux deux, mettant une roseur moite à leurs visages. Guillaume servit son invitée mais, tandis que la louche déversait son contenu dans l'assiette à fleurs, la jeune femme posa ses doigts sur la main libre de Guillaume.

— Merci, dit-elle en le regardant au fond des yeux.

Il se méprit sur la signification du mot et suspendit son geste :

— Vous n'en voulez pas?

— Bien sûr que si! C'est merci pour tout et surtout pour cette merveilleuse surprise que vous m'avez réservée ce soir. Oh, Guillaume... vous voulez bien qu'ici je vous appelle Guillaume? Je déteste tellement ce lien de parenté qui me paraît stupide!... Oh, Guillaume donc, vous n'imaginez pas à quel point je me sens heureuse de partager cet instant avec vous. C'est... c'est un moment hors du temps, à l'écart des autres. Je sais qu'un jour Arthur viendra prendre possession des Hauvenières, qu'il y mettra sa marque, mais il ne pourra jamais effacer cette soirée.

Il sourit aux beaux grands yeux humides qui l'enveloppaient de leur doux rayonnement.

— Si vous êtes heureuse, je le suis aussi, Lorna !... Mais vous devriez manger votre soupe : elle refroidit...

— Quel homme terre à terre vous faites! Ne vous arrive-t-il jamais de vous laisser aller à vos émotions... en admettant que vous en éprouviez?

— Ne pas en faire étalage ne signifie pas que l'on ne ressent rien. En outre, j'estime qu'il ne serait pas convenable qu'un homme de mon âge donne en spectacle ses pensées intimes. Cependant, je veux espérer n'avoir rien d'un monolithe.

— Soyez rassuré! Je peux témoigner, en effet, qu'il vous arrive de vous laisser aller à la fureur. Mon frère Édouard en sait quelque chose...

Ce rappel de l'insupportable dandy n'était pas une bonne idée. Guillaume se referma comme une huître et se consacra à son assiette, tout en veillant aussi à celle de la jeune femme. Il y eut un silence qu'elle ne mit guère de temps à interpréter :

— Je suppose, fit-elle en souriant, que vous préféreriez parler de quelqu'un d'autre. Alors parlons de vous!

— Ce n'est pas mon sujet favori.

— C'est pourtant l'un des miens. Mère m'a appris certaines choses — elle aimait tant parler de vous! —, mais il est une grande partie de votre existence qu'elle ignorait. Ainsi vous avez vécu aux Indes... et c'est un pays qui me fascine. Pourquoi ne pas en causer ensemble? Ou bien est-ce un sujet de conversation qui vous déplaît?

— Nullement... bien au contraire! Il m'est arrivé parfois d'avoir envie d'y retourner. Dans ces moments-là, j'appelle mon vieux Potentin, nous nous enfermons chez moi avec nos pipes, un flacon de rhum, et nous parlons d'autrefois. Vous voyez que j'ai mes faiblesses...

L'entrée de Gilles Perrier, porteur d'une tarte à la crème et à la confiture que n'aurait pas désavouée Clémence Bellec, lui fit achever sa phrase sur un «oh!» stupéfait :

— Je ne vous connaissais pas ce talent de cuisinier, mon cher Gilles. Votre potage était délicieux, votre poulet parfait et ce que vous apportez est plus que sympathique.

La rude figure du gardien s'empourpra puis s'éclaira d'une ombre de sourire :

— Vous pensez bien que ce n'est pas moi, Monsieur Guillaume...

— Qui donc alors?

— Jeannette... l'une des servantes du château d'Olonde. Elle est entendue à tout ce qui touche le ménage et la cuisine... et nous sommes de bons amis...

— Seulement? Si elle vous plaît de surcroît, épousez-la, mon ami! Je la doterai!... Vous ne ferez jamais rien de plus sensé! Allez chercher un verre et trinquons à sa santé et à la vôtre!

La tempête éclata au moment où tintaient les verres : il y eut un brutal coup de vent qui hulula dans la cheminée puis tout se mit en danse; un volet mal fermé commença à battre et Perrier s'empressa de sortir pour l'ajuster. Il revient mouillé par les grands cinglements de pluie qui s'abattaient sur la maison.

— Mon Dieu! murmura Lorna, c'est un véritable ouragan!

— J'espère que vous n'aurez pas peur? La bâtisse est solide et elle en a vu d'autres.

Ils restèrent à causer devant le feu pendant quelques instants. Après avoir enlevé la table, le gardien leur souhaita la bonne nuit puis se retira dans la partie qu'il habitait, au-delà de la cuisine. On parla un peu à bâtons rompus. Guillaume raconta l'atterrissage de Potentin sur la côte de Coromandel porté par les vagues et un débris de son galion portugais. Pourtant il remarqua que les paupières de la jeune femme s'alourdissaient et, quand elle étouffa un bâillement discret, il se leva en disant qu'il était temps d'aller se reposer, alluma l'une des bougies posées à cet effet sur un coffre sous l'escalier et accompagna Lorna jusqu'à sa porte en lui souhaitant un heureux sommeil. Puis il redescendit avec l'intention de fumer une pipe ou deux.

Le lit préparé par Gilles attendait près de la petite

bibliothèque mais il le dédaigna et choisit de regagner son fauteuil. Il n'avait pas sommeil. Tout au contraire, il se sentait nerveux, un peu excité même, avec une envie de bouger, de s'agiter. La tempête y était peut-être pour quelque chose : il aimait le grand vent et, chez lui, il eût peut-être fait un tour jusqu'à l'aplomb de la Pernelle pour mieux entendre les hurlements de la mer et voir les phares cligner des yeux mais ici mieux valait demeurer : si d'aventure Lorna avait besoin de lui et trouvait la salle vide, elle pourrait s'effrayer. Tout à l'heure déjà il avait bien cru remarquer que les coups de boutoir de la bourrasque la mettaient mal à l'aise : ses cils battaient et ses lèvres tremblaient légèrement. Au fond c'était une simple manifestation de faiblesse féminine et, en pensant aux affirmations d'Arthur qui voyait en elle une de ces fortes créatures qui parsèment les récits bibliques, il se prit à sourire.

Une belle légende sans doute à l'usage d'un petit garçon affectueux, difficile à croire après la crise de terreur qui l'avait claquemurée durant tant de jours ! Mais Dieu qu'elle était jolie quand, accoudée en face de lui, elle plissait un peu ses yeux d'or vert en l'écoutant parler ! Dans la douce lumière des chandelles, sa bouche entrouverte sur l'éclat laiteux des dents luisait doucement, rouge et pulpeuse comme les cerises de juin. Elle avait un teint ravissant, une peau veloutée comme celle des enfants et sa voix...

Soudain, Guillaume bondit de son siège, le cœur cognant lourdement dans sa poitrine, cassant net la dangereuse rêverie. Il découvrait qu'il avait envie d'elle, une envie brûlante qui lui mit le sang à la tête, la sueur aux mains... Fermant les yeux, il s'efforça d'appeler à son aide le souvenir de Marie-Douce qui lui tenait compagnie lorsque, depuis la remise en état de la maison, il venait y passer une nuit pour penser à elle, évoquer les tendres heures d'autrefois et espérer les voir renaître un jour, mais Marie n'était plus et, ce soir, il en prenait une conscience aiguë. L'ombre chère l'abandonnait au pouvoir de cette vivante — oh si vivante ! — qui lui ressemblait.

Il se traita d'imbécile. Comment avait-il pu être assez stupide pour accéder au désir de Lorna : venir visiter les Hauvenières en sa seule compagnie alors qu'il savait bien, lui, que la maison n'était plus vide, que le décor de l'amour était replanté ?... C'était vraiment jouer avec le feu ! Depuis des années et parce qu'il attendait Marie, il s'imposait une continence de moine que son dédain des autres femmes lui facilitait : aucune ne pouvait se comparer à la bien-aimée. Seule Rose peut-être... mais Rose trônait sur un piédestal trop élevé pour qu'il eût jamais osé la souiller d'un grossier désir. A présent, il se retrouvait en face de lui-même : un homme vigoureux dont la nature réclamait sa part de chair fraîche à deux pas de la plus torturante des tentations.

Pour y échapper, il arracha son habit, sa cravate, ouvrit la porte et se précipita sous la pluie battante. En un instant il fut trempé. Une rafale manqua le faire tomber. Pourtant, il resta là, les bras en croix, prêt à accueillir toute cette violence dont il espérait cependant l'apaisement...

C'est alors qu'il entendit Lorna crier.

Un gémissement d'abord qui lui parvint difficilement au milieu de la tourmente, puis un râle et pour finir un véritable hurlement. Guillaume rentra vivement juste à temps pour voir Gilles Perrier accourir. Les regards des deux hommes se croisèrent puis remontèrent vers les poutres du plafond :

— Un cauchemar peut-être? émit Guillaume. Elle y est sujette. J'y vais!

Sans même songer à se sécher, il grimpa l'escalier et se jeta dans la chambre dont la porte n'était pas fermée. Assise dans son lit au milieu de ses cheveux d'or rouge répandus sur ses épaules nues, les mains nouées devant sa bouche, les joues inondées de larmes et les yeux agrandis d'horreur, la jeune femme haletait aux prises sans doute avec un retour de la terreur laissée par sa crainte de la maladie.

— Guillaume!... Oh! Guillaume! gémit-elle en le voyant surgir.

Aussitôt, elle se jeta hors de son lit les bras ouverts et vint s'abattre sur sa poitrine dont l'humidité la surprit. Cependant, elle ne s'écarta qu'à peine :

— Mon Dieu... vous êtes mouillé?

— Oui... j'étais dehors... j'avais besoin...

Il bredouillait mais déjà elle s'activait à arracher le linge trempé, caressant plus qu'essuyant les muscles durs avant de se couler à nouveau contre lui non sans s'être, d'un rapide mouvement, débarrassée de ses dentelles humides. Dans un geste dérisoire pour la repousser, Guillaume sentit contre sa paume la rondeur soyeuse d'une épaule, contre sa peau celles, affolantes, de deux seins arrogants. Le corps de Lorna semblait fait de satin tiède. Il était la source offerte aux lèvres desséchées d'un homme mourant de soif et, quand la jeune femme colla sa bouche à la sienne, elle aspira le peu qui lui restait de volonté. Sans rompre le baiser, il la poussa sur le lit, acheva fébrilement de se dévêtir et s'abattit sur elle. Incapable de se contenir plus longtemps, il s'empara d'elle avec une violence qui arracha à la jeune femme un cri de douleur vite changé en un ronronnement heureux...

Ils firent l'amour pendant des heures sans un mot, chacun d'eux attentif à découvrir les secrets du corps de l'autre et à en tirer un plaisir toujours plus aigu. C'était comme s'ils ne pouvaient se rassasier. Les forces de l'homme semblaient inépuisables, réveillées d'ailleurs par la femme qui, avec une science subtile, leur redonnait vie lorsqu'elles semblaient faiblir... Pourtant il finit par s'endormir.

Peu de temps avant l'aube, Lorna réveilla Guillaume.

— Il faut que tu redescendes, mon amour !... Ton gardien ne doit rien soupçonner.

— Tu... tu as raison...

Titubant de fatigue, il ramassa ses vêtements à l'aveuglette et regagna la salle. Le feu s'était éteint. Il y faisait froid. Frissonnant, il s'enfouit sous les couvertures et s'anéantit à nouveau dans un sommeil profond. De son côté, Lorna remettait quelques bûches dans sa cheminée, s'étirait voluptueusement puis retournait s'étendre dans son lit... Elle souriait. Quelle nuit !... et quel amant ! Elle avait toujours été certaine que ce serait une expérience inoubliable pour l'un comme pour l'autre. Elle l'était plus encore à présent : sans doute ne serait-il plus besoin de recourir à la petite fiole contenant un liquide à base de cantharide pulvérisée dont elle avait réussi à faire glisser quelques gouttes dans le vin de Guillaume tandis qu'à sa demande il allait tisonner le feu et remettre un peu de bois. Le résultat s'était révélé miraculeux, cependant Lorna considérerait comme une injure à son charme s'il lui fallait s'en servir encore. L'homme qu'elle avait voulu si ardemment ne pourrait plus jamais lui échapper...

Sur cette grisante certitude, elle s'endormit à son tour.

Lorsqu'elle descendit vers le milieu de la matinée, fraîche et rayonnante, elle vit tout de suite que Guillaume l'était beaucoup moins. Il se tenait debout, jambes écartées, mains nouées dans le dos, devant l'une des petites fenêtres et ne se retourna pas au bruit allègre de talons hauts sur les marches de l'escalier. Tout dans son attitude criait la mauvaise humeur.

— Eh bien? fit-elle gaiement, espérant vaguement qu'il allait venir à elle les bras tendus. Est-ce là votre façon de me dire bonjour?

— Bonjour! murmura-t-il et, comme il virait lentement sur lui-même, elle eut un peu peur devant ses traits tirés et ses yeux injectés de sang qui l'enveloppaient d'un regard lourd de rancune : celui d'un loup malade et d'autant plus hargneux. Il désigna la table sur laquelle se trouvaient du pain, du beurre, du miel et des tasses dont l'une avait servi.

— Installez-vous et mangez! Je vais vous chercher du café. Ensuite nous partirons...

Sans même attendre sa réponse, il gagna la cuisine mais, quand il revint armé d'une cafetière, elle était toujours à la même place, debout sur la dernière marche de l'escalier, une main sur la rampe.

— Vous n'êtes pas encore assise? aboya-t-il. Qu'attendez vous?

— Que vous me parliez sur un autre ton!

Vibrante d'une colère chargée de déception, la réplique partit comme une flèche et atteignit son but. D'un geste las, Guillaume déposa le récipient d'argent puis alla reprendre son poste devant la fenêtre. Tout de suite, alors, elle fut près de lui ce qui le fit frissonner, fermer les yeux et cependant dilater les narines : elle sentait la jeunesse, les fleurs... l'amour, subtil mélange où, la veille, sa raison s'était enlisée. Pourtant, quand elle parla, ce fut avec beaucoup de gentillesse :

— Que vous ai-je fait, Guillaume ? Dois-je demander pardon pour ce qui s'est passé ? Je ne me souviens pourtant pas de vous avoir violé ?

— Non. Ce serait plutôt moi et je devrais vous offrir des excuses mais je ne sais lesquelles sinon que j'ai dû devenir fou à un moment ou à un autre. Cela tient à ce que j'avais envie de vous à un point inimaginable...

— Je peux très bien imaginer, au contraire : j'avais la même...

— C'est impossible ! Comprenez donc ! Lorsque je vous ai entendue crier, je me suis senti heureux, délivré puisque je pouvais courir vers vous. Le diable m'envoyait le prétexte dont j'avais besoin.

— Laissez le diable où il est c'est-à-dire bien loin de nous. N'avez-vous pas été heureux ?

— Si... divinement !

— Et ce matin vous ne l'êtes plus ?

— Non... Je me dégoûte. Quel homme suis-je donc pour avoir osé cette infamie : posséder la fille de mon frère.

— Oh, ne recommencez pas avec cette sottise ! Elle est indigne de nous. Sachez-le, Guillaume, vous n'avez fait que prendre ce qui vous appartenait déjà. Depuis le premier regard, j'ai été à vous... Et regardez-moi, s'il vous plaît ! Osez me regarder en face ! ajouta-t-elle en le prenant aux épaules.

— Voilà!... Je vous regarde.

— Que voyez-vous?

— La pire tentation que j'aie jamais subie. Une femme...

— Qui t'aime avec passion! Une femme qui a tout quitté pour toi, qui t'a voulu de tout son être et qui tremble de joie depuis qu'elle est tienne. Si tu savais comme je t'aime, Guillaume!...

Les larmes emplissaient ses yeux. Cependant elle souriait et ce sourire mouillé n'en était que plus rayonnant. Elle ajouta alors, presque bas :

— Est-ce que je ne devrais pas être déjà dans tes bras?... Ou bien n'as-tu plus du tout envie de me donner le baiser que j'attends?

Jamais elle n'avait été plus sincère qu'à cet instant : de toutes les fibres de son corps, elle appelait cet homme conquis de haute lutte et qu'elle voulait garder. Cette vérité triompha : incapable de résister plus longtemps à l'enchantement, il l'attira contre lui et prit sa bouche longuement, retrouvant avec une sombre délectation les divines sensations de la nuit.

Le bruit des pas de Perrier qui approchait et nettoyait ses semelles au racloir de la porte les sépara. Quand il entra, Lorna, assise à table, versait du café dans une tasse qu'elle offrit à Guillaume avant de se servir elle-même. Elle lui sourit en répondant à son bonjour puis elle demanda :

— On dirait que la tempête est finie. J'ai regardé le ciel de ma fenêtre : les nuages vont vite mais ne semblent guère menaçants.

— Le vent a tourné. Peut-être aurons-nous un peu de soleil dans la journée... Est-ce que vous nous restez un peu, Monsieur Guillaume, ou bien dois-

352

je préparer votre voiture avant d'aller ramasser toutes les branches mortes qui jonchent le jardin?

— Préparez la voiture! Nous partirons d'ici une heure...

— Non, fit Lorna en se beurrant tranquillement une tartine. Partez si vous voulez. Moi je reste...

Tremaine changea de couleur. Ses sourcils froncés indiquèrent à Gilles Perrier qu'il serait plus discret de s'écarter. Celui-ci sortit donc en marmottant quelque chose de parfaitement indistinct. Aucun des deux n'y prêta grande attention. Cependant, connaissant l'avantage que donne l'attaque, Lorna s'expliquait : elle savait bien qu'à l'origine ils ne devaient faire qu'un aller et retour mais sa décision à elle se trouvait singulièrement modifiée depuis qu'elle avait découvert la maison.

— J'ai envie d'y passer quelques jours, dit-elle. Rentrer aujourd'hui, c'était bon quand je pensais que nous allions dormir dans quelque auberge de campagne, mais à présent je me sens chez moi : il est normal que je désire en profiter un peu.

— Ne jouez pas à ce jeu-là avec moi, Lorna! On nous attend aux Treize Vents! Si nous ne rentrons pas, ils vont s'inquiéter.

— Si «vous» ne rentrez pas! Quant à moi, j'en sais qui seront plutôt contents d'une absence inespérée... Cela dit, je ne joue pas et je vous invite fermement à repartir...

— C'est ridicule! Vous n'avez pas assez de bagages, pas de femme de chambre...

— Et alors? Je peux très bien m'en passer et c'est même ce que je souhaite. En outre, sous la garde de M. Perrier et de son chien, je n'ai sûrement pas grand-chose à craindre...

— Ce n'est pas ça qui me tourmente. Vous seriez ici en parfaite sécurité mais...

— Pas de mais! Enfin, je ne serai pas mécontente de connaître cette Jeannette qui fait des miracles. Je suis certaine de très bien m'entendre avec elle.

Puis, allongeant le bras à travers la table pour saisir la main de Guillaume :

— Passez-moi ce caprice, mon amour... et revenez me chercher disons... dans une semaine?

— Je ne reviendrai certainement pas! J'enverrai Daguet...

— Alors c'est moi qui ne reviendrai pas! Et ce n'est pas une parole en l'air... Ou vous viendrez me chercher seul, comme vous m'avez amenée ou bien... je ne sais pas! Peut-être prendrai-je racine ici en attendant que quelqu'un veuille bien s'occuper de moi? acheva-t-elle sur un ton léger accompagné d'un sourire à belle dents qui acheva de désorienter Guillaume...

— Vous n'êtes pas un peu folle?

— De vous? Oui, je le suis... Mais comment pouvez-vous être à ce point borné? Si nous revenons ensemble aux Treize Vents, nous allons à la catastrophe parce que dès ce soir vous serez dans mon lit ou moi dans le vôtre et que tout le monde le saura...

— Vous êtes bien sûre de vous!

— Et de vous plus encore! Oseriez-vous jurer qu'à cette minute même vous ne me désirez pas autant que je vous désire? Vous voyez bien! conclut-elle en le voyant détourner les yeux... Croyez-moi, allez-vous-en l'âme en paix. Songez seulement qu'en me séparant ainsi de vous pour quelques jours je ne fais rien d'autre que préparer notre prochaine nuit d'amour. Je l'attendrai avec

impatience comme vous l'attendrez vous-même...
Car cette nuit, je la veux !

La petite flamme qui dansait dans les beaux yeux
changeants le défiait, mais il en était déjà captif et
rendit les armes. Il vint à elle et la fit lever pour
enfouir son visage dans la masse des cheveux
parfumés juste au creux tendre du cou...

— Et si je n'avais pas envie d'attendre aussi
longtemps ?

Elle eut un petit cri de joie un peu rauque qui
ressemblait à un sanglot ou à un râle.

— Viens ! chuchota-t-elle. Viens vite !

Guillaume repartit une heure après. Seul.

Ainsi, tout recommençait...

Tandis que la légère voiture, assez solidement
construite cependant pour se jouer des ornières,
dévorait le chemin qui le ramenait chez lui, Guillaume s'attachait à tenir fermement à distance
remords et scrupules pour goûter plus intensément
la joie barbare de la conquête : celle du mâle qui
marque de sa griffe la plus belle femelle du trou-
peau, celle dont il sentait dans ses entrailles qu'elle
était créée pour lui. Et puis qu'elle fût la fille de
Richard ne faisait, à tout prendre, qu'ajouter le
piment d'une sorte de vengeance dont il espérait
bien que, là où il était, le traître de l'anse au Foulon
pouvait apprécier tout le raffinement : avoir la fille
après avoir eu l'épouse, quel triomphe !

Pourtant Tremaine gardait assez de lucidité pour
admettre que ce n'était pas du tout la même chose :
il avait aimé Marie avec passion, une passion où il
s'investissait corps et âme. Elle était l'unique, la
bien-aimée, et Lorna ne pourrait jamais la rempla-

cer. Ce qui l'attirait vers elle était uniquement charnel et ne pouvait porter le nom d'amour. Même au plus fort du délire qu'elle avait suscité en lui, il n'avait pu se résoudre à dire «je t'aime». Et c'était naturel puisque son cœur ne lui soufflait pas ces mots qui comptent parmi les plus beaux du monde. Elle, pourtant, les avait dits, espérant sans doute un écho qui ne vint pas, qui ne viendrait peut-être jamais.

Guillaume reconnaissait néanmoins que s'arracher aux bras de la sirène représentait une espèce d'exploit. Ce corps splendide dont la seule évocation lui mettait le sang à la tête, la sueur aux mains, était doué d'une sorte de magnétisme secret que la possession, si meurtrière cependant lorsque le cœur n'est pas en cause, ne parvenait pas à trancher. Tout au contraire, il vivifiait le désir. D'autant que la jeune femme s'entendait à en éterniser les sensations...

A y bien réfléchir, cette science peu courante chez une «demoiselle» de la haute société pouvait surprendre, même en pleine folie. Que Lorna ne fût plus vierge n'était guère étonnant : son épanouissement révélait une femme plus qu'une jeune fille. Un autre homme, certainement, l'avait eue en sa fleur mais cela n'expliquait pas un art des caresses évoquant bien davantage une bayadère hindoue — et sur ce chapitre Tremaine gardait quelques souvenirs! — qu'une respectable lady. Là le champ des suppositions s'ouvrait : plusieurs amants? Ou alors un initiateur incomparable? Au fond c'était de peu d'importance... Néanmoins Guillaume se promit de poser un jour la question. Quelle que soit la réponse, elle ne l'atteindrait pas dans ses sentiments puisqu'ils n'y étaient pas engagés... en dépit de l'attrait que la jeune femme exerçait sur lui.

Si puissant d'ailleurs qu'à deux reprises Guillaume retint son cheval, tenté de faire demi-tour. La sagesse heureusement l'emporta et il continua, constatant d'ailleurs que sa fièvre s'apaisait à mesure que le temps et le chemin s'étiraient. Il en éprouva un soulagement, presque une délivrance, et sa hâte de retrouver la maison s'accrut. Il n'en regretta que davantage de rouler carrosse alors qu'une bonne chevauchée lui eût convenu beaucoup mieux...

Enfin ce fut la maison. Il était déjà tard et si un peu de lumière filtrait derrière les volets clos des chambres, les pièces du rez-de-chaussée étaient éteintes à l'exception de la cuisine. Guillaume en fut satisfait et se félicita d'avoir, au départ, recommandé de ne pas attendre le retour des voyageurs pour souper. C'était une sage précaution, prise d'ailleurs en toute innocence, mais à présent la seule pensée d'affronter le regard limpide de ses enfants, surtout celui de sa fille, le mettait mal à l'aise...

Comme il s'y attendait, Clémence et Potentin veillaient près du feu, mais ce soir ils n'étaient pas seuls : Kitty, occupée à repriser la dentelle d'une chemise, leur tenait compagnie. Elle se leva avec empressement à l'entrée de Guillaume.

— Miss Lorna doit être bien fatiguée! dit-elle. J'ai veillé à ce qu'il y ait de l'eau chaude afin qu'elle puisse prendre un bain avant de se coucher...

— J'espère bien qu'elle dort à cette heure. Elle a désiré rester là-bas. N'ayez pas cet air ébahi, Kitty! La maison est aussi habitable qu'elle l'était par le passé. Si je ne l'ai pas dit c'est que j'ai eu l'idée de lui en faire la surprise.

— Là-bas? Toute seule?... Mais pour combien de temps?

— Une semaine... ou deux! En outre, elle n'est pas seule. Vous connaissez Gilles Perrier depuis longtemps...

— Sans doute, mais est-ce que je ne devrais pas la rejoindre?

— Non. Elle a été formelle à ce sujet : elle veut vivre en campagnarde et m'a demandé de lui passer ce caprice. Je vous cite ses propres paroles. Alors ne vous tourmentez pas, Kitty, et allez vous reposer! Elle en aura vite assez. Dans une semaine j'irai la chercher. Et elle sera heureuse de retrouver le confort des Treize Vents!

Kitty n'insista pas, fit une petite révérence, prit sa chandelle et monta se coucher, suivie de près par Guillaume qui, après avoir avalé un bol de cidre chaud, se déclara rompu en ajoutant que rien n'était pire pour les reins d'un honnête homme qu'une randonnée dans une de ces «sacrées voitures qui vous secouent au point de vous faire claquer des dents!». Là-dessus, il jeta un bonsoir rapide et regagna sa chambre sans paraître s'apercevoir de l'attitude figée de ses deux vieux serviteurs.

C'est qu'un tel comportement était tout à fait inhabituel. Quand il lui arrivait de rentrer en pleine nuit, que ce fût d'un voyage à Paris, à Cherbourg, à Granville ou d'une simple course dans la région, Tremaine, même à moitié mort de fatigue, s'attardait toujours assez longtemps au coin de la grande cheminée qu'en bon descendant de paysans il considérait comme la véritable personnification du foyer. Il proclamait volontiers que c'était, avec sa bibliothèque, l'endroit de sa maison où il se délassait le mieux.

Potentin et Mme Bellec adoraient ces moments-là qui leur donnaient l'impression de retrouver les heureux temps de l'installation aux Treize Vents tout frais construits et d'avoir Guillaume à eux tout seuls. Comme il revenait toujours affamé, Clémence lui préparait une solide collation à laquelle Potentin et elle-même participaient volontiers. Guillaume leur donnait des nouvelles, parlait de ses affaires ou des gens qu'il avait pu rencontrer, exactement comme s'il était leur enfant et eux de vieux parents affectueux. Ce soir, rien...

D'un geste et d'un demi-sourire, il avait refusé de manger quoi que ce soit — «Un peu de mait'cidre bien chaud, Clémence, et ça ira très bien!» —, vidé le bol d'un trait et s'était éclipsé.

Ils étaient tellement stupéfaits qu'ils restèrent un moment plantés là, de part et d'autre de la grande table, et dans un silence total; elle son cruchon de cidre à la main, lui les bras ballants regardant la porte par laquelle il avait disparu.

— Qu'est-ce que vous dites de ça? émit enfin Mme Bellec. Par tous les saints du Paradis, on nous l'a changé, not'Monsieur Guillaume. Et en même pas deux jours!

— Si vous voulez mon avis, Clémence, je n'aime pas ça. Pas du tout même! N'empêche qu'il faut que j'en sache plus, sinon je ne fermerai pas l'œil de la nuit...

Quand Potentin entra chez lui après avoir vaguement frappé, Guillaume était en train de se déshabiller comme il le faisait habituellement. C'est-à-dire qu'il arpentait sa chambre en abandonnant ici et là les diverses pièces de son costume, formant sur le tapis une sorte d'archipel que Valentin — dont Potentin s'efforçait de faire un valet de chambre valable — ramassait au matin. Une manie contractée dans le petit palais de Jean Valette, à Porto Novo, où les domestiques pullulaient et dont il ne s'était jamais défait.

Calmement, le vieux majordome entreprit de ramasser sans paraître remarquer l'œil orageux de Tremaine.

— Je croyais avoir dit que j'étais fatigué, grogna celui-ci. Laisse donc tout ça! On s'en occupera demain et j'ai besoin de dormir...

— C'est bien ce qui m'inquiète! Fatigué, vous, pour une grosse douzaine de lieues en cabriolet? Cela ne vous ressemble pas. Ou alors c'est que vous êtes malade...

— Ridicule! tonna Guillaume. J'ai envie de me coucher alors je suis malade?... Cesse de jouer l'imbécile, Potentin! Si tu as quelque chose à me dire, parle et qu'on en finisse!

Sans s'émouvoir, le majordome alla prendre sur le lit la chemise de nuit préparée tandis que Tremaine se débarrassait de celle du jour.

— M. de Rondelaire est venu hier après-midi pour vous voir au sujet de la maison du galérien, commença-t-il.

Mais soudain il se tut, l'œil fixé sur le dos nu que Guillaume lui présentait. La peau, un peu moins brune qu'au temps où un soleil quotidien l'avait profondément basanée, montrait de petites marques, rougeurs et menues griffures tellement révélatrices que le vieil homme en resta coi.

— Eh bien continue! Qu'a dit M. de Rondelaire?

— Oh rien!... Après tout ça peut attendre à demain et je n'aurais pas dû vous déranger...

Jetant le vêtement dans les mains de Tremaine, Potentin battit en retraite trop vite pour que Guillaume pût le retenir. Il sortit du large couloir et traversa le palier presque en courant mais, arrivé là, il dut s'appuyer à la rampe pour se donner le temps de se calmer. Fût-il resté une seconde de plus qu'il eût peut-être jeté au visage de son maître la colère qui gonflait en lui mêlée à un vague dégoût. Ce qu'il venait de lire sur le torse et le cou de Guillaume était sans doute la pire chose que pût redouter la famille. Le temps d'un éclair, il avait revu en pensée les longues mains fines de Lorna, ses ongles polis si joliment taillés en amande.

Le pauvre homme était si secoué qu'il se crut un instant sur le point de défaillir : « Il faut que je boive quelque chose ! » pensa-t-il et, respirant profondément deux ou trois fois, il entreprit de descendre l'escalier et de regagner la cuisine. Tellement absorbé qu'il ne remarqua pas, dans l'ombre de la galerie, une forme blanche immobile qui l'observait et glissa rapidement dès qu'il eut disparu.

Lorsqu'il la rejoignit, Clémence n'eut besoin que d'un coup d'œil pour deviner que son vieil ami venait d'être durement touché. Sans un mot, elle alla chercher la bouteille d'eau-de-vie de pomme, en versa deux doigts dans un grand verre et lui tendit le tout qu'il avala d'une seule lampée avant d'en réclamer d'autre.

— C'est à ce point-là ? demanda Clémence.

— Oh ! c'est encore pire que tout ce qu'on pouvait imaginer. Là-bas, aux Hauvenières, il a couché avec elle !

— Quoi ?... Mais comment pouvez-vous savoir ça ? Il vous l'a dit ?

— Oh que non ! Je n'en avais pas besoin d'ailleurs! Il se préparait pour se mettre au lit. Quand il a ôté sa chemise j'ai été fixé. Je voudrais que vous voyiez ça! Elle a dû se comporter comme une tigresse en chaleur... Quelle honte!... Mais quelle honte! Faire de cette fille sa maîtresse dans la maison où il allait rejoindre la mère!... J'aurais dû me douter qu'elle était mauvaise...

— Mais vous vous en doutiez! On s'en doutait tous les deux d'ailleurs et on n'est peut-être pas les seuls. Quand elle croit qu'on ne la voit pas, elle a une façon de le regarder qui ne peut tromper personne. Elle le mange des yeux. Ce que je ne comprends pas c'est pourquoi elle est restée là-bas si elle a gagné?

— C'est justement parce qu'elle a gagné. Difficile de revenir embrasser les enfants après un tel exploit. Et puis, aux Hauvenières, elle a dû se sentir chez elle. Quand il ira la chercher, elle le ferrera plus facilement. Après, elle l'aura bien en main.

Clémence, qui s'était assise sous le coup de l'émotion, se leva brusquement et se mit à tourner en rond dans sa cuisine comme une poule affolée, les mains sur ses joues, prise d'une espèce de terreur à laquelle elle essayait d'échapper.

— Il ne faut pas! répéta-t-elle à plusieurs reprises. Nos petits ne le supporteraient pas...

— Elle non plus! gronda Potentin en désignant le feu qui, de la même façon qu'au soir de Noël, était en train de s'éteindre. Regardez! Mme Agnès est là... Elle veut qu'on l'aide!

Derrière la porte à laquelle il s'appuyait, Arthur devint plus pâle encore. Tout à l'heure, entendant crier son père, il était sorti de sa chambre pieds nus dans sa longue chemise de nuit. Témoin de l'émotion de Potentin, il l'avait suivi et, naturellement, il avait tout surpris...

Son premier mouvement le poussait à faire irruption dans la cuisine pour dire à ce vieux fou qu'il en avait menti, que ce n'était pas possible ! Guillaume et sa nièce ! Sa sœur à lui, Arthur, avec son propre père ! Qui pouvait imaginer pareille infamie ?... S'il se retint, c'est sans doute parce que les forces lui manquèrent. Pour la première fois de sa vie, ce garçon vigoureux, résistant, crut qu'il allait perdre connaissance là, dans ce recoin, comme une fillette...

Et soudain, un visage passa devant ses yeux : celui d'Élisabeth. Ce qu'elle pourrait penser si jamais elle découvrait l'ignoble vérité le bouleversa et lui fit comprendre du même coup combien elle lui était chère. Pour elle, pour la paix de son âme, il fallait garder le secret, si difficile que ce fût. Il fallait aussi que Lorna reparte pour l'Angleterre... Et ça, ce serait sans doute encore plus difficile !

Alors Arthur bougea. Très lentement, avec un luxe infini de précautions comme s'il craignait que le glissement de ses pieds nus sur les dalles ne résonnât jusqu'en haut de la maison, puis plus vite et enfin en courant, il réintégra sa chambre, se jeta dans son lit. Pas pour y dormir ! Les images qui dansaient dans sa tête semblaient vouloir s'y incruster. Mais il voulait réfléchir, essayer de trouver un moyen d'écarter des Treize Vents — cette maison dont il savait bien à présent qu'il en aimait chaque pierre ! — le danger de détérioration par la lente pourriture des âmes.

Tandis que, les draps au ras des yeux, il s'efforçait de calmer les battements désordonnés de son cœur, un étroit rayon de lune s'insinua par la fenêtre dont il ne fermait jamais les volets et remonta jusqu'au portrait de sa mère pendu au-dessus de sa table à écrire, juste en face de son lit. Il se souvint alors des dernières phrases prononcées par Potentin : «Madame Agnès est là... Elle veut qu'on l'aide!» Quiconque les eût entendues les eût jugées obscures, incompréhensibles voire délirantes. Pour le jeune garçon elles apportaient au contraire une explication à un bizarre phénomène dont il s'était gardé de parler à qui que ce fût, même à Jeremiah Brent : plusieurs fois, en s'éveillant il avait trouvé le tableau descendu de son clou et posé bien droit sur le bureau, le haut appuyé au mur. Il n'était pas abîmé comme si la main inconnue entendait marquer une désapprobation et non une hostilité. Aussi Arthur se contentait-il de le raccrocher...

Cette nuit, il décida d'observer le manège avec attention, bien qu'une voix secrète lui soufflât que rien ne se passerait. Et, en effet, le portrait de Marie-Douce demeura sagement à sa place...

Par contre, lorsqu'elle entra dans la chambre de Lorna pour recouvrir le lit, aérer et ranger la lingerie ravaudée la veille, Kitty, en ouvrant le placard aux robes, trouva tous les vêtements décrochés des porte-manteaux et empilés à terre...

CHAPITRE XI

L'ÂNE DE BURIDAN

Le lendemain Guillaume se rendit à Escarbosville chez M. de Rondelaire. Ce que l'ancien officier de justice souhaitait apprendre à Tremaine tenait en assez peu de mots : la surveillance exercée sur la maison du galérien après la disparition de la neige n'avait pas donné grand-chose : les habitantes et le prêtre qu'elles hébergeaient menaient une vie aussi sage que régulière. Tous les jours l'abbé Longuet allait dire sa messe à l'église de Morsalines. Mlle Célestine s'occupait du ravitaillement et, si l'on apercevait sa sœur, c'était lorsqu'elle se promenait sur la lande ou dans le jardin, toujours abritée de son voile noir. Mais Urbain n'était plus là. Rien d'extraordinaire d'ailleurs à son absence d'après l'aînée des demoiselles Mauger. Originaire d'Isigny, le «fidèle» serviteur s'y était rendu pour rejoindre son frère dont il avait reçu «un mot de billet» : leur mère allait mourir.

De l'avis de Rondelaire, on ne le reverrait certainement pas de sitôt dans la région. La perte de son couteau — très semblable à ceux que les bagnards se fabriquaient en secret — avait dû le mettre en méfiance : il avait préféré prendre le large. Confiante, cependant, Mlle Célestine espérait fermement son retour : il était tellement attaché à sa pauvre sœur !

— Autrement dit, conclut le magistrat, ces deux malheureuses devaient tout ignorer de son activité nocturne. S'il faisait partie de la bande à Mariage, ce qui me paraît évident, elles n'en ont jamais eu la moindre idée.

— Il est certain que la maison des deux vieilles filles représentait une cachette idéale. Néanmoins a-t-on envoyé quelqu'un à Isigny pour s'assurer qu'il s'y trouve ?

— Pour quoi faire ? Je suis persuadé qu'il n'y est pas. Aller là-bas serait du temps perdu et je vous rappelle que nos effectifs de gendarmerie ne sont guère nombreux. Évidemment, cette fuite est plutôt ennuyeuse : nous n'avions qu'une seule piste et elle nous lâche.

— C'est nous qui l'avons lâchée. Quand cet homme est parti, pourquoi ne pas l'avoir suivi ?...

— On l'a fait ! Il a été suivi jusqu'à Montebourg où l'abbé Longuet l'a mis dans la diligence de Saint-Lô. Que vouliez-vous de plus ? Le suiveur n'avait ni argent ni ordres pour s'embarquer dans un voyage quelconque...

— Autrement dit, nous repartons de zéro ! Que faisons-nous à présent ? Nous attendons un nouveau drame... qui ne nous apprendra rien de plus ? Bon Dieu ! Il fallait s'accrocher aux basques de cet homme, ne renoncer à aucun prix...

— Ça vous est facile à dire, mon cher Tremaine, mais vous oubliez que nous manquons singulièrement de moyens. Vous étiez enfermé chez vous...

— Personne ne vous empêchait de venir me les demander, les moyens. Je n'ai jamais refusé une aide financière ou autre. Seulement les Treize Vents ont été mis en quarantaine parce que j'y avais amené les petites Varanville tandis que leur mère se battait pour sauver son fils.

— Il faut nous comprendre : la variole est une terrible maladie et nous devons remercier Dieu que le cas d'Alexandre soit demeuré unique. Une épidémie aurait ravagé la moitié du canton...

— Soit. Mais dites-moi : vous avez complètement abandonné la surveillance de la maison des Mauger?

Cette fois M. de Rondelaire se mit à rire avec un rien d'indulgente condescendance :

— Voyons, mon cher ami, à quoi songez-vous? Deux vieilles filles fort éprouvées, un prêtre dont le curé de Morsalines jure qu'il est un saint homme? Ce ne serait vraiment pas raisonnable! Le brigadier de gendarmerie me rirait au nez et il aurait raison! Allons soyez en repos! Il n'y aura peut-être plus d'autres crimes...

Il y en eut un le soir même, mais autour de Saint-Vaast on ne l'apprit que plus tard. Un notaire retraité de Sainte-Mère-Église qui vivait dans un manoir un peu isolé avec deux serviteurs fut sauvagement assassiné après que sa maison eut été pillée.

En attendant, Guillaume rentra chez lui de très mauvaise humeur. Ce qu'il y rencontra ne contribua guère à l'améliorer.

La voiture de Rose venait de ramener François Niel et Béline. C'était plutôt une bonne nouvelle et Guillaume fut heureux à l'idée de retrouver un ami dont il commençait à penser qu'il s'attardait un peu trop dans les délices de Varanville. Hélas, en

Visite ou conquête?

quelques mots, Potentin mit sa joie en morceaux : Monsieur Niel était monté droit dans sa chambre pour commencer ses bagages afin de regagner l'Angleterre aussitôt que possible...

— Sacrebleu! grogna Tremaine. Qu'est-ce qui lui prend? Il s'est passé quelque chose là-bas?

— Je ne sais pas, Monsieur Guillaume. En tout cas, ce n'est pas la seule nouvelle déplaisante de la journée : Béline nous a annoncé qu'elle voulait devenir nonne!

— Quoi?

— Eh oui! Apparemment, en soignant Monsieur Alexandre, la vocation lui est venue. Elle a l'intention d'entrer en religion. Elle est en ce moment à la cuisine en train d'expliquer ça à notre Élisabeth et à Clémence.

— Miséricorde!... Eh bien, allons d'abord au plus urgent!

François en effet préparait son départ. Debout entre une petite malle, un sac en tapisserie et un carton à chapeaux, il pliait et rangeait méthodiquement le linge et les vêtements qu'il sortait d'une armoire. En voyant entrer son ami, il ne lui laissa pas le choix des armes.

— Il faut que je retourne à Londres et au plus vite! Sinon je pourrais bien me retrouver ruiné.

— Ruiné? Je ne vois pas comment?

— C'est parce que tu n'es pas au fait des derniers développements de la politique. La France est à la veille de reprendre la guerre avec l'Angleterre...

Et d'expliquer à Tremaine le contenu de la lettre reçue la veille par Rose. Elle était de Bougainville et si la partie familiale s'adressait uniquement à la jeune femme, il y en avait une autre qu'elle était priée de transmettre à Tremaine pour qu'il en fît

368

son profit : au moment où il prenait la plume, le grand navigateur sortait des Tuileries où une scène de deux heures venait d'opposer le Premier consul à lord Withworth, ambassadeur d'Angleterre, suite à une note particulièrement virulente adressée par le chef du Foreign Office britannique, lord Hawkesbury, à l'ambassadeur français Otto. Ce texte violait les clauses du traité d'Amiens qui obligeait les Anglais à évacuer Malte dont ils s'étaient emparés cinq ans plus tôt. Les prétextes invoqués étaient l'annexion récente du Piémont, le maintien des troupes françaises en Hollande et les visées de Bonaparte sur l'Allemagne et la Suisse.

— Avec le caractère soupe au lait de votre sacré Premier consul, la guerre risque d'éclater avant la fin de la semaine. Tu vois bien qu'il faut que je rentre. Souviens-toi : mon bateau est dans la Tamise avec tous mes intérêts. Si je ne le rejoins pas, il sera confisqué... Et puis le moment approche où il faudra revoir Québec.

Il n'y avait rien à dire à cela. Tremaine, cependant, exprima un regret sincère :

— J'espérais te garder encore un peu. Si on recommence à se battre, quand nous reverrons-nous ?

La figure morose de François s'éclaira d'une grimace malicieuse.

— A l'automne prochain, peut-être ? Les canons de La Hougue ne tireront pas sur un honnête bateau canadien... battant pavillon américain par exemple ? J'ai grande envie de revenir...

Cette fois il eut un sourire un peu rêveur qui s'adressait à lui-même, à son rêve intérieur. Sachant bien quelle image habitait ce rêve, Guillaume murmura :

— Tu l'aimes à ce point?

— Tu ne peux pas savoir! Je n'ai jamais aimé personne comme je l'aime. Je ferai tout pour la revoir...

— Et... elle? demanda Guillaume qui se sentait au cœur un pincement bizarre et qui, à peine la question posée, appréhenda la réponse.

— Oh elle!... Elle est exquise, adorable, pleine de franchise. Je sais bien qu'elle n'est pas encore prête à accepter mon amour, mais si elle tolère ma présence, n'est-ce pas encourageant? Et elle m'a dit qu'elle espérait me revoir...

Plongé dans ses rêves, François était assez touchant. Pourtant, à l'idée de ce qui pourrait arriver un jour, Guillaume se sentit mal à l'aise. Qu'après Félix de Varanville Rose pût mettre sa main dans celle de François Niel lui semblait hors nature... même s'il admettait que ce sentiment lui était inspiré par son égoïsme. Rose représentait ce qu'il y avait de plus charmant dans son environnement, l'idée de la perdre lui était insupportable. Après tout, c'était peut-être une bonne chose que François reparte...

Lorsque la famille se fut réunie pour le dîner, chacun regretta le départ du Canadien dont la rondeur pleine de bonhomie avait conquis tout le monde. Qu'une guerre imminente en fût la cause ajoutait à la tristesse :

— N'en finira-t-on jamais avec ce vieil antagonisme entre nos deux pays? soupira Jeremiah Brent. A l'exception de quelques rares éclaircies, voilà huit siècles que ça dure! N'y a-t-il vraiment aucun moyen de vivre en paix de part et d'autre de ce bras de mer?

— J'ai toujours pensé que cela relevait de l'impossible, dit Tremaine. Il y a eu trop de haines accumulées...

— Trop d'intérêts divergents entre gouvernements surtout! Ne sommes-nous pas la preuve que les individus peuvent s'entendre et s'apprécier? La guerre! Alors que tant d'émigrés français vivent encore sur le sol anglais. Ça n'a pas de sens...

Le jeune homme semblait sincèrement désolé. Guillaume, qui l'observait entre ses paupières resserrées, pensa soudain que sa situation risquait de devenir moins agréable:

— Je pense comme vous, dit-il. Vous savez bien que tous ici vous sont attachés, mon ami, et seraient navrés de vous voir partir. Cependant, si vous désirez rentrer afin de servir votre pays, aucun de nous ne vous en voudra et vous garderez notre amitié. Voulez-vous voyager avec M. Niel?

Cette idée-là devait être bien loin de la pensée du précepteur, car il rougit jusqu'aux oreilles. Saisi, il ne trouva rien à répondre. Ce fut Arthur qui protesta:

— Oh non! Vous n'allez pas nous quitter, mister Brent? J'en serais tellement désolé.

— J'espérais un peu que vous diriez cela, Arthur...

— Mais je le dis aussi! clama Adam et je suis sûr que ma sœur pense comme moi. Et aussi les Rondelaire! Julien et l'abbé vous apprécient tellement... Et puis il y a les leçons que vous donnez à Victoire et à Amélie et puis...

— Adam, coupa son père. M. Brent sait tout cela, mais c'est à lui de choisir: faire peser notre amitié sur sa décision c'est de l'égoïsme.

Le gamin baissa le nez mais Jeremiah, qui était

assis entre ses deux élèves, posa une main sur les leurs.

— Même si je vous fais l'effet d'un mauvais patriote, je n'ai aucune envie de vous quitter. Ce qui m'attend en Angleterre, c'est la solitude alors qu'ici j'ai l'impression d'avoir une vraie famille. Pardonnez-moi, monsieur Tremaine, si je vous parais présomptueux mais, surtout depuis l'arrivée de Miss Lorna...

Il n'en dit pas plus. Le nom venait de tomber comme une pierre dans une mare. Cette fois encore, Arthur réagit.

— C'est vrai! Nous allions l'oublier. Ne pouvez-vous, monsieur Niel différer votre départ de quelques jours? Il faut qu'elle parte!

Tous regardèrent avec surprise cet enfant de douze ans qui osait parler en maître et ne s'en excusait pas. Tout au contraire, son regard transparent pesa sur son père comme s'il le mettait au défi de dire le contraire, mais ce fut François qui eut l'air malheureux :

— Ne m'en veuillez pas, Arthur! Je dois regagner Londres au plus vite. Or, outre qu'elle est loin d'ici, rien ne dit que votre sœur serait disposée à s'embarquer dans un délai aussi court. Ses bagages et les miens n'ont aucune comparaison. Il y faut du temps... du soin et elle n'apprécierait peut-être pas...

— Pourtant il faut qu'elle parte et vite! répéta le jeune garçon avec force. Elle n'est ici que de passage et ne peut courir le risque d'y demeurer bloquée. N'oubliez pas qu'elle est fiancée et que si notre deuil a différé le mariage, il serait offensant pour le duc de le reporter aux calendes grecques. Père, je vous en prie, il faut aller la chercher!...

Cette fois Guillaume fronça le sourcil.

— Tu nous accorderas bien le temps d'achever ce repas, Arthur? fit-il sèchement. De toute façon, M. Niel ne veut pas attendre : il vient de le dire. Il est discourtois d'insister.

— Sans doute, Père, et je vous demande excuses, mais je pense à la sécurité de ma sœur. Si elle doit voyager seule et en temps de guerre.

— Ah, l'entêtement des enfants! Un, la guerre n'est pas encore déclarée. Deux, je suis certain que les Anglais qui se trouvent en France auront toutes les possibilités de rentrer chez eux avant une date donnée bien entendu. Enfin, trois : je te rappelle que je suis armateur et que je possède plusieurs navires...

— L'*Élisabeth* est au bassin de radoub...

— J'ai d'autres unités en toute propriété ou en partie. Si les choses se précipitaient, le mieux serait peut-être de l'embarquer à Granville, chez mon ami Vaumartin, pour la faire passer à Jersey d'où il lui serait facile de regagner l'Angleterre. Voilà! J'ai répondu à toutes tes questions, alors parlons d'autre chose! Béline veut nous quitter à ce que l'on m'a dit?

Ce fut Élisabeth qui répondit :

— Oui. Elle estime ne plus être d'une grande utilité ici. En outre, chez Tante Rose, elle a entendu parler de sœur Marie-Gabrielle dont vous savez tous qu'elle a rallié, à Valognes, Mme Ambroisine du Mesnildot de Tourville qui est en train de racheter l'ancien couvent des Capucins pour y regrouper les Dames Bénédictines de Notre-Dame-de-Protection dispersées par la Révolution.. Béline voudrait se joindre à elles.

— Elles étaient surtout enseignantes, et notre Béline n'est pas un puits de science...

— Pour le moment, les sœurs se consacrent surtout aux soins des malades, ce qui était leur seconde vocation et c'est ce qui attire Béline. Évidemment, elle aurait préféré les Filles de la Charité dont l'origine était toujours plus modeste, mais celles-ci ne sont pas encore rassemblées faute d'un logis. Alors, au moins en attendant... Qu'en pensez-vous?

— Et vous, les enfants?

— On aura de la peine, soupira Adam, mais on est grands maintenant et si ça peut rendre Béline heureuse...

Guillaume eut pour son fils un sourire à la fois amusé et affectueux :

— La cause est entendue ! Je parlerai à Béline et, plus tard, je verrai la Mère Supérieure. Notre Béline n'entrera pas chez elle sans dot... Je ne veux pas qu'une femme ayant donné tant d'années aux Treize Vents se sente en état d'infériorité dans son couvent...

— Merci ! Je n'en attendais pas moins de vous, Père !

Élisabeth s'adressait à son père, sa voix était chaleureuse mais son regard ailleurs. En fait, c'était Arthur qui l'intriguait. Qu'est-ce qui pouvait bien passer par la tête du garçon pour qu'il tînt tellement à voir partir sa sœur? Jusqu'à ce jour, il semblait pourtant heureux de sa présence, ne se gênant pas pour traiter le ducal fiancé d'«irrécupérable imbécile» ou de «pantin de salon». Et voilà que tout à coup il se souciait de ce qu'il pensait? Confondant, en vérité! Elle grillait d'envie de le questionner mais, devinant qu'il s'échapperait, la fine mouche choisit un joli chemin détourné : en sortant de table, elle le prit par le bras pour l'entraîner au salon tout en lui demandant avec enjouement si un peu de musique lui ferait plaisir. Elle savait qu'il aimait beaucoup l'entendre jouer.

— Les départs me rendent toujours mélancolique, dit-elle. Et puis le temps est tellement triste aujourd'hui ! Il me semble qu'un peu de Mozart est tout indiqué...

Il se laissa emmener. Saurait-il jamais lui refuser quelque chose ? Elle était pour lui plus qu'une sœur, le cœur vivant de la maison, son amie chère et infiniment précieuse...

Élisabeth avait raison : il faisait triste, même dans le salon dont les nuances de vert prenaient un air glauque. Le jour gris, méticuleusement découpé par les petits carreaux des fenêtres immenses, tombait dessus comme une cendre. Élisabeth alla s'asseoir au clavecin dont les tons d'or passé et le décor fleuri réchauffaient l'atmosphère au moins autant que le feu allumé dans la cheminée. Dans leurs pots, les jacinthes commençaient à défleurir.

Élisabeth n'était pas une grande musicienne mais elle jouait agréablement. Elle interpréta d'abord un petit menuet puis, tout en fredonnant les paroles, l'air d'Aminta du *Roi pasteur* :

> *Je l'aimerai toujours*
> *Fidèle époux et fidèle amant*
> *pour vous seul je soupirerai.*
> *En un si tendre et doux objet,*
> *Je trouverai la joie,*
> *le plaisir, la paix...*

Le choix n'était pas innocent. C'était l'un des airs

que Lorna affectionnait. Plusieurs fois tandis que la neige emprisonnait la maison, elle l'avait chanté de sa belle voix veloutée mais jamais loin des oreilles de Guillaume.

— Joue autre chose! émit Arthur. C'est très beau mais on l'a beaucoup entendu ces derniers temps...

— Préfères-tu :

> *Mon cœur soupire,*
> *La nuit et le jour*
> *Qui peut me dire*
> *Si c'est d'amour...*

— Pas davantage! Pourquoi tiens-tu tellement au répertoire de ma sœur? Chante autre chose!

— Et toi? riposta la jeune fille, pourquoi tiens-tu tellement à ce qu'elle s'en aille si vite? Tu ne l'aimes plus? Allons, Arthur, réponds-moi! Il y a quelque chose qui ne va pas : je le sens!

— Il y a... qu'on va recommencer à se battre, qu'elle doit se marier et qu'elle n'a rien à faire ici. Il y a... que tu ne supporterais pas qu'elle s'attarde trop chez nous, que tu en souffrirais et moi je ne peux pas accepter l'idée de te savoir malheureuse. Je ne l'accepterai jamais...

Émue, tout à coup, Élisabeth se leva, vint à son jeune frère et l'entoura de ses bras. Peu démonstrative sauf dans la colère, elle n'était pas coutumière de ces gestes de tendresse. Pour lui c'était la toute première fois et, comme il était presque aussi grand qu'elle, il put voir qu'elle avait les larmes aux yeux. Cependant, elle s'efforça de cacher son émotion sous une plaisanterie :

— Quelle découverte! Notre flegmatique sir

Arthur ne viendrait-il pas de laisser entendre qu'il aime sa sœur?

— Je ne laisse rien entendre du tout! Tu es ce que j'ai de plus cher au monde et c'est sans doute pour ça que je n'aime plus autant Lorna...

Dans la bibliothèque où il causait en fumant avec François, Guillaume, lui aussi, avait entendu la musique. Elle lui rappela quel plaisir secret il éprouvait lorsque sa belle nièce chantait en posant sur lui la caresse de ses yeux dorés... Quelle stupidité de n'avoir pas senti alors que la magicienne commençait à l'envelopper de sa séduction? Et quel gâchis maintenant qu'il avait goûté au philtre empoisonné! Où trouver le courage de ne pas en réclamer davantage?

Cette nuit-là, il ne put trouver le sommeil. Enfermé chez lui, il tourna en rond comme un animal captif sans qu'un instant d'apaisement lui fût accordé. Il se haïssait lui-même parce que son cœur allait vers Rose avec l'angoisse qu'elle pût un jour accepter François, néanmoins c'était Lorna que son corps réclamait. Il se faisait l'effet de l'âne de Buridan qui, faute de démêler s'il avait plus faim que soif, se laissa mourir à égale distance d'un picotin d'avoine et d'un seau d'eau. Et c'était une situation intolérable, dégradante, qui exigeait de lui une décision rapide.

Seulement c'était plus facile à décréter qu'à exécuter! Surtout par une nuit pareille! En effet, depuis la fin du jour, un noroît féroce bouleversait le paysage, frappant de plein fouet la Pernelle, ses toits et sa chevelure d'arbres. Ses hurlements auxquels se joignaient les coups de boutoir de la mer en furie répondaient trop bien à sa tempête intérieure parce qu'ils lui rappelaient l'orage de l'autre nuit et ses voluptueuses conséquences. Quel plus doux refuge quand souffle l'ouragan que le corps soyeux d'une femme au creux tiède d'un lit dévasté?...

L'évocation devint tellement intolérable que Tremaine, pour y échapper, choisit de s'assommer : il alla chercher une bouteille de rhum et la vida jusqu'à la dernière goutte, jusqu'à ce qu'enfin l'alcool le terrasse...

Il ronflait à faire tomber les murs quand, bien avant l'aube, Potentin qui lui non plus n'avait pas fermé l'œil descendit pour boire un peu de lait et l'entendit. Il lui suffit d'entrer dans la bibliothèque pour comprendre ce qui s'était passé : la pièce empestait le rhum et le flacon avait roulé à terre.

Le vieil homme savait depuis longtemps comment soigner ce genre d'accident, bien qu'il y eût plus de dix ans qu'il n'était advenu à Tremaine. Seulement il fallait agir vite : pas question que les enfants voient leur père dans cette situation! Laissant les choses en l'état, il alla chercher Clémence pour qu'elle prépare du café très fort. Pendant ce temps-là, il tira Guillaume du fauteuil où il était effondré, traîna non sans peine ce grand corps jusqu'au vestibule où il lui jeta un seau d'eau à la figure. Ce qui eut l'avantage de ressusciter suffisamment Guillaume pour qu'il fût possible, en dépit de ses protestations pâteuses d'ivrogne, de l'emmener enfin à la cuisine où, avec le secours de Mme Bellec, il l'installa devant le feu pour l'obliger à ingurgiter du café salé dont l'effet se révéla miraculeux. Une demi-heure après avoir été sorti de son cabinet de travail, Tremaine retrouvait suffisamment de lucidité pour gagner sa chambre, suivi de Potentin qui l'aida à ôter ses vêtements trempés.

Plutôt penaud, et d'autant plus hargneux, le maître des Treize Vents évitait de son mieux le regard pénétrant de Potentin, mais celui-ci avait quelque chose à dire et n'entendait pas le ravaler :

— Si vous ne prenez pas la décision tout de suite, vous ne la prendrez jamais et toute la maisonnée va en pâtir. Vous le savez bien d'ailleurs, sinon vous ne vous seriez pas arrangé comme voilà. Quand une dent vous fait mal, il faut l'arracher. On se sent tellement léger après !

— Hum ! grogna Guillaume en se glissant dans son lit pour se reposer un peu. Tu as sûrement raison ! Laisse-moi dormir deux heures ! Pendant ce temps-là tu préviendras M. Niel que je le conduirai moi-même à la diligence de Valognes.

Vu le mauvais temps, en effet, François avait renoncé à son premier projet d'embarquer à Cherbourg. C'était, de beaucoup, le chemin le plus court pour rentrer en Angleterre à condition de trouver un capitaine assez fou pour affronter des vents à ne pas pouvoir hisser le moindre bout de toile. En conséquence, le Canadien choisit de repartir par Paris où il ferait quelques achats avant de gagner Calais.

— Monsieur François sera content, approuva Potentin. Et... pour Miss Tremayne, qu'est-ce qu'on fait ?

— Lorsque j'aurai déposé notre voyageur, je continuerai jusqu'aux Hauvenières et je la ramènerai demain, ou après-demain selon le temps...

— Puis-je suggérer demain... respectueusement ? Il n'est jamais bon de s'éterniser dans un coin perdu avec une trop jolie femme !

Pour toute réponse, le fidèle majordome reçut un

«Mêle-toi de ce qui te regarde!» véhément appuyé d'un oreiller lancé d'une main moins sûre.

Aussitôt après le déjeuner, François Niel quitta les Treize Vents dans le cabriolet que menait Guillaume. Au grand désappointement d'Arthur qui comptait demander à visiter les Hauvenières. Dans cette légère voiture, deux personnes seulement plus quelques bagages pouvaient prendre place.

A Valognes, les adieux devant le Grand Turc ne s'éternisèrent pas. Ce n'était qu'un au revoir pour l'un comme pour l'autre. On se tapa vigoureusement dans le dos, on se dit «A bientôt!», on se souhaita bon voyage puis Guillaume remonta dans sa voiture afin de poursuivre son chemin jusqu'à Port-Bail.

Il y fut reçu par un cri de joie. Le temps était abominable et visiblement Lorna s'ennuyait déjà. Naturellement, elle se méprit sur les raisons d'un retour si rapide :

— Tu as senti que je t'appelais, n'est-ce pas? Toi aussi tu avais besoin de me retrouver! gémit-elle en se collant à lui pour un baiser qui n'eut rien de familial. Non, ne t'inquiète pas, ajouta-t-elle en le voyant regarder vers la cuisine. Ton chien de garde est allé au village. Nous avons bien une heure avant son retour...

Elle n'était que tentation, pourtant il la détacha de lui avec fermeté pour la faire asseoir :

— Profitons-en pour causer. Je ne suis pas venu faire l'amour avec vous. Je viens vous chercher.

— Quoi? Tout de suite? exhala-t-elle déçue.

— Non. La nuit tombe et les chemins sont difficiles. Nous rentrons demain matin.

Elle sourit en s'étirant comme une chatte.

— Merveille! Nous avons une grande nuit

devant nous! Et puis là-bas, nous imaginerons bien le moyen de nous rejoindre...

— Vous ne comprenez pas. Je vous ramène afin que vous ayez quelques jours pour préparer votre retour en Angleterre. La guerre va reprendre d'un jour à l'autre entre ce maudit pays et nous.

— Et alors?

— Comment et alors? Vous devez rentrer chez vous. Je vous rappelle que vous êtes fiancée.

— Qu'est-ce que cela me fait? Je veux rester près de toi!

— Moi je ne le veux pas. Et cessez de me tutoyer! La folie que nous avons commise, j'en ai ma large part mais je refuse de la voir s'éterniser. Mes enfants ne vivront pas sous le même toit que ma maîtresse et c'est ce que vous deviendriez. Ils ne le supporteraient pas.

— Surtout votre précieuse Élisabeth! Et je croyais que vous m'aimiez!

— M'avez-vous entendu le dire? Revenez sur terre, Lorna! Entre le désir et l'amour il y a un abîme que nous ne franchirons jamais.

— Quelle sottise! Voulez-vous parier?

— Je ne parie jamais. Quant aux enfants, sachez que c'est Arthur qui a demandé, presque exigé votre départ quand il a su que François Niel devait regagner Londres sur-le-champ. Il voulait que je vienne vous chercher afin que vous puissiez voyager sous sa protection, mais M. Niel n'a pu attendre...

— Il a eu parfaitement raison! Je n'ai aucune envie de rentrer. Si tu ne veux pas de moi aux Treize Vents, je resterai ici, voilà tout!

— Arthur ne le permettrait pas. La maison est à lui et, de toute façon, vous n'apprécieriez pas longtemps cette solitude.

— Vous pourriez venir m'y distraire de temps en temps? Pourquoi ne m'accommoderais-je pas de ce que ma mère acceptait si joyeusement?... Et moi, je vous donnerai tellement plus qu'elle, parce que moi je suis jeune!

Dans son besoin de triomphe à tout prix, elle venait de dire une sottise mais s'en aperçut trop tard quand une fureur soudaine crispa la figure de Guillaume et fit flamber ses yeux. Instantanément, il fut un autre homme :

— Vous n'êtes pas la femme que j'ai aimée. Vous n'êtes que vous-même : une pâle copie habitée par le démon de la perversité. Si vous avez espéré un jour la remplacer auprès de moi, vous avez perdu votre temps. Rentrez chez vous! Allez épouser votre duc! Moi, je ne vous toucherai plus jamais.

Les mots frappaient comme des balles. A cet instant, il haïssait cette femme dont il avait failli devenir l'esclave. La colère, un vague dégoût aussi éteignaient le désir qui, tout au long du chemin, faisait battre son cœur si lourdement. L'invite trop claire qu'il lisait dans ses yeux troubles et son sourire humide lui produisirent l'effet d'une douche glacée. S'il la gardait auprès de lui, il perdrait son âme...

Le voyant reprendre son manteau posé sur le dossier d'un fauteuil, Lorna voulut s'élancer vers lui mais il la maintint à distance d'un geste impérieux où il mit toute sa volonté et qui la cloua sur place :

— Restez où vous êtes!

Elle eut un cri de douleur :

— Tu ne peux pas t'en aller. Où vas-tu?

— Passer la nuit à l'auberge. Vous voyez, je rends justice à vos charmes puisque je préfère m'en éloigner. Je reviendrai vous chercher demain matin. Prévenez Perrier !

Comme il ouvrait la porte, il trouva celui-ci sur le seuil. Sans lui laisser le temps d'articuler un seul mot, Tremaine déclara qu'il avait à faire à Port-Bail et y dormirait, mais qu'il serait là dans la matinée pour emmener sa nièce :

— Fermez bien vos portes et veillez sur elle, ajouta-t-il assez bas pour qu'elle n'entende pas. Je ne veux pas qu'elle essaye de me suivre. Elle en est tout à fait capable et ce serait dangereux !

Le gardien fit signe qu'il avait compris. Il n'était ni curieux ni questionneur et Tremaine savait que ses ordres seraient respectés à la lettre. Avec l'impression qu'il venait d'échapper à un danger, il repartit sous les grandes rafales de pluie qui noyaient le paysage.

L'auberge était détestable, le lit dur ; en outre il y avait des punaises. Pourtant Tremaine, harassé par une nuit d'insomnie et une route éreintante, dormit comme un prince bercé par un confortable sentiment de victoire sur lui-même ainsi que sur la redoutable magicienne. Le coup de Circé était manqué : ce n'était pas cette fois que Guillaume se trouverait changé en pourceau...

Il dormit même si bien que la matinée s'avançait lorsqu'il revint aux Hauvenières. Circé était prête. Vêtue pour le voyage, elle l'attendait assise dans la salle avec un visage impénétrable. Sans un regard elle se dirigea vers la voiture, s'y installa en silence, laissant Tremaine donner à son gardien quelques instructions, de l'argent et une poignée de main.

Un coup d'œil sournois lui avait montré que la jeune femme était pâle, les traits tirés comme il arrive lorsque le sommeil n'est pas au rendez-vous.

Il en éprouva une certaine satisfaction bien mascu-
line et un rien cruelle. Cependant, il aurait eu tort
de se réjouir : sa belle compagne était bien loin du
désespoir et plus encore du découragement. Ce qui
s'était passé la veille n'était rien d'autre pour elle
qu'une déclaration de guerre en bonne et due forme.
Or, une guerre se conclut rarement sur une seule
bataille. Surtout chez elle !

En stratégie amoureuse, l'Honorable Lorna Tremayne était passée maîtresse. Seul le but comptait
et sa nuit solitaire avait eu, au moins, l'avantage de
lui permettre d'y réfléchir, une fois apaisée la
brûlure de l'orgueil blessé. Pas question d'abandonner la partie en quittant les Treize Vents ! Elle
était fermement décidée à s'y accrocher par tous les
moyens. Ce qu'il fallait, c'était durer jusqu'à ce que
la guerre éclate vraiment et, pour cela, on pouvait
faire confiance à ce trublion corse qu'elle avait
rencontré une fois à Paris. Comme tous les gens qui
savent ce qu'ils veulent — comme elle-même d'ailleurs —, il ne perdait jamais de temps. Tout irait
certainement très vite. Quelques jours pourraient
suffire... D'autant qu'elle gardait son arme secrète...

Dans les plis de son grand manteau, sa main
glissa jusqu'à une poche et se referma sur la petite
fiole enveloppée d'une résille d'argent, dont l'usage
s'était révélé si utile pour déchaîner l'ardeur géné-
sique de Guillaume. Ce présent étrange, elle l'avait
reçu l'année précédente d'un de ses «amis» qui se
trouvait être l'un des administrateurs de l'East India
Company et un proche du prince de Galles avec qui
Lorna entretenait d'excellentes relations depuis
que certaines «complaisances» lui avaient attaché
sa faveur. Le produit étant dangereux, elle n'en
avait utilisé que quelques gouttes. Il en restait donc

suffisamment pour ramener Guillaume à une plus juste estimation de ses «sentiments» envers elle...

Ainsi rassurée sur son avenir, Lorna s'installa aussi confortablement que possible, coinça son grand manchon de fourrure entre les montants de la capote et sa tête, s'y appuya et s'endormit aussi naturellement que si la voiture roulait sur du sable uni. Ce qui n'était certes pas le cas...

Au même moment, dans la galerie des Treize Vents, Kitty arrêtait Arthur qui, un livre sous le bras, sortait de sa chambre pour rejoindre Adam et Mr Brent dans la salle d'étude. C'était l'heure du cours de géographie...

— Je voudrais vous parler, mister Arthur. Il se passe ici des choses qui m'inquiètent... Voulez-vous venir avec moi un instant dans la chambre de votre sœur ?

Traversant le couloir, la camériste tira une clef de la poche de son tablier, ouvrit la porte en question et fit entrer le jeune garçon. Celui-ci jeta autour de lui un coup d'œil circulaire : la pièce était dans un ordre parfait :

— Le plus intéressant n'est pas ici. Venez dans la garde-robe !

Là le spectacle était différent. Tout le contenu des armoires était répandu sur le sol : le linge, les robes, les chapeaux entassés pêle-mêle entre les battants grands ouverts. C'était comme si un énorme coup de vent s'était engouffré dans les meubles, emportant tout ce qu'il y avait pour le rejeter autour de la pièce...

— Eh bien ! émit Arthur. Quel gâchis ! Je me demande qui a pu faire ça ?

— Je me le demande aussi, mister Arthur... parce que c'est la troisième fois que je trouve ce cabinet dans cet état. Et aussi parce que je suis la seule à y entrer.

— Comment ça?

— Oh, c'est tout simple! Miss Lorna se méfie un peu des gens de cette maison et comme elle tient beaucoup à ce que je m'occupe seule de sa chambre et de ses affaires, j'ai demandé à Potentin de me laisser ce soin. Comme c'est autant de travail en moins pour les filles de chambre, il y a consenti bien volontiers et même il m'a remis la clef. Chaque matin, j'entre ici pour balayer, épousseter, ouvrir les fenêtres. Le soir je referme mais, entre-temps, la clef ne quitte jamais ma poche. Et, comme je vous le disais, c'est le troisième jour que je me trouve en face de ce chaos...

— Vous n'avez rien dit?

— Non. A personne avant vous parce que je voudrais essayer de savoir. Alors, j'observe, je guette mais sans résultat jusqu'à présent. En outre, je vous le répète, j'ai toujours la clef sur moi...

— Il doit y en avoir une autre?...

— J'y ai pensé. Aussi, hier, j'ai fait semblant d'avoir perdu celle-ci. Je me suis désolée, lamentée de façon très convaincante. Cela a donné une espèce de dispute entre Mme Bellec et Potentin. La première disait que c'était ridicule de ne pas avoir plusieurs clefs de chaque chambre, qu'elle avait toujours dit qu'un jour on aurait des ennuis. Lui, de son côté, répondait que M. Tremaine tenait à ce que, dans sa maison, chacun des habitants se sentît vraiment chez lui. Donc une seule clef! Il est vrai que, pour me consoler, il a ajouté que, si je ne la retrouvais pas, il ferait venir aujourd'hui même le serrurier de Saint-Vaast pour qu'il en fabrique une autre. Alors, bien sûr, je l'ai retrouvée. Et voilà le résultat !

— Bizarre ! Au fait, mon père et ma sœur rentrent quand ?

— Monsieur Guillaume espérait revenir ce soir si le temps s'arrangeait, demain si ces bourrasques continuaient afin que la route ne soit pas trop rude pour une dame... et pour son cheval. En ce cas, ils feraient halte à Valognes... Avec ce qui tombe en ce moment, on ne les reverra que demain...

Arthur s'accorda un instant de réflexion puis décida :

— Rangez tout ça une fois de plus, ma pauvre Kitty, mais ensuite arrangez-vous pour me remettre la clef discrètement. Personne — vous m'entendez bien ? — personne ne doit savoir que je l'ai.

— Ce sera comme vous voulez mais puis-je demander...

— Mes intentions ? Passer la nuit dans cette chambre. Je viendrai m'y installer quand tout le monde sera couché. Je veux voir de mes yeux qui fait ce joli travail.

— Vous ne craignez pas que ce puisse être... dangereux ?

— Soyez tranquille, Kitty, je serai armé. Je sais où mon père range ses pistolets et ses munitions. A la limite, cela peut être très amusant !

Et, d'un pas allègre, Arthur s'en alla étudier la géographie. Ou plutôt faire semblant. Excité par l'expédition projetée, il ne prêta qu'une attention fort distraite aux fleuves et rivières de France au programme du matin...

Lorsque Tremaine et sa passagère atteignirent Valognes, la nuit commençait à tomber. En revanche, le temps s'éclaircissait. La pluie ne tombait plus depuis près d'une lieue. Cependant Guillaume, estimant que son cheval, Centaure, couvert de boue et d'ailleurs légèrement blessé à l'antérieur droit par le saut d'une pierre, avait besoin de repos et de soin, décida de s'arrêter.

Cela rendit vie aux espérances de sa compagne : passer une nuit au Grand Turc pouvait servir merveilleusement ses desseins. Un souper en tête à tête et puis... D'autant qu'ayant bien dormi elle se sentait le corps dispos et l'esprit clair. Aussi éprouva-t-elle une grande déception lorsqu'elle entendit Tremaine déclarer à l'aubergiste accouru qu'il voulait seulement un cheval frais — Daguet viendrait reprendre Centaure le lendemain. Pendant le changement, lui et sa passagère s'accommoderaient volontiers d'un peu de soupe chaude, d'une tranche de pâté et d'une bouteille de cidre. Du coup, le silence qu'elle gardait depuis les Hauvenières vola en éclats :

— Vous ne prétendez pas rentrer aux Treize Vents en pleine nuit? fit-elle avec aigreur.

— Justement si. Ce ne sera pas la première fois. La route est d'ailleurs beaucoup plus facile que ce que nous avons subi ce tantôt. Venez manger quelque chose!

— Vous devriez nous faire apporter des sandwichs. Ce serait tellement plus commode!

— Sandwichs?... Qu'est-ce que c'est?

— Une invention récente du cuisinier d'un de mes bons amis, le comte de Sandwich : afin que son maître puisse se restaurer sans quitter la table de jeu, il étale du beurre sur deux tranches de pain et glisse au milieu du jambon, du rôti froid, du fromage ou tout ce que l'on veut. Vous devriez l'adopter : cela vous permettrait de vous nourrir d'une main et de conduire de l'autre...

— Bien qu'elle soit anglaise, voilà une idée qui me paraît excellente ! approuva Guillaume, négligeant le sarcasme. J'en ferai mon profit mais, pour ce soir, une soupe bien chaude nous réconfortera aussi bien l'un comme l'autre...

Afin d'être certain de perdre le moins de temps possible et de profiter au mieux de l'éclaircie, Tremaine demanda que l'on servît dans la voiture après avoir accordé à sa compagne quelques instants pour se «dégourdir les jambes». Ensuite on repartit pour la dernière étape.

— Ne faites pas cette mine ! ricana-t-il en claquant ses rênes sur la croupe du cheval. Dans deux heures environ vous serez dans votre lit, bien mieux que dans n'importe quelle auberge, et vous me remercierez.

Ce en quoi il montrait un optimisme singulièrement excessif...

CHAPITRE XII
LE FEU

Durant les trois quarts de la route, Guillaume put croire que ses prévisions allaient se réaliser. Le vent avait tourné. Dans le ciel dégagé, la lune en son plein déversait sa clarté sur la campagne et la forêt où les arbres jouaient les ombres chinoises. Le chemin néanmoins présentait certaines difficultés : à trois reprises, il fallut descendre pour écarter les branches arrachées par la tempête. Aussi quand, après avoir quitté la route de Quettehou afin de piquer sur la Pernelle par Fanoville et Ourville, Guillaume trouva un arbre, un vrai, devant les jambes de son cheval, il se contenta de jurer entre ses dents puis arrêta la voiture et mit pied à terre pour ôter ce nouvel obstacle. Heureusement, ce n'était pas un gros arbre. Un homme seul pouvait en venir à bout...

Il se baissait pour empoigner le tronc quand un cri de la jeune femme l'alerta. Il se retourna et ne vit pas venir le coup de gourdin qui l'étendit face contre terre, les bras en croix et sans connaissance.

Déjà bâillonnée par des mains sans douceur,

390

Lorna, les yeux agrandis d'horreur, regardait les assaillants : une dizaine d'hommes noirs de vêtements, noirs de figures comme des démons ou des créatures de cauchemar qui avaient surgi de la nuit devenue tout à coup semblable à la gueule ténébreuse de l'enfer. Quatre d'entre eux emportaient déjà la longue forme inanimée de Tremaine sur leurs épaules, cependant que deux autres obligeaient la jeune femme à descendre du cabriolet pour l'entraîner dans les profondeurs du bois.

En tournant la tête, elle vit qu'un troisième groupe conduisait cheval et voiture dans une direction différente. Le tout sans un mot, sans un ordre, sans un bruit, presque sans un soupir comme s'il s'agissait d'un ballet bien réglé et ce silence était plus effrayant que les pires vociférations. Pour la première fois de sa vie, la belle Miss Tremayne habituée aux hommages se découvrait seule et fragile entre des mains sans pitié. Pour la première fois de sa vie, elle avait peur...

Et pour la seconde fois en moins de quarante-huit heures, Guillaume reçut en plein visage un pot d'eau froide qui le ramena à la surface des limbes tournoyantes où il se débattait depuis le coup de bâton. Ouvrant péniblement les yeux, il constata que sa situation n'avait rien d'enviable : les mains liées derrière le dos, les chevilles entravées, il était couché sur un sol qu'il sentait se mouiller sous son dos. Sa tête, traversée d'élancements douloureux, sonnait comme un bourdon de cathédrale.

Autour de lui et de la grosse lanterne posée à terre, il y avait un cercle d'ombres hostiles : des hommes aux habits couleur de terre, couleur de boue, couleur de suie comme celle qui les barbouillait sous leurs chapeaux à cuve ou leurs bonnets noirs. Quelques-uns portaient la cape de joncs tressés qui est le manteau de pluie des maraîchins, mais tous gardaient la même immobilité quasi minérale. Ils se tenaient assis, genoux ramenés dans le cercle de leurs bras, et le prisonnier pensa que les assemblées de loups qu'on lui décrivait dans son enfance canadienne devaient ressembler à ça. Sauf, évidemment, que les loups ne portent ni chapelets de buis ni, brodé sur la poitrine, un cœur planté d'une croix grossièrement brodés. Mais les yeux luisaient d'un éclat aussi féroce...

Celui qui venait d'inonder le prisonnier — le seul debout — l'apostropha d'une voix rocailleuse qui ôta le dernier doute de Guillaume. Il croyait bien, en effet, reconnaître cette silhouette à défaut du visage masqué de suie.

— Assez dormi! ordonna le bandit. Faut avoir l'esprit clair pour recevoir les maîtres...

— Les maîtres? Tu en as donc d'autres que ces pauvres demoiselles Mauger? Je les imagine mal dans le rôle de capitaine de brigands...

— T'occupe pas de ça, Tremaine! A ta place, j'ferais pas trop l'malin. T'es ici pour attendre qu'on te juge...

— Vraiment? Eh bien attendons!... Cependant j'aimerais bien savoir ce que vous avez fait de la dame qui m'accompagnait, toi et tes pareils?

— Rien du tout. Même qu'elle est pas loin! Un coup de main, vous autres!

Deux des «loups» se levèrent, empoignèrent Tremaine sous les aisselles et le traînèrent jusqu'à la muraille où ils l'adossèrent. Alors il vit Lorna. Elle était juste en face de lui et à peu près dans la

Le feu

même situation, à cette différence près que ses pieds étaient libres mais qu'un chiffon barrait son visage et obstruait sa bouche. Au-dessus du tissu, ses yeux dilatés par la peur ressemblaient à un marais au soleil couchant mais s'ils brillaient c'était surtout parce que des larmes en débordaient pour glisser le long de ses joues. L'image de désolation qu'elle offrait toucha Tremaine.

— Je suis sincèrement navré de vous avoir entraînée dans cette aventure, dit Guillaume en anglais. Tâchez de vous montrer courageuse. Il ne faut pas que ces gens puissent se réjouir avec excès de leur victoire. N'oubliez pas que vous êtes une Tremayne... même avec un *y*.

Le coup de pied d'Urbain — autant lui donner son nom ! — atteignit Guillaume au creux de l'estomac.

— Défense de parler ! Sinon, c'est le bâillon ! Ou alors, si tu veux causer, cause avec moi. C'est qui cette femme ?

— Ma nièce. La fille de mon demi-frère et elle est anglaise. C'est pourquoi j'usais de sa langue pour la réconforter...

— M'est avis que c'est pas la peine. Les maîtres ont été prévenus ! Ils vont pas tarder. Et vous pourrez vous dire adieu... Mais j'aimerais mieux dans une langue honnête ! Ça s'ra plus amusant !

Guillaume haussa les épaules. Peu désireux d'entretenir un quelconque dialogue avec ce rustre, il ferma les yeux pour mieux réfléchir. Sa nouvelle situation lui avait permis de reconnaître l'endroit où il se trouvait : c'était cette vieille tour à demi-ruinée, proche de la Croix d'Ourville, où jadis Agnès rejoignait Pierre Annebrun au temps où il était son amant. Un lieu caché sans doute mais trop proche de quelques-uns des manoirs gravitant autour de la Pernelle pour qu'il pût servir à autre chose que des rendez-vous occasionnels. Rien n'indiquait un séjour même momentané : aucune trace de feu ou de nourriture. Pas même la paille qui autrefois servait de couche. Seulement un peu d'herbe sèche entre d'antiques pavés disjoints, du lierre et des feuilles apportées par le vent et que l'humidité pourrissait. Le quartier général de la bande — celle de Mariage à coup sûr ! — devait se trouver ailleurs, mais où? Et qui donc pouvaient être ces «maîtres» dont le malandrin parlait avec tant de révérence?

C'était ce pluriel qui intriguait Tremaine. Une bande digne de ce nom est aux ordres d'un chef, pas d'une demi-douzaine. Que l'un soit celui qui se faisait appeler Mariage, Guillaume n'en doutait pas et, dans un sens, il était assez satisfait de voir bientôt à quoi il ressemblait, même dans ces circonstances dramatiques. Mais l'autre, ou les autres?

Près d'une heure s'écoula. En dépit de l'inconfort de sa position, Guillaume l'employa, selon le réflexe normal de qui se retrouve ligoté, à tenter de desserrer la corde qui liait ses mains. C'était d'autant moins facile qu'elle venait d'être mouillée, mais il s'y efforçait tout de même avec une énergie farouche, tantôt tiraillant, tantôt frottant sur une aspérité du mur où il était adossé. En face de lui, Lorna fermait les yeux et il espéra qu'elle s'était endormie.

Ce qu'il ne parvenait pas à comprendre, c'est comment on avait pu s'emparer d'eux si facilement et par quel moyen ces gens avaient été informés du moment de leur retour alors que lui-même n'en était pas certain. Il fallait qu'ils fussent bien rensei-

gnés et qu'il y eût donc un traître quelque part.
Mais où, mais qui?...

Au-dehors, une chouette chuinta par deux fois.
Une autre, plus proche, lui rendit ce qui ne pouvait
être qu'un signal. Les hommes bougèrent. Plusieurs se levèrent au moment où deux silhouettes
noires franchissaient la porte basse dont, à cause de
la lumière, on avait masqué l'ouverture à l'aide de
toile à sacs. Leur vue stupéfia Guillaume: c'étaient
un prêtre barbu et une petite femme cachée sous un
grand voile de crêpe...

Sa première impression fut qu'on lui jouait là
une mauvaise farce, la seconde fut de se traiter
d'imbécile et de vouer à l'exécration générale sa
propre stupidité, celle de Rondelaire et de tous ceux
qui, depuis trois mois, étaient censés traquer les
voleurs assassins. C'étaient ses garçons qui avaient
raison, qui flairaient juste, mais à la pensée du
danger mortel couru par eux en s'approchant de la
maison du galérien, Guillaume sentit un filet glacé
couler le long de son échine. Les «bonnes demoiselles Mauger» si méritantes et leur saint homme
devaient être incapables de la moindre pitié puisque apparemment c'étaient eux les «maîtres»!
Quant au quartier général de la bande, il s'abritait
dans une de ses propriétés à lui, Tremaine. Plutôt
dur à avaler! Mais il n'était pas au bout de son
chemin de croix: il entendit soudain l'homme de
Dieu — vrai ou faux — féliciter Urbain.

— Bien travaillé, garçon! Et ça n'a pas traîné!
Une vraie chance de les avoir eus cette nuit!

— Oh, si c'était pas c'soir ça aurait été d'main!
On les aurait attendus l'temps qu'y fallait puisqu'on était sûrs qu'y devaient rentrer dans les deux
jours.

Un rire alors se fit entendre. Bizarre, grinçant, sardonique, un rire de vieille femme méchante que Guillaume trouva odieux.

— Sans doute mais c'est tellement mieux que ce soit cette nuit ! Ainsi la fête sera complète et j'espère que notre ami va pouvoir la savourer en détail. Tout est prêt là-bas ?

— Vous voulez dire aux Treize Vents ? Y a aucune raison qu'ça cloche. Colas sait c'qu'il a à faire et j'ai envoyé Donatien lui donner un coup d'main. L'manoir et l'écurie c'était un peu trop pour un seul gars !

Le rire inquiétant se fit entendre de nouveau, vrillant les nerfs d'un Tremaine soudain étranglé d'angoisse à la pensée d'une menace sur ceux qu'il aimait. Dans quel foutu piège était-il tombé ? Et qu'est-ce que c'était que ces démons dont il découvrait la présence autour de sa maison ? Colas !... Colas était avec eux ? Et c'était Potentin qui l'avait recruté sur la foi d'une figure honnête arborant un air innocent et des yeux candides ! S'il n'était pas abattu cette nuit, le pauvre vieux ne s'en remettrait certainement jamais ! Quant à lui, Guillaume, au cas où un miracle lui permettrait d'en réchapper, il écraserait ce Colas sous ses poings avec une joie féroce et jusqu'à ce qu'il soit réduit en bouillie !... Un beau rêve sans doute irréalisable : ces truands devaient être bien sûrs de leur fait pour oser prononcer des noms devant lui !... Et ces sacrées cordes qui ne voulaient pas céder !

Cependant, le fantôme noir s'avançait lentement vers Lorna qu'il contempla un instant en silence, goûtant sans doute à sa juste valeur la terreur qui dilatait les yeux de la jeune femme. Guillaume le vit se pencher pour murmurer quelques paroles dont il n'entendit rien mais qui devaient être abominables. Prise de panique, la jeune femme se tordit dans ses liens en poussant une plainte étranglée. Et le rire retentit de nouveau... Guillaume explosa :

— Venez donc me parler à moi, immonde garce ! Cette dame ne vous a rien fait, alors cessez de la tourmenter ! Il faut que vous ayez l'âme aussi repoussante que ce que vous cachez sous votre voile pour vous en prendre ainsi à une innocente...

— Innocente ? Tu es fou, Tremaine ?... Coupable, oui, plus coupable encore que celle dont elle est le portrait et qui t'a aidé à tuer ta femme.

La voix était basse, feutrée, assourdie, pourtant elle éveillait chez Guillaume un vague souvenir, une lointaine réminiscence mais le nom lui échappait encore. La femme poursuivit en venant à lui :

— Tu veux savoir le sort que je lui ai promis ? D'abord, quand tu auras bien joui du grand spectacle, tu pourras en contempler un autre avant de mourir : celui que te donneront mes hommes en lui passant dessus. Après, je te tuerai de ma main pendant qu'on finira de creuser la fosse qui vous attend tous les deux... mais elle sera encore vivante quand on l'y descendra liée à ton cadavre...

— Vous êtes folle ! cracha Tremaine écœuré. Comment des hommes nés de la femme peuvent-ils servir un monstre tel que vous ?

— C'est simple, je leur donne ce qu'ils veulent : des filles et de l'argent pour se faire une vie moins misérable. Quant à moi, je vais m'offrir ce dont j'ai envie depuis bien longtemps. Plus tard, tu seras trop occupé pour en apprécier la saveur...

Le voile glissa soudain, découvrant une figure sans brûlures, sans cicatrices, sans autres traces que celles laissées par dix années qui peut-être comptaient double; un visage plat, assez joli autrefois mais dont la peau jaunissait, dont les yeux bleus se délavaient, celui d'Adèle Hamel, la cousine de Guillaume et sa pire ennemie, la femme qui avait manipulé la jalousie d'Agnès avant de la dénoncer, de la traquer et de la jeter au bourreau. Adèle que Guillaume avait juré d'abattre et qu'il cherchait depuis si longtemps...

Figé de stupeur et de dégoût, celui-ci restait muet.

— Je vois que tu me reconnais, cousin. Alors embrassons-nous comme de bons parents! grinça la femme. Tenez-le, vous autres!

Immobilisé par des poignes brutales, Guillaume, impuissant et révulsé, dut subir le baiser vorace que lui imposait l'être qu'il exécrait le plus au monde. Il serra les dents, luttant contre l'envie de vomir, mais quand enfin elle le lâcha, sa réaction fut immédiate: il cracha sur elle. Sans d'ailleurs atteindre son but: déjà le prêtre avait écarté Adèle.

— A mon tour! grogna-t-il.

— Tu veux m'embrasser, toi aussi? hurla Tremaine fou de rage.

— Non... moi, je préfère ça!

Son pied frappa au bas-ventre. Asphyxié de douleur, Guillaume se plia en deux, le cœur arrêté, cherchant son souffle. Le misérable allait recommencer quand sa complice le retint:

— Ça suffit! Tu peux le tuer et ce serait trop tôt!

— C'est juste! Laissons-le se remettre... au moins le temps de se rappeler qui je suis. Allons, Tremaine, regarde-moi!... Rassemble tes souvenirs!...

— Mes... souvenirs? haleta Guillaume. Si un... lâche comme vous y figurait... je ne l'aurais sûrement pas oublié!

— Mais tu ne m'as pas oublié, j'en suis certain.

Rappelle-toi, voyons! Ce merveilleux hiver que tu as passé chez moi les jambes brisées, réduit à l'état de larve? Et ton beau cheval abattu?... Et cette pauvre idiote de Hulotte qui est allée te chercher du secours?... Tu vois, je suis comme Adèle : moi aussi j'ai attendu longtemps ma vengeance mais maintenant je la tiens!

Nicolas!... Nicolas Valette à présent!... Ah! certes non, Guillaume n'effacerait jamais de sa mémoire les mois de torture subis dans la bauge de ce demi-fou au cœur d'un marais que des pluies diluviennes faisaient immense, infranchissable[1]. En dépit des ondes de souffrance qui parcouraient son corps, il revit l'étroit visage blond de la sauvageonne qui avait tout osé pour le sauver...

— Catherine! souffla-t-il. Catherine Hulot!...

— Ah! Ta mémoire est excellente! ricana l'autre. Comme c'est bien de ne pas oublier sa bienfaitrice!... Elle, par contre, il y a un bout de temps qu'elle ne pense plus à toi... J'y ai veillé!

— Qu'est-ce que... tu lui as fait?

— Pas grand-chose! Elle avait un cou de poulet : j'ai pas eu besoin de serrer beaucoup. Le marais a fait le reste : il y a un endroit où la lise avalerait n'importe quoi, même un bœuf. Pas de danger qu'il la rende jamais... Tu ne pensais tout de même pas que j'allais lui pardonner ce qu'elle venait de me faire?

— Dire que tout ce qu'elle voulait, c'était te sauver de toi-même, faire de toi un autre homme! Dire qu'elle t'aimait peut-être?... Pauvre imbécile que tu es si tu lui préfères cette ancienne furie de la guillotine! Elle t'y mènera tout droit...

1. Voir le tome II : *Le Réfugié.*

— On est associés, rien d'autre! Pourtant, c'est elle qui a fait de moi un autre personnage! Plus de Nicolas Valette! Le nouveau «Mariage» c'est moi! J'ai fait partie de sa bande, jadis, avec quelques-uns. Ça nous a paru intéressant de le ressusciter!

— Tu ne ressuscites rien du tout! Personne n'y a cru! Mariage était un chouan dévoyé. Toi tu n'es qu'un assassin...

Excédé, Guillaume referma les yeux. Il découvrait que l'enfer pouvait être lassant :

— Finissons-en! exhala-t-il. Je vous ai assez entendus...

— En finir maintenant? fit Adèle. Il n'en est pas question! Tu n'as pas encore dégusté le plat de résistance. Et puis ce n'est pas gentil pour ta belle amie : souviens-toi de ce que je lui ai promis!... Qu'est-ce que tu veux le Claude?

La dernière phrase visait un homme qui venait d'entrer.

— Je crois qu'ça commence, dit-il. On voit un peu de fumée...

— Quel bonheur!... Eh bien nous allons voir ça! Un peu d'aide, mes amis, pour que M. Tremaine puisse venir se réjouir avec nous!

Les chevilles et les mains libérées mais traîné plus que porté par le faux prêtre et un autre malandrin à face noire à cause de sa difficulté à marcher, Guillaume se retrouva dehors. Sous le couvert des branches, la lune très haute à présent — il devait être près de minuit — découpait des ombres capricieuses. On l'emmena jusqu'à un gros rocher commandant une trouée dans le bois. Deux hommes en manteau de jonc attendaient là, appuyés à la pierre, bras croisés : les aides du bourreau avant l'arrivée du condamné...

En fait il s'agissait d'une garde plus que d'une assistance : le roc, assez plat, n'était ni très haut ni très difficile à escalader. Quand il y fut, cependant, toujours flanqué de Nicolas et de son complice, Guillaume comprit pourquoi on l'avait conduit là : juste en face de lui, le rayon blafard faisait luire faiblement les ardoises du clocher de la Pernelle à demi caché par un panache de fumée noire qui lui arrêta le cœur. En dépit de la distance que la nuit faussait, il crut distinguer comme les premières lueurs d'un feu d'artifice : des jets de scintillements encore faibles mais qui, avec le vent nocturne, n'allaient pas tarder à s'amplifier. Et le doute, malheureusement, n'était pas possible : c'était sa maison qui brûlait...

Il banda ses muscles pour échapper à ses tortionnaires, courir là-bas, donner l'alerte puisque apparemment ceux des Treize Vents ne paraissaient s'apercevoir de rien. Ce clocher stupide était muet alors qu'il aurait dû sonner le tocsin. Le feu ! La pire terreur des gens de la terre, le feu était chez lui... et lui était là, spectateur impuissant d'un drame qui le ravageait... mais sa réaction était prévue : on le tenait bien.

Le rire d'Adèle se fit entendre à nouveau, dément, démoniaque :

— C'est beau, hein ? Et ça ne fait que commencer parce que dis-toi bien que tout va flamber : la maison, les gosses, les vieux, les chevaux, tout le saint-frusquin !

Poussé par le besoin de se convaincre lui-même, Guillaume cria :

— Ne vous réjouissez pas trop vite ! Vous vous imaginez que les gens d'ici vont laisser flamber les

Treize Vents sans rien tenter pour leur venir en aide?

— Possible! siffla Nicolas. Probable même... mais trop tard!... Oh, on sauvera peut-être quelques pans de murs mais quand ta petite famille s'apercevra que le feu est dans la maison, elle ne pourra pas sortir de ses chambres! Colas aura mis des cales sous les portes et coincé les fenêtres avant d'allumer. On les entendra peut-être crier d'ici?... Drôle, hein?... Tiens, regarde! Regarde la belle flamme si elle monte bien! Oh! que c'est beau!

Une longue langue de feu léchait le ciel à présent, déchaînant chez Tremaine une de ces réactions de fureur sacrée comme en connaissaient les vieux Vikings, ses ancêtres, quand, en se lançant dans la mêlée, ils invoquaient Odin pour qu'il entre en eux et les gonfle de sa puissance. D'un violent coup d'épaule, il déséquilibra l'un de ses gardes qui glissa et tomba du rocher une demi-seconde avant que le faux prêtre ne connaisse le même sort. Puis Guillaume sauta en aveugle, éprouva en touchant le sol une douleur aiguë dans sa mauvaise jambe mais, s'efforçant de se relever, il se jeta à plat ventre sous les épais buissons d'un hallier voisin et se mit à ramper. Il connaissait bien la région. S'il pouvait arriver jusqu'au manoir d'Ourville, il serait peut-être possible de sauver les enfants... Mon Dieu, les enfants!... Mon Dieu venez à leur aide! Au moins eux!... au moins eux!

Il croyait les entendre l'appeler tandis qu'il se traînait dans les fourrés pour tenter d'échapper à ceux qui se jetaient déjà à sa poursuite. L'effet de surprise n'avait pas duré longtemps!... Sa jambe et son ventre lui infligeant une trop grande souffrance pour qu'il pût aller vite. En outre, sa seule chance était de ne pas faire de bruit. Les dents serrées, tendu par la volonté de réussir, insensible même à la déchirure d'une de ses joues par une branche de houx, il avançait. Pas une seconde, à cet instant, il ne pensa revenir afin d'aider Lorna restée dans la vieille tour. C'eût été se précipiter dans la gueule du loup. Et puis seuls comptaient les enfants ! Ce n'était pas sa propre vie qu'il voulait sauver en tentant une évasion, c'était la leur, la seule précieuse ! La seule qui lui insufflât le courage d'avancer encore et encore...

Et ce fut juste au moment où une toute petite lueur d'espoir commençait à vaciller en lui qu'une voix pareille à la trompette du Jugement dernier éclata au-dessus de sa tête :

— Eh, vous autres ! Je l'ai trouvé. Qu'est-ce que j'en fais ?

— J'arrive ! On va le ramener bien doucement. Doit pas mourir avant qu'l'incendie soit fini...

Un élan désespéré jeta Tremaine sur l'ombre épaisse dressée devant lui. Il le percuta de toutes ses forces. L'homme se plia en deux avec un beuglement mais Guillaume n'eut qu'une seconde pour se réjouir de cette pauvre victoire. Tout de suite après il était maîtrisé, reconduit au lieu de son supplice mais, cette fois, on se contenta de le maintenir debout contre le rocher : les progrès du feu le rendaient visible de cet endroit. Un panache de fumée, une haute langue de feu masquaient la maison.

Ce qu'endura Tremaine dans l'heure qui suivit n'a de nom dans aucune langue. L'incendie ne cédait pas, ne faiblissait pas. Transi d'horreur, le malheureux se sentait devenir fou. Il croyait entendre les plaintes des agonisants, humains ou animaux, sortant du cœur flamboyant mais, en fait, il n'entendit que le tocsin enfin réveillé, ce redoublement sinistre d'une cloche qui ne chante plus, qui appelle au secours. Et aussi deux coups de feu inexplicables...

Pourtant il ne disait rien, ne gémissait pas, n'insultait même pas ses bourreaux. Il n'en avait plus la force. Seules les larmes qui roulaient le long de ses joues creuses trahissaient sa souffrance...

Le contraste entre cette douleur muette et la joie volubile de la femme et de son complice qui ne cessaient d'évoquer d'affreuses images finit par toucher l'un des hommes.

— Ça suffit peut-être! grogna-t-il. Vous vous êtes assez amusés et la nuit s'avance. Faudrait peut-être songer à en finir!

— Tu en as déjà assez, Godin? fit Adèle. Tu oublies que son Daguet t'a jeté à la porte de ses écuries sous prétexte que tu buvais et que ça te rendait brutal...

— Il l'a fait mais j'en a tout d'même assez vu!

— Et puis il y a la fête qui t'attend dans la tour? C'est à la belle fille que tu penses, hein, gredin?... Bon, tu as raison: laissons cramer la bicoque et passons à un autre genre de distraction... Il faut d'ailleurs que je rentre avant le jour: ma pauvre sœur pourrait s'inquiéter la sotte!

Guillaume se laissa remmener vers la tour. Dans ce désarroi, quelques questions subsistaient: comment faire pour épargner à Lorna, la dernière vivante, l'abomination qu'on lui réservait? Comment la tuer sans armes et avec des mains liées — on les lui avait attachées de nouveau — derrière le dos? Et surtout comment mourir — la seule chose qu'il désirât désormais! — en sachant le sort ignoble qu'on lui destinait? Pourrait-il obtenir d'être jeté vivant dans la fosse avec elle? La mort serait plus rapide...

Mais ce fut quand on atteignit la tour qu'il se crut vraiment la proie du délire. Les malandrins qu'on y avait laissés, ceux qui gardaient, ceux qui creusaient la tombe, n'étaient plus là. Le cri de fureur d'Adèle lui fut une douce musique :

— Où sont passés ces imbéciles? Si c'est comme ça qu'ils protègent...

La phrase s'étrangla dans sa gorge. Des buissons et des arbres une foule armée de faux, de piques, de haches et de couteaux venait de surgir et enveloppait les faux chouans. De la tour elle-même ce fut M. de Rondelaire qui surgit, un pistolet à chaque main. Il eut pour Tremaine effaré un sourire aussi placide que s'il le rencontrait sur le port de Saint-Vaast :

— Pas trop de mal?

— Moi non mais... les miens, la maison...

— Ils vont à merveille les vôtres! Quant à la maison elle n'a pas de gros dégâts... et seulement intérieurs...

— C'est impossible? Voilà bientôt une éternité que ça flambe.

— Vous aurez à reconstruire vos écuries — les chevaux sont indemnes bien sûr! — mais il fallait entretenir l'illusion pour nous donner le temps d'arriver. Une chose est certaine : vous devez une fière chandelle à votre fils Arthur. C'est lui qui a sauvé les Treize Vents...

— Et ma nièce? Où est-elle?

— On la transporte chez vous en ce moment. Elle n'a que des égratignures mais elle a été très ébranlée par ce qu'elle vient de vivre. Le docteur Annebrun qui est là-bas s'occupera d'elle... Autant vous le dire tout de suite : pour l'instant il s'occupe de votre Clémence qui a été proprement assommée...

Posant ses pistolets, il tira un couteau de chasse de sa ceinture et trancha les liens de Guillaume qui, sous le coup d'une immense bouffée de joie, venait de se laisser tomber sur un amas de pierres, complètement vidé de ses forces. Puis, sortant de sa poche une petite gourde pleine d'eau-de-vie, il la lui offrit :

— Avalez-en un bon coup ! Vous en avez besoin. Quant à ce qui s'est passé, je vous le raconterai tout à l'heure. Pour l'instant nous avons à rendre la justice...

— Qu'allez-vous faire ?

— Brancher tout ce joli monde... comme au bon vieux temps !

— Sans jugement ?

D'un geste plein d'ampleur, Rondelaire embrassa le cercle farouche des paysans éclairé par la lumière jaune des lanternes que certains portaient à bout de bras. Le fer des haches et des faux luisait sinistrement entre leurs mains mais moins que les braises sombres de leurs regards implacables.

— Si l'on veut que l'ouvrage soit bien fait, il faut l'exécuter soi-même. Aucun de ceux-là n'admettrait que l'on perdît du temps pour aller chercher les gendarmes de Valognes ou pour leur amener le gibier à qui peut-être la route donnerait des occasions d'échapper. Et puis... outre que les temps sont encore incertains, nous sommes les gens du bout du monde, nous autres, habitués depuis longtemps à nous défendre seuls. Vous le savez bien d'ailleurs.

Ces forbans ont commis trop de crimes pour mériter autre chose que la mort : ils vont l'avoir !

Les membres de la «bande à Mariage» étaient à présent solidement ligotés. En voyant leurs gardiens préparer des cordes dont la destination ne faisait aucun doute, ils se mirent à protester, à gémir, à hurler, à insulter, offrant un spectacle assez répugnant pour étouffer toute velléité de pitié. Seule Adèle était bâillonnée avec le linge ayant servi à Lorna : ses hurlements hystériques étaient intolérables. Guillaume la désigna d'un mouvement de tête :

— Celle-là aussi ?

L'ancien officier de justice haussa les épaules.

— Pourquoi ne subirait-elle pas le sort commun ? Ne me dites pas que vous souhaitez l'épargner après tout ce qu'elle a fait ?

— Pensez-vous que je puisse oublier qu'elle a dénoncé ma femme, qu'elle était au pied de l'échafaud pour se réjouir de sa mort et l'insulter, qu'enfin elle voulait, cette nuit-même, assassiner mes enfants par le feu ? Depuis dix ans je la cherche en me jurant de la tuer de mes mains...

— Souhaitez-vous donc procéder vous-même ? fit Rondelaire surpris.

— Non, mais je pense qu'auparavant nous devrions peut-être l'interroger. Les crimes de ces misérables ont eu lieu dans des endroits divers souvent éloignés les uns des autres. Sommes-nous certains de tenir toute la bande ? Il manque au moins l'autre «demoiselle Mauger»...

— Elle doit être arrêtée à cette heure. J'ai envoyé du monde. Nous saurons par elle ce que nous avons besoin de savoir..

— Pas grand-chose peut-être. Avant votre arrivée

miraculeuse, cette... créature disait qu'elle allait devoir rentrer vite à cause de sa «sotte de sœur» qui s'inquiétait sans doute...

— Elle pourra au moins nous apprendre comment Adèle Hamel est devenue Eulalie Mauger. Maintenant, si vous y tenez vraiment...

— Non, coupa Tremaine. Vous avez raison. Finissons-en et le plus tôt sera le mieux!

— Sage décision! soupira Rondelaire qui savait ne pouvoir retenir encore longtemps le besoin de vengeance de ses hommes. On dit que la voix du peuple, c'est la voix de Dieu; c'est donc sa justice qui va s'exercer ici. Allez, vous autres! cria-t-il.

Ce fut rapide: en quelques instants, une douzaine de corps se balançaient aux arbres. Le faux prêtre mourut en vomissant des injures contre la Terre entière et après avoir craché à la figure de sa complice:

— Toi et tes idées tordues! On aurait pu continuer encore un moment, devenir très riches et même assez puissants pour attaquer les Treize Vents en force, tuer tout le monde et piller tranquillement la maison avant d'y foutre le feu, mais toi, ce que tu voulais surtout, c'était Tremaine et sa garce. Et tu les voulais tout de suite. Ah, les femmes!

Et il cracha. Adèle ne l'entendait même pas. Débarrassée de son bâillon, elle se tordait, écumait, hurlait des injures, en proie à une crise de nerfs si terrible que les hommes chargés de l'exécuter se signèrent, persuadés qu'elle était possédée du démon. Elle mourut la dernière...

Quand tout fut fini, on déposa son corps dans la fosse déjà prête:

— Par respect, expliqua M. de Rondelaire à Guillaume, pour le sang de votre grand-père à tous les deux : Mathieu Hamel, le digne et honnête saulnier de Saint-Vaast. Quant aux autres, ajouta-t-il en désignant les fruits sinistres des arbres, les gendarmes que je vais prévenir s'en chargeront demain. Venez, à présent! Je vous ramène chez vous.

Les coqs se répondaient à travers la campagne lorsque Guillaume revit sa maison. Dans la nuit profonde qui précède l'aube, l'énorme tas de bois qui, avec les écuries, avait permis de faire croire que la totalité des Treize Vents flambait rougeoyait encore. Des flammèches noires, duveteuses et grasses voltigeaient semblables à des mouches. Une petite brise les portait jusqu'aux grands murs clairs, un peu ternis, un peu souillés peut-être, mais intacts. Guillaume alors éclata en sanglots mais c'était de soulagement.

Il y avait foule. Cependant, à travers ses larmes, il ne vit qu'Élisabeth, Adam et Arthur, ses enfants, qui accouraient vers lui. Eux aussi portaient les traces du combat mené durant cette nuit terrible, mais leurs yeux scintillaient de la même lumière, du même bonheur. Guillaume alors ouvrit les bras pour les envelopper tous les trois d'un amour qui ne distinguait plus, qui les unissait en effaçant toute différence. Pour la première fois il eut la conscience aiguë, presque douloureuse, de recréer avec eux le trèfle ancestral[1]... Il était la tige et eux les tendres feuilles à la riche verdure...

— Père! dit Élisabeth. C'est Arthur qui nous a sauvés...

1. Dans le dialecte du pays, tremaine veut dire trèfle.

— Je sais... on m'a dit!... Pas dans les détails, évidemment!... Oh, mon fils, que soit béni à jamais le jour qui t'a ramené à ton pays natal!...

Mais les instants d'émotion n'étant guère le fait d'Arthur, il se mit à rire :

— Je ne mérite pas tant de compliments! Si j'ai été le seul à pouvoir sortir de ma chambre, c'est tout bonnement parce que je n'y étais pas. Il se passait des choses bizarres chez Lorna et je voulais en avoir le fin mot... Ça peut être intéressant de chasser les fantômes...

Vers onze heures du soir, en effet, Arthur, enfermé dans la chambre de Lorna en compagnie d'une part de tarte subtilisée à la cuisine et d'une paire de pistolets prise chez Guillaume, commençait à trouver le temps long.

Les bruits de la maison cessaient l'un après l'autre. Tout le monde devait dormir à l'exception peut-être de Clémence dont il savait qu'elle s'attardait longtemps à tricoter près de son âtre. En général avec Potentin mais, ce soir, le vieil homme souffrait de la gorge et elle l'avait envoyé au lit avec une tisane.

L'obscurité n'était pas totale dans la pièce où s'attardait le parfum d'une jeune femme élégante. La lune donnait à plein, dehors. Elle allongeait sur le sol un rayon pâle glissé entre les volets intérieurs simplement poussés. Assis sur le pied du lit, le jeune veilleur sentit que le sommeil le gagnait et se demanda combien de temps il pourrait garder les yeux ouverts. Pour s'occuper, il mangea son gâteau, mais le regretta aussitôt parce qu'à présent il avait soif...

Pensant alors à la carafe d'eau restée dans sa chambre, il entreprit d'aller la chercher : il avait juste à traverser le large couloir, sa porte et celle de Mr Brent se trouvaient juste en face. Et c'est quand il sortit de sa cachette qu'il sentit la fumée...

Elle venait de l'escalier d'où montaient des lueurs. «Le feu! pensa-t-il. Il y a le feu à la maison!... Quelqu'un a dû commettre une imprudence.»

Sans faire plus de bruit qu'un chat — il s'était déchaussé avant d'aller prendre sa garde —, il courut à l'escalier, le descendit à moitié et, là, sentit ses cheveux se dresser sur sa tête : l'un des valets, Colas, était en train d'empiler de petits meubles sur le tas de papiers et de bois qu'il venait d'allumer.

Le premier mouvement du jeune garçon fut de s'élancer sur l'incendiaire, mais il était de ceux qui savent garder leur sang-froid en face d'un péril. Contre cet homme solide il n'était pas de force. Il pensa aux pistolets restés sur le lit de sa sœur. En même temps, il décida de prévenir Jeremiah : à eux deux, ils n'auraient aucune peine à maîtriser le malandrin.

Le jeune précepteur, il le savait, ne fermait jamais sa porte. Cette fois, le vantail bougea sans s'ouvrir. Arthur vit alors la cale et comprit que l'on était en train d'essayer de les assassiner tous...

Sortir Brent de son lit, lui expliquer ce qui se passait et le nantir d'un pistolet fut l'affaire d'un instant :

— Il doit y avoir des cales sous toutes les portes, chuchota Arthur. Allez vite les enlever et rejoignez-moi en bas, mais surtout pas de bruit avant que vous ne m'entendiez!

Prenant tout juste le temps de glisser ses pieds

411

dans des pantoufles, le précepteur fit signe qu'il avait compris et suivit son élève dans un envol de chemise de nuit blanche. Arthur retourna vers l'escalier qui s'emplissait d'une épaisse fumée. Elle lui servit à masquer son arrivée et lui permit de tomber comme la foudre à bonne portée de l'incendiaire sans presque respirer.

— Les mains en l'air! cria-t-il. Et ne fais pas l'imbécile : je tire très bien.

En face de la gueule noire de l'arme, le misérable sursauta, mais constatant qu'elle était entre les mains d'un enfant, il eut un petit rire et tourna les talons. Il ouvrait la porte quand Arthur tira. Atteint au genou, Colas s'effondra avec un cri de douleur.

Ce fut comme un signal. La maison reprit vie. A la suite de Jeremiah, une théorie de fantômes blancs qui toussaient à s'arracher la gorge descendait l'escalier : Adam, Élisabeth, Potentin menant au bout d'un fusil l'autre valet Valentin qui, titubant de sommeil, protestait de son innocence d'une voix lamentable, enfin Béline, Lisette et Kitty.

Affolées par les flammes, les femmes se ruèrent dans la cuisine pour y chercher de l'eau. Élisabeth en ressortit épouvantée : Mme Bellec gisait sur les dalles, sa coiffe blanche tachée de sang. Il fallait le docteur et vite ! Béline ne suffirait peut-être pas à la tâche...

Soudain, par la porte principale ouverte, Arthur aperçut la langue rouge d'une flamme et poussa un cri étranglé :

— L'écurie !... Elle aussi...

Jetant son pistolet inutile, il arracha le fusil des mains de Potentin et se rua sur le perron. L'incendie commençait seulement mais les bêtes enfermées à l'intérieur hennissaient déjà de terreur. Arthur vit aussi un homme armé d'une torche qui allumait un tas de paille contre un mur. Alors, sans plus réfléchir, le jeune garçon épaula et fit feu. La balle frappa l'incendiaire en pleine tête. Il s'écroula sans un cri...

— Bravo! applaudit farouchement Élisabeth qui rejoignait son frère. Tu l'as tué net et je crois...

— Pas le temps de causer! Va libérer Daguet et les autres. On a dû coincer aussi leurs portes si j'en crois le sabbat qu'ils mènent. Moi, je sors les chevaux...

Abandonnant son arme, il fonça tête baissée vers l'entrée de l'écurie obstruée par la fumée sans souci du danger que les chevaux fous de peur allaient lui faire courir, mais il les aimait trop pour ménager sa peine et même sa vie... Heureusement Daguet et deux garçons le rejoignirent rapidement. Alors, voyant que l'on n'avait plus besoin d'elle — les gens de la ferme accouraient avec des seaux d'eau —, Élisabeth revint vers la maison d'où s'échappaient des vagues de fumée noire, pour aider ceux qui à l'intérieur s'efforçaient de circonscrire le sinistre. En haut du perron Potentin faillit la renverser: emporté par la plus violente fureur qu'il eût jamais éprouvé, il traînait après lui le valet qui, le genou fracassé, hurlait de douleur. Arrivé au bas des marches, il le laissa s'étaler sur le sable et l'y cloua d'un pied posé sur sa poitrine. Puis il tira de sa ceinture le pistolet qu'il venait de prendre à Jeremiah Brent.

— Écoute-moi bien, saloperie de vermine! Ou tu me racontes tout et vite ou je te loge une balle dans le ventre. Ça fait très mal et tu mettras longtemps à crever.

— Si je parle... les autres... me feront mon affaire.

— Si tu te dépêches, ils n'en auront pas le temps. Dis-moi tout et je tâcherai de t'éviter la corde. Mais n'essaies pas de mentir!

L'interrogatoire commença : serré, brutal, précis, ne laissant aucun détail au hasard, mais rapide. Colas, épouvanté par la figure du vieux majordome devenue vraiment démoniaque, ne cacha rien, se hâtant même de révéler que la fin de l'incendie serait le signal pour la mort de Tremaine.

— Vaudrait mieux laisser brûler au moins l'écurie, hasarda-t-il dans l'espoir d'attendrir un peu son bourreau, sans ça vous l'retrouverez pas vivant, le maître!

Du monde arrivait de partout. Il en venait du hameau de la Pernelle d'abord dont l'église appelait à l'aide par la voix du tocsin, de Rideauville, d'Anneville, du Vicel et même de Saint-Vaast avec, en tête, le docteur Annebrun qui avait vu l'incendie au moment où il rentrait chez lui. En même temps apparurent M. de Rondelaire et ses gens. Il organisa aussitôt l'expédition pour secourir Tremaine tandis que l'on allumait le bûcher destiné à tromper les assassins. Manœuvre curieuse pour qui regardait de loin, comme les vieux de Saint-Vaast qui ne comprenaient pas pourquoi les gens des Treize Vents, au lieu d'éteindre leur feu, en allumaient un autre. Il est vrai qu'avec les étonnants Tremaine, on pouvait s'attendre à tout et à n'importe quoi! L'histoire eut d'ailleurs la vie dure : même quand on sut la vérité, on en parla longtemps autour des cheminées, à la veillée...

Le jour se leva enfin, pâle et gris, timide comme s'il avait honte d'éclairer ce qui était tout de même un désastre. Murs encore fumants, poutres calcinées, ferronneries tordues, il ne restait presque rien des belles écuries dont Tremaine était si fier. La vague des amis, des sauveteurs bénévoles, de tous les braves gens venus au secours des Treize Vents se retirait lentement, presque à regret, comme si tous ces cœurs dévoués déploraient de ne pouvoir faire plus...

Étayé comme autrefois sur ses béquilles retrouvées — Pierre Annebrun avait diagnostiqué et bandé une superbe entorse —, Guillaume Tremaine faisait le tour des décombres entre son médecin résigné à le laisser marcher et Rose de Varanville. Elle aussi était accourue dans la nuit, à cru sur un cheval qu'elle n'avait pas pris le temps de seller, emmenant avec elle ses paysans et ceux de ses écuries qui, à présent, ramenaient au château la cavalerie des Treize Vents désormais sans toit.

Après ses enfants, c'était elle que Guillaume avait vu la première, pâle et belle dans sa tenue d'amazone noire sur laquelle flottait sa chevelure dénouée. La voir lui avait causé une joie d'une infinie douceur parce que ses grands yeux couleur de jeunes feuilles étaient noyés de larmes lorsqu'elle vint à lui. Alors, il l'avait prise dans ses bras sans dire un mot, simplement heureux de sentir contre ses lèvres la fraîcheur de sa peau, la senteur légère de sa chevelure après toute cette horreur. Elle était la vie, elle était la vérité ! A cet instant il connut la certitude de l'aimer vraiment, de n'aimer qu'elle, de ne vouloir qu'elle par-delà les tentations basses et les appétits vulgaires. Aucune femme ne la valait sur cette Terre et, s'il ne pouvait la conquérir, aucune femme n'occuperait auprès de lui la place qu'il brûlait à présent de lui offrir. La mort qu'il venait de voir de si près donnait le prix exact des années à venir... si Dieu voulait bien lui prêter vie!

— Tu devrais rentrer, conseilla le médecin. Cette inspection pouvait attendre quelques heures...

— Peut-être mais je tenais à me rendre compte dès maintenant. Les dégâts sont sérieux, les écuries en ruine et la maison abîmée, mais c'est au fond sans importance puisque tout le monde est sauf. Je vais réparer, reconstruire, replanter... Vous m'aiderez, Rose? murmura-t-il à la jeune femme qui lui offrit son rayonnant sourire :

— Quelle question! fit-elle. Bien sûr, je vous aiderai et avec d'autant plus de joie que ce qui vient de se passer, si cruel que ce soit pour vous, permet de purger le pays tout entier d'un affreux péril. Il n'y a plus de menace sur nos maisons, plus de menace sur les Treize Vents. Nous venons de vivre la dernière...

Possédait-elle donc un pouvoir magique cette femme pure et droite qu'aucune souillure ne semblait capable d'atteindre? Tandis qu'elle parlait, un étroit pinceau de lumière pâle perça la couverture de nuages, un faible rayon de soleil qui joua un instant dans les boucles cuivrées de Rose avant de s'éteindre. Guillaume, alors, prit sa main pour y poser un baiser très doux.

— S'il devait y en avoir d'autres, j'aimerais tant que nous puissions les affronter ensemble, dit-il si bas qu'elle seule l'entendit.

Elle ne répondit qu'en rougissant un peu.

— Avant de rentrer, dit le docteur, je vais m'assurer que la dose d'opium administrée à ta nièce est suffisante. Quand on l'a ramenée, j'ai bien cru qu'elle était en train de devenir folle...

Désagréablement impressionné, Guillaume lui jeta un regard noir. C'était bien le moment d'évoquer Lorna alors que son unique envie était de l'oublier!...

Tendant une de ses béquilles au malencontreux médecin, il prit le bras de Rose et revint avec elle vers la maison.

Troisième partie

LA FEUILLE ARRACHÉE

CHAPITRE XIII

CHAPITRE XIII

UN COUP DE TONNERRE

En dépit de ce qu'il venait de subir, Guillaume ne s'accorda pas un instant de repos. Les blessures des Treize Vents le rendaient à la fois enragé et très malheureux. Il voulait réparer au plus vite. Aussi, pas question d'aller se coucher avant d'avoir convoqué d'urgence M. Clément, son architecte de Valognes, ainsi que le menuisier Barbanchon et le maçon Maillard, tous deux de Saint-Vaast. Il leur écrivit sur-le-champ. Une autre lettre, que le plus dispos des garçons d'écurie emporta à Valognes avec le billet destiné à M. Clément, informait M. Lecoulteux du Moley, banquier et ami de Tremaine, de ce qui venait de se passer et réclamait la mise à disposition d'importantes liquidités... Celle-là prendrait la malle de Paris.

Une espèce de fièvre froide possédait le maître. Au point de lui rendre quasi insupportable le silence qui régnait dans une maison dont presque tous les habitants dormaient du sommeil des bêtes harassées : les enfants et Mr Brent chacun dans sa chambre, Lorna et Mme Bellec sous l'influence des

calmants dispensés par le docteur Annebrun et les
rescapés des écuries — ceux tout au moins qui
n'étaient pas partis pour Varanville — dans les
logis où l'on avait réussi à les caser. Seule Béline,
décidément indestructible, officiait à la cuisine en
compagnie de Mlle Lehoussois arrivée à l'aube
dans sa charrette avec son âne et tout ce dont blessés
ou malades pouvaient avoir besoin en fait d'on-
guents, de charpie et de tisanes. Elles s'affairaient à
préparer le bon repas qui réparerait bien des forces.

Son courrier expédié, Guillaume rêvait dans son
grand fauteuil de cuir noir quand sa vieille amie
entra, porteuse d'un plateau chargé d'une cafetière
et de deux tasses.

— Tu dois être mort de fatigue, dit-elle. Pourquoi ne vas-tu pas te coucher?

— Parce que je ne pourrais pas tenir dans mon
lit. Il y a trop d'idées qui trottent dans ma tête. Je
dormirai la nuit prochaine.

— Elle est encore loin, mais je sais que cela ne
servirait à rien de te sermonner alors je viens boire
un peu de café avec toi. A moins que je ne te
dérange?

— Me déranger quand je suis si heureux que
vous soyez là?

— Il est normal que je t'aide quand tu en as
besoin. Vous êtes toute ma famille, les petits et toi...

Après les avoir servis tous les deux, elle alla
s'asseoir avec sa tasse au coin du feu.

— As-tu envie de parler de la nuit dernière ou
préfères-tu te taire? demanda-t-elle au bout d'un
moment de silence.

— J'ai envie de parler mais pas de la nuit
dernière parce que je veux m'efforcer de l'oublier le
plus vite possible. C'est l'avenir seul qui m'inté-

resse. Après cette abomination, je le veux plein de joie, rayonnant.

— Tu vas te dépêcher de reconstruire? Tu parais même bien pressé.

— Oui. C'est par là qu'il faut commencer. Je veux rendre leur beauté aux Treize Vents, bâtir pour tous un nouveau bonheur...

— Tu te comprends dans ce «tous»?

— Je compte même y tenir le premier rang. Peut-être parce que j'ai failli tout perdre, j'ai compris cette nuit qu'il me restait une chance, une seule de connaître quelques années heureuses avant de mourir et c'est pourquoi je suis si pressé.

— Je ne vois pas le rapport?

— Vous allez le voir : le jour où nous fêterons la restauration des Treize Vents, je demanderai à Rose si elle veut bien consentir à devenir ma femme...

Mlle Anne-Marie ne répondit rien mais, entre ses vieilles mains toujours si habiles et si sûres, la fragile porcelaine frémit, tinta. Elle ferma les yeux pour cacher son émotion. Sans parvenir cependant à retenir une larme qui bouleversa Guillaume. Quittant son fauteuil, il clopina jusqu'à sa vieille amie et se laissa tomber sur la petite chaise basse où Élisabeth aimait à s'asseoir quand elle était enfant.

— Cela vous fait tant de peine? murmura-t-il, inquiet.

— Mais non, imbécile! Si je pleure c'est de joie! Mais pourquoi ne t'es-tu pas décidé plus tôt?

— Oh, vous devez bien vous en douter! Jusqu'à la mort de Marie, j'espérais toujours qu'elle me serait rendue, mais j'ai compris depuis que je n'y croyais pas vraiment. Peut-être parce que je n'en souffrais pas autant que je voulais le croire; peut-être parce que Rose était là. Il me suffisait d'aller vers elle pour avoir son sourire, sa chaleur... Maintenant...

— Maintenant tu as peur qu'un autre ne te l'enlève? Ton ami canadien par exemple?

— Vous savez ça? Comment avez-vous fait? Vous étiez au fond de votre lit avec une énorme bronchite durant tout le temps où la variole a sévi, ce qui vous a empêchée de venir ici!

— Si Mahomet ne va pas à la montagne, la montagne ira à Mahomet, cita-t-elle d'un ton sentencieux. En l'occurrence Potentin jouait très convenablement le rôle de la montagne quand il se rendait aux commissions. Cela dit, rien ne me ferait plus plaisir que ce mariage. Seulement...

Son hésitation trouva aussitôt un écho angoissé dans le cœur de Guillaume :

— Vous craignez que Rose ne me refuse... qu'elle ne réponde pas à mes sentiments?

— Je suis presque certaine qu'elle t'aime, elle aussi, et cela depuis qu'elle est descendue de voiture le jour de Noël. Je vous revois tous les deux quand tu as baisé sa main. Elle était jolie comme un cœur, toi éperdu d'admiration... et elle en était tellement heureuse!

— Donc vous m'approuvez?

— Sans hésiter. Pourtant laisse-moi te donner un conseil : arrange-toi pour renvoyer la fille de Marie en Angleterre dès qu'elle sera remise! Tu ne peux pas demander à Rose d'entrer dans ta maison tant que la fille d'une autre — et quelle autre! — y sera. Et je crains que de ce côté-là tu n'aies un problème.

— Pour quelle raison? Après ce qu'elle vient de subir, elle souhaitera certainement regagner des eaux plus calmes et surtout plus éloignées. En outre, son fiancé doit commencer à trouver le temps long...

La sage-femme se leva et vint poser ses mains sur les épaules de Guillaume, plantant dans ses yeux un regard singulièrement pénétrant.

— N'essaie pas de te donner à toi-même des raisons auxquelles tu ne crois pas! Tu sais pertinemment que ce sera difficile parce que tu as été assez stupide... ou assez faible pour en faire ta maîtresse.

— Elle n'est pas ma maîtresse! protesta Guillaume. J'avoue... que nous avons passé une nuit ensemble, aux Hauvenières, une seule! Je ne sais pas ce qui m'a pris mais je l'ai regretté aussitôt et, lorsque je suis retourné la chercher, je suis allée coucher à l'auberge de Port-Bail. Elle sait que je ne l'aime pas et que je désire son départ.

Mlle Lehoussois laissa retomber ses mains, haussa les épaules et soupira :

— Souhaitons que tu l'obtiennes! Il le faut... pour elle autant que pour toi. Elle pourrait être en danger ici.

— En danger? grogna Tremaine incrédule.

— Pas de la vie mais peut-être de la raison! Tu seras bientôt le seul à ne pas le savoir, Guillaume, mais il se passe dans ta maison des choses bizarres...

Et de répéter les récits de Mme Bellec et de Potentin sur les étranges événements de la nuit de Noël, sur le portrait qui ne restait pas accroché au mur d'Arthur et sur les inquiétudes de Kitty.

— As-tu demandé à Arthur la raison de sa veille dans la chambre de Mlle Tremayne la nuit dernière? conclut-elle.

— En effet! Il nous a tout raconté. Cependant cette histoire de robes décrochées et entassées me

paraît délirante. Quel fantôme — si fantôme il y a ?
— s'amuserait à de pareilles sottises ?

— Je suis d'accord avec toi. Ça me paraît beaucoup et il est possible qu'il y ait eu là une main
humaine, mais il n'en reste pas moins que l'esprit
d'Agnès morte sans repentir et de mort violente
s'attache à ces murs qu'elle voulait garder par-
dessus tout et même contre toi. Elle haïssait trop
Marie pour que sa haine ne s'attache pas aussi à
cette Lorna.

— Que dois-je faire alors ?

— Pas grand-chose dans l'immédiat. Avec la
dose d'opium que Pierre Annebrun lui a administrée, elle va dormir au moins jusqu'à ce soir. Nous
verrons demain. Une chose est certaine : elle a bien
mauvaise mine ! Il se peut que ce qu'elle vient de
vivre l'ait beaucoup secouée.

En formulant cette opinion, Mlle Lehoussois se
montrait optimiste. Il fut vite évident, lorsque
Lorna retrouva la conscience, qu'elle était vraiment
malade. Au point d'inspirer de l'inquiétude au
médecin de la famille. Blême, les yeux creux, un
rictus douloureux aux coins de sa bouche amincie,
elle se lovait au fond de son lit en serrant draps et
couvertures contre sa poitrine où le cœur battait
trop vite. Les crises de larmes alternaient avec les
moments d'abattement. Il était alors impossible de
lui tirer un mot et, la nuit, la maison retentissait des
cris que lui arrachaient ses cauchemars. Elle en
sortait tétanisée, inondée de sueur mais grelottante
au point d'obliger Kitty à changer tout son linge.

Seule celle-ci, le docteur et — Dieu sait pourquoi ? — Mlle Anne-Marie étaient admis auprès de
Lorna. L'image que lui renvoyait le miroir qu'on
ne pouvait lui refuser lui faisait repousser avec

horreur toute autre visite. Même celle de son jeune frère.

— Il me déteste presque autant que la petite pimbêche et l'autre gamin, répétait-elle avec une obstination maniaque. Guillaume est le seul qui ne me veuille pas de mal, mais je refuse qu'il me voie avec ce visage...

A d'autres moments, elle s'accrochait à Pierre Annebrun en lui jurant que l'on essayait de l'empoisonner. Aussi exigeait-elle que ses garde-malades goûtassent tout ce qu'on lui servait, mais la plupart du temps elle acceptait seulement du lait dont elle buvait d'ailleurs des quantités.

— Tu ne crois pas qu'elle est en train de devenir folle ? demanda Tremaine au médecin.

— Non, mais ce qu'elle a subi lui a sérieusement ébranlé les nerfs. Cependant j'avoue que je l'aurais cru plus solide et que j'en viens à me demander s'il n'y a pas en elle une disposition naturelle à une certaine forme d'hystérie qui aggrave la névrose où la peur l'a jetée.

— Et... à ton avis, ce sera long à guérir ?

— Quelques jours ou plusieurs mois, voire des années. Mais rassure-toi, ajouta-t-il en voyant verdir son ami, j'ai bon espoir de l'en tirer assez vite afin qu'elle puisse reprendre une vie normale. Les calmants que j'ai prescrits paraissent efficaces. D'autre part — et même si je te choque —, sa crainte d'être empoisonnée n'est pas une si mauvaise chose : le lait est excellent pour ce genre de maladie. En outre, j'imagine qu'une fois remise sur pieds elle n'aura rien de plus pressé que de mettre toute la largeur de la Manche entre elle et des gens aussi dangereux. Mes confrères britanniques feront le reste...

Guillaume se sentit revivre. Depuis le début de la maladie de Lorna, il cultivait la crainte de voir s'éterniser un séjour qui lui pesait. C'était entre son bonheur et lui un obstacle majeur, encore plus difficile à franchir si la guerre se déclarait. On en parlait de plus en plus et si les hostilités reprenaient, il ne voyait pas comment il lui serait possible, sans barbarie, de jeter deux femmes au péril d'une mer hérissée de canons. A moins de les ramener lui-même à bon port au risque de faire confisquer son bateau et de se retrouver prisonnier.

Les enfants partageaient son anxiété, surtout Élisabeth. Insensible à toute pitié envers la cousine détestée, elle supportait de plus en plus mal sa présence dans la maison. Au point d'avoir demandé à quitter sa chambre habituelle, voisine immédiate de celle de Lorna, pour s'installer dans celle de sa mère.

— Avec votre permission, Père, j'y resterai tant que durera le séjour de ma cousine, dit-elle à Guillaume sur un ton de fermeté qui ne laissait pas place au refus. Je rentrerai chez moi aussitôt après son départ...

Guillaume n'éleva pas d'objections. Il devinait le but profond d'Élisabeth : s'établir, tant qu'il n'y en aurait pas une à sa convenance, dans l'état officiel de maîtresse de maison, opposer une sorte d'interdit à d'éventuelles prétentions. Au fond de lui-même, il l'approuvait :

— Si cela peut te faire plaisir ! dit-il. Il est temps d'ailleurs que cette chambre reprenne vie !

— Merci, Père ! Ce changement incitera peut-être Miss Tremayne à guérir plus vite.

En effet, elle ne croyait pas que Lorna fût malade au point de ne pouvoir bouger. Elle devinait que celle-ci s'accrocherait aux Treize Vents. De là à penser qu'il entrait dans les manifestations spectaculaires de son mal une part de comédie, il n'y avait pas loin.

Le déménagement de la jeune fille fut l'occasion de déployer une sorte de rite cérémoniel dont la grande prêtresse fut la cuisinière. Persuadée que le fantôme d'Agnès tourmentait la «fille de l'autre», Mme Bellec multipliait prières et neuvaines, brûlait des cierges et de l'encens soutiré à l'abbé Gomin, le jeune desservant de l'église voisine, dans l'ancien appartement de la disparue afin d'apaiser son esprit courroucé. Elle craignait, en effet, que celle-ci ne s'en prît à Arthur...

Aussi, après avoir aidé Lisette et Béline à faire le grand ménage, alla-t-elle chercher l'abbé pour qu'il vînt bénir la pièce.

— Encore heureux, commenta Guillaume pour son ami Pierre, qu'elle n'ait pas demandé un prêtre exorciste à Mgr l'évêque de Coutances !

— De toute façon, cela ne peut pas causer grand mal, répondit le médecin qui s'associa, bien volontiers, aux prières que toute la maisonnée vint réciter dans la chambre. En outre, ta fille sera une bonne transition avec une éventuelle nouvelle châtelaine. Quelque chose me dit que tu y songes depuis le retour de notre adorable baronne? ajouta-t-il.

Tremaine haussa les épaules, mâchonna quelques paroles incompréhensibles et s'en alla surveiller les ouvriers occupés à déblayer les décombres des écuries, mais le médecin vit bien qu'il souriait...

Élisabeth s'installa donc dans la «belle chambre».

Chose bizarre, ce fut à partir de ce jour-là que Lorna commença d'aller mieux. Elle dormit sans cauchemars; les crises de larmes et de tétanie s'espacèrent puis disparurent. La maison tout entière s'en trouva mieux. Menuisiers, peintres et tapissiers attachés à effacer complètement les traces de l'incendie et à remplacer les tentures que l'on avait jetées sur le feu pour l'étouffer purent travailler sans se soucier d'atténuer le bruit de leurs marteaux ou de leurs chansons.

Au-dehors, le printemps venait d'éclater avec la magnificence d'un feu d'artifice. Pommiers, poiriers, cerisiers rivalisaient à qui produirait la plus abondante floraison de pétales blancs et roses. Le ciel, d'un bleu léger le matin, devenait plus profond et plus dense à mesure que la journée s'avançait. Toute la forêt foisonnait de jeunes feuilles dont le vert nouveau se mariait avec grâce à l'azur céleste. Les hirondelles revenaient pour retrouver leurs nids sous le grand toit des Treize Vents. Il faisait doux, il faisait bon...

Le pays renaissait, lui aussi. La menace que faisaient peser les «chauffeurs» de la bande à Mariage ne s'étendait plus sur lui. On avait prêté volontiers la main aux gendarmes venus nettoyer le bois de ses sinistres fruits. Avec dignité d'ailleurs et sans faire montre d'une joie qui eût été indécente en face de la mort. Pourtant, Guillaume et M. de Rondelaire eurent du mal à soustraire les rescapés de la troupe à la vindicte paysanne : il fallut les énormes murs de La Hougue pour préserver l'incendiaire des Treize Vents, bien qu'avec son genou brisé Colas ne présentât plus qu'un danger fort minime. On allait le juger en attendant de pouvoir, une fois guéri, l'envoyer au bagne.

Quant à Mlle Mauger l'aînée — c'était bien réellement son nom —, elle fut arrêtée à la maison du galérien dès le lendemain du drame et conduite au fort de Tatihou afin d'y être en sécurité, la mer représentant le meilleur des gardiens.

En réalité, ni l'ancien officier de justice, ni Tremaine, ni les autorités ne savaient trop que faire de cette vieille fille dont il fut vite évident qu'elle ignorait tout de l'activité criminelle de sa fausse sœur à qui l'attachait d'ailleurs une véritable affection.

Après leur fuite de Bayeux et l'échauffourée pendant laquelle Eulalie reçut de si graves blessures au visage, les deux sœurs à demi mortes d'épuisement furent recueillies par de braves gens, des paysans des environs de Carentan. On les soigna, on les garda puisqu'elles ne savaient plus où aller et Célestine travailla dur pour apporter son écot. Elle travailla même double : Eulalie, écrasée sous son malheur, n'essayait même pas de recouvrer la santé, bien au contraire.

C'est dans cette ferme, au Pommier Chenu, que toutes deux rencontrèrent Adèle Hamel qui en était devenue propriétaire ainsi que du modeste manoir dont elle dépendait. En effet, au cours de sa longue relation avec Lecarpentier, Adèle, discrète, complaisante et peu encombrante, n'avait pas été sans bénéficier quelque peu des juteuses affaires dans lesquelles le «proconsul» trempait jusqu'au cou.

La formule de celui-ci était simple : au lieu d'envoyer ses victimes à la guillotine, il choisissait de les laisser vivre moyennant l'abandon légal de leurs biens. Que ne ferait-on pas pour garder la vie sauve ! Grâce à ce système, Lecarpentier et sa famille — il en avait une et fort respectable ! — amassèrent une fortune qui ne l'était pas moins. Mlle Hamel, maîtresse épisodique, en profita. Aussi se trouva-t-elle nantie de quelques terres, d'un bas de laine bien rempli et de plusieurs maisons.

Chose étrange pour cette femme égocentrique et de cœur sec, elle s'enticha de la pitoyable Eulalie, la soigna de son mieux et finalement l'installa avec sa sœur dans son petit domaine où elle avait déjà recueilli un ancien bagnard nommé Urbain et deux ou trois coureurs des bois. C'est là qu'elle se réfugia lorsque Lecarpentier devint dangereux à fréquenter. Au milieu d'une région dont les marais continués par la vaste échancrure marine des Veys occupaient la plus grande partie, elle se trouvait mieux abritée que partout ailleurs.

Lorsque le calme revint, Eulalie mourut et c'est alors qu'Adèle eut l'idée de prendre sa place à l'abri d'un éternel voile de deuil. Cette combinaison présentait un triple avantage : lui procurer une nouvelle identité sous laquelle personne n'irait la chercher, lui permettre de récupérer la maison des Mauger à Bayeux et, surtout, rendre possible un retour dans la région de Saint-Vaast afin d'y poursuivre ce qui était le but premier de son existence : faire à Guillaume Tremaine tout le mal qu'elle lui voulait et si possible l'abattre. Un plan était prêt qu'Adèle avait mûri durant ces longs mois de retraite champêtre, un plan qui non seulement lui donnerait la vengeance mais la ferait encore plus riche qu'elle ne l'était. Restait à convaincre l'honnête Célestine Mauger.

Ce fut moins difficile qu'elle ne le craignait. La sœur d'Eulalie voyait dans leur bienfaitrice une sorte de créature céleste pétrie de bonté et de charité. Elle avala d'un seul coup la douloureuse histoire que la prétendue sainte lui servit un soir au coin du feu : celle d'une jeune fille de noble famille entrée

en noviciat chez les Dames Bénédictines de
Valognes mais séduite, détournée de ses devoirs et
finalement enlevée par un certain Guillaume Tremaine, sorte de suppôt de Satan auquel aucune
femme ne pouvait résister. Ce misérable avait
abandonné sa conquête à Paris après qu'elle eut mis
au monde une petite fille qu'elle n'eut même pas le
droit d'embrasser : le suborneur l'enleva pour la
confier à une nourrice dont il se garda bien de
donner l'adresse puis disparut, laissant la pauvre
Adèle aux mains de gens sans aveu mais plus
compatissants que lui. A présent, elle désirait de
toutes ses forces retourner dans la région de
Valognes afin d'essayer de retrouver sa petite Céline
— Tremaine s'était contenté de dire qu'il la ramenait au pays —, mais c'était impossible à visage
découvert. Le séducteur était riche, puissant et la
faire assassiner ne lui coûterait pas...

Considérant ce mauvais roman comme parole
d'évangile, Mlle Mauger l'aînée mêla ses larmes à
celles de son amie et jura de l'aider par tous les
moyens à retrouver son enfant et à tirer vengeance
de l'infâme séducteur. Adèle se fit acheter du crêpe
noir et les «deux sœurs» prirent ensemble le
chemin de Bayeux où les choses se passèrent comme
l'on sait déjà.

Urbain, lui, était resté au Pommier Chenu mais
n'y perdait pas son temps. Battant les bois, les
marais, à la recherche d'hommes susceptibles de
composer la bande souhaitée par sa patronne, il
tomba sur un certain Nicolas Valette qui lui parut
si intéressant qu'il prit sur lui de l'amener, un soir,
chez les demoiselles Mauger. L'époque était celle de
la chouannerie normande et l'on ne s'étonnait
guère de voir, à la nuit tombée, des gens de mine

inquiétante se faufiler dans les demeures les plus respectables. L'idée de ressusciter la bande à Mariage naquit donc à l'ombre auguste d'une noble cathédrale...

Naturellement, Mlle Célestine fut tenue à l'écart de ce beau projet. Pour elle, ces gens un peu bizarres que recevait sa «sœur» étaient seulement, à Bayeux d'abord puis à la maison du galérien, des émissaires chargés de relever les traces de l'enfant perdue tout en surveillant les allées et venues de Tremaine. Elle n'en vit d'ailleurs que très peu : l'habileté de «Mariage» avait été de scinder sa troupe en petits groupes de cinq ou six hommes vivant en général dans la forêt et au grand jour sous l'aspect rassurant de bûcherons ou de charbonniers. C'était l'une ou l'autre de ces malfaisantes cellules, entraînées soigneusement à effacer leurs traces, qui frappait. Quant à la maison des demoiselles Mauger, sa situation solitaire adossée à une lande sauvage, jointe à la légende tragique de ses derniers habitants, en faisait un quartier général idéal.

C'est donc là qu'au bout de quelque temps vint s'installer Nicolas Valette sous l'avatar de l'abbé Longuet de retour d'émigration. Il y joua son rôle à la perfection, allant même jusqu'à assister le curé de Morsalines dans son ministère, disant la messe et entendant les confessions. Ce qui pouvait toujours être utile. Mlle Célestine, qui n'avait fait que l'entrevoir, une nuit, sous son aspect primitif, ne le reconnut pas et se montra particulièrement heureuse de la présence d'un aussi saint homme.

Le réveil, au lendemain de ce que l'on appelait déjà la «nuit des Pendus», fut pour elle effroyable. Tout son univers s'écroulait à mesure qu'elle découvrait ce qu'étaient la femme qu'elle appelait sa sœur et le bon prêtre à qui elle confiait les secrets de son âme simple. A un désespoir violent succéda un morne abattement et Guillaume, apitoyé, n'eut aucune peine à faire reconnaître son innocence. Avec l'aide de l'abbé Bidault, curé de Saint-Vaast, il obtint qu'elle soit confiée aux Filles de la Charité qui se réinstallaient à Valognes dans l'ancien manoir presbytéral, et paya pour elle une généreuse pension.

Ainsi les nuages se dissipaient sur les Treize Vents en pleine restauration. La santé de Lorna s'améliorait de façon tout à fait satisfaisante aux dires de Pierre Annebrun. Selon lui, on pouvait à présent envisager son retour en Angleterre sans craindre de se comporter en sauvages. Il devenait même urgent d'y procéder.

A Paris, en effet, la situation avec Londres se détériorait rapidement. Le gouvernement de Bonaparte, tout en ne cessant de réclamer l'évacuation de l'île de Malte par la flotte anglaise, s'efforçait de retarder, au bénéfice de ses préparatifs, une guerre qui pour tout un chacun était imminente : les gazettes retentissaient déjà du bruit des armes. La paix d'Amiens, qui avait clos quinze années d'hostilités, se déchirait en lambeaux cependant que le consul faisait frapper les premières monnaies à son effigie et que son pouvoir s'étendait à présent sur toutes choses. On commençait même à chuchoter qu'il pourrait bien, un jour prochain, devenir empereur...

Quoi qu'il en soit, Guillaume se rendit à Cherbourg pour voir le capitaine Lécuyer et envisager avec lui l'embarquement de la jeune femme et de sa camériste à destination des côtes anglaises les plus proches : l'île de Wight par exemple. L'*Élisabeth* se

trouvait encore au bassin de carénage mais Tremaine possédait des parts importantes sur plusieurs
autres navires susceptibles d'emmener les deux
voyageuses dans les meilleures conditions de
confort et de sécurité. Si l'on faisait vite, tout était
encore possible.

Lorsqu'il rentra aux Treize Vents plutôt satisfait,
l'après-midi s'achevait. L'heure du souper n'allait
pas tarder à sonner, aussi tous les membres de la
famille étaient-ils dans leurs chambres occupés à s'y
préparer. Il restait tout juste à Guillaume le temps
de se débarrasser des poussières du chemin, pourtant il pensa qu'il serait plus courtois de mettre
Lorna au courant du résultat de son voyage plutôt
que de le lui annoncer sans précautions oratoires et
en présence de témoins qu'elle ne portait pas
forcément dans son cœur. Aussi fit-il appeler Kitty
pour demander si sa maîtresse consentirait à lui
accorder quelques instants d'entretien.

La jeune femme était prête lorsqu'il entra chez
elle. Comme au soir où elle s'était décidée à
descendre pour rencontrer enfin les petites Varanville, elle arborait sa robe de moire lilas et la parure
de perles qu'elle portait avec une grâce quasi royale.
Elle lui sourit dans le miroir où elle arrangeait une
boucle de ses cheveux.

— Je pense être redevenue moi-même, dit-elle.
Peut-être ai-je un peu maigri, mais dans quelques
jours il n'y paraîtra plus.

— Rassurez-vous, ma chère : vous êtes aussi belle
que par le passé.

— Vous m'en voyez très heureuse ! Mais, vous-
même, êtes-vous satisfait de ce petit voyage... où
donc déjà ?

— A Cherbourg. Je me suis occupé de trouver un bateau sûr pour vous ramener en Angleterre.

Elle eut un haut-le-corps et ses lèvres se pincèrent. Il comprit qu'il venait de l'offenser, mais le temps n'était plus, entre eux, aux délicatesses.

— Vous avez fait ça? dit-elle. Et sans m'en avertir?

— Je voulais d'abord étudier les possibilités, voir à qui je pouvais vous confier... Lorna, ne faites pas cette figure! Votre séjour ici ne peut s'éterniser. Vous êtes guérie et nous sommes, cette fois, vraiment au bord de la guerre : le premier coup de canon peut être tiré d'un jour à l'autre. Il faut que vous partiez!

— Est-ce que votre hâte n'est pas un peu trop discourtoise? Après ce qui s'est passé entre nous...

— Il ne s'est rien passé, sinon un moment de folie que nous devons oublier. Nous avons failli le payer beaucoup trop cher... Au surplus, nous avons déjà suffisamment débattu de la question.

— Débattu? Vous en avez décidé, fit-elle en appuyant sur le «vous». Je n'ai jamais dit que j'étais d'accord...

— Pourquoi ne le seriez-vous pas? On vous attend de l'autre côté de la Manche. Vous avez là-bas un fiancé, un duc, c'est-à-dire quelqu'un d'assez puissant pour nous créer de graves ennuis et je n'ai aucune envie, une fois les hostilités engagées, de voir revenir dans le port de Saint-Vaast, comme au temps de M. de Tourville, des navires de guerre anglais sabords ouverts et prêts à massacrer des innocents afin de nous obliger à rendre la précieuse fiancée d'un lord!

— Je ne suis pas une princesse royale et tous les

ducs ne sont pas forcément bien en cour... Qui vous dit que j'ai envie de rentrer?

— Moi. Ne me prenez pas pour une brute et ne m'obligez pas à dire des choses désagréables. Vous ne pourriez vous intégrer à cette maison sans y causer beaucoup de perturbations...

— Parce que vos enfants me détestent?

— Pas seulement. On n'a jamais beaucoup aimé les Anglais par ici. Si vous vous attardiez, j'en sais qui pourraient vous le faire sentir et je ne suis guère tenté, je vous l'avoue, de passer mon temps sur un pré l'épée ou le pistolet à la main pour venger vos offenses. S'il s'agissait de gens que j'aime bien, ce me serait même fort désagréable... Vous comprenez?

— Je crois... oui.

— Je n'en attendais pas moins d'une femme de votre intelligence. Voici donc ce que je vous propose : après-demain je vous conduirai avec Kitty à Cherbourg où je dois me rendre de toute façon pour voir le maire, M. Delaville, et je vous remettrai au capitaine Quoniam. C'est un homme courtois et son navire, *Le Téméraire*, est l'un des plus rapides...

— Vous pourriez me raccompagner vous-même! Vous possédez des bateaux, n'est-ce pas? Ce serait... au moins aimable!

— Celui-là m'appartient pour moitié et je sais à qui je vous confie...

— Vous craignez peut-être de ne pouvoir revenir..., d'être retenu prisonnier?

La cloche annonçant le souper dispensa Guillaume de répondre. Il se dirigea vers la porte où il s'inclina légèrement :

— Essayez de ne pas trop m'en vouloir! Lorsque le temps aura passé, que la guerre aura pris fin, je serai heureux de renouer avec vous nos liens... de famille...

En redescendant, Guillaume se sentait allégé mais cependant pas encore vraiment délivré. La plénitude du sentiment lui viendrait sans doute quand *Le Téméraire* s'envolerait vers la haute mer. En attendant, il se promit d'être aussi aimable que possible avec Lorna.

Elle se fit attendre un peu et lorsque Potentin ouvrit devant elle les portes de la salle à manger, Guillaume scruta son visage, craignant, avec un rien de fatuité peut-être, d'y voir des traces de larmes. Il n'en était rien : sereine, souriante, avec même au fond des yeux une petite flamme amusée, Lorna vint prendre sa place à table.

— Vous êtes superbe ce soir, dit Arthur. Décidément j'aime beaucoup cette robe !

— Tu deviendras sans doute un homme de goût, concéda Élisabeth qui n'ignorait pas la raison du petit voyage de son père. La couleur en est ravissante et convient tellement au teint de ma cousine !

— Elle conviendrait aussi au vôtre, fit Lorna. Dommage que nous n'ayons pas la même taille. Je vous l'aurais offerte volontiers...

— Merci de l'intention ! Elle me suffit. D'autant qu'elle pourrait vous faire défaut lorsque vous serez rentrée chez vous !

Contrarié, Guillaume fronça les sourcils. Dieu que les femmes étaient donc agaçantes même quand elles n'étaient encore qu'en promesse ! Cette sacrée gamine avait tellement hâte de voir partir sa bête noire qu'elle ne pouvait s'empêcher d'en parler ! Pourquoi réveiller une querelle à présent que tout était en ordre ?

Il s'apprêtait à lancer un autre sujet de conversation quand la réponse de Lorna lui fit dresser l'oreille :

— Je ne pense pas que mes compatriotes aient jamais l'occasion de l'admirer : elle sera certainement usée lorsque la guerre s'achèvera... d'ici peu, d'ailleurs, je ne pourrai plus la porter.

La jeune femme conclut sa phrase d'un léger soupir et, sans plus s'expliquer, consacra son attention à l'aile de poulet qui reposait dans son assiette. Mais Guillaume ne l'entendait pas ainsi. Soudain inquiet, il reposa nerveusement son couvert, braquant sur Miss Tremayne un regard vaguement menaçant.

— Que voulez-vous dire? Auriez-vous l'intention de vous rendre dans un autre pays?

— Pour y faire quoi, grand Dieu? Je sais... mon cher Guillaume que vous venez de prendre certaines dispositions à mon sujet et je regrette beaucoup le temps que vous y avez perdu mais, en toute logique, vous avez eu grand tort de ne pas m'en parler auparavant... De mon côté, sans doute me suis-je montrée trop discrète... d'aucuns pourraient dire trop dissimulée, mais je voulais avoir une assurance avant de vous annoncer une... grande nouvelle. Cette nouvelle, je la gardais pour ce soir et c'est la raison pour laquelle vous me voyez en toilette...

— Quelle nouvelle? gronda Tremaine.

— La plus belle qu'une femme puisse offrir à l'homme qu'elle aime. Le bateau partira sans moi, Guillaume, parce que je ne peux plus rentrer chez moi. Cette maison que nous aimons tous n'est-elle pas le seul endroit où je puisse mettre au monde l'enfant que vous m'avez fait?

Le fracas d'une chaise qui se brise — celle de Guillaume qu'il venait de faire tomber en se dressant brusquement — souligna l'incroyable phrase résonnant dans la vaste pièce où régnait le silence quasi minéral de la stupéfaction. Devenu gris sous son hâle, le maître des Treize Vents articula :

— Qu'avez-vous dit ?... Qu'avez-vous osé dire ?

Elle leva sur lui un regard mouillé, fondant de tendre innocence.

— A quoi bon dissimuler ? Nous sommes en famille et je n'ai dit que la vérité. Est-elle si difficile à admettre, mon cher amour ? Je suis enceinte de vos œuvres...

— Menteuse ! Sale menteuse !...

Toutes griffes dehors, Élisabeth, emportée par une rage trop violente pour être contrôlée se ruait sur la jeune femme qu'elle aurait renversée si Mr Brent ne l'avait saisie au passage et retenue. Le meurtre dans les yeux, la jeune fille écumait et, dans ce regard d'orage traversé d'éclairs, Guillaume retrouva celui d'Agnès la nuit terrible où elle l'avait obligé à fuir sa propre maison. Terrifié, il s'élança vers elle pour aider le jeune homme à la maîtriser, pour essayer de la calmer, de l'apaiser, mais quand il voulut la prendre dans ses bras, elle recula brusquement avec un cri :

— Ne me touchez pas ! Je ne pourrais pas le supporter...

— Élisabeth, je t'en prie !... Essayons d'être calmes ! Je suis certain que ce n'est pas vrai.

— Vous aussi vous me traitez de menteuse ? fit derrière lui la voix trop douce de Lorna. Comment pouvez-vous renier vos actions avec cette assurance ?

— Je ne renie rien, mais si c'était vrai, pourquoi n'en avoir pas parlé tout à l'heure quand je suis venu vous voir ? La vérité c'est que vous avez décidé de rester ici à quelque prix que ce soit et votre prétendue grossesse, bien opportune, ressemble trop à cette excuse que les malheureuses femmes vouées à l'échafaud invoquaient pour retarder au moins leur exécution...

— Encore une fois, je n'étais pas certaine mais... je viens d'avoir un malaise assez significatif... La raison pour laquelle je me suis fait attendre...

— Que ce soit vrai ou faux m'importe peu au fond, coupa Élisabeth qui tenait toujours son père sous son regard. Ce que je veux savoir c'est si vous avez fait ce qu'il faut pour qu'une situation de ce genre puisse se produire? En un mot : est-elle votre maîtresse?

Le «oui» de Lorna et le «non» de Guillaume se mêlèrent et arrachèrent à la jeune fille un sourire de mépris.

— Il faudrait accorder vos violons! C'est oui ou c'est non?

— C'est non! affirma Guillaume. Une maîtresse est une femme qu'un homme aime assez pour lui permettre de régner sur son cœur et sur ses sens. Ta cousine ne peut prétendre à ce titre. Maintenant... je te dois tout de même la vérité. Durant la seule nuit — tu entends? La seule! — que j'ai passée aux Hauvenières, nous avons eu un... moment d'égarement. La tempête peut-être... jointe à la puissance de souvenirs impossibles à oublier. J'ai perdu la tête et je n'ai pas cessé de le regretter. Tu es trop jeune pour comprendre ce genre de...

— Ma mère était moins jeune, pourtant elle ne les admettait pas davantage. C'est elle à présent que je commence à comprendre... Oh, Dieu! Je sentais que cette femme nous apportait le malheur et voilà que vous lui avez permis d'accomplir son crime :

détruire notre famille. C'est du beau travail... tout à fait digne de la fille de Richard Tremayne !

— Je ne vois pas en quoi je détruis la famille, remarqua Lorna. Il me semble au contraire que je l'augmente.

Cette fois ce fut Arthur qui lui imposa silence :

— Vous devriez être malade de honte, lui lança-t-il, et vous vous délectez du mal que vous êtes en train de faire...

— C'est admirable comme les hommes se soutiennent entre eux ! Vous êtes mon frère, Arthur, et cependant vous vous rangez du côté de votre père ? Naturellement je suis coupable, ajouta-t-elle avec un petit rire sarcastique. Durant cette fameuse nuit, j'ai violé un innocent...

— Je n'excuse personne, mais je ne vous permets pas de vous faire un trophée de ce qui n'est rien d'autre qu'un grand malheur ! Élisabeth a raison : cet enfant s'il existe vraiment ou s'il devait venir à terme porterait à la famille un tort... irréparable.

— Cela vous va bien de parler ainsi, persifla la jeune femme. Vous n'êtes vous-même qu'une pièce rapportée.

— Sans doute... Pourtant j'ai conscience d'être à ma vraie place. Ici est ma famille : je l'aime et je veux la défendre !

— Nous t'aimons tous, Arthur, et tu le sais ! dit Élisabeth. Jamais il ne me viendrait à l'idée de te confondre avec ta... demi-sœur. Cependant, tu dois admettre qu'il m'est impossible de supporter une telle situation. Qu'avez-vous l'intention de faire, Père ?

Accablé, l'esprit en déroute, Guillaume ramassa machinalement sa chaise et se laissa tomber dessus. Ce qui lui arrivait là était tellement affreux qu'il craignait même de regarder Lorna parce qu'il avait peur de ne pouvoir se contenir s'il rencontrait son sourire insolent...

— Je n'en sais rien ! Il faut que je réfléchisse... que je trouve une solution acceptable pour tous...

— Tout dépend de ce que vous entendez par là, dit Lorna. Si vous songiez à faire appel aux talents du docteur Annebrun ou de Mlle Lehoussois, sachez tout de suite que je ne me laisserais plus toucher ni par l'un ni par l'autre. Je veux garder cet enfant !

L'injure gratuite adressée à ses amis rendit à Tremaine, par le biais de l'indignation, le courage qui lui manquait. Il haussa les épaules avec mépris.

— C'est tout le remerciement que vous leur offrez pour vous avoir soignée avec tant de dévouement ? En vérité, il n'y a que la fille de votre père pour avoir des idées pareilles. Chez nous l'avortement est un crime que tous deux refuseraient avec horreur. Dans l'état actuel des choses je ne vois qu'une solution : vous installer dans le lieu qui vous plaira. A Paris par exemple puisque vous semblez l'aimer. Vous y aurez une maison à vous et j'assurerai votre existence...

— ... jusqu'à ce qu'un des nombreux hommes qui ne manqueront pas de tomber amoureux de moi m'offre sa main et sa fortune comme l'a fait jadis ce cher sir Christopher ?...

Elle éclata de rire comme si elle venait d'émettre une excellente plaisanterie.

— Quel regrettable manque d'imagination, mon cher Guillaume ! L'histoire peut recommencer, n'est-ce pas ? Un coin tranquille, une femme vivant son péché dans la piété ou dans la dissipation au choix ? Merci beaucoup ! Pas pour moi ! Je ne suis pas de celles qui se laissent mettre à l'écart. N'oubliez pas qu'à cause de notre... rencontre je ne deviendrai jamais duchesse ! Cela mérite considération...

— Que voulez-vous, alors ? Tout de même pas...

— Mais si ! Que vous m'épousiez ! C'est la seule solution si vous ne voulez pas que la Terre entière retentisse du récit de vos exploits ! Essayez de me renvoyer d'une façon ou d'une autre et tous ceux qui comptent dans cette région recevront une lettre demandant leur aide pour une malheureuse nièce séduite et abandonnée par son cher oncle... Les gazettes aussi d'ailleurs !

C'en était trop. Furieux, Guillaume sauta littéralement à la gorge de la jeune femme, enfermant le cou fragile dans ses doigts crispés.

— Ne me poussez pas à bout, Lorna ! Il y a encore une autre solution : vous tuer !...

Il aurait peut-être accompli séance tenante le geste irréparable, mais Arthur et Mr Brent réussirent à lui faire lâcher prise. Il laissa retomber ses mains, alla jusqu'à la table, prit une carafe d'eau, en versa sur une serviette et se la passa sur la figure. Il avait vu rouge un instant. Son cœur cognait à coups redoublés dans sa poitrine... Cependant Lorna reprenait ses esprits en buvant un peu de vin que lui offrait Jeremiah. Elle avait eu très peur.

Cela se vit dans le regard encore terrifié qu'elle leva sur Guillaume tandis qu'elle ôtait, avec une grimace douloureuse, le haut collier de perles et de camées que les doigts nerveux avaient imprimé dans sa chair.

— Pardonnez-moi ! murmura-t-elle. Je... je ne voulais pas... dire ces choses !... Restons-en là pour ce soir, et permettez-moi de me retirer ! Nous parlerons... plus calmement demain. Votre bras, mister Brent ! Viens aussi, Arthur !

Il s'empressa, passa en s'excusant devant Élisabeth qui, immobile et droite, avait assisté à la scène sans émettre le moindre son mais avec, au fond des yeux, une lueur glacée, impitoyable. Elle regrettait de tout son cœur de voir son ennemie échapper à la punition que Guillaume était en train de lui administrer. S'il l'avait tuée, elle eût aidé de toutes ses forces à éviter les conséquences de ce meurtre. A présent, il était trop tard ! La femme était sauve, le resterait et, très certainement, elle allait gagner la partie parce qu'Élisabeth ne croyait pas à un repentir arraché à un instant de terreur. La voix de Guillaume lui parut venir de très loin quand il soupira :

— Je crois qu'en effet il vaut mieux que nous prenions un peu de repos. La nuit, dit-on, porte conseil et demain...

— Demain, père, je quitterai la maison.

— Qu'est-ce que tu dis ?

— Je dis que je m'en vais et que je ne reviendrai pas tant que cette femme habitera les Treize Vents !

— Comment ?... Tu veux t'en aller ?... Mais où irais-tu ?

— Là où j'allais lorsque, toute petite, je ne pouvais plus supporter de vivre ici sans vous. Tante Rose, j'en suis certaine, m'accueillera d'aussi grand cœur qu'autrefois...

— Je n'en doute pas un seul instant mais je ne te comprends pas. Tu viens de dire que jadis tu partais parce que je te manquais ! Est-ce que... est-ce que tu ne m'aimes plus ?...

Oh, ce jeune visage fermé, ce regard qui refusait le sien, cette attitude où l'éloignement se sentait déjà ! Comme si elle craignait de se laisser attendrir, Élisabeth détourna franchement la tête :

— Je ne sais pas... mais ce que je sais bien c'est que je ne peux plus supporter de la voir auprès de vous, parlant avec vous, prenant votre bras. C'est trop facile d'imaginer autre chose et si je ne mets pas une véritable distance entre moi et... le couple que vous allez former sans doute — car vous serez obligé de l'épouser ! —, nous aurons ici quelque malheur. Laissez-moi partir !

— Attends encore un peu, je t'en supplie ! Aucune décision, tu viens de l'entendre, n'a été prise. Qui sait si elle n'acceptera pas finalement ce que je lui propose...

Il était malheureux, pitoyable même dans son désir de retenir son enfant. Celle-ci l'en détesta presque : le superbe Guillaume Tremaine n'était pas fait pour l'humilité.

— Ne vous méprenez pas ! Elle vous veut et elle vous aura ! De toute façon, vous prendrez plus facilement la décision dont vous parlez si je ne suis pas là... Et moi, je serai moins malheureuse auprès de celle qui a toujours su me consoler...

Soudain, elle se laissa emporter par un regain de fureur et de déception :

— Mais comment avez-vous pu seulement regarder cette putain anglaise quand il y avait auprès de vous la plus adorable des femmes, quand vous pouviez respirer une véritable rose !

Puis, se calmant soudain, elle ajouta d'une voix devenue curieusement impersonnelle :

— Vous voudrez bien demander à Daguet d'amener le cabriolet pour dix heures demain matin ? Je vais prier Béline de m'aider à faire mes bagages... Et surtout, que personne n'essaie de m'empêcher de partir ! Ne m'obligez pas à m'enfuir !

Quelques minutes plus tard, le galop d'un cheval éveillait les échos de la nuit : Guillaume courait vers Varanville. Il ne pouvait pas laisser sa fille arriver là-bas à l'improviste mais, surtout, il voulait voir Rose, parler à Rose, vider son cœur une bonne fois avec la seule, la faible espérance qu'elle ne le condamnerait pas et saurait comprendre.

Derrière les fenêtres de la maison, plusieurs regards le suivirent, la plupart avec des larmes dans les yeux, mais Arthur n'était pas de ceux qui se contentent de pleurer. Lorsque à sa demande il avait accompagné Lorna au sortir de la salle, il s'était gardé de lui dire ce qu'il pensait : elle s'appuyait alors au bras de Mr Brent et, bien que le garçon considérât son précepteur comme un ami, il y avait des paroles qu'il ne voulait pas prononcer en sa présence.

Lorna le sentit peut-être, car elle invita le jeune homme à la suivre chez elle pour s'entretenir avec lui un instant. Arthur avait donc regagné sa chambre pour attendre que la voie soit libre. Le départ de son père le décida à brusquer les choses et il alla frapper à la porte de sa sœur. Celle-ci le reçut assez mal.

— Je suis fatiguée, Arthur et je n'ai aucune envie de causer avec vous.

— Il n'est pas question de causer mais plutôt d'écouter. Ce que j'ai à dire tient en peu de mots : je ne veux pas qu'Élisabeth quitte cette maison, «sa» maison. Alors, tirez-en les conclusions !

— Nul ne l'oblige à partir. Cette petite personne s'arroge il me semble des droits excessifs et, si vous voulez mon sentiment, il est invraisemblable que chacun ici l'accepte. En Angleterre, les enfants ne se mêlent pas de la vie de leurs parents... Vous devriez vous en souvenir et laisser votre père et moi...

— N'essayez pas de vous leurrer, Lorna! Il ne veut pas de vous parce qu'il ne vous aime pas.

— Il m'a aimée assez pour me faire cet enfant et il m'aimera encore pour peu qu'on cesse de le harceler. Moi, de toute façon, je n'ai plus le choix : je dois rester ici. C'est ma seule chance d'être heureuse! Me voyez-vous rentrer en Angleterre, épouser Thomas alors que je suis enceinte d'un autre? Les enfants de France apprennent, il me semble, une étrange morale...

— Je veux que vous acceptiez ce que l'on vous offre : laissez-vous conduire à Paris pour mettre cet enfant au monde. Ensuite, je vous jure que nous nous en occuperons... et vous pourrez aller coiffer votre couronne de duchesse. La guerre qui va commencer vous offre une excellente excuse pour un assez long retard, il me semble?

La jeune femme se mit à rire. Quittant le fauteuil où elle s'était assise, elle s'approcha d'Arthur et le prit aux épaules.

— Quoi que vous en pensiez, vous n'êtes encore qu'un petit garçon persuadé que les adultes doivent agir selon ses idées. Vous n'oubliez que deux choses importantes : j'aime votre père et je tiens déjà beaucoup à celui qui va venir. Si vous m'aimez encore un tout petit peu, cela devrait compter pour vous...

— C'est vraiment de l'amour que vous éprouvez pour Père? J'ai peine à le croire!

— Lui aussi, figurez-vous! C'est pour cela qu'il fait tous ces efforts pour me repousser. Et aussi parce qu'il n'a pas encore pris conscience de ce qu'il éprouve pour moi, mais je peux vous assurer qu'un jour viendra où il retrouvera la joie que je lui ai donnée cette nuit où nous avons été l'un à l'autre. Je sais comment la lui rendre... et nous serons heureux ! Quant à Élisabeth, elle se calmera. Bientôt elle sera une femme, elle aimera... et elle reviendra ! Tout sera oublié.

Prenant la tête du jeune garçon, elle posa un baiser sur ses cheveux drus et le conduisit doucement vers la porte. Il la franchit en baissant le front, ne sachant plus que croire ni que penser mais toujours aussi malheureux.

— Kitty ! appela Lorna, venez me déshabiller, je vous prie !

La femme de chambre, qui se trouvait alors dans la garde-robe où elle rangeait des vêtements, se releva brusquement, serrant entre ses doigts une petite fiole enveloppée d'un treillis d'argent de facture orientale qu'elle venait de faire tomber de la poche d'un vêtement. Elle n'avait jamais vu cet objet mais, sans qu'elle pût l'expliquer, il lui inspirait une instinctive méfiance.

— Eh bien, Kitty ? Que faites-vous ? s'impatienta la jeune femme.

Remettant vivement le menu flacon d'où il sortait, elle se hâta de rejoindre sa maîtresse, mais sa curiosité était éveillée. Ce n'était ni un parfum ni une liqueur. Une drogue peut-être ? Mais à quoi pouvait-elle bien servir ?

Dix heures sonnaient à la grande horloge du vestibule quand, au matin, Élisabeth apparut en haut des marches de l'escalier et descendit lentement vers ceux qui l'attendaient. Devant la porte,

Valentin et Daguet chargeaient deux malles et un coffre à chapeaux sur la berline de Varanville qui venait tout juste d'arriver. Debout sur le perron, Guillaume, tête nue en dépit du crachin qui noyait le parc et les bâtiments en voie de reconstruction, les regardait faire appuyé sur sa canne avec l'impression horrible de vivre un nouveau cauchemar : dans la voiture, il y avait Rose venue elle-même chercher celle qui demandait asile, Rose qui ne descendrait pas pour être certaine de ne rencontrer personne, Rose qu'il avait blessée au cœur et à qui, sans doute, il faisait horreur parce qu'il n'était plus à ses yeux qu'un débauché sans scrupules...

Trop émue pour parler, la jeune fille embrassa ses frères puis Potentin, Clémence, Lisette et tendit la main à Jeremiah Brent qui s'inclina sur elle, bien près des larmes lui aussi. Arthur seul rompit l'étrange silence peuplé de petits sanglots étouffés dans un mouchoir et de reniflements. Pâle jusqu'aux lèvres, son visage n'était plus celui d'un garçon de treize ans mais celui d'un homme qui souffre. Son cri de protestation retentit comme un ordre :

— Ne pars pas !... Ce n'est pas juste !

— Chut, petit frère !... Ne me rends pas les choses plus difficiles !...

Accompagnée de Béline qui avait exigé de la suivre, renonçant momentanément à son entrée en religion, elle traversa le vestibule d'un pas rapide, embrassa Daguet, trouva un sourire pour Valentin puis, se tournant vers Guillaume :

— Adieu, Père !... Je prierai pour vous.

Sans attendre la réponse, sans voir le geste ébauché de tendre les mains vers elle, Élisabeth s'engouffra dans la voiture aussitôt imitée par sa fidèle gouvernante. La dernière vision que Guillaume eut de sa fille fut celle de son visage contre celui de Rose dont les bras venaient de se refermer tendrement sur elle...

Tandis que l'attelage s'ébranlait dans le bruit immuablement joyeux des départs — claquements de fouet, battement rythmé des sabots et cliquetis de gourmettes —, il leva les yeux vers la fenêtre derrière laquelle s'abritait la femme qu'il détestait à présent presque autant que lui-même. Une heure plus tôt et dans l'espoir qu'elle renoncerait à ses prétentions, il lui avait signifié sa décision :

— Je vous épouserai puisqu'il le faut mais pas avant que l'enfant ne soit né... et viable !

Mais elle s'était contentée de sourire.

— Lorsque je le mettrai dans vos bras, Guillaume, vous ne vous souviendrez que de nos heures d'amour et vous accepterez d'être heureux.

A cette évocation idyllique et au même instant, Clémence Bellec apportait un contrepoint singulier en confiant à Potentin :

— Croyez-moi, Potentin ! L'est pas encore né celui-là. Madame Agnès ne le permettra pas ! Et moi non plus...

CHAPITRE XIV

LA CRIQUE

En ramenant Élisabeth chez elle, Rose de Varanville se sentait un peu l'âme du sauveteur qui vient d'arracher un être humain à la mort. C'était la raison qui l'avait poussée à se déplacer en personne pour chercher l'enfant blessée, alors qu'il eût été si facile d'envoyer Félicien : elle avait trop peur que durant le trajet — bien court cependant ! — il arrivât la moindre chose au précieux dépôt qui se confiait à sa tendresse.

Depuis longtemps, elle savait qu'un jour viendrait où la fille des Tremaine prendrait le chemin de Varanville. Durant bien des années, Agnès et elle puis elle et Guillaume avaient imaginé, sur le ton de la plaisanterie tendre, qu'un mariage unirait Élisabeth et Alexandre. Ce devait être écrit quelque part dans le ciel : ces deux-là s'aimaient trop pour jamais accepter de prendre des routes divergentes ! On évoquait alors la grande fête à laquelle participerait tout le pays, qui sublimerait les Treize Vents et resterait dans toutes les mémoires. Et puis aussi le carrosse couvert de fleurs, entouré de musiques et de chants qui mènerait le jeune couple vers le château que Rose songeait déjà à lui abandonner afin qu'il pût y vivre sans contraintes :

— Je me retirerai à Chanteloup, disait-elle en riant. C'est assez proche pour que je puisse continuer à diriger mes cultures. J'y ferai la partie de cartes de ma bonne tante et m'installerai petit à petit dans mon nouveau rôle de douairière. A moins qu'à la suite de ses études Alexandre ne prenne une grande position, auquel cas je resterai pour assumer l'intendance...

On riait alors dans la joyeuse certitude des prédictions qui ne peuvent manquer de se réaliser. Il ne serait venu à l'esprit de personne d'imaginer ce qui se passait aujourd'hui : les sanglots enfin libérés d'une jeune fille obligée de fuir la maison qu'elle aimait afin de préserver son âme... et Guillaume Tremaine acceptant ça ! L'impensable, l'inouï, l'énorme, le monstrueux, la chose la plus aberrante que l'on puisse voir ! Un homme solide entre tous, volontaire, impérieux, arrogant même parfois, tombé par une nuit d'orage dans le piège d'une trop jolie fille !

Cet homme, Rose l'avait vu, la nuit dernière, écrasé devant elle pleurant à ses genoux, éperdu de honte et de désespoir.

— C'est vous que j'aime, Rose ! Je le jure sur le salut de mon âme ! Vous êtes la seule à habiter mes rêves mais je voulais attendre que ma demeure soit à nouveau digne de vous pour vous demander, humblement, de mettre votre main dans la mienne...

— Qui vous dit que j'aurais accepté ?

— Rien ! Tout !... Vos yeux surtout ! Oh ! ma très douce, ma très pure ! Jusqu'à hier, j'étais certain d'en avoir compris le langage et à présent je suis là, devant vous, misérable parmi les plus misérables, espérant seulement que vous ne me jetterez pas dehors, que vous voudrez bien m'aider à ne pas perdre tout à fait l'enfant qui ne veut plus de moi... Oh, Rose, si vous saviez comme il m'en coûte de vous dire toutes ces choses ! Si vous saviez comme je suis malheureux !...

— Je crois que je peux m'en faire une idée, dit-elle gravement, et je vous plains. Il est étrange de constater comme les actions que nous souhaiterions le plus tenir cachées, dont nous pensons souvent qu'elles sont de peu d'importance, peuvent s'imposer à nous alors que nous croyons les avoir oubliées...

— Cela n'a pas dû vous arriver souvent !...

— Qui peut savoir ? Nous avons tous nos faiblesses !... Je suppose que vous allez l'épouser, Guillaume ?...

— Ne me demandez pas ça ! Pas vous !

— Il n'y a pas d'autre solution. Vous avez commis une faute grave dont les conséquences le sont plus encore puisqu'elles ont atteint Élisabeth...

— L'épouser, c'est renoncer à ma fille ! Souvenez-vous : elle ne reviendra pas tant que celle qu'elle déteste sera chez nous. Si Lorna est vraiment enceinte... ce dont je ne suis pas encore certain et si l'enfant vient à terme, alors peut-être...

— Je n'aime pas les «si», Guillaume ! Ils sont trop commodes !

— Peut-être, mais moi je ne lui passerai pas la bague au doigt tant que je ne l'aurai pas vue accoucher et rien ne me fera changer d'avis !

— Vous pourriez au moins avoir pitié d'elle ! Ne

comprenez-vous pas qu'elle est dans une situation impossible ?

— Elle a l'air de s'y trouver fort bien ! En outre, la décision d'Élisabeth la comble de joie. Elle va pouvoir régner en maîtresse, mais moi je ferai en sorte...

— Vous ne ferez rien du tout ! coupa Rose. Et vous allez même me jurer de ne rien tenter qui puisse porter atteinte à la mère ou à l'enfant ! A ce prix seulement, j'essaierai de fléchir Élisabeth, de lui faire comprendre... l'incompréhensible.

La fêlure soudaine de la voix, le charmant visage détourné vivement et caché un instant sous la blancheur d'un mouchoir serrèrent le cœur de Guillaume. Ainsi, elle aussi souffrait ? Cependant, elle trouvait le courage de plaider pour celle qui les séparait, de se soucier de sa sécurité...

— Je ferai ce que vous voulez, murmura-t-il. Que pourrais-je vous refuser alors que vous acceptez d'accueillir ma rebelle ?

— Vous n'en avez pas douté, j'espère ? Elle est ma filleule et j'espère qu'un jour elle sera ma fille. Ici, je veux croire qu'elle retrouvera la paix de l'âme... Cependant, je vais vous imposer une condition.

— Laquelle ? Vous savez bien que j'accepte tout...

— Celle-là vous sera pénible car il se peut que vous ayez des arrière-pensées, mais sachez ceci : je plaiderai pour vous mais je respecterai la volonté d'Élisabeth. Ne comptez pas sur moi pour lui tendre le piège de la tendresse : vous ne remettrez pas les pieds ici... à moins qu'elle ne vous réclame expressément !

— Vous me rejetez ? fit-il, atteint au plus sensible.

— Oui... pour votre bien. Il faut lui laisser du temps !... A moi aussi...

— Ah !

Il n'y avait rien à ajouter... Courbé sous le poids de ce silencieux anathème, Guillaume était retourné vers son cheval, vers sa nuit, gardant au fond des yeux la dernière image de Rose debout devant la tapisserie de verdure de son «confessionnal» qui jamais n'avait mieux mérité son nom. Dans la blancheur du peignoir à dentelles passé en hâte pour le recevoir, elle ressemblait à l'ange placé par Dieu à la porte du Paradis pour en interdire l'accès aux coupables du premier péché. Seule manquait l'épée flamboyante mais la colère douloureuse qui faisait scintiller les yeux d'émeraude possédait une puissance beaucoup plus redoutable. Et, bien qu'elle n'en eût rien dit, Guillaume était certain qu'elle ne lui pardonnerait pas...

Ce en quoi il se trompait. C'était à elle-même que Rose ne pardonnait pas d'avoir permis à un nouvel amour d'envahir un cœur où seul aurait dû régner jusqu'à l'heure dernière le souvenir de l'époux disparu. Sans doute recevait-elle à présent le salaire de la faute commise en abandonnant son deuil après seulement sept ans et en redevenant coquette pour la joie de se voir belle dans le regard d'un homme? A présent, de plus nobles tâches l'attendaient et, avant tout, rendre l'ancienne joie de vivre à celle qui se confiait à elle...

Élisabeth ne pleura pas longtemps. Elle n'était pas fille à larmoyer pendant des heures, mais, après la tension supportée depuis la veille, elle avait éprouvé l'impérieux besoin d'ouvrir les vannes dès qu'elle s'était trouvée hors de la vue des siens. Rose n'essaya pas de l'en empêcher, ni même de la réconforter : elle la laissa pleurer sans dire un mot, se contentant de caresser doucement la tête nichée contre son épaule. Aussi le soulagement fut-il rapide : la voiture n'était pas à mi-chemin que la jeune fille se calmait et retrouvait même un sourire pour sa marraine :

— Je n'ose pas penser à ce que j'aurais pu faire si vous n'étiez pas là, soupira-t-elle en achevant de sécher ses yeux. Vous avez toujours été mon refuge et voilà que je vais à nouveau vous encombrer !

— C'est un mot que je te défends de prononcer ! Une marraine est toujours destinée à remplacer la mère lorsque celle-ci ne peut veiller sur son enfant. Je suis dans mon rôle... et puis je t'aime bien ! Chez nous tu es attendue avec affection, tu le sais. En outre, on ne te posera pas de questions.

En effet, une version officielle devait circuler : celle d'une sévère dispute entre Élisabeth et la «cousine anglaise» et son refus absolu de présenter les excuses réclamées par Guillaume. Cela expliquerait, au moins pour un temps, le fait qu'on ne le verrait plus à Varanville et retarderait d'autant les effets d'un scandale qui deviendrait cependant inévitable lorsque l'état de Lorna ne pourrait plus être caché.

— Nous allons être la risée du pays ! gémit Élisabeth alors que la voiture s'engageait dans la grande allée de Varanville. Comment Père ne le comprend-il pas ?

— Il ne le comprend que trop bien, mon petit, mais, à tout prendre, ce mariage sera un moindre mal.

— Un moindre mal alors que nous savons bien

vous et moi... et les autres aussi qu'il va nous rendre tous très malheureux? De toute façon que croyez-vous que l'on dira quand on saura que Père va épouser sa nièce et qui plus est la fille de son ancienne maîtresse parce qu'il lui a fait un enfant? Il passera pour ce qu'il n'est pas : un affreux débauché comme... comme mon grand-père Nerville! Ce ne serait pas pire s'il laissait Lorna mettre ses menaces à exécution.

— Oh si! Dès l'instant où il répare, les réactions seront moins dangereuses. Tu sais il s'en est passé de drôles dans nos châteaux au cours des siècles. En outre, le caractère et la position de ton père font qu'on y regardera à deux fois avant de l'attaquer. Enfin, ajouta-t-elle avec une ombre de mélancolie, la beauté a toujours été une excuse aux yeux des hommes...

— Mais pas aux yeux des femmes! Cette intrigante s'en apercevra quand elle les trouvera dressées contre elle...

Cette fois Rose ne répondit pas. Elle sourit seulement à Béline qui, durant tout le voyage, s'était contentée de regarder obstinément par la portière comme si elle découvrait le paysage pour la première fois. Naturellement, elle approuvait entièrement Élisabeth. Elle était d'ailleurs assez contente de revenir à Varanville où elle se plaisait bien...

Lorsque la voiture s'arrêta, ce fut Honoré, l'un des palefreniers émigrés des Treize Vents, qui vint à la tête des chevaux. Il salua la jeune fille d'un joyeux bonjour et celle-ci s'en trouva réconfortée. C'était bon de retrouver ici quelques-uns de ceux qui faisaient partie de son environnement quotidien. C'était bon aussi de retrouver la vieille demeure de granit un peu rosé — Varanville avait près de trois siècles de plus que la maison des Tremaine —, si harmonieuse avec ses hauts toits de schiste à reflets verts étalés comme une large jupe autour de l'élégante silhouette d'une tourelle octogone. La patine du temps mettait sa grâce sur ce charmant logis aux lucarnes fleuronnées posé comme un joyau précieux au cœur d'un jardin foisonnant où les fleurs du printemps feraient place aux roses de l'été. Il y en avait des centaines aux beaux jours : ainsi l'avait voulu Félix de Varanville en hommage à sa Rose, qui les aimait tant. Enfin, la Saire, à peine voilée par un rideau de saules argentés, jouait à taper sur ses grosses pierres pour faire de l'écume à peu de distance du château.

La chambre où Rose installa son invitée donnait sur la rivière. Guillaume y avait logé pendant la construction des Treize Vents. A l'époque, c'était une pièce un peu triste avec ses tentures fanées et ses boiseries encrassées par les ans, comme d'ailleurs la plus grande partie de la maison. Les Varanville, réduits au seul Félix qui revenait de combattre l'Anglais aux Indes en compagnie de son ami Tremaine, étaient loin d'être riches. C'était la raison pour laquelle l'adorable et malicieuse Rose de Montendre avait eu tant de peine à le convaincre de l'épouser. Mais, parvenues à leurs fins, la jeune femme et sa fortune avaient positivement ressuscité le manoir et son seigneur. A présent, la chambre d'Élisabeth, tendue de damas bouton d'or et de satin blanc, fleurie de grandes tulipes blanches, avec ses vieux meubles cirés à miroir, était la plus gaie qui se puisse concevoir. Aussi Victoire et Amélie tinrent-elle absolument à lui en faire les honneurs.

— C'est moi qui ai cueilli les fleurs ! annonça la blonde Victoire en aidant Élisabeth à ôter son manteau tandis que la brune Amélie protestait en fronçant sa frimousse de chaton :

— Cette chipie ne m'a pas permis d'en choisir une seule ! Alors moi j'ai demandé à Marie Gohel de te préparer du blanc-manger avec de la crème et de la confiture de fraises parce que tu l'aimes beaucoup. Tu verras, elle le fait aussi bien que Mme Bellec.

— Je n'en doute absolument pas et vous êtes toutes les deux des amours de me recevoir si gentiment !

— On n'a pas oublié comme tu t'es bien occupée de nous pendant qu'Alexandre était malade. Ce sont de ces choses dont il faut se souvenir ajouta l'aînée d'un ton doctoral...

En fait, les fillettes considéraient l'arrivée d'Élisabeth comme une véritable bénédiction. Depuis le départ d'Alexandre retourné à son école parisienne, la maison était un peu triste. Même Mme de Chanteloup était repartie dans son château pour y présider aux nettoyages et lessives de printemps. Elle adorait ces grands remue-ménage qui lui permettaient d'inventorier ses armoires et de houspiller un peu ses chambrières bien qu'en fait elle passât le plus clair de son temps chez Rose.

— Je tiens beaucoup à ce que vous trouviez toutes choses en ordre lorsque je mourrai... disait-elle.

Réduites à la seule compagnie de leur mère, toujours très occupée d'ailleurs et à celle de Mlle Letellier, l'ancien « porte-flacon-de-sels » de Mme de Chanteloup astreinte au chômage depuis que l'alerte douairière de quatre-vingts printemps avait renoncé à s'évanouir à tout bout de champ, et qui remplaçait tant bien que mal auprès d'elles sœur Marie-Gabrielle, Victoire et Amélie trouvaient le temps long. La visite d'Élisabeth était donc la bienvenue !

Peut-être eussent-elles été moins enthousiastes si elles avaient su que l'on ne verrait plus M. Tremaine et peut-être pas davantage les garçons ? Or, si Amélie vouait toujours à Adam la même tendresse paisible et pleine de certitudes, Victoire, surtout depuis son séjour aux Treize Vents, avait élu Arthur pour son roi et voyait en lui un héros laissant loin derrière lui tous les occupants de la Table ronde.

Le premier soir fut charmant pour Élisabeth et la première nuit délicieuse... Il est vrai que, durant la précédente, elle n'avait pas fermé l'œil, mais le calme du vallon où l'on n'entendait que le chant des oiseaux et celui de la rivière était divinement reposant. Les jours qui suivirent le furent presque autant. L'exilée volontaire se laissait prendre par le charme de son refuge et l'affectueuse attention qu'on lui prodiguait. Elle suivait Mme de Varanville dans ses champs, ses terres de culture ou ses vergers, montant généralement Rollon, l'un des chevaux de son père hébergés aux écuries du château. Ou alors, elle se promenait avec les petites et Mlle Letellier dans une campagne qu'elle connaissait bien, Béline préférant de beaucoup prêter la main à Marie Gohel. Les bords de la Saire avaient leur préférence. A d'autres moments, elle lisait, faisait de la musique avec Victoire qui touchait déjà joliment la harpe, ou brodait auprès de sa marraine. Rose venait d'entreprendre un vaste ouvrage de tapisserie destiné à recouvrir les belles chaises anciennes de la grande salle. Élisabeth en prit sa part avec empressement. En résumé, elle s'efforçait de remplir ses journées à ras bord afin d'être bien fatiguée lorsque venait le moment de gagner son lit et de s'endormir dès que sa tête touchait l'oreiller.

Cette façon de vivre toujours en compagnie sauf au moment du sommeil lui évitait de trop réfléchir et c'était ce qu'elle craignait le plus au monde. Elle était un peu comme un naufragé qui, trop heureux d'atteindre la Terre ferme après des heures d'une lutte épuisante contre les vagues, savoure le bonheur égoïste d'être entier et bien vivant mais qui sait très bien que le regret du bateau englouti le rattrapera un jour ou l'autre... Et puis, encore sous le coup de sa brutale décision, elle goûtait assez d'être une sorte d'héroïne à ses propres yeux comme à ceux de ses hôtesses : cela lui donnait l'impression de planer au-dessus des turpitudes terrestres vers ces hauteurs où l'air est plus pur et le ciel plus grand.

Un matin, en s'éveillant, elle entendit le cri des mouettes, alla pieds nus ouvrir sa fenêtre, vit que le temps était gris, avec des nuages qu'un vent fort chassait d'un bout à l'autre de l'horizon. Et le souvenir de la chère maison l'envahit sans qu'elle pût lui opposer la moindre défense.

Les mouettes, on en voyait souvent aux Treize Vents. Élisabeth aimait les regarder. Elle prenait plaisir à suivre leur vol, restant de longues minutes à contempler ces filles de la mer et du vent. Quelquefois en compagnie de son père.

Pour Guillaume, les blanches voyageuses possédaient le pouvoir de le ramener au temps de son enfance, aux heures passées sur le port Québec ou sur les rives du Saint-Laurent à les observer ou à leur jeter un peu de nourriture. Naturellement, il évoquait pour sa fille ces moments-là et peu à peu les mouettes étaient entrées dans le légendaire familial comme dans la vie quotidienne d'une demeure qui avait toujours l'air de leur tendre les bras. Ce n'était pas le cas à Varanville. Pour qu'elles remontent la rivière et s'enfoncent ainsi dans l'intérieur des terres, cela était signe de mauvais temps en mer. Comme Élisabeth, fuyant la tempête déchaînée sur les Treize Vents, les oiseaux cherchaient l'abri et le refuge, le calme et la paix. Seulement, une fois la bourrasque passée, elles repartiraient... Élisabeth, alors, pleura amèrement, désespérément sa maison perdue, sa vie rompue, ses racines dont elle sentait maintenant que leur arrachement était douloureux. Tout lui manqua d'un seul coup mais surtout ce père dont elle n'arrivait pas à démêler si elle le détestait plus qu'elle ne l'adorait. Une chose était claire : elle lui en voulait férocement de l'avoir obligée à le fuir, de n'avoir rien fait pour la retenir. Peut-être, après tout, était-il soulagé qu'elle l'eût délivré d'une présence hostile? Et puis aussi, il y avait ce silence! Varanville était une île de silence... Aucun bruit n'y arrivait, ou alors, si c'était le cas, on ne lui disait rien. Elle connut ainsi l'agacement des conversations qui tournent court lorsque l'on pénètre dans une pièce mais, par fierté et pour ne pas mettre ses amies dans l'embarras, elle faisait comme si de rien n'était. En résumé, les Treize Vents, distants d'une très petite lieue seulement, auraient pu être de l'autre côté de la Terre sans qu'on en sût davantage. L'arrivée des mouettes était le premier écho que le ciel renvoyait.

Aussi, le jour où la voiture du docteur Annebrun remonta l'allée de vieux chênes, Élisabeth en éprouva une telle joie qu'elle se jeta littéralement dans les jambes du cheval au risque d'être foulée aux pieds. Ce qui lui valut une salve de protestations du conducteur :

— Quelle idiote, mon Dieu! Tu as tellement envie de te faire renverser?...

— Non mais je m'aperçois que j'avais très, très envie de vous voir...

— Moi aussi. Sans quoi je ne serais pas là. Dis-moi un peu : comment vas-tu?

— Comme on peut aller lorsque l'on vous a tout pris! fit-elle d'un ton si amer que le médecin, descendant de son siège, vint passer un bras chaleureux autour de ses épaules.

— Personne ne t'a rien pris. Du moins sur le plan affectif. Quant au reste, c'est toi qui a choisi de couper les ponts. Ils ne sont pas très heureux là-bas, tu sais?

La litote amena un pâle sourire sur les lèvres de la jeune fille mais ne lui fit pas oublier pour autant sa rancœur :

— Ils n'ont que ce qu'ils méritent! Personne ne les oblige à subir une situation aussi dégradante!

— Qui entends-tu par «ils»? Les garçons?

— Bien entendu. Ils n'avaient qu'à suivre mon exemple!

— Et envahir Mme de Varanville avec armes et bagages, aussitôt imités, bien sûr, par Mr Brent, Potentin, Mme Bellec, Lisette et tout le reste du personnel?

Sans attendre la réponse, il éclata de rire.

— Quelle enfant tu fais encore sous tes airs de gravité! Tu n'imaginais tout de même pas que les Treize Vents allaient se vider comme sous l'effet d'une pompe aspirante pour laisser ton père et... ta cousine dans la sombre solitude des réprouvés?

— Pourquoi pas? Tôt ou tard, c'est ce qui les guette. Cette femme est le diable!... Au fait : est-elle vraiment enceinte? Vous devriez savoir ça, vous, l'homme de l'art?

— Elle ne veut pas que je l'examine mais, dans l'état actuel des choses, il est normal qu'elle se méfie de moi. Tout ce que je peux dire c'est qu'elle en a les symptômes : la fatigue, les nausées, la mine un peu... verdâtre. Il est vrai que ces malaises peuvent venir aussi de ses nerfs mal remis : elle n'a pas vraiment la vie rose. Ton père ne lui adresse pas la parole; Adam tourne les talons dès qu'il l'aperçoit; Arthur ne sait visiblement plus à quel saint se vouer. Seuls Mr Brent qui est amoureux d'elle et Kitty à qui elle continue à faire goûter tout ce qu'elle absorbe s'occupent d'elle et lui tiennent compagnie...

— Et elle accepte ça? N'a-t-elle donc aucun amour-propre?

— Oh, son orgueil est intact mais elle cultive la vertu de patience. Elle pense que les choses changeront lorsque l'enfant sera né. Ton père alors l'épousera et elle sera heureuse.

— Heureuse? Avec un homme qui ne l'aime pas? C'est de la folie.

— Non. Simplement elle a une extrême confiance dans sa beauté, son charme, tout ce qui fait d'elle une femme désirable. En outre... et c'est là le plus grave, elle l'aime vraiment, avec une passion qu'elle est sûre d'arriver à lui faire partager !

— Elle n'y arrivera jamais ! s'écria Élisabeth hors d'elle. C'est Tante Rose qu'il aime. J'en suis plus que certaine.

— Je partage d'autant plus ta certitude qu'il me l'a avoué. Seulement... c'est un homme et déjà sur le second versant de la vie. Une jeune femme aussi belle possède des armes bien puissantes. Tu les découvriras lorsque tu auras trois ou quatre ans de plus. Mais si tu veux mon avis, tu as rendu un fier service à ta rivale — il faut bien l'appeler ainsi! — en claquant les portes derrière toi. Tu étais sa pire ennemie. Ton départ la débarrasse... même si elle a toute la maison contre elle.

Au lieu d'aller vers le château, tous deux s'étaient dirigés vers la charmille qui les assurait d'une certaine solitude. Ils marchèrent un moment sous les arbres sans plus rien dire. Pierre Annebrun guettait l'effet de ses paroles. Élisabeth réfléchissait. Soudain, elle s'arrêta :

— Qu'essayez-vous de me dire? Que je dois rentrer?

— Non. Je te connais bien : tu es beaucoup trop fière, trop pareille à ton père pour accepter déjà de prendre le «chemin de Canossa». Encore que j'en sais qui seraient infiniment heureux! Et ne va pas te mettre en tête que je suis ici en émissaire. Personne ne m'envoie. Je te l'ai dit : je viens seulement voir comment tu vas... Je t'aime beaucoup moi aussi...

Il la regardait avec tant d'affection dans ses bons yeux bleus qu'elle ne put s'empêcher de lui sourire et de prendre son bras pour continuer la lente promenade :

— Vous êtes amplement payé de retour... mais vous êtes bien certain de n'avoir pas eu, derrière la tête, l'idée de me chapitrer?

— Pas davantage. Ce que je veux seulement c'est te mettre en face des réalités... et aussi de tes responsabilités.

Elle reprit feu instantanément :

— Si quelqu'un en a, ce n'est pas moi. C'est mon père... c'est cette femme, c'est...

— Taratata! Ils en ont sans doute mais tu as les tiennes, celles de ta propre vie. Tu es libre, Élisabeth, entièrement libre! Ton père pourrait user de son droit paternel et te faire ramener à la maison entre deux gendarmes. Tu es mineure et la loi est pour lui...

— Je me demande comment Tante Rose prendrait une descente de police chez elle, ricana la jeune fille.

— Très mal, bien entendu, et il ne peut pas en être question, mais je veux seulement te faire comprendre que tu dois réfléchir mûrement parce qu'une séparation définitive pourrait te faire autant de mal qu'à ton père. Tu pourrais la regretter un jour... quand il serait trop tard! Pour l'instant ce n'est pas encore très grave. Tu n'es pas loin; tu es dans une maison plus qu'amie et chacun pense que tu finiras par y être vraiment chez toi lorsque tu auras épousé Alexandre. Seulement, tu n'as que seize ans. Il n'en a pas davantage. Il vit à Paris et, jusqu'à présent, il n'y a entre vous aucun lien officiel...

— Où voulez-vous en venir?

— A ceci : que se passerait-il si l'un de vous deux s'éprenait de quelqu'un d'autre? Si c'est toi, il sera normal que tu suives ton cœur là où il te mènera, mais si c'est lui? Crois-tu qu'il te sera possible de continuer à demeurer ici?

Élisabeth devint très rouge et détourna la tête pour cacher cette émotion.

— Je n'ai jamais envisagé cela, fit-elle d'une voix assourdie. Entre Alexandre et moi les liens sont tellement solides! Mais il est vrai que nous n'avons jamais parlé d'amour.

Comment imaginer, en effet, que les plans affectueux établis depuis si longtemps pussent s'effacer soudain? Elle était sûre d'Alexandre comme il était sûr d'elle pourtant.. Pourtant il y avait eu un moment dans sa vie de petite fille où l'image d'un jeune garçon blond s'était imposée à la place de celle d'Alexandre. Une image qu'Élisabeth n'avait jamais réussi à gommer tout à fait, qui, parfois, la troublait encore... Sans doute possédait-elle trop d'orgueil pour imaginer que pareille aventure puisse arriver à son ami d'enfance, son chevalier de toujours. Et cependant...

— Vous avez sans doute raison, fit-elle enfin. Tout cela est possible! Seulement, vous oubliez qu'il n'y a pas au monde que les Treize Vents et Varanville et qu'il peut exister, pour une fille comme moi, une autre solution...

— Laquelle?

— Le couvent! La Révolution est loin, maintenant. Il s'en rouvre dans toute la Normandie, dans toute la France...

Soudain, une boule se noua dans sa gorge. Elle leva sur Annebrun des yeux pleins de flammes et de désespoir.

— Après tout, s'écria-t-elle, c'est peut-être le seul endroit au monde où j'aurai enfin la paix?...

Les sanglots éclatèrent comme crève un nuage d'orage. Si brutalement même que le médecin ne réagit pas tout de suite quand la jeune fille s'enfuit en courant, plongeant à travers les massifs du jardin de la même façon qu'elle se fût jetée à la mer. Le docteur Annebrun n'essaya même pas de la suivre mais il cria:

— Oublie ça! Ce n'est pas une vie pour toi, Élisabeth! Tu ne pourrais pas la supporter! Reviens, je t'en prie! Reviens!...

Mais seul l'écho lui répondit. Alors, il retourna vers le château afin de mettre Mme de Varanville au courant de ce qui venait de se passer.

— Vous avez bien fait de ne pas courir après elle, approuva celle-ci. Elle se calmera d'elle-même. Et puis je lui parlerai mais pas ce soir. Elle doit être trop malheureuse.

— Vous pensez que j'ai eu tort?

— Non. Les torts sont peut-être de mon côté. Voilà plusieurs jours que je m'interroge...

— Des torts, vous? Où allez-vous les chercher?

— Auprès de Guillaume. Je... Je lui ai défendu de venir ici pour éviter de blesser davantage Élisabeth. A présent, je me demande si je ne pensais pas surtout à moi alors qu'il est peut-être le seul capable de reconquérir ce cœur en train de se fermer?

— C'est possible mais, de toute façon, il est encore trop tôt. Attendez de voir comment vont évoluer les choses aux Treize Vents. Je vous tiendrai au courant. Dites-le à Élisabeth...

Lorsque celle-ci rentra, la nuit tombait et Rose était morte d'inquiétude, mais elle n'eut pas le courage d'un reproche quand la jeune fille, échevelée et défigurée par les larmes, vint se jeter dans ses bras en demandant pardon puis monta se coucher sans vouloir souper.

— J'espère que cela passera, dit-elle avec un pauvre sourire, mais j'ai vraiment besoin d'être seule. Il ne faut pas m'en vouloir...

— Fais à ta guise, ma chérie! Sans oublier toutefois qu'il peut être bon de parler, de se confier.

Le lendemain, Élisabeth changea sa façon de

vivre : entre les repas où elle se contraignit à une scrupuleuse exactitude, on ne la vit plus qu'à cheval. Elle monta matin et soir, seule la plupart du temps malgré les ronchonnements d'Honoré, le palefrenier des Treize Vents qui n'aimait pas beaucoup ce goût soudain des grandes courses. Il alla dire ce qu'il en pensait à Mme de Varanville, escorté d'ailleurs de Béline qui se souciait presque autant que lui, mais Rose voulait que la jeune fille se sentît tout à fait libre.

— Laissez-la tranquille ! dit-elle. Tout ce que j'espère est que ses promenades la ramèneront vers une demeure qui, certainement, lui manque de plus en plus...

En fait, c'était vers la mer qu'Élisabeth se dirigeait toujours. L'immense paysage marin que l'on découvrait des Treize Vents lui manquait et aussi l'animation de Saint-Vaast au marché du vendredi, lorsque revenaient les barques de pêche, ou même les allées et venues des soldats entre les deux forts. Varanville était un nid de verdure enfoncé dans les terres, enfermé dans les arbres, avec un horizon clos animé seulement par le friselis cristallin de la Saire. L'idée d'y vivre à jamais lui semblait chaque jour un peu plus difficile. Alors, pour se donner l'illusion de l'évasion, elle menait son cheval jusqu'au bord des rochers ou encore sur les grèves dont tous deux suivaient le dessin dans le clapotis des vagues dont l'écume mouillait les jambes fines de l'animal. Parfois, la jeune cavalière mettait pied à terre et barbotait avec lui allègrement.

Comme ils n'allaient pas toujours au même endroit, ils firent des découvertes, rencontrèrent des pêcheuses de coques, des ramasseurs de moules ou ceux qui récoltaient le varech, les algues, le goémon, le fucus dont on faisait le meilleur engrais. Élisabeth leur disait quelques mots et presque tous souriaient à cette belle enfant dont la chevelure flamboyante dansait sur l'amazone de velours vert.

Un jour, au gré de sa capricieuse errance, Élisabeth aperçut sa maison et en ressentit un choc si douloureux qu'elle n'en dormit pas de la nuit, torturée par la pensée d'en être privée pour toujours et reprise par les démons de la haine et de la rancune. Ceux de là-haut vivaient leur quotidien sans se soucier vraiment de celle que peut-être ils commençaient à oublier. Oh, l'envie de galoper jusque-là pour en arracher, comme une dent cariée, celle qui s'y tapissait afin d'y couver impunément son œuf pourri d'avance! Dans sa fureur désespérée, l'exilée volontaire en venait même à regretter que le feu n'eût pas dévoré les Treize Vents jusqu'à la dernière poutre...

Ce fut le lendemain qu'elle retrouva la crique.

Depuis la nuit de mai où, avec son père, elle avait escorté le bailli de Saint-Sauveur et son jeune compagnon jusqu'au bateau qui les emporterait vers l'inconnu, Élisabeth n'était jamais revenue là. Guillaume, d'ailleurs, dès le retour à la maison, exigea de sa fille qu'elle n'y retournât pas. D'abord parce que c'était assez loin et ensuite afin de ne pas entretenir chez elle une illusion que le temps pouvait rendre dangereuse.

Cette fois, le hasard était seul coupable mais, à revoir le lieu où elle et Louis-Charles s'étaient dit adieu, son cœur plein d'amertume éprouva une joie si douce qu'il ne trouva plus le courage de s'éloigner. D'ailleurs, il n'y avait plus aucune raison. Alors, chaque jour, elle retourna sur la petite plage au bord de la lande.

Armée d'un carnet et d'un crayon, elle s'asseyait sur un rocher pour dessiner ou pour jeter sur le papier ce que l'instant lui inspirait, mais, le plus souvent, elle ne faisait rien, contemplant seulement le paysage, les moirures de la mer, les reflets de la lumière, la mousse légère que soufflaient les vagues quand le vent se levait. C'était la saison des nids, alors elle évitait d'escalader les rochers afin de ne pas déranger les mouettes qui l'eussent accueillie de cris furieux, mais elle s'étendait volontiers dans l'herbe, un brin entre les dents, suivant des yeux la fuite des nuages. Ce fut bientôt le seul endroit où elle se trouvât bien parce qu'elle y rejoignait ses rêves, surtout quand, d'aventure, une voile passait au large. Et comme il n'y avait jamais personne, elle pouvait imaginer que ce bout de côte lui appartenait. Il devenait le royaume où elle pouvait rejoindre celui qui l'y avait quittée...

Un matin, alors qu'elle venait tout juste d'arriver et que, debout à la frange du flot, elle regardait la mer en protégeant ses yeux d'une main à cause de la réverbération, elle crut apercevoir une tache qui grandit, prit forme jusqu'à ce qu'il soit possible de reconnaître les blanches voiles d'un navire. Son approche permit de voir qu'il s'agissait d'un lougre à trois mâts, l'un de ces petits bâtiments utilisés pour la pêche ou le cabotage. Celui-ci semblait bon marcheur et, chose étrange, il venait droit vers la plage.

Instinctivement, la jeune fille recula jusqu'à la lisière des sables, rejoignit son cheval qu'elle attachait toujours à un pin tordu et attendit. Le voilier, en effet, s'arrêtait dans la crique, laissait filer son ancre, tandis que deux hommes prenaient place dans le petit canot attaché à l'arrière. L'un resta debout, l'autre saisit les rames.

Lorsque l'embarcation atteignit la terre, un jeune homme blond dont les cheveux brillaient au soleil descendit et marcha vers la lande et vers celle qui l'y observait. Il était entièrement vêtu de noir, depuis les bottes jusqu'à l'ample manteau à triple collet que le vent du matin faisait voltiger. Grand, mince, d'une parfaite élégance en dépit de la simplicité de sa mise, il s'avançait d'un pas égal et sûr : celui d'un homme déterminé.

Cependant, à mesure qu'elle le distinguait mieux, Élisabeth sentait son cœur battre à un rythme plus vif. Surtout quand elle vit qu'il sou-riait : un beau sourire dont s'illuminaient ses magnifiques yeux bleus.

Elle voulait s'élancer à sa rencontre et, cependant, elle était incapable de bouger, figée par la crainte d'une erreur où s'abîmerait la grande joie qui lui venait. S'il s'agissait seulement d'un mirage né de ses rêves insensés ?

Mais non, il était bien là ! Debout à quelques pas d'elle, il étendit ses mains comme pour les lui offrir ou pour l'attirer à lui.

— Vous êtes Élisabeth, n'est-ce pas ?... J'ai tant désiré vous revoir que je me suis risqué jusqu'à ce coin perdu sans trop savoir ce que j'espérais et voilà que vous êtes là ! Dieu tout-puissant ! Comment croire à un si grand miracle ?... Est-ce que vous m'attendiez ?

A son tour, elle tendit les mains et son cœur, son visage rayonnaient :

— Oui... oui, je vous attendais !... Je crois que je vous ai toujours attendu...

Le cheval rentra seul à Varanville. Une feuille pliée, arrachée d'un carnet, était attachée au tapis de selle par une épingle comme les élégants en piquaient dans les plis de leur cravate. Le billet était bref. Seulement quelques mots : « J'ai retrouvé celui que je n'espérais plus revoir. Il m'emmène et je veux le suivre. Pardonnez-moi, vous tous que j'aime ! C'est la meilleure solution. Élisabeth. »

La tête de l'épingle représentait une fleur de lys...

TABLE

Achevé d'imprimer en juin 1996
sur les presses de l'Imprimerie Bussière
à Saint-Amand (Cher)

POCKET - 12, avenue d'Italie - 75627 Paris Cedex 13
Tél. : 44-16-05-00

— N° d'imp. 1296. —
Dépôt légal : février 1995.

Imprimé en France